ERICA SPINDLER

¿Por qué a Jane...?

Editado por Harlequin Ibérica.
Una división de HarperCollins Ibérica, S.A.
Núñez de Balboa, 56
28001 Madrid

© 2004 Erica Spindler. Todos los derechos reservados.
¿POR QUÉ A JANE...?, Nº 7
Título original: See Jane Die
Publicada originalmente por Mira Books, Ontario, Canadá.
Traducido por Victoria Horrillo Ledesma

Todos los derechos están reservados incluidos los de reproducción, total o parcial. Esta edición ha sido publicada con permiso de Harlequin Enterprises II BV.
Todos los personajes de este libro son ficticios. Cualquier parecido con alguna persona, viva o muerta, es pura coincidencia.
™ TOP NOVEL es marca registrada por Harlequin Enterprises Ltd.
®™ son marcas registradas por Harlequin Enterprises Limited y sus filiales, utilizadas con licencia. Las marcas que lleven ™ están registradas en la Oficina Española de Patentes y Marcas y en otros países.

I.S.B.N.: 978-84-671-2866-6
Depósito legal: B-20380-2005

NOTA DE LA AUTORA

El mundo posterior al 11 de Septiembre es complejo. El miedo al terrorismo ha forzado a las autoridades a extremar las medidas de seguridad y a desconfiar de toda solicitud de información, incluso de las que proceden de las fuentes más benignas. El Departamento de Policía de Dallas me negó el acceso a su sede y rehusó contestar a mis preguntas. Me pareció curioso que a los delincuentes se les permitiera acceder a lugares e información que a mí se me vedaban, pero, tal y como decía hace un momento, el 11 de Septiembre cambió el mundo. He procurado hacer un retrato lo más fiel posible del Departamento de Policía de Dallas utilizando datos recabados en otros departamentos de policía urbana. Las personas familiarizadas con el entorno reconocerán como obras de ficción las descripciones de las áreas de acceso restringido de la comandancia de policía de Dallas. Por otra parte, desde que escribí esta novela la sede de la policía ha sido trasladada del Edificio Municipal a una nueva ubicación en la calle Lamar.

Quiero expresar, como siempre, mi sincero agradecimiento a los muchos profesionales que dedicaron parte de su tiempo y experiencia a contestar a mis preguntas con entusiasmo y paciencia. Quisiera dar las gracias en particular a Rex Patton, de Century 21, Judge Fite Company, Dallas, que no sólo nos dedicó casi un día entero a mi ayudante y a mí para que nos familiarizáramos con los barrios de Dallas y nos llevó a visitar diversas localizaciones, sino que compartió con nosotras un sinfín de coloridas anécdotas sobre su ciudad. Nos deleitó, además, con sus *rexismos*. Lo mejor del día, a mi juicio: «Si te van a echar de la ciudad, sal por delante y hazles creer que es un desfile». (Para más *rexismos*, visitar ericaspindler.com)

Muchísimas gracias a Melissa Sparvero, recepcionista de The Mansion de Turtle Creek, que sobrepasó con creces la llamada del deber procurándonos información sobre un sinnúmero de cosas relacionadas con Dallas.

Gracias también a mis *águilas*: los abogados Linda West, Jay Young y sobre todo a Walter Becker Jr. (Chafee, McCall, Nueva Orleans), quien nos proporcionó información criminológica que seguía resistiéndosenos después de escudriñar cada página web conocida por el hombre y la ley. Es una exageración, pero eso era lo que parecía.

He de mencionar asimismo a un puñado de personas que contestaron amablemente a mis preguntas, ayudándome con ello a llevar a término este libro: la doctora Victoria Witt; Pam Pizel, de Pizel & Associates; Ryan Suhre, ayudante del sheriff de St. Tammany Parish; Roy Shakelford, capitán del Departamento de Policía de Nueva Orleans; Phil Aleshire, del Departamento de Policía de Mandeville; y John Lord, Jr., de Arms Merchant, LLC.

Por último, aunque no por ello en menoscabo de su importancia, quiero dar las gracias a la gente con la que cuento cada día: Rajean Schulze, mi ayudante, por investigar incansablemente, por acompañarme a Dallas y por consultar una docena de mapas distintos... y hacerlo con una sonrisa. A mi agente, Evan Marshall. A mi editora, la asombrosa Dianne Moggy, y a todo el equipo de Mira Books. A mi familia (¡os quiero, tíos!). Y al Señor, por los dones y la gracia.

Para Linda West.
Bondadosa. Divertida. Siempre una amiga.

Prólogo

Viernes, 13 de marzo de 1987
Lake Ray Hubbard
Dallas, Texas

Jane Killian, de quince años de edad, chapoteaba en el agua con el corazón tronando por el cansancio. La luz del sol relumbraba, cegadora, sobre la superficie cristalina del lago. Jane entornó los ojos al tiempo que una nube solitaria y algodonosa cruzaba al trote el cielo azul, tan perfecto que parecía una postal.

Jane miró hacia la orilla y agitó los brazos triunfalmente. Su media hermana, Stacy, dos años mayor que ella, la había retado a nadar en el agua helada. Los listillos de sus amigos —y compañeros de travesuras— se habían unido a ella, chasqueando las lenguas, incitándola.

Jane no sólo había aceptado el desafío, sino que había nadado más allá de la balsa y el espigón que servía como demarcación entre las zonas del lago reservadas a los bañistas y las reservadas a las barcas.

Stacy no era sólo la mayor de las dos hermanas; era también la más atlética, la más fornida, la más veloz. Jane tendía más bien a ser una soñadora, un ratón de biblioteca, propensión ésta por la que Stacy solía meterse con ella.

«Chúpate ésa», pensó Jane. «¿Quién es la canija ahora? ¿Quién es la gallina?».

Jane giró la cabeza al oír el ruido sordo de un motor. Una lancha rápida surcaba a gran velocidad la superficie del lago, por lo demás desierto; su trayectoria parecía destinada a cruzarse con la de Jane. Ella, una consumada esquiadora acuática, agitó los brazos para alertar de su presencia al capitán de la lancha.

La embarcación viró de repente, pareció titubear y luego torció de nuevo hacia ella.

A Jane le dio un vuelco el corazón. Hizo señas de nuevo, frenéticamente.

La lancha siguió avanzando como si el capitán se dirigiera deliberadamente hacia ella.

Aterrorizada, Jane miró hacia la orilla, vio que Stacy y sus amigos estaban en pie, dando saltos, gritando.

La lancha siguió avanzando.

Aquel hombre quería atropellarla.

Un grito de terror se abrió paso a través de los labios de Jane, pero el rugido del motor lo sofocó. El casco de la barca invadió primero y llenó luego por completo su campo de visión.

Un instante después, la hélice del motor se hundió en la carne de Jane, y el dolor sofocó su pánico.

Domingo, 19 de octubre de 2003
Dallas, Texas

Jane Killian se despertó sobresaltada. La luz del monitor de vídeo temblaba en la penumbra de la habitación. Jane parpadeó y levantó la cabeza. La sentía pesada, congestionada. Comprendió que se había quedado dormida en la sala de vídeo. Había estado editando una entrevista que quería tener lista para *Fragmentos de muñecas*, su inminente exposición artística.

—¿Jane? ¿Estás bien?

Ella se giró. Ian, su marido desde hacía menos de un año, estaba parado en el vano de la puerta que daba a su estudio. Diversas emociones embargaron de pronto a Jane: amor, asombro, incredulidad. El doctor Ian Westbrook —inteligente, encantador y guapo como James Bond— la quería a *ella*.

Jane frunció el ceño al ver su expresión.

—He gritado, ¿verdad?

Ian hizo un gesto afirmativo con la cabeza.

—Estoy preocupado por ti.

Ella también lo estaba. Durante las últimas semanas, se había despertado gritando en tres ocasiones. Y no por culpa de una pesadilla. Ni debido a una manifestación de su subconsciente, sino más bien de su memoria. La memoria del día que cambió su vida para siempre. El día que dejó de ser una adolescente bonita, apreciada y feliz para convertirse en un moderno Quasimodo femenino.

—¿Quieres hablar de ello?

—Es lo mismo de siempre. La lancha atropella a la chica. La hélice le siega la mitad de la cara, le arranca el ojo derecho, por poco le corta la cabeza. La chica sobrevive. El capitán de la lancha nunca aparece y la policía considera el caso un accidente. Fin de la historia.

Salvo que en el sueño, el capitán de la barca da la vuelta para pasar otra vez sobre ella.

Y ella se despierta gritando.

—De fin de la historia, nada —murmuró Ian—. La chica no sólo sobrevive; también triunfa, superando años de penosas operaciones de reconstrucción facial, años de soportar las miradas y los murmullos de los desconocidos.

Sus expresiones de horror al ver su cara. Su piedad.

—Luego, conoce a un doctor guapísimo —continuó Jane—. Se enamoran y viven felices para siempre. Parece un docudrama. Estoy pensando en el canal Lifetime.

Ian se acercó a ella, la hizo levantarse y la abrazó. Arrastraba consigo el aire fresco de la noche y Jane frotó la mejilla contra su jersey, dándose cuenta de que había estado fuera.

—Conmigo no tienes que ponerte sarcástica, Jane. Soy tu marido.

—Pero es lo que mejor hago.

Él sonrió.

—No, no es verdad.

Jane sonrió, complacida, como si quisiera decirle que su amor por él crecía a cada minuto.

—¿No te estarás refiriendo a un talento que ha pasado secretamente de una generación de debutantes de Dallas a otra? ¿A un asunto nada propio de la sociedad bienpensante?

—Pues sí, en efecto.

—Me alegra saberlo, porque da la casualidad de que es uno de mis temas preferidos, doctor Westbrook.

Ian se puso serio y escudriñó su mirada.

—Tú no eres la típica debutante de Dallas. Nunca lo serás.

—A mí me lo vas a decir, campeón.

Él frunció el ceño al oír su respuesta.

—Ya estás otra vez con lo mismo.

—Perdona. A veces también respiro.

Ian tomó su cara entre las manos.

—Si quisiera una muñequita perfectamente peinada, cubierta de perlas y ataviada con un vestidito negro, podría haberme buscado una. Pero me enamoré de ti —ella no contestó, y él deslizó los pulgares sobre sus pómulos—. Has triunfado, Jane. Eres mucho más fuerte de lo que crees.

La fe que Ian tenía en ella la hacía sentirse como una impostora. ¿Cómo iba a haber superado el pasado si el recuerdo de aquel día aún tenía tal poder sobre ella?

Apretó la cara contra el pecho de Ian. Su roca, su corazón. El hombre, el amor, que nunca había creído poder encontrar.

—Será seguramente por el bebé —dijo él con suavidad al cabo de un momento—. Eso es lo que pasa. Por eso han vuelto las pesadillas.

El día anterior, el médico les había confirmado lo que Jane sospechaba desde hacía semanas: que estaba embarazada. De ocho semanas.

—Pero me siento muy bien —protestó—. No tengo mareos por las mañanas, ni estoy cansada. Y, además, estamos deseando tener un hijo.

—Todo eso es cierto, pero los embarazos siempre son duros al principio. Tienes las hormonas descontroladas. El nivel de HCG de tu sangre se duplica cada dos días, y seguirá así un mes más. Y, aunque a los dos nos hace mucha ilusión, tener un hijo significa un cambio muy importante de estilo de vida.

Todo lo que Ian decía tenía sentido y Jane hallaba en sus palabras cierto consuelo. Pero aun así no estaba del todo convencida, aunque no sabía por qué.

Como si adivinara lo que estaba pensando, Ian apoyó la frente contra la de ella.

—Confía en mí, Jane. Soy médico.

Ella sonrió.

—Eres cirujano plástico, no obstetra, ni psiquiatra.

—Tú no necesitas un psiquiatra, cariño. Pero si no me crees, llama a tu amigo Dave Nash. Seguro que me da la razón.

El doctor Dave Nash, psicólogo clínico y asesor ocasional

del Departamento de Policía de Dallas, era también el mejor amigo de Jane. Se conocían desde el instituto; Dave se había mantenido a su lado cuando los otros chicos la trataban como a un leprosa, la había llevado a las fiestas de antiguos alumnos y a los bailes de promoción cuando ningún otro muchacho quería acercarse a ella. La había aconsejado, había compartido sus risas, le había ofrecido un hombro donde llorar cuando había hecho falta. Incluso habían intentado salir juntos, ya entrados en la veintena, sólo para regresar luego suavemente a su cómoda amistad de siempre.

Los años transcurridos entre el accidente y el restablecimiento de Jane habrían sido mucho más difíciles sin la presencia de Dave Nash.

Tal vez debiera llamarlo.

Jane apoyó la mejilla contra el pecho de Ian.

—¿Qué hora es?

—Las diez pasadas. Hora de irse a la cama, mamaíta.

Aquella carantoña hizo a Jane sonrojarse de placer. Siempre había soñado con ser madre, y por fin iba a ver cumplido su sueño.

¿Cuánta suerte podía tener una?

—¿Qué te parece si te preparo una manzanilla? —preguntó Ian—. Te ayudará a dormir.

Jane asintió con la cabeza y se apartó de él, a pesar de que detestaba hacerlo. Estiró el brazo por encima de la mesa, sacó del vídeo la cinta de la entrevista y apagó el aparato.

—¿Qué tal va la edición? —preguntó Ian, y apagó la luz cuando salieron de la sala de monitores y entraron en el estudio propiamente dicho.

—Bien. Aunque la exposición se acerca.

—¿Nerviosa?

—Asustada.

Ian la condujo fuera del estudio y empezó a subir la escalera circular que llevaba a su *loft* mientras apagaba las luces a su paso.

—No tienes por qué estarlo. Me atrevo a predecir que todo el mundillo del arte se postrará a tus pies para adorarte. Y con toda razón.

—¿Y en qué basas esa predicción?

—En mi conocimiento de la artista. Es un genio.

Jane se echó a reír. Ian la acomodó en el mullido sofá, se inclinó y depositó un leve beso sobre su boca.

—Enseguida vuelvo.

—Deja salir a Ranger de la caseta —dijo Jane a su espalda alzando la voz, refiriéndose a su perro de tres años, un mestizo de retriever—. Está lloriqueando.

—Es el bebé más grandullón de todo el estado de Texas.

—¿Estás celoso? —bromeó ella.

—Pues sí, qué demonios, estoy celoso —contestó él, muy serio, a pesar de que el regocijo arrugó las comisuras de sus ojos—. A él le rascas las orejas mucho más que a mí.

Un momento después, Ranger salió brincando de la cocina. Era un perro espantosamente feo pero muy listo al que Jane había adoptado en un refugio para animales abandonados cuando todavía era un cachorro. A decir verdad, lo había elegido porque sabía que nadie más lo querría. Con el tamaño y la planta de un retriever, el pelaje de un spaniel springer y un baño de manchas propias de un dálmata, Ranger era un ejemplar absolutamente único.

El perro se detuvo a su lado, patinando, y apoyó la cabezota sobre su regazo. Jean le acarició las sedosas orejas; el animal hizo girar los ojos, lleno de placer.

—Bueno, ¿tú que opinas, Ranger? —murmuró Jane, pensando en el pasado, en cómo había empezado a infiltrarse en sus sueños, erosionando su sentimiento de seguridad y bienestar—. ¿Me está sacando de quicio el bebé o es otra cosa?

Ranger contestó con un gemido, y Jane se inclinó y apoyó la cabeza sobre la del perro.

—Tal vez debería llamar a Dave. ¿Tú qué crees?

Jane vislumbró su reflejo en la caja recubierta de espejitos que había sobre la mesa baja; su imagen aparecía ligeramente distorsionada por la postura y por los bordes biselados del cristal.

Ligeramente distorsionada. Muy apropiado, pensó, ya que jamás conseguiría verse a sí misma de otro modo, pese a que, a ojos de la mayoría de la gente, parecía una mujer normal, morena y atractiva. Algunos podían preguntarse, extrañados, por la larga y fina cicatriz que seguía la curva de su mandíbula. Tal vez pensaran que se estaba recuperando de alguna operación de cirugía estética; de un estiramiento facial, quizá. Los más observadores podían notar que sus hermosos ojos marrones no reflejaban la luz exactamente del mismo modo, pero no se pararían a pensar en ello.

El modo en que la veían los demás surtía escaso efecto en cómo se veía a sí misma. A decir verdad, cada día era un desafío mirarse al espejo y no ver a la adolescente con la cara arrasada por una trama de cicatrices, a la chica cuyo parche ocultaba un espantoso agujero vacío.

Una serie de operaciones de reconstrucción habían restaurado su cara. Una prótesis fija, hecha ex profeso, le había devuelto su ojo. Pero ninguna operación podía restaurar su lugar entre su grupo de amigos, lo mismo que ningún portento tecnológico podía devolverle su modo de mirar el mundo... ni el modo en que el mundo la miraba a ella.

La chica despreocupada y segura de sí misma de aquel luminoso pero frío día de marzo se había perdido para siempre.

Jane no había sido capaz de volver atrás. Pero, aunque pudiera, no lo haría. Porque, si volvía a ser la misma de antes, su visión del mundo cambiaría. Y Jane Killian, la artista que se hacía llamar Camafeo, dejaría de existir.

Porque no tendría nada significativo que decir.

—Manzanilla para dos —dijo Ian, volviendo con las tazas. Las puso sobre unos posavasos, apartó a Ranger de un empujoncito y se acomodó junto a Jane.

Se quedaron callados un momento mientras bebían. Jane sorprendió a Ian mirando el reloj y, al seguir su mirada, dejó escapar un quejido de disgusto.

—Dios mío, son más de las doce.

Ian parpadeó como si quisiera aclararse la visión.

—No puede ser. Maldita sea, mañana va a ser de locos.

Jane se acurrucó a su lado.

—Ya es mañana. Así practicamos para cuando nos toquen las tristemente célebres tomas de las dos de la mañana.

Sintió sonreír a Ian.
—Si tú lo dices.
Se quedaron callados otra vez. Ian fue el primero en romper el silencio.
—¿Cuándo le vas a decir a Stacy lo del bebé?
Al oír mencionar a su hermana, Jane sintió una oleada de inquietud que amargó aquel instante. Ian se apartó y la miró a los ojos.
—Se alegrará por ti, Jane. De veras.
—Eso espero. Es sólo que ahora tengo...
Todo lo que su hermana anhelaba.
Y, lo que era peor aún, Stacy había salido primero con Ian.
Jane apretó los labios, angustiada por su única hermana, y deseó haber conocido a Ian de otro modo. Tenía la impresión de habérselo robado a su hermana, a pesar de que Stacy y su marido sólo habían salido un par de veces.
Recordó a su hermana el día que Ian y ella le contaron sus planes de boda. Stacy era alta, rubia, con la constitución de una guerrera nórdica. Aquel día, sin embargo, su expresión había desmentido su fortaleza. Una expresión suave. Acongojada.
Stacy había querido a Ian. Lo había querido profundamente.
Ian apretó un poco más a Jane.
—Ya sé lo que pasa. Una vida entera de rencor. Pero concédele un poco más de crédito, ¿de acuerdo?
El padre de Stacy, un agente de policía, había muerto en acto de servicio cuando Stacy tenía apenas tres meses. Su madre había vuelto a casarse enseguida y se había quedado embarazada de Jane casi antes de que acabara de secarse la tinta del certificado de matrimonio.
Jane había nacido. Y aunque su padre había criado a Stacy como si fuera hija suya, sin mostrar indicio alguno de favoritismo, su desdeñosa familia de Highland Park nunca había aceptado a Stacy y a cada paso había hecho evidente su predilección por Jane. Sobre todo, su madre, la matriarca de la familia, a quien le gustaba decir que Jane tenía su misma sangre. Y Stacy, no.

Todo había sido más fácil mientras vivieron sus padres. Stacy no necesitaba entonces el apoyo ni el cariño de la abuela Killian. Podía ignorar los desaires de la anciana. Pero, al morir sus padres hacía seis años —uno debido a un infarto repentino y masivo, el otro a consecuencia de una trombosis—, Jane y Stacy se habían quedado sin nadie, fuera de ellas y de la abuela Killian.

Ahora, su hermana tenía veinte millones de razones para guardarle rencor a Jane: ésa era la cantidad en dólares que le había dejado la abuela Killian al morir, hacía un año.

Stacy no había recibido nada, ni siquiera un recuerdo familiar del hombre que había sido su padre en todos los sentidos, salvo en uno.

Ojalá pudieran dejar todo aquello atrás, pensó Jane, añorando la intimidad que compartían casi todas las hermanas. Si pudiera encontrar un modo de conseguirlo... Ofrecerse a compartir su herencia sólo había conseguido enfurecer a Stacy. A ella la abuela Killian no la quería, le había espetado Stacy en respuesta a su ofrecimiento, y ella no quería nada que hubiera sido suyo. Ni un centavo.

—Déjalo ya —dijo Ian con suavidad.
—¿Qué?
—Deja de sentirte culpable por los prejuicios de tu abuela.
—¿Crees acaso que puedes leerme el pensamiento?

Ian se rió suavemente y apoyó la frente en la de ella.

—Sé que puedo. Conozco todos tus secretos, amor mío.
—¿Todos?
—Hasta el último.
—¿Y qué piensas hacer con ese conocimiento?

Ian inclinó la cabeza hasta que su boca rozó la de Jane.

—Mmm... eso me toca decidirlo a mí. Y a ti averiguarlo.

No fue hasta mucho después, mientras Ian yacía dormido a su lado en la cama, cuando Jane se dio cuenta de que no le había preguntado por qué había salido tan tarde esa noche.

Lunes, 20 de octubre de 2003

12:20 p.m.

La detective Stacy Killian observó la escena que tenía ante sus ojos: la lujosa habitación de hotel; la víctima sobre la cama; su compañero, Mac McPherson, hablando con el forense; el fotógrafo de la policía y los técnicos criminalistas deambulando por allí, ocupados en sus tareas.

El aviso había llegado pasado el mediodía, interrumpiendo los almuerzos consumidos a toda prisa. Algunos de los chicos habían empaquetado su comida —una grasienta mezcla de hamburguesas y patatas fritas o de sándwiches traídos de casa— y se la habían llevado consigo. Ahora estaban al otro lado del perímetro acordonado, acabando de comer. Un par de ellos parecían cabreados. Los otros, más bien resignados.

Las víctimas de asesinato no tenían sentido alguno de la oportunidad.

El denso olor a comida impregnaba el pasillo. Stacy imaginó con perverso regocijo cómo arrugarían la nariz los gerentes del hotel al ver ultrajada su sensibilidad. Un fiambre en una habitación era una cosa; y un festín de comida rápida en el pasillo, otra bien distinta.

Stacy no tenía paciencia con la gente que se daba tantos aires.

Algunas personas la saludaron inclinando la cabeza cuando entró en la habitación. Stacy les devolvió el saludo y se acercó a su compañero, hundiendo los pies en la gruesa moqueta de color masilla.

Paseó la mirada por la opulenta habitación, fijándose en los detalles: en las pesadas cortinas, firmemente cerradas; en la bandeja con fresas bañadas en chocolate; en el benjamín de champán sobre la mesita estilo reina Ana, junto a la ventana; y en el jarrón de flores frescas, a su lado.

El ramo de lirios e iris no podía competir con el olor a muerte. El cuerpo humano a menudo se vaciaba al cesar la vida, sobre todo cuando el final llegaba de forma sorpresiva y violenta. Stacy arrugó la nariz pero no intentó evitar el olor, un error que a menudo cometían los novatos. Al cabo de unos minutos, cuando las glándulas olfativas se fatigaban, uno acababa acostumbrándose a aquel hedor.

En los peores casos, cuando el cuerpo se hallaba en avanzado estado de descomposición –o, aún peor, cuando había sido sumergido en agua caliente–, el olor era tan intenso que no podía soportarse ni siquiera con la ayuda de un pegote de Vicks bajo la nariz. El hedor de esos cadáveres impregnaba hasta las raíces del pelo. Todo detective de homicidios guardaba siempre un bote de champú de limón y una muda de ropa limpia en su taquilla.

Stacy se detuvo junto al armario. Sacó un par de guantes de látex del bolsillo de su chaqueta, se los puso, corrió la puerta de espejo y echó un vistazo al interior. Dentro había colgado un traje de mujer de color gris parduzco y una blusa de seda blanca. Todo muy elegante. Muy caro. Stacy miró la etiqueta. Armani. En el estante de arriba había un par de zapatos de ante marrón y tacón bajo. También muy caros.

–Hola, Stacy.

Ella se volvió hacia Mac e inclinó la cabeza. Su compañero tenía poco más de treinta años, la sonrisa fácil y unos ojos semejantes a los de un cachorro de perro. Había sido trasladado desde la Brigada Antivicio hacía apenas unas semanas y le habían asignado a Stacy como compañera. Aquél era uno de los destinos más arriesgados y temibles del cuerpo, según decían los antiguos compañeros de Stacy.

Ellos y algunos otros tipos decían de ella que era una zorra frígida, la mayor tocapelotas del Departamento de Policía de Dallas.

Hacía tiempo que aquellas descalificaciones no surtían efecto alguno sobre Stacy. Lo cierto era que en el club masculino que constituía el Departamento de Policía de Dallas a las mujeres sólo se las toleraba. Eso, en el mejor de los casos. Una mujer tenía que luchar con ahínco para abrirse un hueco en el escalafón. Ella lo había conseguido a base de astucia, tenacidad y esfuerzo. Y también gracias a que había desarrollado a marchas forzadas una epidermis sumamente gruesa. Para la mayoría de aquellos vaqueros, las mujeres podían clasificarse en cuatro categorías: pardillas, delincuentes, polvos y tocapelotas. Puesta a elegir, Stacy prefería que la consideraran esto último.

Era, además, una buena policía que hacía su trabajo. Hasta sus ex compañeros tenían que reconocerlo.

Mac se acercó tranquilamente a ella.

—¿Dónde te has metido? La fiesta está en pleno apogeo.

—Estaba esperando que se le secaran las uñas —dijo uno de los técnicos criminalistas, un capullo llamado Lester Bart—. Siempre pasa lo mismo.

—Que te jodan —contestó Stacy tranquilamente.

—La verdad duele, nena.

—A ti sí que te va a doler cuando te dé una patada en el culo. Y si me rompo una uña al hacerlo, entonces sí que me voy a cabrear.

El técnico soltó una risilla sofocada y siguió buscando huellas. Mac señaló el traje gris del armario.

—Bonita ropa.

Stacy no contestó. Se dio la vuelta y se acercó al cuarto de baño. Él la siguió y dijo:

—Tú no hablas mucho, ¿no?

—No.

Stacy paseó la mirada por el interior del cuarto de baño. Sobre la encimera había una bolsa de viaje. Las toallas estaban sin usar; los productos de baño permanecían intactos sobre una bandejita plateada.

Stacy se acercó a la bolsa y hurgó cuidadosamente en su interior. Lociones, cremas, perfume. Gel lubricante. Condones. Vibrador. Un par de largos pañuelos de seda, seguramente para juegos sadomasoquistas.

Estaba claro que a aquella chica le gustaba divertirse. Y que iba preparada para cualquier eventualidad.

—Veo que los Boy Scouts no son los únicos que van siempre preparados —dijo Mac.

Stacy lo miró, sorprendida y molesta porque sus palabras reflejaran de forma tan precisa lo que ella estaba pensando. Mac estaba parado en la puerta; sus anchos hombros casi llenaban el vano. Stacy frunció el ceño.

—¿Eso es una broma?
—Hay que reírse por no llorar, ¿no?
—Eso dicen.
—¿No estás de acuerdo?

Stacy se acercó a la puerta.

—Me gustaría pasar, por favor.

Mac vaciló un momento y luego se apartó. Cuando Stacy pasó a su lado, la agarró del brazo para detenerla.

—¿Siempre tienes que ser tan borde, Killian?
—Sí —contestó ella, mirando significativamente su mano—. Si no te gusta, pide que te cambien de compañero.

—No quiero que... —Mac se mordió la lengua y apartó la mano—. Está bien, jugaremos a tu manera.

Stacy salió del cuarto de baño y se acercó a la cama. Se detuvo a su lado y miró a la víctima. Era una mujer blanca. Iba ataviada para los placeres de la cama: vaporosa bata de satén negro, tanga y sujetador negros, liguero y medias. La bata estaba abierta; el asesino había utilizado el cinturón para estrangularla. Su cara, antes bonita, estaba congestionada por la sangre y se había puesto de un color rojo muy oscuro; tenía los párpados y los labios salpicados de petequias, pequeñas hemorragias causadas por la rotura de los vasos sanguíneos.

Parecía tener unos treinta años, aunque tal vez fuera mayor. Su aspecto denotaba una vida regalada: cutis fino, manos bien cuidadas, uñas pintadas en un delicado tono de rosa escarchado, corte de peluquería y mechas. Muy pija. Hasta muerta se notaba que estaba forrada.

Stacy no esperaba menos de alguien capaz de pagar doscientos cincuenta pavos por pasar una noche en aquella habitación.

—Globos de fiesta —comentó Mac, usando un grosero eufemismo para referirse a los implantes mamarios.

Stacy, que estaba acostumbrada a aquella forma de hablar, hizo un gesto afirmativo con la cabeza y se acercó un poco más a la cama. Abrió su libreta y se puso a hacer un rápido boceto de la escena del crimen. Sabía que Mac ya habría hecho otro. Anotó en el boceto todos los detalles, desde la ubicación a la postura del cuerpo. Anotó también la hora. Una vez hecho esto, miró a Mac.

—¿Qué tenemos hasta ahora?
—Se llamaba Elle Vanmeer. El servicio...
—¿Su identificación lo confirma?
—Sí, señora. Se registró sólo con ese nombre.

Stacy fingió no notar su irritación.

—Continúa.
—La doncella la encontró cuando entró a limpiar la habitación. Creía que se había ido ya. Avisó al director, y él nos avisó a nosotros.

—¿Bolso? ¿Cartera? ¿Joyas?
—Está todo. Llevaba un montón de dinero en la cartera —Mac miró a la mujer y luego a Stacy—. El robo no fue el móvil.

—No me digas. Conocía al asesino. Confiaba en él. Habían acordado encontrarse aquí. Para acostarse, obviamente —recorrió la habitación con la mirada—. El tipo tiene que ser alguien que no desentone en este ambiente. Alguien que se mueva en los mismos círculos que ella.

—En su carné de conducir dice que vivía en Hillcrest Avenue, el corazón del barrio pijo.

Highland Park. El vecindario más prestigioso de Dallas, donde se concentraban las fortunas más rancias de la ciudad. Stacy frunció los labios.

—Apuesto a que uno de los dos estaba casado. Puede que los dos.

—No lleva anillo.

Mac tenía razón. La mujer no llevaba sortija en el dedo anular de la mano izquierda; ni siquiera mostraba la reveladora línea blanca que se destacaba sobre el bronceado en las manos de los adúlteros.

—Entonces apuesto a que él sí está casado.

—Tal vez fueran comedoras de felpudos —dijo Lester.

Stacy se giró para mirarlo.

—¿Cómo dices?

—Ya sabes, bolleras.

—Eres repugnante, ¿lo sabías?

—Te caen bien esas tías, ¿eh, Killian? ¿Tienes algo que confesarnos?

Stacy ya podía oír el rumor difundiéndose por el departamento: *Stacy Killian es una bollera. Por fin, la razón de que prefiriera inflarles las pelotas en lugar de acariciárselas.*

Genial.

—Ciertas etiquetas me parecen ofensivas. A ti también deberían parecértelo. Si fueras humano, claro.

—¿Por qué no cierras el pico, Lester? —le espetó Mac—. Tenemos cosas que hacer.

Lester se puso colorado. Abrió la boca como si fuera a decir algo y luego volvió a cerrarla. Algunos otros se echaron a reír por lo bajo y Stacy se imaginó que aquello no iba a terminar allí para Mac. Pero eso no era problema suyo.

Mac volvió a atraer su atención hacia Elle Vanmeer.

—No digo que te equivoques sobre lo de la infidelidad, pero cabe otra posibilidad. Amantes celebrando algo especial. Un aniversario o un cumpleaños. O la firma de un buen contrato. Citarse aquí podría ser parte de la celebración.

—Podría ser —concedió ella—. Pero me da la impresión de que no es eso.

—Si el tío estaba casado, puede que su mujer llegara antes que él. El tío llega, la encuentra muerta, se acojona y huye.

Stacy repasó aquella secuencia mentalmente.

—Hay que tener mucha fuerza para estrangular a una persona hasta matarla. Pero podría ser —miró al ayudante del forense—. Puedes intervenir cuando quieras, Pete.

Pete Winston, un hombre enclenque y calvo con más pinta de contable que de patólogo forense, la miró desde su puesto a la cabecera de la cama.

—Lleva muerta entre diez y doce horas. A juzgar por las hemorragias de ojos y labios, lo que veis es lo que hay. Naturalmente, la autopsia lo aclarará todo.

—¿Tuvo relaciones sexuales antes de que la mataran? —preguntó Stacy, esperanzada. La actividad sexual presuponía la presencia de esperma o de vello púbico en el cadáver, lo que a su vez se traducía en muestras de ADN.

—Aún no lo sé. Tiene las bragas puestas, pero eso no significa nada —Pete se puso en pie y rodeó la cama para colocarse junto a ellos—. Echad un vistazo a esto —señaló con un dedo enguantado una serie de pequeñas cicatrices a lo largo de la línea del biquini, las caderas y la parte interior y exterior de los muslos—. Son marcas de liposucción —dijo—. Y mirad aquí —indicó pequeñas cicatrices en la línea del pelo y la mandíbula—. También se ha hecho un estiramiento facial.

—Cómo son las tías de ahora —masculló Lester—. Sales con una y luego te enteras de que te has estado tirando a una abuela.

Un par de tíos se carcajearon, divertidos. Stacy los miró con fastidio y luego volvió a fijar su atención en el patólogo.

—¿Qué más puedes decirme?

—No mucho —contestó Pete mientras se quitaba los guantes—. Mañana a las ocho tendrás el informe oficial.

—¿Mañana por la mañana? Vamos, Pete, esto es un homicidio. Cada minuto cuenta y tú lo sabes. Cada minuto...

Él la atajó levantando una mano.

—Tengo que hacer varias autopsias antes de ponerme con ésta. Esta vez tendrás que esperar tu turno. No vas a convencerme.

—Claro, desde luego —ella levantó las manos—. No quisiera colarme. No quiero que nadie me acuse de jugar sucio. Da igual que esta pobre mujer haya sido asesinada por alguien en quien confiaba. Da igual que cada minuto que pasa haga más difícil que encontremos a su asesino. Da igual que...

—Está bien, está bien. Te llamaré a la hora que sea. Pero,

antes de que digas que sí, quiero que sepas que pienso despertarte de un sueño muy profundo y apacible.

Stacy le sonrió con dulzura.

–Eres un encanto, Pete. Estoy impaciente.

12:45 p.m.

Rick Deland, director general del hotel, parecía agitado. O más bien un tanto verdoso, decidió Stacy. Y con toda razón. Una mujer había sido asesinada en una de las habitaciones de su hotel. La policía de Dallas pululaba por todas partes e insistía en que les diera las cintas de vigilancia del ascensor y del piso octavo, una lista de huéspedes y permiso para interrogar a las personas que figuraran en dicha lista.

–En La Plaza –explicó Deland cuidadosamente– se hospedan personas acostumbradas a un servicio discreto y silencioso. Gente acostumbrada a lo mejor que pueda comprarse con dinero... y a la posibilidad de comprarlo anónimamente. Si les permitiera acceder a nuestra lista de huéspedes, quebrantaríamos nuestro compromiso de garantizar ese nivel de servicio. El nivel de servicio del que nos enorgullecemos y que es nuestro marchamo.

Stacy observó al director, cuarentón y de pelo negro. Un hombre vulgar embutido en un traje excepcional, pensó. Deland sin duda sobresalía en cuanto a don de gentes, diplomacia y modales en la mesa. Stacy se preguntó cuánto ganaba al año el director de un sitio como La Plaza. Habría apostado a que mucho más que un detective del Departamento de Policía de Dallas. Incluso más que uno con diez años de experiencia a sus espaldas, como ella.

Aquel tipo no tenía ni idea de con quién estaba tratando.

Ella no había aprendido el arte de aceptar un no por respuesta.

–Una mujer ha sido asesinada, señor Deland. Una huésped de su hotel.

—Lo cual es muy desafortunado, desde luego, pero no veo razón para...

—¿Desafortunado? —repitió Stacy, interrumpiéndolo—. El asesinato es mucho más que un hecho desafortunado, señor Deland.

—Me he expresado mal —Deland deslizó la mirada hacia Mac, que estaba de pie junto a Stacy, cerca de la puerta. Al no encontrar allí ayuda, volvió a mirarla a ella—. Le pido disculpas.

Stacy se inclinó hacia delante.

—Hablar no cuesta nada, señor Deland. Puede que alguno de sus huéspedes viera algo o a alguien. Puede que oyeran alguna cosa. Nunca lo sabremos si no les preguntamos. La mayoría de los casos de asesinato se resuelven dentro de las cuarenta y ocho horas siguientes a su descubrimiento. Si es que es posible resolverlos, claro.

—Tiene razón, señor Deland —dijo Mac—. Pasadas esas cuarenta y ocho horas, con cada hora que pasa la probabilidad de resolver el caso disminuye notablemente. Los recuerdos se esfuman, las pistas se enfrían...

—¿Se le ha ocurrido pensar que el culpable podría ser un miembro de su personal? —preguntó Stacy.

Deland pareció horrorizado.

—¿De mi personal? ¿Cómo se le ocurre pensar...? ¿Por qué cree que...?

—Por las posibilidades de acceso, señor Deland. A todo el hotel. Incluyendo las habitaciones de los huéspedes.

Deland sacudió la cabeza.

—Comprobamos las referencias de todos nuestros empleados. Incluso les exigimos un análisis para comprobar si toman drogas. Nuestra formación es muy exigente. Puedo asegurarles categóricamente que nadie de mi personal ha tenido algo que ver con esto.

Poco impresionada, Stacy probó una táctica diferente.

—Me he fijado en que había en la habitación una bandeja de fresas con chocolate y un benjamín de champán. ¿Lo llevó el servicio de habitaciones?

—Sí, a los pocos minutos de llegar la señorita Vanmeer.

Forma parte del servicio que ofrece La Plaza. Lo llamamos *Plaza Experience*.

—Pero ¿se paga aparte?

—Naturalmente.

—También he notado que había flores frescas. ¿También forman parte del servicio de La Plaza?

—No. Puede que las pidiera ella. O puede que algún amigo se las mandara al hotel.

Stacy y Mac se miraron. Ella advirtió la excitación de la mirada de su compañero, una excitación que reflejaba la suya propia. Fácil. Limpio. Un amante envía flores al lugar de la cita. Se pelean y la mata. Las flores conducen directamente al amante y la policía se anota un tanto en la columna de «casos resueltos».

Parecía una estupidez, pero un número asombroso de crímenes se resolvían por culpa de las estupideces perpetradas por el autor.

—¿Podría comprobarlo?

—Cómo no. Tengo aquí mismo la cuenta de la señorita Vanmeer —la miró—. Aquí está, una anotación por cuenta de las flores —notó la desilusión de Stacy—. Lo siento.

—¿Puedo verla?

—Desde luego —Deland le entregó la cuenta—. Hay una banderita junto a su nombre.

—¿Una banderita? ¿Qué significa?

—Nos alerta de que se trata de un huésped especial.

—¿Qué entiende por especial? ¿Un cliente asiduo? ¿O uno que está forrado?

—Alguien que se aloja aquí de vez en cuando y que nos ha dejado claras sus preferencias, ya sean respecto a la habitación o a las instalaciones.

—¿Se refiere a que prefiera una habitación de fumador o de no fumador, o una cama de matrimonio o extragrande? —preguntó Mac.

Deland le sonrió.

—Exacto. Con frecuencia nos piden almohadas de espuma y no de plumas, o el minibar lleno de chocolatinas y agua de Perrier. Cosas así.

Stacy tomó notas mientras Deland hablaba. Cuando acabó, lo miró a los ojos.

–¿Cuáles eran las preferencias de la señorita Vanmeer?

Deland contestó que iba a comprobarlo y, levantando el teléfono, llamó a una tal Martha. Le preguntó a la mujer, le dio las gracias y colgó.

–Misterio resuelto. La señorita Vanmeer pedía flores frescas a su llegada, así como un benjamín de champán, preferiblemente de la marca White Star, y fresas con chocolate. También solía pedir una habitación con un jacuzzi grande y que retiraran la balanza y el espejo iluminado del cuarto de baño.

Stacy pensó en las cicatrices de cirugía plástica que Pete les había mostrado. Elle Vanmeer parecía una mujer insegura de su aspecto y obsesionada por él.

–El espejo y la balanza –murmuró Mac–. Qué raro.

–Puede que lo sea para ustedes. Pero aquí, en La Plaza, nuestra meta es no sólo que nuestros huéspedes se sientan cómodos, sino también que se sientan mimados.

Stacy miró a Mac, quien hizo girar los ojos, y luego volvió a mirar al director del hotel.

–¿Se alojaba aquí a menudo?

Deland titubeó y luego asintió con la cabeza.

–Un par de veces al mes.

–¿Con su marido?

–Creo que estaba divorciada.

–¿Se encontraba siempre con el mismo hombre?

–No sabría decirle. Yo no me meto en los asuntos privados de nuestros huéspedes.

–¿Y en qué se mete?

–¿Cómo dice?

Stacy sonrió ligeramente.

–¿Reconocería a alguno de los amigos de la señorita Vanmeer?

–¿Yo? No. Quizás alguien del personal.

–O alguno de los huéspedes.

El rubor se extendió por las mejillas bronceadas del señor Deland.

—Les permitiré el acceso a las cintas, pero no a la lista de huéspedes.

—Entonces traeremos una orden judicial.

—Adelante, háganlo. Porque sin ella no conseguirán nada. Si les sorprendo acosando a uno solo de mis huéspedes, haré que se queden sin su placa.

Stacy entornó los ojos, furiosa.

—Sería una pena que la prensa se enterara de los detalles del asesinato. Ya lo estoy viendo. «Juegos sexuales acaban en muerte en La Plaza. El asesino logra escapar». Supongo que no sería bueno para el negocio.

Rick Deland se levantó de un salto.

—¿Me está amenazando? Porque si es así...

—Claro que no —dijo Mac, indicándole que volviera a sentarse—. La detective Killian se toma muy a pecho su trabajo. Estoy seguro de que lo entiende usted.

—Claro. Es que todo este asunto me tiene trastornado. Pero mis huéspedes no tienen nada que ver con esto.

—Ésa es una afirmación muy arriesgada, señor Deland. Sobre todo, teniendo en cuenta que ya nos ha asegurado que ningún empleado suyo está implicado. ¿Quién queda, entonces? ¿El fantasma de la Navidad? ¿Algún otro espectro?

Deland se sonrojó.

—Lamento que sienta la necesidad de recurrir al sarcasmo, detective Killian. Hago lo que puedo, pero mi principal responsabilidad es para con mis clientes.

—Elle Vanmeer era cliente suya. Naturalmente, ahora está muerta. Ha sido brutalmente asesinada aquí, en su preciosa...

—Apreciamos su colaboración —murmuró Mac, dando un paso adelante—. Le agradecemos que nos permita acceder de inmediato a las cintas de seguridad —le tendió la mano a Deland—. Si las cintas revelaran algo sospechoso, estoy seguro de que podremos contar con su ayuda.

Deland se levantó y le estrechó la mano.

—Desde luego.

—Gracias, señor Deland. ¿Y esas cintas?

—Enseguida vuelvo.

Cuando la puerta se hubo cerrado tras el gerente del hotel, Stacy se giró para mirar a su compañero.

—¿Qué cojones creías que estabas haciendo?

—Reducir la tensión.

—No me vengas con ésas. Te has bajado los pantalones. Has hecho de poli bueno...

—No tenía por qué darnos las cintas, Stacy. Podría habernos obligado a pedir una orden judicial.

—Yo lo quiero todo. Un poco más de presión y...

—Y nos hubiera echado a patadas de su despacho. Y habríamos tenido que esperar. Tú sabes tan bien como yo que cada minuto cuenta.

Mac tenía razón. Él lo sabía y ella también. Pero a Stacy la cabreaba.

—Vale. Lo que tú digas.

Mac frunció el ceño.

—No te entiendo, Stacy.

—¿Ah, no? —ella cruzó los brazos sobre el pecho—. ¿Y a mí qué me importa?

—¿Qué consigues poniéndote tan borde? ¿Es que pretendes enemistarte con toda la gente con la que trabajas?

—Yo soy una buena poli. Soy dura y directa. Si tienes algún problema, habla con el capitán.

—Yo no tengo ningún pro... —Mac refrenó la lengua con expresión de frustración—. Me gusta cómo trabajas. Te lo tomas todo muy en serio. Admiro tu intelecto, el modo en que examinas los datos y los enlazas lógicamente.

—Vaya, un hombre sensible. Parece que me ha tocado el mejor de la camada.

Mac sacudió la cabeza.

—Pero ¿qué te pasa, Stacy? ¿Por qué no puedo admirarte? ¿Por qué te pones así?

—Porque esa admiración no es desinteresada. Tiene truco. Tú quieres algo a cambio. ¿Qué es?

Él se quedó callado un momento.

—Está bien, quiero algo. Quiero que me trates como a un ser humano. O tal vez como a un igual. Como a un compañero.

—¿Y cómo te trato?

—Como a un lacayo estúpido. Como a un niño pelmazo. Como a un novato —Mac se inclinó hacia ella—. Puede que sea nuevo en homicidios, Stacy, pero llevo más tiempo que tú en el cuerpo. Eres una policía estupenda, pero puede que yo también pueda aportar algo al equipo.

—Conque eso crees, ¿eh? Ya lo veremos.

Una sonrisa distendió las comisuras de la boca de Stacy. Mac se la devolvió.

—Está bien. Ya lo veremos.

Rick Deland regresó en ese momento, interrumpiendo su conversación. Iba acompañado por otro hombre a quien presentó como Hank Barrow, jefe de seguridad del hotel La Plaza. Un tipo corpulento, con densa cabellera blanca y porte impresionante.

—Detectives —Barrow les estrechó la mano—. Tengo entendido que vamos a permitirles el acceso a las cintas de seguridad.

Mac sonrió.

—Eso es. Agradecemos mucho su colaboración.

—Me temo que tengo malas noticias —Barrow miró al director del hotel y luego volvió a fijar la mirada en Stacy y Mac—. Las cintas del ascensor no son problema, pero la del piso octavo está en blanco. O como si lo estuviera.

—Hijo de puta. ¿Qué ha pasado?

—Hacemos lo posible por disimular la presencia de las cámaras. En el piso octavo, pusimos un gran ficus en un rincón. Al parecer, durante las labores de limpieza, el ficus artificial fue colocado de modo que el follaje cubría la lente de la cámara. Para serles franco, no es la primera vez que ocurre.

Stacy frunció el ceño.

—¿Y acaban de descubrir el error?

—Grabamos esas cintas únicamente por obligación legal. Nosotros no nos dedicamos a vigilar actividades criminales.

—¿Cuánto tiempo conservan las grabaciones?

—Cuarenta y ocho horas.

Si el tipo al que buscaban era listo, y Stacy empezaba a sospechar que lo era, sin duda estaba al corriente de que nadie visualizaba las cintas y sabía dónde estaban colocadas las cámaras y cuánto tiempo las conservaba el hotel. Si Stacy estaba en lo cierto, aquello no había sido un crimen pasional, sino un asesinato premeditado.

—También tengo buenas noticias. Tenemos cintas de todas las escaleras. Se las he traído.

Aquello eliminaba la posibilidad de que el asesino hubiera evitado el ascensor y las cámaras que no había podido neutralizar.

—Comprenderán ustedes, naturalmente, que estas cintas sólo incluyen imágenes. No tienen sonido.

—Naturalmente.

—He de advertirles que tal vez vean algunas cosas sorprendentes en las cintas. Muchos invitados no se dan cuenta de que las cámaras están ahí y...

—Y otros se lo montan precisamente porque saben que están ahí —dijo Stacy secamente—. Gracias por la advertencia, de todos modos.

2:00 p.m.

La división de Crímenes Contra Personas del Departamento de Policía de Dallas tenía su sede en el Edificio Municipal, entre las calles Commerce y Harwood, en pleno centro de la ciudad. Se trataba del clásico edificio administrativo, adusto y gris pero funcional. En la primera planta se pagaban las multas de tráfico y se expedían las citaciones para las vistas judiciales relacionadas con infracciones de tráfico. Los pisos superiores albergaban los juzgados de tráfico, la comisaría y las oficinas de cierto número de funcionarios locales. La división de Crímenes Contra Personas estaba ubicada en la tercera planta. En el EM —como Stacy llamaba al Edificio Municipal— nunca faltaba el ajetreo.

Mac y ella se abrieron paso entre los coágulos de gente, de camino a los ascensores. Jirones de conversaciones —algunas en español, otras en inglés— llegaban a sus oídos.

—¡Hijo de perra!

Stacy, que llevaba toda la vida en Texas, tenía algunas nociones de español. Aquel caballero estaba teniendo un día particularmente desafortunado, a juzgar por su vocabulario.

Naturalmente, el EM y los días desafortunados iban de la mano. Si uno traspasaba el umbral de aquel edificio, estaba abocado a comerse algún marrón. Los que trabajaban bajo su techo, por su parte, estaban condenados a aguantar los marrones de los demás.

En su caso y en el de Mac, el marrón de turno era un asesinato.

Lo cual resultaba muy inconveniente, desde luego.

Stacy sintió una vaharada de perfume caro, cuyo olor se mezclaba desagradablemente con el tufo a sudor y a tabaco de un fumador que consumía más de un paquete al día. Dallas, hogar de ricos y pobres, de glamurosos y desdentados. Al final, de un modo u otro, más tarde o más temprano, todos acababan mezclándose allí.

Stacy y Mac saludaron con una inclinación de cabeza al agente que atendía el mostrador de información y entraron en el rellano de los ascensores. Las puertas de acero del ascensor, con su hilera vertical de estrellas doradas, se abrieron suavemente. Stacy entró y Mac la siguió y se volvió hacia ella.

—¿En qué estás pensando?

—Informamos al capitán y pedimos ayuda con las cintas. Nuestro hombre está en una de esas cintas, y quiero atraparlo.

El ascensor se detuvo con un ruido sordo. Se apearon en el tercer piso. Un cartel colgado del techo advertía: *Sólo personal autorizado*. A lo largo de la pared, frente a los ascensores, había una hilera de sillas de oficina descuajadas, rotas y torcidas. Cuando una silla expiraba, los detectives se limitaban a arrastrarla hasta el cementerio, como llamaban a aquel tramo del pasillo, y allí se quedaba.

Entraron en la sala reservada a la división y recogieron sus mensajes. Stacy hojeó los suyos.

—¿Está el capitán? —le preguntó a la secretaria sin levantar la mirada de las hojas de los mensajes.

—Sí —dijo la mujer, llamada Kitty. Hizo un globo con el chicle, y Stacy notó que éste era del mismo color rosa que su jersey de angora y su carmín—. Los está esperando. Hola, Mac.

Stacy levantó la mirada al notar el tono seductor de la voz de la joven.

—Hola, Kitty. ¿Qué tal va eso?

—Genial.

Kitty pronunció la *g* con un leve ronroneo. Stacy hizo girar los ojos.

—Me alegro. Bueno, tenemos que irnos.

Se dieron la vuelta y se encaminaron hacia el despacho del capitán. Cuando estuvieron lejos del alcance del oído de la secretaria, Stacy se inclinó hacia Mac y murmuró imitando a la otra:

—Hola, Mac. Genial.

—Es una cría.

—Entonces, ¿por qué te sonrojas, McPherson?

—¡Killian! ¡McPherson! Nos debéis una.

Aquella voz risueña y desafiante procedía de Beane, otro detective de la división. Su compañero, Bell, estaba junto a él. Los dos, a los que en el departamento se conocía cariñosamente como B&B, tenían aspecto de haber pasado una mañana dura.

—¿Ah, sí? ¿Y eso por qué?

—¿Cómo es que os mandaron a La Plaza? Nosotros nos hemos pasado cuatro horas con un fiambre en Bachman Transfer.

Bachman Transfer era uno de los tres vertederos de Dallas.

—Se os nota en el olor —dijo Stacy por encima del hombro—. Yo que vosotros haría algo al respecto.

—Estoy convencido de que es una cuestión de discriminación —dijo Bell tras ellos alzando la voz—. Porque eres una tía.

—Reconocedlo —contestó Mac, riendo—. Estáis celosos.

—Ojo, si aquí Beane se retira, yo también quiero que me pongan una tía de compañera.

Todavía riendo, Mac y Stacy fueron en busca del capitán Tom Schulze, un veterano que llevaba veintiún años en Homicidios y que había demostrado ser un jefe duro, pero justo. Desde que se conocían, Stacy había aprendido a respetar no sólo su infalible instinto, sino también sus estallidos de cólera. El detective que fuera blanco de aquella cólera era digno de compasión.

Stacy tocó en el quicio de su puerta. Schulze estaba al teléfono, pero les hizo señas de que entraran. Mac tomó asiento. Stacy prefirió quedarse de pie.

Un momento después, Schulze concluyó la llamada. En los diez años que hacía que Stacy lo conocía, el pelo rojizo del capitán había ido raleando y perdiendo color hasta volverse gris, pero sus ojos seguían siendo de un azul casi eléctrico. Aquella asombrosa mirada se posó sobre ella.

—Ponedme al día.

Stacy empezó:

—La víctima se llamaba Elle Vanmeer. Parece que fue estrangulada. Pete nos ha prometido el informe antes de mañana.

El capitán arqueó una ceja.

—Continuad.

Mac prosiguió:

—Llegó al hotel anoche alrededor de las ocho, sola. La doncella la encontró hoy sobre las 11:15 de la mañana. La gerencia del hotel se niega a permitir que registremos las habitaciones e interroguemos a los huéspedes.

—Sin embargo —intervino Stacy, anticipándose a la reacción de Schulze—, convencimos al director para que nos entregara las cintas de seguridad de los ascensores y las escaleras.

—¿Cuántos ascensores hay?

—Dos públicos. Uno de servicio. Tres escaleras de emergencia.

El capitán Schulze hizo la cuenta.

—Dependiendo de cuándo fije Pete la hora de la muerte, eso son quince horas y cuarto de grabación en cada cinta. Y lo mismo para las escaleras.

—Pete calcula que llevaba muerta entre diez y doce horas.

—Eso ayuda.

—Parece que la señorita Vanmeer era cliente habitual de La Plaza. Pidió que le subieran a la habitación flores frescas, champán y fresas con chocolate.

—¿Qué pensáis?

—Que había quedado allí con su amante. Sospecho que uno de ellos o los dos estaban casados.

—Viajaba ligera de equipaje —añadió Mac—. Sólo llevaba lo necesario para un revolcón.
—¿Creéis que el amante es nuestro hombre?
—Sí —Stacy miró a su compañero—. Aunque también puede que sea un cónyuge celoso.
—Necesitaréis ayuda para revisar las cintas.
—Sí, señor.
—Os daré a Camp, a Riggio, a Falon y a...
—Falon está de baja, con gripe —dijo Mac—. Y Moore también.
El capitán soltó un juramento. Una virulenta gripe intestinal estaba haciendo estragos en el departamento. Algunas divisiones funcionaban con la mitad de personal, y los agentes que estaban sanos tenían que hacer doble turno.
—Habrá que arreglárselas —Schulze echó mano del teléfono, indicando que la reunión había terminado—. Esto parece pan comido. A ver si cerramos el caso cuanto antes.

3:15 p.m.

Jane miró por el visor de la videocámara. Anne, la modelo, se hallaba sentada sobre una plataforma, a unos cuatro metros de distancia delante de la cámara. Jane había cubierto la plataforma con tela blanca. Un lienzo de papel blanco, sin junturas, servía de fondo.

Jane quería que la luz fuera lo más cruda posible. Despiadada, incluso cruel. Quería que la modelo se hallara completamente expuesta, despojada de todos los ardides detrás de los cuales solía esconderse: luz tenue y sombras, cosméticos, ropa elegida con astucia, peinado de peluquería.

La mujer tenía el rostro desnudo y el pelo recogido hacia atrás en un prieto moño; no llevaba nada más elegante que una bata de hospital atada a la cintura.

Exposición total. Psicológica. Emocional.
—Ted —dijo Jane, mirando a su ayudante, que estaba a su

derecha–. ¿Podrías ajustar la luz a la derecha? Hay una leve sombra sobre su mejilla izquierda.

Ted hizo lo que le pedía y aguardó a que Jane mirara de nuevo por el visor.

Ted Jackman se había dirigido a ella un par de años atrás en busca de trabajo. Decía haber visto una exposición de su obra que le había entusiasmado. En aquel entonces, Jane no estaba buscando un ayudante, aunque había sopesado la idea de contratar a uno. Por fin decidió probar, y Ted resultó ser un hallazgo. Eficiente. Leal. Despierto. Jane confiaba en él plenamente. Cuando Ian expresaba dudas acerca de su carácter, Jane le recordaba que Ted llevaba con ella más tiempo que él. Comprendía, sin embargo, la actitud de Ian, aunque no compartiera sus recelos. Ted había conseguido concentrar gran cantidad de experiencias en sus veintiocho años de vida, incluyendo una temporada en la Marina, otra como guitarrista de una banda de garaje local de cierto éxito, una estancia en un centro de rehabilitación y, antes de recurrir a ella, una temporada como maquillador en una funeraria. Físicamente, era al mismo tiempo la bella y la bestia. Poseía proporciones clásicas, era fibroso y musculado y tenía los ojos negros, dormilones y casi hipnóticos. Tenía además el cuerpo lleno de tatuajes y piercings y lucía una larga melena negra, salpicada por delante de hebras blancas.

La bella y la bestia. Casi como ella.

–¿Me siento así? –preguntó Anne, flexionando las piernas bajo el cuerpo sobre la dura tarima.

–Como estés más cómoda.

Anne hizo una mueca y posó un momento la mirada en Ted; luego volvió a mirar a Jane.

–Debo de tener un aspecto horrible.

Jane no dijo nada. La mujer levantó la mano para atusarse el pelo y la dejó caer al recordar que Jane le había recogido hacia atrás la abundante mata de cabello rojizo. Se echó a reír con nerviosismo y juntó las manos sobre el regazo.

Casi todos los artistas procuraban que sus modelos se relajaran y se sintieran cómodos y a gusto. Ella procuraba todo lo contrario. Quería subrayar las zonas oscuras. Comunicar el miedo, la debilidad, la desesperación de sus sujetos de observación.

Jane empezó:

—Cuéntame de qué tienes miedo, Anne. Cuando estás sola con tus pensamientos, ¿quién es el monstruo?

—¿Miedo? —repitió la mujer con cierto nerviosismo—. ¿Te refieres a... arañas o cosas así?

Jane no se refería a eso, pero le dijo que empezara por ahí si quería. Algunas de sus modelos sabían exactamente lo que buscaba; otras, como Anne, habían respondido a su anuncio sabiendo de la artista que se hacía llamar Camafeo únicamente que pagaba cien pavos por un par de horas de trabajo.

Jane había tenido modelos de todas las edades y razas. Aquellas mujeres recorrían la escala entera de la variedad humana; las había anoréxicas y obesas, guapas de morirse y penosamente desfiguradas. Pero, curiosamente, todas ellas compartían el mismo miedo, un hilo que parecía unir a todas las mujeres las unas a las otras.

—Odio las arañas —dijo Anne.

—¿Por qué?

—Son tan... desagradables. Tan feas... —hizo una pausa y se estremeció—. Y tienen esos pelillos en las patas...

—Entonces, ¿se trata de algo visual? ¿De una reacción física a su apariencia?

La mujer arrugó el ceño, pero la carne entre sus cejas no se frunció. Botox, pensó Jane, que conocía aquel efecto.

—Nunca lo había pensado de ese modo —dijo Anne.

—¿Reaccionas así ante personas feas o deformes? ¿Ante personas obesas?

Jane odiaba aquellas palabras, aquellas etiquetas, y las usaba a propósito, buscando un efecto determinado. Anne se sonrojó y apartó la mirada.

Sí, pero le da vergüenza admitirlo.

Una forma de discriminación a la que Jane estaba acostumbrada.

—Dime la verdad, Anne. Para eso estamos aquí. De eso trata mi trabajo.

—Pero te parecerá mal. Pensarás que soy una engreída.

—Estoy aquí para documentar, no para juzgar. Si no puedes ser sincera conmigo, dímelo ahora. No quiero que perdamos el tiempo.

Anne titubeó un momento; luego miró fijamente a Jane.

—Sé que está mal, pero es como... como si hiciera daño mirarlos.

—¿Por qué?

—No sé.

—Yo creo que sí lo sabes.

Anne se removió, incómoda.

—Cuando miro a esas personas, yo... en cierto modo las odio.

—El odio es una emoción muy intensa. Tal vez más que el amor —Anne no respondió. Jane continuó—. ¿Por qué crees que sientes eso?

—No lo sé.

Jane hizo una pausa y procuró aclarar sus ideas. Intentó otro acercamiento.

—¿Te consideras una mujer bonita, Anne?

La modelo se sonrojó.

—Sí. Quiero decir para mi edad.

—¿Para tu edad?

Anne apartó los ojos y luego volvió a mirarla.

—Bueno, ya no tengo veinte años.

—Nadie tiene veinte años eternamente.

—Sí, ya —dijo Anne con voz afilada—. Hay que hacerse mayor. Es ley de vida.

—Sí —Jane moduló cuidadosamente su voz para que sonara neutral, casi inexpresiva. Había aprendido que su aparente indiferencia inflamaba la emoción de algunas de sus modelos.

—¿Cuántos años tienes? —preguntó Anne.

—Treinta y dos.

—Una cría. Recuerdo cuando yo tenía treinta y dos años.

—No tienes muchos más.

—Tengo cuarenta y tres. ¡Qué diferencia con treinta y dos! ¡Una eternidad! Tú no te das cuenta. No puedes hacerte una idea porque...

Anne refrenó sus palabras. Jane enfocó su cara con el zoom; el rostro de la mujer llenó la pantalla. La cinta grabó sus ojos llenos de lágrimas. Su debilidad llena de desesperación. El modo en que temblaban sus labios, cómo los comprimía. Sincera, pensó Jane. Poderosa.

Jane enfocó la boca de Anne. Ésta se humedeció los labios y empezó a hablar. Jane movió el ojo de la cámara hacia los ojos de su sujeto.

—Cada mañana me miro en el espejo, me observo. Busco las señales del envejecimiento. Me fijo en cada nuevo pliegue, en cada arruga. En la línea cada vez más flácida de mi mandíbula —cerró los dedos. Jane grabó aquel gesto involuntario—. No puedo comer nada porque o se me va directo a la tripa o hace que retenga líquidos. Y en cuanto a beber... —se echó a reír con amargura—. Una sola copa de más y tengo los ojos hinchados durante días.

Jane sabía que los miedos y las inseguridades podían convertirse en una desesperación intensa y asfixiante. O, peor aún, en odio hacia uno mismo.

—¿Tienes idea de cuántas horas me paso en el gimnasio? ¿En la máquina de escalones y en la cinta mecánica? ¿De cuánto sudo intentando conservar la talla treinta y ocho? ¿De cuánto dinero he gastado en inyecciones de colágeno, en Botox y en cremas exfoliantes?

—No —murmuró Jane—, no tengo ni idea.

La mujer se inclinó hacia delante y se rodeó el cuerpo fuertemente con los brazos.

—Exacto, no tienes ni idea. No puedes ni imaginártelo. Porque tienes treinta y dos años. Eres diez años más joven que yo. Diez años.

Jane no respondió. Dejó que el silencio se extendiera entre ellas, afilado e incómodo. Cuando volvió a hablar, repitió su pregunta anterior, completando el círculo.

—¿De qué tienes miedo, Anne? Cuando estás sola en la oscuridad, ¿quién es el monstruo?

Las lágrimas anegaron los ojos de Anne.

—Tengo miedo a envejecer —logró decir—. A ponerme flácida. Y arrugada. Y... —respiró hondo rápidamente—. Y fea.

—Algunas personas no estarían de acuerdo. Verían las huellas del paso del tiempo sobre el rostro como algo bello.

Anne sacudió la cabeza negativamente.

—¿Quién? El día que se nace, se empieza a morir. Piénsalo —se inclinó hacia delante—. ¿No te parece deprimente? Físicamente, cuando se es más perfecto es al nacer.

Jane procuró ocultar su agitación. Aquella pieza podía acabar siendo una de las mejores que había grabado. Hasta ese punto le gustaba. Más tarde sacaría conclusiones definitivas, cuando estudiara la cinta en busca de poderosas sutilezas: el modo en que las emociones actuaban sobre el rostro del sujeto, la forma en que el lenguaje corporal reflejaba o desmentía sus palabras.

—Ya está, Anne —dijo, poniendo fin a la sesión.

—¿Ya hemos acabado? Ha sido fácil —Anne se bajó de la mesa—. ¿Ha salido bien?

Jane sonrió calurosamente.

—Sí, muy bien. Estoy pensando en usarlo para mi próxima exposición, si me da tiempo a hacer las tallas. Ted te dirá cuándo tienes que venir para que hagamos los moldes.

Durante esas sesiones, Jane haría moldes de escayola de la cara y otras partes del cuerpo de Anne. Luego cubriría gota a gota los moldes con metal fundido y sacaría un vaciado. El metal líquido formaba una talla como hecha de encaje, semejante a una malla. El efecto orgánico producido por el goteo, el deslizamiento y la fusión del metal sobre el molde contrastaba dramáticamente con la rigidez propia del material. Los críticos habían dicho que su trabajo era a un tiempo lírico y lleno de crudeza. Las feministas elogiaban su obra por ser una denuncia social de la explotación de las mujeres.

Jane no estaba de acuerdo con ninguna de aquellas interpretaciones; para ella, su obra era sólo la expresión visual de sus creencias. En aquel caso, una manifestación de su convencimiento de que la sociedad occidental valoraba la belleza hasta un punto enfermizo, sobre todo en el caso de las mujeres.

El artista plástico —lo mismo que el escritor, el músico o el cómico— utilizaba sus propias vivencias para expresar algo sobre la condición humana. A veces lo que Jane quería comunicar no resultaba fácil de digerir. Su obra le decía algo distinto a cada individuo, nunca significaba lo mismo para todo el mundo. Y, sin embargo, la potencia del mensaje radicaba precisamente en su universalidad. En ese algo indefinible que conmovía a muchos, y sin embargo nunca del mismo modo a cada persona.

Anne señaló el vestidor.

—¿Te importa que me cambie?

—No, por favor.

La mujer miró a Ted mientras retrocedía hacia el vestidor.

—Sólo serán unos minutos.

Cuando la puerta se cerró tras ella, Ted miró a Jane.

—Muchas de tus modelos reaccionan así conmigo. Mi madre dice que doy miedo.

—Tu madre es muy lista.

Aunque Jane había hablado con ligereza, Ted frunció el ceño.

—¿A ti te doy miedo, Jane?

—¿A mí? ¿A la novia de Frankenstein? Qué va.

—Detesto que hables así de ti misma. Eres preciosa. Una persona maravillosa —Ted señaló el vestidor—. Ésa sí que me da pena.

—¿Anne? ¿Por qué?

El semblante de Ted se alteró sutilmente.

—No sólo ella. Casi todas tus modelos. Su visión de la vida es tan estrecha... Las mujeres como ella no sienten nada con autenticidad. No saben lo que es el verdadero dolor, así que se lo inventan.

La rabia que bullía tras sus palabras sorprendió a Jane.

—¿Tan mal te parece? ¿A quién hacen daño, aparte de a sí mismas?

—Dímelo tú. ¿Cambiarías tu dolor por convertirte en alguien como ella?

Anne salió del vestidor antes de que Jane pudiera contestar. Llevaba la ropa perfectamente arreglada, la cara maquillada, el pelo bien peinado.

—Mucho mejor, ¿no os parece?

—Estás guapísima —dijo Jane.

Anne sonrió y se volvió hacia Ted con mirada expectante.

Pero, en lugar de obsequiarla con un cumplido, él dio media vuelta.

—Voy a por la agenda.

Después de que Ted le diera cita para las siguientes sesiones, Jane acompañó a Anne a la salida, le dio de nuevo las gracias y le aseguró que la sesión había sido un gran éxito. Cuando regresó al estudio, Ted estaba esperando donde lo había dejado. Tenía una expresión extraña en el semblante.

—¿Pasa algo?

—Esa estaba buscando un cumplido —dijo él—. Las mujeres como ella siempre andan buscando cumplidos.

—¿Tanto te habría costado decirle algo amable?

—Habría sido una mentira.

—¿No te parece guapa?

—No —contestó él con aspereza—. No me lo parece.

—Pues debes de ser el único hombre de Dallas a quien no se lo parece.

Ted la miró con expresión un tanto furiosa.

—Esa mujer no ve más allá de la superficie. Yo sólo veo el interior de las cosas. Y lo que veo en ella no me gusta.

Jane no supo qué responder. La vehemencia de Ted la había sorprendido.

—Si me das el visto bueno —dijo él de repente—, puedo mandar las invitaciones para la fiesta de inauguración mañana a mediodía.

Jane miró su reloj, aliviada porque Ted hubiera cambiado el rumbo de su conversación.

—He quedado con Dave en el Arts Café para tomar algo. Lo haré cuando vuelva.

—Yo mientras tanto voy a acabar de catalogar las piezas para la exposición.

Jane lo miró alejarse sintiendo un extraño desasosiego en la boca del estómago. De pronto se dio cuenta de que sabía muy poco de la vida privada de Ted. Sus amigos, si salía con alguien, cómo pasaba su tiempo libre... Él nunca mencionaba a su familia.

Hasta ese día, Jane no había tenido el más leve indicio de qué cosas le hacían rebelarse. Ni el más leve indicio.

Qué extraño, pensó. Que llevaran trabajando juntos más de un año y que siguiera sabiendo tan poco de él. ¿Cómo era posible? ¿Se debía a que Ted era muy reservado? ¿O a que ella había mostrado muy poco interés?

4:00 p.m.

Jane salió al día frío y gris. Levantó la cara hacia el cielo y aspiró una profunda y tonificante bocanada de aire. Le encantaba su trabajo, le encantaba su estudio, pero después de pasarse el día encerrada bajo la luz artificial, respirando un aire filtrado y estancado, era delicioso salir al exterior, aunque el día fuera gris e invernal.

Jane había decidido vivir y trabajar en la zona llamada Deep Ellum, un barrio bohemio situado al este del centro de la ciudad, bien entrada la calle Elm, y cuyo nombre derivaba del modo en que pronunciaban la palabra *Elm* sus primeros moradores. Conocido por su vida nocturna, Deep Ellum servía de cobijo a jóvenes, a desarraigados y a extravagantes, a artistas, a músicos y a cualquiera que no acabara de encajar en la cultura obsesionada por la imagen y el dinero que dominaba la ciudad. Razón por la cual le encantaba a Jane. Allí se sentía como en casa.

Jane echó a andar con paso vivo, saludando a quienes conocía: colegas artistas, tenderos, camareros de los restaurantes del vecindario que frecuentaba, músicos... Allí todos se conocían. Deep Ellum era un barrio pequeño, formado únicamente por tres calles: Elm, Main y Commerce. Jane vivía en Commerce, una arteria que se preciaba de tener más zonas residenciales que comerciales. La calle Elm formaba el bullicioso centro de Deep Ellum, repleto de vida, restaurantes y clubs. La calle Main, una mezcla de las otras dos, quedaba en el medio.

El dueño del salón de tatuajes de la esquina estaba apoyado en la puerta de su negocio, fumando un pitillo. Jane nunca había visto a aquel hombre, el cual era un anuncio andante de su trabajo, ataviado con nada más sustancial que una camiseta de tirantes. Ese día no era una excepción.

—Hola, Snake —dijo Jane alzando la voz—. ¿Qué tal va el negocio?

Snake se encogió de hombros y expelió un largo soplo de humo que quedó suspendido en el aire frío un momento antes de disiparse.

—Tengo un tatuaje precioso esperándote, nena. Y ahora tengo tiempo. Pondría a cien a tu maromo, te lo aseguro.

Jane sonrió.

—Mi maromo no necesita que nada lo ponga a cien. Además, odio las agujas.

Lo cierto era que, después de tantas operaciones y de tantos años ansiando una piel lisa e impoluta, la sola idea de hacerse un tatuaje le daba escalofríos.

Se despidió de Snake agitando la mano y cruzó Commerce de camino hacia la calle Main. Había quedado en encontrarse con Dave en el Arts Café, uno de sus locales favoritos, no sólo porque servía el mejor café con leche del barrio, sino porque exponía la obra de artistas locales desconocidos. De hecho, el propietario le había permitido hacer allí su primera exposición en solitario.

Llegó al café y entró. La exposición que se estaba celebrando, una serie de pinturas expresionistas titulada *Grita*, asaltó de pronto sus sentidos. Las perturbadoras imágenes y los latigazos de colores violentos le impactaron por su potencia, a pesar de que les faltaba originalidad. Jane habría apostado a que, con unos pocos años más de experiencia, el nombre del pintor sonaría con frecuencia en el mundillo artístico de Dallas.

Dave estaba sentado a la barra, tomando un café solo. Alto, rubio y de una belleza física amigable y cercana, al verla se levantó y una sonrisa iluminó su cara.

—¡Vive Dios, pero si es la gran Camafeo!

Jane se echó a reír y abrazó a su amigo.

—Dave, estás como una cabra.

Él la soltó y se llevó un dedo a los labios.

—Chist, calla. El psiquiatra soy yo. Si mis pacientes descu-

bren que el que está loco soy yo, voy a tener que irme a vivir contigo.
—¿Tan malo sería?
—Te quiero, Jane, de verdad. Pero, francamente, ese rollito de parejita feliz que tenéis Ian y tú arruinaría mi estilo de vida.
—Podrías probar. Puede que te sorprendas.
—¿Y renunciar a la vida de soltero? —Dave le dio el brazo y la condujo a una mesa junto al escaparate—. Sólo hay una mujer por la que lo habría hecho, y me salvó al enamorarse de otro y casarse con él.
—¿Salvarte a ti?
Jane se echó a reír y le apretó el brazo. Cuando tenían poco más de veinte años, Dave y ella habían prometido casarse si a los cuarenta seguían aún solteros. Naturalmente, a los veintiuno y a los veintidós años, respectivamente, los cuarenta les parecían muy lejanos. Una última boqueada antes de que llegara la senectud.
—¿Qué vas a tomar? Invito yo, por cierto.
—Un descafeinado doble con leche. Y una de esas fabulosas magdalenas de avena y nueces.
Dave se llevó una mano al corazón.
—¿Un descafeinado? ¿Tú?
Jane titubeó y luego dijo con ligereza:
—Nunca es tarde para pasar una nueva página. Deberías intentarlo.
Dave la observó un momento como si supiera que estaba mintiendo, y luego asintió con la cabeza. Jane lo miró acercarse a la barra. Había decidido seguir el consejo de Ian y hablarle a Dave sobre su estado de ánimo. Pero, ahora que estaba allí, se sentía inquieta. No por confiarse a Dave, sino por abrir una gusanera que deseaba mantener cerrada.
Dave regresó con los cafés y el bollo. Jane se lanzó a por ambas cosas, aunque no sabía si era porque tenía hambre o porque deseaba postergar la verdadera razón de su encuentro. Entre tanto, Dave la observaba con expresión divertida.
—¿Te has saltado la comida?
—Estaba trabajando.

—¿Algo interesante?

Jane sonrió.

—Mucho. Una mujer llamada Anne. Espero poder incluir su segmento en la exposición, pero dependerá de si me da tiempo a acabar las esculturas.

Dave sacó de su mochila un ejemplar de la revista *Texas Monthly* y lo puso sobre la mesa, entre los dos.

—Recién salido del horno.

Jane vio que su propia imagen la miraba desde la portada y luchó con emociones contradictorias, entre las cuales no era la menor el impulso de esconderse. Siempre había evitado su propia imagen, y ahora allí estaba, expuesta a los ojos de todo Texas.

—¿De dónde la has sacado?

—Me la ha dado un paciente que trabaja en la revista. Respira hondo. Enviaron por correo este número el lunes —ella no dijo nada. No le salía la voz—. Estás preciosa —añadió Dave.

Ella nunca sería preciosa. Pero la foto era buena. Interesante. Evocadora. El fotógrafo había usado un potente foco de luz para resaltar un lado de su cara y mantener el otro en sombras.

—La imagen bella y brutal de Camafeo —murmuró, leyendo el titular que había bajo la foto. Posó la mirada en su amigo—. Casi me da miedo mirar.

—La conclusión que se saca es que eres brillante.

—No te burles de mí.

—No lo hago —Dave señaló la revista—. Anda, léelo.

Jane leyó el artículo. El periodista hablaba de su pasado, del accidente, de cómo el arte la había salvado. El resto del artículo versaba sobre su obra. El proceso de creación, la atención que recibía desde hacía algún tiempo por parte de los medios y la aclamación de la crítica. A pesar de que el texto se concentraba en su trabajo, la revista había incluido una foto suya con Ian y otra a los quince años, poco después del accidente. Jane miró aquella imagen granulada, tomada de un recorte de periódico de aquella época, y se le quedó la boca seca.

—Tenían que incluir esto —dijo con amargura—. La inevitable carnaza.
—Déjalo, Jane.
—No pueden mostrar a la bella sin mostrar a la bestia.
—No puedes esconderte de tu pasado. Forma parte de ti.
—Parezco un monstruo. Incluir esa foto ha sido completamente gratuito.
—Jane —al oír su tono de voz, Jane lo miró a los ojos—, olvídalo.
—Ya sé, pero...
Dave bajó la voz.
—Olvídalo. Tu obra es un reflejo de cómo eres y de lo que has vivido. Tú misma lo dices en el artículo. Era lógico que incluyeran esa foto.
Jane intentó digerir aquella idea. Sabía que Dave tenía razón, pero detestaba verse así y saber que todo el mundo iba a verla de ese modo.
—Me duele —reconoció.
—Claro que sí.
—Quiero que la gente se fije en mi trabajo, no en mí.
—Esas dos cosas no pueden separarse, nena —dijo Dave—. Lo siento.
—Cabrón puñetero.
—Cosas peores me han llamado.
—Casi todas las mujeres con las que has salido.
—Puedo vivir con esa cruz.
Dave siempre había tenido la habilidad de hacerla salir de sí misma. Jane sonrió y deslizó la revista sobre la mesa. Dave volvió a empujarla hacia ella y luego la miró fijamente a los ojos.
—Quédatela. Bueno, Jane, se te ha acabado el tiempo. Desembucha.
—¿Desembuchar qué?
—Lo que te preocupa.
—¿Es que no puedo quedar con un amigo sin que se me acuse de tener motivos ulteriores?
Dave enarcó una ceja.
—¿A menos de dos semanas de la inauguración de tu ex-

posición monográfica en el Museo de Arte de Dallas? En una palabra, no.

—Listillo.

—Listo a secas, deslenguada.

En cualquier otra ocasión, Jane habría sonreído.

—La pesadilla ha vuelto.

Dave no tuvo que preguntar cuál de ellas; ya lo sabía.

—¿Algún cambio?

—Uno sólo —Jane entrelazó los dedos—. El tipo de la barca da la vuelta para pasar otra vez sobre mí. Para acabar el trabajo. Entonces me despierto gritando.

—¿Cuántas veces...?

—Tres en dos semanas.

—¿Te pasa algo, aparte de tener un matrimonio perfecto y la fama al alcance de la mano?

Jane titubeó. Ian y ella habían decidido guardarse la gran noticia y, cuando por fin la contaran, decírselo primero a Stacy. Pero Dave no podía ayudarla si no era sincera con él.

—Estoy embarazada.

El semblante de Dave se aflojó un instante por la sorpresa y luego se iluminó de placer. Se levantó de un salto, rodeó la mesa y la hizo levantarse dándole un abrazo de oso.

—¡Cuánto me alegro por ti! ¡Es una noticia maravillosa!

Jane lo abrazó con fuerza. De pronto se sentía irracionalmente atemorizada. Dave dejó que lo apretara un momento y luego se apartó.

—¿De qué tienes miedo, Jane?

Ella pensó en su sesión con Anne, en cómo le había hecho a su modelo casi la misma pregunta: «Dime de qué tienes miedo. Cuando estás a solas con tus pensamientos, ¿quién es el monstruo?». La otra mujer había contestado con sinceridad. ¿Podría hacerlo ella?

—Vamos a sentarnos —dijo. Dave asintió con la cabeza y un momento después estaban de nuevo mirándose el uno al otro por encima de la mesa—. ¿Empiezas tú? —preguntó ella.

—Está bien —Dave dobló las manos delante de sí—. ¿Cómo va todo?

–Genial.
–¿Ah, sí?
–Sí... Dios, sí. Soy la persona más afortunada del mundo.
–¿Lo dices en serio?
–Sí. Últimamente pienso mucho en la suerte –hizo una pausa, tomándose un momento para ordenar sus ideas–. No sólo por Ian, por el bebé o por la exposición. El día del accidente, si ese médico no hubiera estado en casa, si no hubiera oído los gritos y hubiera llamado al 911 antes de salir corriendo, si la ambulancia hubiera tardado más o los tipos de emergencias no hubieran tenido tanta experiencia, o si la lancha se hubiera desviado unos milímetros en otra dirección... yo habría muerto –juntó las manos temblorosas sobre el regazo–. Y ahora lo tengo todo. Amor. Éxito en una carrera que adoro. Y un hijo en camino.
–Entonces, ¿a qué vienen las pesadillas?
–Tú eres el psiquiatra. Dímelo tú.
Dave se inclinó ligeramente hacia delante
–Está bien. Puede que tengas miedo de que se te acabe la suerte. De perderlo todo.
–Pero ¿por qué iba a...?
–¿Qué ocurre cuando todos los sueños de una persona se hacen realidad?
–¿Que esa persona es feliz?
Dave ignoró el sarcasmo.
–En otro tiempo dabas por sentada tu vida. Lo tenías todo, una familia feliz, amigos, el aprecio de los demás... Y alguien te lo arrebató todo de un plumazo. Tú sabes lo rápido que pueden ocurrir esas cosas, Jane. Sabes lo caprichoso que es el destino, lo precioso que es cada momento. Todos tus sueños se han hecho realidad –la agarró de las manos y se las apretó con fuerza–. Y temes perderlo todo otra vez. Que se te acabe la suerte –Jane comprimió los labios trémulos; las palabras de Dave, su significado, resonaban dentro de ella–. Eso es lo que representa tu sueño, Jane. Perderlo todo. Vivir con esa angustia. Sobreviviste la primera vez, lo lograste. Así que esa figura perversa de tu pasado va a intentar acabar el trabajo, como tú misma dices.

Dios santo, Dave tenía razón. Ahora todo importaba tanto... Lo tenía todo. Aquello era lógico.

Un leve suspiro de alivio escapó de sus labios.

—Tienes razón, Dave. Gracias a Dios. Tenía... miedo de perder la cabeza. De estar deslizándome otra vez en ese agujero. No quiero volver a pasar por eso nunca más. Nunca más.

Dave le apretó las manos y luego se las soltó.

—¿Quieres vencer tus miedos? Pues tómalos por lo que son.

—Estúpidos. Desmesurados. Infundados.

Dave frunció el ceño y dijo en tono suave:

—Nada de eso. Has superado un trauma severo. La mente se adapta, se protege. El ejemplo más extremo es el del trastorno de personalidad múltiple.

Jane sonrió.

—Siento como si me hubieran quitado un gran peso de encima.

—Dave Nash, el supergenio.

—O el *soporgenio*, como solíamos decir Stacy y yo.

—Hablando de tu hermana, ¿cómo se ha tomado Stacy la noticia?

—Aún no lo sabe.

Dave levantó las cejas.

—¿No se lo has dicho?

Jane se apresuró a decir en tono defensivo:

—Acabamos de enterarnos. Y quería decírselo a ella primero. Quería, pero es que... —miró tímidamente a su amigo—. Ya conoces a Stacy.

Dave guardó silencio un momento.

—Las relaciones son calles de doble sentido, Jane. Tú eres en parte responsable de que tu relación con Stacy se haya deteriorado.

—Entonces dime qué puedo hacer para arreglar las cosas. Odio que estemos así.

—Creo que eso no es del todo cierto.

Jane se puso colorada.

—No puedo creer que digas eso.

—Considéralo desde mi punto de vista. Stacy es tu hermana, tu única hermana. Sin embargo, no le has dicho que estás embarazada. Debiste levantar el teléfono para llamarla en cuanto te enteraste. Tú siempre te refrenas.

—Me preocupaba que se molestara, que no se alegrara por mí.

—¿Y por eso ni siquiera le has dado la oportunidad de reaccionar? Alguien tiene que romper ese círculo vicioso.

—Ella es la que tiene problemas.

—¿Ah, sí?

Jane dejó escapar un bufido exasperado.

—Hablas con artimañas, como un psiquiatra.

—Hablo como amigo tuyo, Jane. No como médico. Tienes que romper ese círculo vicioso.

—Sabelotodo.

—*Soporgenio* —puntualizó él.

Jane esbozó una sonrisa, a pesar de que la molestaba que Dave le llevara la contraria.

—Te quiero, ¿sabes?

—Sí, lo sé. Yo también a ti.

Estuvieron hablando unos minutos más. Jane desvió la conversación hacia él, hacia su consulta. Hablaron de la pelirroja con la que Dave estaba saliendo. Jane se enteró de que la pelirroja era ya agua pasada, de que la consulta estaba llena de gente y de que Dave planeaba hacer un viaje a París en primavera.

Él le dio un beso en la mejilla cuando se despidieron.

—Me alegro de que me hayas llamado. Te echaba de menos.

—Yo también me alegro. Y gracias por los consejos. Creo que esta noche dormiré mejor.

—Me alegra saberlo —la sonrisa de Dave se disipó—. Llama a Stacy, Jane. Ella también te necesita.

—Ojalá pudiera creerlo.

—Es cierto —la besó de nuevo—. Prométeme que la llamarás.

Jane se lo prometió, pero, mientras Dave se alejaba, se preguntó qué la asustaba más, si afrontar su miedo irracional a perderlo todo o enfrentarse a su hermana.

5:30 p.m.

Stacy estaba arrellanada delante del monitor de vídeo, mirando las parpadeantes imágenes en blanco y negro. Se desperezó y miró su reloj. Dos horas y media. Y, de momento, nada. Nada fuera de lo normal. Parejas. Niños jugando en el ascensor, subiendo y bajando. Ancianos.

Deland había dicho que el hotel estaba funcionando a menos del cincuenta por ciento de su capacidad, después de tres semanas seguidas funcionando casi al cien por cien gracias a la Feria Estatal de Texas y al sonado partido entre la Southern Methodist University y la Oklahoma State University.

Aquello se notaba en las cintas.

Naturalmente, tal vez los vídeos de las escaleras fueran más reveladores.

Mac se había ofrecido a hacer el trabajo de calle: avisar al pariente más cercano de Elle Vanmeer, hablar con sus vecinos, seguir las pistas... Stacy lo había empujado a hacerlo, pero lamentaba que no estuviera allí, revisando las cintas. Mac era un buen policía. Comprometido con su trabajo. Observador.

Camp y Riggio, en cambio, eran un par de vagos hartos de su oficio. Jane estaba deseando hacerles una visita para comprobar si estaban cumpliendo con su cometido. No confiaba en su capacidad de observación. Pero tal vez fuera una neurótica, pensó, recordando las cosas que le había dicho Mac.

Más bien una zorra desconfiada y quisquillosa.

Y una mierda, pensó. Si sus cintas no revelaban ninguna pista, también revisaría las otras.

El asesino de Elle Vanmeer tenía que haber llegado al piso octavo de algún modo. Y desde luego no había llegado volando.

Jane pensó en un café. Y en un donut; tal vez hubiera sobrado alguno de la caja de esa mañana. Quizás uno de esos rellenos de crema.

Ni soñarlo. Ésos rara vez duran más allá de las diez de la ma-

ñana. Le rugieron las tripas y miró anhelante hacia la puerta. *Aun así, uno de azúcar reseco sería mejor que nada.*

Estiró el brazo para apagar la máquina y luego se detuvo con la mirada fija en el monitor. Un hombre bajándose en el octavo piso. La hora señalaba las 10:36 p.m.

Stacy apretó el botón de retroceso.

Aquel tipo tomaba el ascensor en el vestíbulo. Iba solo. Era alto. Delgado, pero fuerte. Llevaba unos vaqueros azules, una cazadora de cuero y una gorra de béisbol.

Stacy miró la pantalla entornando los ojos. Parecía una gorra de los Atlanta Braves, pero no estaba segura. La gorra y la inclinación de la cabeza ocultaban la cara del hombre a la cámara.

Stacy siguió observando mientras el ascensor se detenía en el octavo piso y aquel tipo se bajaba de él. Rebobinó aquel segmento de película y lo vio otra vez. Y luego otra.

Aquel hombre sabía dónde estaba la cámara. Apartaba deliberadamente la cara.

Ella tenía razón. Era listo. Lo había planeado todo de antemano. Pulsaba el botón del octavo piso sin vacilar. Llevaba guantes. Stacy escudriñó su memoria. ¿Qué temperatura hacía la noche anterior? ¿Unos diez grados? ¿Menos? ¿Suficiente frío como para que aquel tipo no llamara la atención llevando guantes?

Stacy calculó cuánto tiempo había requerido el asesinato. Imaginó la secuencia de los hechos. Aquel individuo entra en la habitación. Saluda a su amante. Ella está allí, esperando. Tal vez tumbada en la cama. Ello forma parte de la diversión. Del juego. Él le habla con rudeza un minuto o dos, la provoca, puede que incluso usando el cinturón de la bata. No se quita los guantes. Puede que la chaqueta tampoco. Así es más provocativo. Ella confía en él, no se inquieta.

Entonces él la mata.

Y sale de allí en cuestión de veinte minutos. Tal vez menos.

La hora grabada en la cinta encajaría, coincidiría exactamente con la estimación preliminar de Pete sobre la hora de la muerte de Elle Vanmeer.

La adrenalina se apoderó de Stacy. El jugo, como ella lo

llamaba para sus adentros. A pesar de que las probabilidades de que aquel tipo hubiera tomado el ascensor para bajar eran de cuatro a una, Stacy adelantó la cinta.

De cuatro a una, pero allí estaba: el señor de la gorra de los Braves, diecisiete minutos después de apearse en el octavo piso, haciendo el viaje de regreso.

Ya te tengo, cabrón.

Stacy rebobinó la cinta, se levantó de un salto y fue en busca de los otros.

6:15 p.m.

Mac se reunió con el grupo de detectives cuando Stacy estaba rebobinando la cinta por cuarta vez. Tiró su chaqueta sobre la mesa.

—¿Qué pasa? ¿No hay palomitas?

—Se han terminado —dijo Stacy—. Pero tenemos algo mucho mejor. Echa un vistazo.

Mac agarró una silla, la giró y se sentó a horcajadas. Observó en silencio la imagen parpadeante. Cuando el sospechoso salió del ascensor en el vestíbulo, Stacy congeló la imagen y miró a su compañero.

—¿Qué opinas?

—Sabía dónde estaban las cámaras.

—Lo mismo pienso yo.

—La hora coincide —comentó Camp—. Esto tiene buena pinta.

Mac frunció los labios.

—¿Tenemos a alguien más?

—Todavía no —contestó Riggio—. Un par de tías solas. Una pareja de adolescentes. Nada más.

—¿Algo en las escaleras?

—Nada —Camp miró su reloj—. Pero todavía tengo que revisar una hora de grabación.

—Pues hazlo —Stacy miró su propio reloj—. Mac y yo vamos a empezar a seguir las pistas que ya tenemos.

Los demás detectives salieron en fila, dejando solos a Mac y a Stacy.

–¿Qué has averiguado?

Mac sacó su libreta.

–Dos veces divorciada, la última hace dos años. Sus dos maridos eran bastante mayores que ella. Y ricos.

–¿Trabajaba?

–Decía ser diseñadora de interiores, pero los vecinos con los que he hablado dicen que no daba palo al agua. Imaginan que usaba su carné de interiorista para conseguir descuentos en todas las tiendas de decoración de la ciudad. Los divorcios la dejaron muy bien situada.

–¿Tenía novio?

–Por desgracia, no. Pero, según su asistenta, le gustaban los hombres. Y mucho, al parecer.

–Qué interesante.

Stacy se puso a tamborilear con los dedos sobre la mesa arañada mientras pensaba a toda velocidad. Un ex marido celoso. O resentido... y desangrado por el acuerdo de divorcio.

–¿Estás pensando que ahí podría haber un móvil?

–Puede ser.

–He hablado con el primer marido. Vive en Atlanta. Hace años que no habla con Elle. No acababa de creerse que hubiera muerto. No se comportaba como un tipo que acaba de matar a su mujer.

–¿Y el otro?

–Estaba de crucero. Su barco atracó esta mañana en Miami y su vuelo llega a Dallas-Fort Worth a las diez cuarenta y cinco de esta noche.

–Entonces tiene coartada.

–Por lo que he oído, también tiene suficiente dinero como para encargarle a otro el trabajo sucio.

–Vamos a ver si pillamos a Rick Deland en La Plaza. Le ponemos la cinta y vemos si él u otra persona reconocen a ese tipo como cliente o visitante del hotel.

Mac estuvo de acuerdo. Stacy sacó del bolsillo de su pantalón la tarjeta de Deland, se acercó al teléfono colgado de la pared y marcó.

—Quiero hablar con Rick Deland —dijo, y añadió—: Soy la detective Stacy Killian —un momento después, Deland se puso al teléfono—. Me alegra encontrarlo, señor Deland. Tenemos que enseñarle una cosa. ¿Podemos pasarnos por allí ahora mismo? —Deland contestó que sí y Stacy colgó—. Ya está —recogió su chaqueta del respaldo de la silla y se la puso—. ¿A qué hora dices que llega el ex marido? ¿A las diez cuarenta y cinco?

Mac hizo un gesto afirmativo con la cabeza.

—¿Quieres que nos pasemos por el aeropuerto?

—No hay nada como el elemento sorpresa para hacer avanzar una investigación —Stacy miró la hora—. ¿Algo más?

—Sí, una cosa —algo en el tono de Mac hizo que a Stacy se le erizara el vello de la nuca. Lo miró—. ¿A que no sabes quién era el cirujano plástico de Elle Vanmeer? El doctor Ian Westbrook. Tu cuñado.

8:25 p.m.

Jane bebió un sorbo de agua mineral y miró a Ian. Su marido estaba de pie ante la cocina, removiendo una salsa de confitura de naranja. Estaba preparando uno de sus platos preferidos: pollo a la naranja con romero. El olor del pollo especiado y de la naranja dulce llenaba la cocina. Ian era un excelente cocinero y casi siempre era él quien preparaba la comida. Jane cumplía gustosamente el papel de pinche de cocina y lavaplatos.

—Hoy he visto a Dave.

—Me preguntaba cuánto ibas a tardar en llamarlo. Ni siquiera veinticuatro horas.

Jane ladeó la cabeza. ¿Era irritación lo que creía advertir en la voz de su marido? ¿O celos?

—Somos amigos desde hace mucho tiempo.

—Ya lo sé, Jane —Ian la miró un momento a los ojos—. No estoy enfadado porque lo hayas llamado. Qué demonios, fui yo quien te lo sugirió.

—Sí. Y fue una sugerencia excelente, por cierto.
—¿Y?
—Me llevó un número de *Texas Monthly*. El número.
Ian dejó de remover el guiso y la miró.
—¿Y bien? ¿Qué te parece?
—Júzgalo tú mismo.
Sacó la revista y la dejó sobre la encimera de granito, abierta por el artículo que hablaba de ella. Ian dejó escapar un silbido.
—Madre mía —se limpió las manos, tomó la revista y empezó a leer. Cuando acabó, miró de nuevo a los ojos a Jane—. Y pensar que te casaste conmigo.
—Sólo porque quería saber cómo vivían las clases bajas.
—Ya, andabas deambulando por la planta de rebajas, buscando un tesoro a precio de ganga.
—Tú no eres una ganga, cariño —bromeó ella—. Pero eres un tesoro.
Ian se inclinó para besarla. Al erguirse, el regocijo había volado de su semblante.
—La foto te ha molestado —no era una pregunta; Ian la conocía muy bien. Así se lo dijo Jane—. ¿Y qué te dijo Dave al respecto?
—Que lo olvidara. Que el pasado forma parte esencial de mi ser... y de la artista en que me he convertido.
Mientras hablaba, aquella imagen grotesca atrajo de nuevo su mirada. Incapaz de resistirse a su poder, Jane cerró la revista.
—Ahora sí que estoy celoso. Eso debería habértelo dicho yo.
Ella no sonrió.
—Le conté lo de las pesadillas.
—¿Y?
Jane le explicó rápidamente la teoría de Dave acerca de por qué habían vuelto a aparecer las pesadillas.
—Cree que me aterroriza perder todo lo que tengo.
—¿Y tú qué piensas?
—Lo que me dijo tenía sentido. Y después me sentí increíblemente aliviada. Dave sugirió que sólo con reconocer el

miedo, con comprender lo que estaba pasando, estaba dando el primer paso para superarlo —hizo una pausa—. Le conté lo del bebé.

—Ya me lo imaginaba.

—¿No estás enfadado?

—Claro que no.

—Pareces divertido. ¿Qué estás pensando que no me dices?

Ian abrió la boca y luego la cerró y sacudió la cabeza.

—Nada.

—Sí, estás pensando en algo. ¿Qué es?

Él bebió un sorbo de vino.

—Estaba pensando que la noticia le habrá dejado hecho polvo.

Jane arrugó las cejas, confundida.

—No te entiendo.

—Está enamorado de ti.

Jane miró a su marido un momento, muda de asombro.

—No es verdad.

—¿Estás segura?

Jane no podía creer lo que le estaba diciendo.

—Dave y yo somos amigos. Los hombres y las mujeres pueden serlo, ¿sabes?

—¿Y por eso te ha rondado todos estos años?

La furia coloreó las mejillas de Jane.

—¡Sí! Somos amigos. Hemos compartido muchas cosas. Nos respetamos mutuamente.

Ian levantó las manos como si quisiera defenderse de un ataque.

—Perdona. Lo retiro. Puede que el que está celoso sea yo.

Jane se acercó y le rodeó la cintura con los brazos.

—No tienes por qué estarlo.

—¿Me lo prometes?

—Mmm-hmm.

Ian la besó y luego le ordenó que se sentara si quería que comieran de una vez. Jane obedeció. Guardaron silencio. Al cabo de un momento, Jane dijo:

—También hablamos de Stacy.

Ian levantó la mirada.

—¿Y?

—Dave dice que soy tan responsable como ella de que nuestra relación se haya deteriorado.

—Pero tú no estás de acuerdo.

—Yo no he dicho eso —un filo defensivo que despreciaba se filtró en su voz—. Es sólo que...

El sonido del timbre de la puerta la interrumpió. Ranger empezó a ladrar en el vestíbulo.

—Salvada por la campana —bromeó Ian, quitándole hierro al asunto.

Jane le hizo una mueca y se acercó al intercomunicador.

—¿Sí?

—Jane, soy Stacy.

Jane miró a su marido. Ian sonrió.

—Dave se ha ido de la lengua. Ahora sí que estás metida en un lío.

—¿Jane?

Jane volvió a concentrarse en su hermana.

—Sube. Te abro.

Jane salió a recibir a su hermana a la puerta. Un hombre iba con ella. Medía cerca de un metro noventa y era bastante guapo.

—No sabía que venías acompañada —murmuró Jane, sorprendida.

—Éste es mi compañero, Mac McPherson.

—Encantado de conocerte —dijo Mac, tendiéndole la mano.

Jane se la estrechó.

—Lo mismo digo.

Stacy se inclinó y acarició a Ranger detrás de las orejas.

—Tenemos que hablar con Ian. ¿Está en casa?

—¿Ian? —repitió Jane, confundida. Los miró a los dos. Stacy parecía compungida; Mac, expectante—. ¿De qué tenéis que hablar con él?

—Asuntos policiales, Jane. Lo siento.

—Está en la cocina. Pasad.

Ian levantó la mirada cuando entraron en la cocina.

—Stacy —dijo calurosamente—. Cuánto tiempo sin verte —se

limpió las manos con un paño, se acercó a ella y la besó en las mejillas—. Últimamente no se te ve el pelo. Te echábamos de menos.

Jane notó que su hermana se sonrojaba y que parecía muy complacida por las atenciones de Ian. ¿Por qué no había abrazado a su hermana? ¿Por qué no la había recibido con una sonrisa o al menos con unas pocas palabras de bienvenida? ¿Por qué no se alegraba de verla?

Tal vez Dave tuviera razón. Tal vez las dos se habían convertido en reflejos la una de la otra. Una de ellas tenía que romper el círculo.

—Es verdad —dijo Jane—. Te echábamos de menos.

Las palabras aterrizaron secamente entre ellas, y hasta a Jane le sonaron falsas. Stacy la miró. Jane se sonrojó. Ian se interpuso entre ellas y pasó un brazo por los hombros de Jane.

—Espero que te quedes a cenar —sonrió al acompañante de Stacy—. Que os quedéis los dos.

—Ian —dijo Jane, dándose cuenta de que su marido creía que Stacy había ido a hacerles una visita de cortesía y que su acompañante era un amigo—, éste es el compañero de Stacy.

Mac se adelantó.

—Mac McPherson. Hemos venido en misión oficial, doctor Westbrook.

Ian levantó las cejas y le estrechó la mano a Mac.

—Qué giro tan extraño ha dado la noche.

Stacy le dedicó una sonrisa tranquilizadora.

—Supongo que sí, aunque «en misión oficial» suena demasiado serio. Perdonad por la hora.

Ian señaló la mesa.

—Sentaos. ¿Puedo ofreceros una copa de vino, un té o...?

—No, nada —dijo Stacy—. Gracias, de todos modos.

Los detectives e Ian se sentaron; Jane se quedó de pie. Stacy comenzó diciendo:

—Ian, ¿conoces a una mujer llamada Elle Vanmeer?

Él pareció sorprendido.

—¿Elle? Claro. Es paciente mía. ¿Por qué?

Stacy ignoró la pregunta.

—¿Desde cuándo la conoces?

—Déjame pensar —Ian dio unos golpecitos con el dedo índice sobre la mesa, como si estuviera contando—. La atendí por primera vez cuando trabajaba en el Centro de Cirugía Estética de Dallas. De eso hará cuatro o cinco años, creo. Podría consultar mis archivos.

—La has operado varias veces, ¿no?

—Sí —respondió él, aunque parecía incómodo.

—¿De qué?

—Supongo que comprenderéis que esa información es confidencial.

—Está muerta, Ian —dijo Stacy bruscamente—. Ha sido asesinada.

—Dios mío —Jane se llevó una mano a la boca. Miró a Ian; su marido parecía aturdido.

—¿Cómo? ¿Cuándo?

—Anoche, no sabemos a qué hora. Encontraron su cuerpo esta mañana.

Mac dijo:

—Esperábamos que pudiera ayudarnos a encontrar a su asesino, doctor Westbrook.

—¿Yo? —Ian miró a Jane y luego fijó de nuevo la mirada en los detectives.

—Supongo que usted la conocía muy bien. Sus miedos y anhelos. Sus secretos más íntimos...

—Yo era su cirujano plástico —dijo Ian con voz crispada—, no su psiquiatra.

Stacy le lanzó a su compañero una mirada llena de irritación.

—Corrígeme si me equivoco, Ian, pero parece natural que tus pacientes confíen en ti. A fin de cuentas, las razones por las que la mayoría de ellas acuden a ti, ¿no son emocionales? Sus maridos miran a mujeres más jóvenes. Sus novios prefieren los pechos más grandes. Sus amantes las han abandonado. Esas mujeres acuden a ti buscando ayuda.

—Cierto —contestó él—. La cirugía plástica es una elección. Algo impulsa al paciente a intentar cambiar su apariencia. Y sí, en la mayoría de los casos la decisión tiene su origen en una necesidad emocional. Pero en cuanto a por qué fue asesinada o a ayudaros a atrapar al asesino...

Mac le interrumpió.

—¿Cuál era la razón emocional que impulsaba a Elle Vanmeer a intentar cambiar su apariencia?

Ian frunció el ceño.

—Elle estaba obsesionada con su físico y con el envejecimiento.

—¿Por qué?

El detective casi le ladró la pregunta a su marido, y Jane intercedió, enojada.

—No hace falta vivir una gran tragedia para sentirse así. Yo hablo todos los días con mujeres obsesionadas con esas cosas. Mujeres hermosas que, francamente, están desesperadas.

—¿Y eso por qué? —preguntó Mac—. A mí me parece un poco raro.

—Es raro y no sólo un poco —Jane cruzó los brazos sobre el pecho—. Es un reflejo del retorcido sistema de valores que impera en nuestra sociedad. Si tiene alguna duda al respecto, abra una revista o encienda la televisión. Fíjese en las mujeres que aparecen. Son todas jóvenes, delgadas y guapísimas.

—¿Y?

—Pues que eso convence a las mujeres de que tienen que ser así no sólo para triunfar en nuestra cultura, sino también para ser amadas.

—Y por eso recurren a la cirugía estética.

Había algo irritante en el tono del detective.

—Apuesto a que si su autoestima dependiera de su apariencia física, comparada con el ideal poco realista que sirven los medios de comunicación, usted también haría todo lo posible por ceñirse a ese ideal. Apuesto a que se sentiría asustado, incluso desesperado, si viera que se le escapa entre los dedos. ¿Me equivoco, detective? ¿No sería así?

—Sólo estamos cumpliendo con nuestro trabajo —dijo Stacy con suavidad—. Nada más.

Ian entrelazó sus dedos con los de Jane.

—Como sabes, Stacy, mi mujer es muy susceptible con ese tema. Lo que Jane acaba de describir retrata de manera muy precisa los sentimientos de Elle Vanmeer. En realidad, retrata los sentimientos de la mayoría de mis pacientes. Elle solía quejarse de todos los hombres con los que salía, pero sobre todo se quejaba de envejecer, de no estar tan guapa como antes. Sé que eso no os servirá de gran cosa, pero así era Elle.

–¿Cuándo fue la última vez que la viste?

–¿A Elle? Hace un mes, creo. Vino a hablar de una toracoplastia.

–¿Y eso qué es?

–No es lo que ella creía. Básicamente, se trata de acortar una costilla para corregir una deformación de la curvatura de la caja torácica.

–¿Qué creía ella que era?

–La extracción de costillas para cambiar su forma. Para reducir la cintura.

–Está de broma –dijo Mac.

–Hace años que se rumorea que algunas celebridades se lo han hecho. Cher. Jane Fonda. Pamela Anderson. Entre otras.

–Entonces, ¿no estuviste de acuerdo en operarla?

–Claro que no. Como decía, la toracoplastia no es un procedimiento estético. Las costillas protegen órganos vitales. Le sugerí que pensara en hacerse una liposucción de cintura, que es lo que se han hecho algunas famosas como Cher para reducirse la cintura.

–Elle sólo tenía cuarenta y dos años –dijo Stacy–. Parece muy joven para hacerse tantas operaciones. ¿Las necesitaba?

–La respuesta a esa pregunta es totalmente subjetiva. Obviamente, ella creía necesitarlas.

Stacy insistió.

–¿Y tú estabas de acuerdo?

–Eso no me correspondía decidirlo a mí. Si la hubiera rechazado, ella hubiera acudido a otro –Mac soltó un bufido–. Mire –dijo Ian, inclinándose hacia delante–, actualmente hay dos escuelas de pensamiento respecto a cuándo recurrir a la cirugía estética. Una afirma que hay que empezar a hacer retoques antes de que aparezcan los signos del envejecimiento. La otra es la más tradicional y...

—Espera hasta que el envejecimiento se hace evidente.
—¿Y a qué escuela se adscribe usted, doctor Westbrook? —preguntó Mac.
—Yo me dejo guiar por los sentimientos del paciente. Dentro de lo razonable.
—Desde luego.
El tono hostil del detective dejó atónita a Jane. Notó que a su marido le ocurría lo mismo. Ian parecía nervioso. Incómodo.
—¿Sabes si la señorita Vanmeer tenía problemas? —preguntó Stacy con suavidad, casi en tono de disculpa.
Jane comprendió que estaban jugando al poli bueno y el poli malo. Pero ¿a qué venía aquel numerito? ¿Por qué estaban allí?
—No, que yo sepa.
—¿Problemas con los hombres?
—Repito que no, que yo sepa.
—¿Sabes si había alguien especial en su vida?
—Lo siento, Stacy, Elle y yo no teníamos esa clase de relación.
—¿Qué puedes decirnos de sus maridos?
—Se casó dos veces. La primera cuando era muy joven. Creo que llevaban divorciados mucho tiempo. Y que el divorcio fue bastante amistoso, comparado con cómo suelen ser esas cosas.
—¿Y el segundo?
Ian se quedó pensando un momento, como si le costara recordar.
—Fue más reciente. Y menos amistoso. Mucho menos. Pero no recuerdo los detalles.
—¿Tenía hijos?
—No.
—¿Con qué clase de gente salía? ¿Con alguien a quien pudiera calificarse de sospechoso, desequilibrado o peligroso?
—¿Elle? No, nada de eso. Era extremadamente cuidadosa con su imagen. Le importaba mucho el dinero. Le gustaban las cosas bonitas. Sus dos maridos eran tipos ricos, muy serios. Salía con médicos, con empresarios. Con tíos así.
—Tú eres un tío así.

Ian se puso rígido.
—Pero yo era su médico.
—¿Te hablaba de ellos? ¿De esos tipos?
Ian parecía incómodo.
—En ocasiones. Algunas veces me la encontraba por ahí. En exposiciones de arte, en el cine, en alguna fiesta benéfica.
—¿Iba acompañada?
—Sí.
—¿Siempre con el mismo hombre?
—No. Siempre con alguno distinto.
—¿Te acordarías de...?
—¿De sus nombres? —Ian sacudió la cabeza negativamente—. Lo siento.
—La última vez que la viste, ¿te pareció cambiada?
Ian no contestó inmediatamente. Cuando lo hizo, movió la cabeza de un lado a otro.
—Lo siento. Era la misma de siempre. Ojalá pudiera ayudaros.
Stacy se levantó. Mac la siguió.
—Si se te ocurre algo, ¿nos llamarás?
—Desde luego.
Se encaminaron hacia la puerta. Ranger salió trotando tras ellos. Cuando llegaron a la puerta, Mac le dio a Ian su tarjeta. Ian la miró y luego volvió a fijar la mirada en los detectives.
—No puedo creer que Elle esté muerta. ¿Cómo...? ¿Qué ocurrió?
—Lo siento, Ian —contestó Stacy—. No podemos hablar de ello.
Ian pareció azorado y abrió la puerta.
—Lo comprendo. Es que... cuesta tanto creerlo...
Mac y Stacy salieron. Ella miró a Jane.
—A ver si nos vemos pronto.
Jane compuso a duras penas una sonrisa
—Sería genial. Podríamos ir a comer.
Stacy dijo que sí, dio otro paso y luego se detuvo y se dio la vuelta.
—Una última cosa, Ian. Tu relación con Elle Vanmeer ¿era estrictamente profesional?

—¿Cómo dices?
—Que si tu relación con Elle Vanmeer era estrictamente profesional.
—Sí —se apresuró a contestar él—. Claro. ¿Por qué lo preguntas?
—Por no dejar ningún cabo suelto, nada más.

Jane se quedó mirando a su hermana mientras un escalofrío le corría por la espalda. La pregunta parecía inapropiada, fuera de lugar. Además, ¿qué importancia tenía aquello, aunque fuera de otro modo?

Disgustada por la posible respuesta, Jane vio alejarse a su hermana.

9:00 p.m.

La temperatura había bajado mientras estaban en casa de Jane. Stacy se estremeció y se ciñó la chaqueta de *tweed*. De la calle Elm llegaba el sonido del jazz. Un coche pasó a toda prisa; el conductor hizo sonar el claxon al pasar junto a una chica con el pelo naranja y puntiagudo. Un tío con tetas, pensó Stacy.

Cruzaron la calle y se acercaron al Ford de Mac, que estaba aparcado junto a la acera. Stacy se acercó al lado del acompañante y montó. Cerraron las puertas al unísono. Mac la miró y preguntó:
—¿Qué opinas?
Ella se abrochó el cinturón de seguridad y luego lo miró a los ojos.
—¿Sobre qué?
—¿Ha dicho el buen doctor la verdad sobre su relación con la víctima?
Stacy frunció el ceño.
—¿Por qué no iba a decir la verdad?
Mac metió la llave en el contacto.
—Por muchas razones, quizá.
—Estaba diciendo la verdad.

Mac no hizo ademán de arrancar; se quedó mirando por el parabrisas con los ojos entornados. Stacy lo observó con el ceño fruncido.

–¿Qué pasa?

–Cuando se lo preguntaste, puso una cara rara.

–¿Rara? ¿En qué sentido?

–Como si se esforzara por parecer inocente.

–No me he fijado.

Mac encendió el motor y se apartó de la acera.

–Hablemos de la cinta –dijo, cambiando de tema.

No llevaban mucho tiempo trabajando juntos, pero Stacy conocía ya sus artimañas.

–¿Qué pasa con ella?

–¿Se te ha ocurrido pensar que el tío de la cinta y tu cuñado encajan más o menos en la misma descripción?

–Claro. Igual que el veinte por ciento de la población masculina de Dallas, posiblemente. Eso está traído por los pelos.

–¿Dirías lo mismo si no fuera tu cuñado?

Stacy se puso colorada.

–Era su cirujano plástico. Él...

–Mira, en el hotel nadie reconoció al tío de la cinta. Lo más probable es que no fuera cliente del hotel. Así que por ese lado hemos llegado a un callejón sin salida. Tenemos que considerar todos los ángulos posibles. Tu cuñado es un hombre casado. Casado con una mujer muy rica, por cierto. Una mujer a la que, estoy seguro de ello, no le alegraría saber que su marido estaba liado con una paciente.

Stacy frunció el ceño.

–¿Cómo sabes que Jane es rica?

–Todo el mundo lo sabe –Mac se detuvo ante un semáforo entre las calles Commerce y South Walton–. Lo de su herencia y que a ti te dejaron sin un centavo. El mundo es una pecera, Stacy.

–Estupendo –masculló ella–. Genial.

Mac le lanzó una mirada compasiva.

–Por si te sirve de algo, los chicos piensan que fue una putada. Algunos esperaban poder darte un sablazo.

Dijo esto último muy serio, aunque su mirada lo delataba. Stacy llegó a la conclusión de que Mac le caía bien. Era, desde luego, el tipo menos arrogante con el que había trabajado.

—¿No dices nada? —preguntó él.

—No quiero alentarte. No tienes ni pizca de gracia, McPherson.

—Sí, claro que la tengo. Admítelo.

—No pienso hacerlo. Pero te agradezco que reduzcas las gilipolleces machistas al mínimo.

Mac tomó la salida a la I-35E.

—Sosiega, corazón mío. ¿Qué clase de coche tiene tu cuñado?

—Un Audi TT rojo cereza. ¿Por qué?

—Tenemos tiempo. Vamos a pasarnos otra vez por La Plaza, a ver si a los aparcacoches les suena de algo el coche o el número de la matrícula.

—Estás obsesionado —dijo ella.

—Sólo intento que no queden cabos sueltos. Tú también harías lo mismo, si no tuvieras intereses personales en esto.

Los aparcacoches anotaban el número de matrícula de todos los coches que estacionaban. Stacy sospechaba que el tipo al que buscaban era lo bastante astuto como para saberlo, pero valía la pena intentarlo. Achicó los ojos, irritada.

—Está bien, vamos.

Llegaron a La Plaza a tiempo, aparcaron y hablaron con los dos aparcacoches. Uno de ellos había estado de servicio la noche anterior; el otro había librado.

Mientras Stacy preguntaba a Andrew, el que había trabajado la noche anterior, Mac entró con el otro a revisar el libro de registro.

—¿Recuerdas si anoche vino un Audi TT rojo cereza entre las diez y media y las once? —preguntó ella.

Andrew se quedó pensando un momento y luego movió la cabeza de un lado a otro.

—Lo siento, detective. Un coche así aquí no llama la atención. No se ve otra cosa en todo el día —señaló el Ford de Mac—. Eso sí que llamaría la atención.

Stacy cambió de táctica.

—¿Viste pasar a un tipo alto, con cazadora de cuero y gorra de béisbol?

El chico entornó los ojos como si intentara recordar los detalles de la noche anterior.

—No sé... puede que sí. Creo que sí.

A Stacy se le aceleró el corazón.

—¿Lo reconocerías si volvieras a verlo? ¿Podrías identificarlo si te enseñara unas fotos?

—Lo siento, no le vi la cara.

Claro que no. Éste es más listo que la mayoría. Lo tenía todo pensado.

—¿Podrías decirme si era rubio, moreno, pelirrojo...?

Un reluciente Jaguar negro se detuvo allí cerca; Andrew lo miró.

—No estoy seguro. Ya le he dicho que no lo vi bien... —la puerta del acompañante del Jaguar se abrió—. Tengo que ocuparme de ese coche.

—Adelante —Stacy le dio su tarjeta—. Si recuerdas algo, llámame. De día o de noche.

—Lo haré.

—¡Eh! —lo llamó Stacy cuando se alejó. Andrew se detuvo y miró hacia atrás—. ¿Quién trabajó contigo anoche?

—Danny Witt.

Stacy se quedó mirándolo un momento; luego se giró al oír su nombre. Mac iba caminando hacia ella.

—¿Y bien? —preguntó Mac cuando llegó a su lado.

—Andrew cree recordar que vio a nuestro hombre, pero no consiguió verle la cara.

—Maldita sea. ¿Quién es ese tío? ¿Houdini?

—No, sólo un tipo listo —echaron a andar hacia el Ford. Stacy miró su reloj—. ¿A qué hora llegaba el ex marido de Vanmeer?

—A las 10:42. Vuelo 1362. American Airlines.

—Justo a tiempo.

Montaron en el coche y pusieron rumbo al aeropuerto de Dallas-Fort Worth. Había poco tráfico y el trayecto de media hora les llevó veinte minutos. Llegaron a la terminal con tiempo suficiente para tomarse una coca-cola y un perrito caliente. Stacy estaba acabándose el tentempié cuando anunciaron la llegada del vuelo de Miami.

El ex marido de Elle Vanmeer fue uno de los primeros en salir del avión. Había viajado en *business-class*, pensó Stacy. Pero, por el perfil que le había trazado Mac –rico empresario con intereses en el mundo del petróleo, la energía y la tecnología–, no podía esperarse otra cosa.

Con él iba una rubia despampanante por lo menos treinta años más joven que él. Lo cual tampoco constituía una sorpresa. Los dos parecían haberse dado un atracón de sol... y haber bebido demasiado champán.

Stacy sacó su placa y se interpuso en su camino.

–¿Señor Hastings?

El hombre se detuvo. Su mirada se posó en la placa de Stacy y luego en la de Mac. Su expresión se crispó sutilmente.

–Charles Hastings –dijo–. ¿Qué puedo hacer por ustedes?

–Soy la detective Killian, del Departamento de Policía de Dallas. Éste es mi compañero, el detective McPherson. Tenemos que hacerle unas preguntas.

–¿Sobre qué?

–¿Podría acercarse aquí, por favor?

Él pareció irritado.

–Cariño –le dijo a la chica–, vete por el equipaje. Nos vemos allí.

La mujer asintió con la cabeza y, tras mirar a Stacy con expresión de fastidio, se alejó. Stacy y Mac condujeron a Hastings a un rincón tranquilo.

–Tenemos que hacerle unas preguntas sobre su ex mujer.

Él arqueó una ceja. Estaba claro que había más de una señora Hastings.

–Elle Vanmeer.

–¿Elle? –Hastings soltó un bufido despreciativo–. No veo por qué.

–¿Cuándo fue la última vez que habló con ella?

–No me acuerdo.

–¿No se acuerda de cuándo habló por última vez con su ex mujer? –repitió Stacy, incrédula–. Me parece extraño.

—Y a mí me parece muy extraño este interrogatorio. ¿En qué lío se ha metido ahora esa mujer?

Su tono de voz resultaba irritante. Stacy ignoró su pregunta.

—Si lo prefiere, podemos continuar en la comisaría.

—Llamen a mi abogado por la mañana. Estoy cansado y me voy a casa.

Hastings hizo amago de alejarse, pero Mac lo detuvo.

—Su ex mujer está muerta, señor Hastings. Fue asesinada. Anoche.

Algo cruzó fugazmente el semblante de Hastings y se desvaneció.

—¿Y qué tiene que ver eso conmigo?

—Díganoslo usted.

—He estado diez días de crucero. No recuerdo la última vez que vi a esa mujer. Así que, obviamente, no tiene nada que ver conmigo.

Stacy entornó los ojos. Aquel hombre mostraba una arrogancia que sólo el dinero podía comprar. Montones de dinero. Aquello la sacaba de quicio.

—Veo que está usted destrozado por la noticia.

Hastings soltó un bufido exasperado.

—El mayor error que he cometido en mi vida fue casarme con esa mujer. No insistir en firmar un acuerdo prematrimonial fue un arrebato de locura.

—¿Y por qué lo hizo, señor Hastings? —insistió Stacy—. ¿Por qué se casó con ella?

Hastings la miró de arriba abajo. Stacy sintió que la encontraba defectuosa.

—Elle podía... hacer cosas que nadie más podía hacer.

—¿Cosas?

—Sí, cosas. Con su cuerpo. Y con el mío. Pensé que si me daba el sí quiero se contentaría con hacer esas cosas sólo conmigo.

—¿Y no fue así?

—Elle es una adicta al sexo y una adúltera en serie —miró ansiosamente hacia el lugar por donde se había ido su acompañante y luego posó la mirada en ellos—. Miren, detectives,

Elle era una zorra superficial y egoísta. Su muerte no supone una gran pérdida para mí. Ni para la humanidad.

—¿Por qué no nos dice sinceramente lo que piensa, señor Hastings?

El hombre miró a Stacy con frialdad.

—No me gustan sus sarcasmos, detective.

Mac intercedió.

—¿Tiene usted idea de con quién salía?

—No.

—¿Tenía algún enemigo?

—No he tenido contacto con ella desde el divorcio, pero, conociéndola, seguro que habrá cabreado a un montón de gente. Pregunten por ahí.

—Eso haremos —murmuró Mac—. Gracias por su tiempo —le entregó a Hastings su tarjeta—. Si se le ocurre algo, llámenos.

Hastings miró la tarjeta y se la guardó en el bolsillo de la camisa.

—¿Quieren saber cómo era mi ex mujer? ¿Por qué no hablan con su cirujano plástico? Durante nuestro matrimonio, pasaba más tiempo con él que conmigo. Dentro y fuera de la cama.

Stacy se sintió como si la hubiera abofeteado. Miró a Mac. Su compañero se había puesto sutilmente alerta.

—¿Puedo irme ya?

Le dijeron que sí. Mientras se alejaba, Stacy pensó que la vida de Jane acababa de dar un giro a peor.

Martes, 21 de octubre de 2003

1:15 a.m.

La llamada insistente del teléfono sacó a Stacy de un profundo sueño. Buscó a tientas el aparato y se lo acercó al oído.

–Aquí Killian.

–Arriba, detective.

Stacy se sentó a duras penas.

–¿Pete?

–El mismo. Te prometí una llamada de madrugada y aquí la tienes. ¿Quieres esperar a mañana?

–Demonios, no –Stacy intentó disipar los últimos jirones del sueño que enturbiaban su cerebro–. ¿Qué tienes?

–Causa de la muerte, asfixia. Por ese lado no hay grandes sorpresas. El asesino utilizó mucha más presión de la necesaria para matarla. Se nota por la profundidad de los hematomas y porque tiene fracturado el hioides en la base de la lengua. He situado la hora de la muerte en torno a las 11:00 p.m., poco más o menos.

–¿Qué hay del sexo?

–No, gracias, estoy exhausto.

–No seas capullo.

–Tú te lo has buscado. No, no hay evidencias de actividad sexual.

Mierda. Adiós ADN.

–¿Algo más?

—Ni drogas, ni alcohol. Tampoco hay signos de enfermedad. Si no estuviera muerta, tendría una salud de hierro.

Qué suerte la suya.

—¿Crees que el asesino es un hombre?

—Por la cantidad de lesiones, yo diría que sí. O una mujer sumamente fuerte. Una cosa más, bastante interesante. Creo que nuestro hombre es zurdo. Los hematomas en la parte derecha de la garganta de la víctima eran más profundos, lo cual indica que el asesino tenía más fuerza en la mano izquierda.

Stacy se cambió el teléfono de la mano izquierda a la derecha.

—¿Estás seguro de eso?

—No, sólo es una conjetura basada en la experiencia, igual que el resto. ¿Ya puedo irme a casa y meterme en la cama?

—Si mañana puedo tener el informe...

—Después de las diez.

—Te veré a las ocho y media.

—Killian...

—Vete a dormir, Pete, o mañana estarás hecho una mierda.

Stacy colgó y luego marcó el número de su compañero. Mac contestó al tercer timbrazo; tenía la voz ronca por el sueño.

—Hola.

—Mac, soy Stacy. Pete ya tiene los resultados de la autopsia.

Oyó un roce y luego lo que le pareció la voz de una mujer.

—¿Qué hora es?

—La una y veinte.

—Por el amor de Dios, Stacy, estamos en plena noche.

—¿He interrumpido algo interesante?

—Sí, estaba soñando con retirarme de esta mierda de trabajo mientras todavía soy joven.

—Pues hazlo después de que resolvamos este caso.

—¿Resolvamos? —Stacy notó la sonrisa que ocultaba su voz—. ¿De veras estás empezando a considerarme tu compañero?

Stacy se dio cuenta de que sí, y frunció el ceño.

—Duérmete, McPherson. Te quiero en la comisaría a las siete. El café lo llevo yo.

11:45 a.m.

Jane estaba frente al Edificio Municipal, mirando su fachada de inspiración art déco. No había dormido bien esa noche. Se había pasado horas dando vueltas en la cama, pensando una y otra vez en los acontecimientos del día anterior: el consejo de Dave, el descubrimiento de hasta qué punto se había deteriorado su relación con Stacy, la visita de su hermana... La razón de esa visita...

¿Era tu relación con Elle Vanmeer estrictamente profesional?

La pregunta venía a cuento, se dijo Jane. Stacy se había limitado a no dejar ningún cabo suelto, tal y como había dicho. A fin de cuentas, en eso consistía su trabajo. En hacer preguntas. En ordenar las respuestas, encajar las piezas, resolver el crimen. Sólo cumplía con su trabajo, pensó Jane de nuevo. Aquello no significaba nada.

Entonces, ¿por qué había sentido un escalofrío? ¿Por qué aquella pregunta se había infiltrado en sus sueños, atormentándola con los posibles significados que escondía?

Las palabras de su hermana, expresadas con tan poco tacto, resonaron de nuevo en su cabeza.

¿Era tu relación con Elle Vanmeer estrictamente profesional?

¿Eran imaginaciones suyas o la pregunta había puesto nervioso a Ian? ¿Su marido había puesto expresión de culpabilidad antes de contestar rotundamente que no?

Jane sabía que Ian no había sido un santo antes de conocerla a ella. Había estado casado poco tiempo con una mujer llamada Mona Fields. Siendo guapo, rico y dedicándose a un negocio que atraía a las mujeres –mujeres hermosas–, Ian había tenido una vida amorosa ajetreada. Lo había reconocido ante Jane. Libremente.

Así pues, ¿por qué eludir la verdad? ¿Porque aquella mujer era paciente suya? ¿O porque estaba muerta?

La imagen de la pesadilla asaltó de nuevo su recuerdo, robándole el aliento.

El capitán de la lancha dando la vuelta, preparándose para pasar otra vez sobre ella. Para terminar el trabajo.

No. No iba a permitir que le robaran su felicidad. Creerlo

era irracional. Una consecuencia del trauma que había sufrido. Nada más.

Ian no había eludido la verdad. No era un embustero. Lo más probable era que la pregunta lo hubiera sorprendido tanto como a ella. Lo había pillado desprevenido, como a ella.

Ya estaba, pensó, sintiendo cierto alivio; ya había afrontado su miedo. La razón de su miedo. Como Dave le había aconsejado.

Dave le había dicho también que hablara con Stacy sobre su relación. Que le tendiera una rama de olivo. Pero no estaba allí por eso. No únicamente, al menos.

Jane respiró hondo, intentando calmarse, y comenzó a subir la escalinata del edificio. Pretendía descubrir qué se traía entre manos su hermana. Y, si era necesario, demostrarle que se estaba equivocando.

Al llegar a lo alto de la escalinata, un policía que salía le sostuvo la puerta abierta. Ella le dio las gracias y entró en el vestíbulo en penumbra. Allí hacía demasiado calor. Se abrió paso entre grupos de personas que esperaban en fila para pagar multas de tráfico y se dirigió al mostrador de información.

Aunque había visitado otras veces a su hermana, de eso hacía mucho tiempo. Saludó al funcionario uniformado que atendía tras el mostrador.

—He venido a ver a la detective Killian, de Homicidios.
—¿Nombre?
—Jane Westbrook. Soy su hermana.

El hombre, que era esquelético y lucía bigote de macarra, paseó la mirada sobre ella como si buscara algún parecido familiar.

—Un momento —levantó el teléfono, marcó, y se volvió mientras esperaba a que le dieran el visto bueno para que ella subiera. Cuando lo consiguió, colgó el teléfono y señaló hacia los ascensores, situados al otro lado de la esquina—. Tome el ascensor hasta la tercera planta. Siga los indicadores.

—Gracias —dijo Jane, a pesar de que el funcionario estaba atendiendo ya a otra persona.

Dobló la esquina en dirección a los ascensores. Recordaba de su última visita las puertas plateadas adornadas con estrellas, cuya opulencia desmentía el aire destartalado e institucional del resto del interior del edificio.

Pulsó el botón de llamada; un momento después llegó el ascensor. Las puertas se abrieron. Al entrar, empezó a acelerársele el corazón y se le humedecieron las palmas de las manos. ¿Cuándo había sido la última vez que había ido a ver a su hermana?

El día que murió su abuela. Qué desastre había sido aquella visita.

El ascensor se detuvo bruscamente en la planta tercera; las puertas se abrieron. Stacy estaba esperándola en el rellano. Tenía una expresión recelosa.

–Hola, Stacy –Jane advirtió con desagrado el soniquete de su propia voz. Parecía sentirse culpable. Como una niña a la que hubieran sorprendido con la mano metida en el tarro de las galletas. Salió del ascensor y sintió cómo se cerraban las puertas tras ella con un suave susurro.

–¿Va todo bien? –preguntó Stacy.

–Sí, muy bien. Sólo quería saber si te apetecía ir a comer conmigo.

–¿A comer? –repitió su hermana–. ¿Tú y yo?

–¿Por qué no? Sé de buena tinta que eso es lo que suelen hacer las hermanas.

–Algunas hermanas. Nosotras no salimos a comer desde hace por lo menos un año.

–Puede que quiera ponerle remedio a eso.

–No puedo –dijo Stacy secamente–. Lo siento.

No parecía sentirlo en absoluto, pero Jane no quiso darse por vencida.

–¿Qué te parece una taza de café, entonces?

Stacy torció la boca, componiendo una sonrisa.

–Supongo que puedo escaparme un rato. Vamos, invito yo.

Stacy condujo a Jane por una puerta en la que se leía *Crímenes Contra Personas*.

–¿Hay alguien en la sala de interrogatorios número uno? –preguntó a la secretaria, que estaba mascando chicle.

—No.

La chica miró a Jane con evidente curiosidad. Stacy no le hizo caso.

—Estaré ahí.

Tras llenar un par de vasos de plástico con el café viscoso de la cafetera comunitaria, se dirigieron a la sala de interrogatorios. Stacy cerró la puerta tras ellas y señaló la mesa. Se acercaron a ella, aunque ninguna de las dos se sentó. Se miraron la una a la otra, agarrando ambas con fuerza sus vasos de plástico. El silencio se prolongó. Embarazoso. Inquietante.

—¿Qué tal estás? —preguntó Jane finalmente.

—Bien. ¿Y tú?

—Genial. Muy ilusionada con la exposición.

—Te va muy bien. Me alegro por ti.

—Ojalá te creyera.

—¿Por qué no iba a alegrarme?

Las palabras de Stacy, pronunciadas con suavidad, parecían más un desafío que una pregunta. Pero ¿un desafío para qué? ¿Para que Jane demostrara su verdad? ¿O su falsedad?

Su relación era una calle de doble sentido, se recordó Jane. Tal y como Dave había dicho. Ella era tan responsable como Stacy de la crispación que se había instalado entre ellas. Y las cosas no mejorarían hasta que una de las dos hablara con franqueza.

Jane dejó su café sobre la mesa y, acercándose a su hermana, se detuvo frente a ella.

—¿Cuándo se torcieron las cosas entre nosotras, Stacy? ¿Desde cuándo nos cuesta tanto hablar?

—Este homicidio me tiene distraída.

—¿Y qué me dices de hace dos días? ¿Y de hace cuatro? Somos como desconocidas que desconfiaran la una de la otra.

Su hermana parecía incómoda.

—Supongo que sí. Pero nos hemos ido distanciando. A muchas hermanas les pasa.

—Lamento mucho lo que hizo la abuela.

—Yo no quería su dinero.

Stacy había querido su afecto. Jane apoyó una mano sobre el brazo de su hermana. Ansiaba poder comunicarse con ella.

—La abuela estaba equivocada. Tú eras tan hija de papá como yo.

Stacy dejó su taza sobre la mesa.

—Tengo que volver al trabajo.

—Espera, Stacy, por favor —a Jane le extrañó la desesperación que sentía en su propia voz, y se preguntó de dónde procedía—. Lo que pensara la abuela no tiene nada que ver con nosotras. Contigo y conmigo. Somos lo único que tenemos.

—Eso no es cierto, ¿no crees? Tú tienes a Ian.

Jane recibió las palabras de su hermana como una bofetada. Bajó la mano y dio un paso atrás.

—No es lo mismo. Tú eres mi hermana. Eres sangre de mi sangre.

—Sólo a medias.

—No hagas eso, no te comportes como...

Stacy la interrumpió.

—Qué hipócrita eres, Jane. Ahí estás, hablándome de amor fraternal cuando yo sé el verdadero motivo de tu visita. Te estás preguntando por lo de anoche. Por las preguntas que le hice a Ian. Por una pregunta en particular.

¿Era tu relación con Elle Vanmeer estrictamente profesional?

—¿Qué vas a hacer? —prosiguió Stacy en tono desafiante—. ¿Vas a ser sincera o vas a seguir haciéndote la tonta y fingiendo que no te quedaste sin respiración?

Jane sintió que le ardía la cara al advertir el tono sarcástico de su hermana. Levantó la barbilla.

—¿Y qué más da que Ian y esa mujer hayan salido juntos? Incluso que se hayan acostado juntos. Eso no tiene nada que ver con el presente, con nuestro matrimonio. Y desde luego tampoco tiene que ver con la muerte de esa mujer.

—¿Tan segura estás?

—Sí.

—¿Hasta qué punto conoces a tu marido, Jane?

—¿Cómo dices?

Stacy se inclinó hacia ella.

—Puede que no lo conozcas tan bien como crees.

Jane se sintió mareada. Se dio la vuelta, buscó una silla y se sentó, intentando mantener el equilibrio. Cuando se recuperó, miró a su hermana a los ojos.

—Ian no tiene nada que ver con el asesinato de esa mujer. No es posible, y creo que tú lo sabes.

—¿Y en qué basas ese convencimiento? ¿En tus propios deseos?

—Tú conoces a Ian.

—La gente tiene secretos. Esconde su verdadero yo. Oculta sus verdaderos motivos y pretensiones.

—Sus verdaderos sentimientos —añadió Jane, dirigiendo de nuevo la conversación hacia su hermana y la relación que las unía—. Su rencor.

—No tengo tiempo para esto.

Stacy hizo ademán de marcharse, pero Jane la detuvo.

—Ian estuvo en casa anteanoche. Conmigo. Toda la noche.

Stacy achicó los ojos.

—¿Estás segura?

—Sí. ¿Satisfecha? —Jane advirtió que no lo estaba y comprendió que tendría que conformarse con eso—. Para contestar a tu pregunta anterior o, mejor dicho, a tu acusación, te diré que sí, que anoche tu compañero y tú me pusisteis nerviosa. Esa pregunta me puso nerviosa. Y sí, he venido para salir de dudas. Pero sólo en parte. Eres mi hermana. Y hasta hace un momento pensaba que nuestra relación podía arreglarse. Pero ahora ya no estoy tan segura.

—Buen intento, Jane. Y lo del desmayo ha estado muy bien. Por un momento, me he preocupado.

—¿Por qué eres tan cruel, Stacy? ¿Por qué estás tan llena de odio? Si no es por la abuela, ¿es por Ian? ¿Porque tú saliste primero con él?

Las mejillas de su hermana se sonrojaron.

—Puede que se trate sólo de ti y de mí. Puede que sea que no tenemos nada en común.

—Eso no es cierto. Tenemos toda nuestra vida en común —Jane se levantó, temblorosa—. Estoy embarazada, Stacy. He pensado que querrías saberlo.

Su hermana la miró fijamente, palideciendo.

—Embarazada —repitió—. ¿De cuánto...?

—De ocho semanas —Jane se subió el asa del bolso sobre el hombro—. Sé que, por las razones que sean, no puedes alegrarte por mí. ¿Y sabes qué? Me rompe el corazón, pero no puedo hacer nada al respecto hasta que estés dispuesta a poner algo de tu parte. Si decides que estás dispuesta a hacerlo, ya sabes dónde encontrarme.

El silencio de Stacy lo decía todo. Sin pronunciar una palabra más, Jane se marchó.

11:55 a.m.

Stacy se quedó en la puerta de la sala de interrogatorios, viendo alejarse a Jane. Reprimió el impulso de salir tras ella. De disculparse. De arreglar su relación.

¿Cuándo habían empezado a torcerse las cosas entre ellas? De niñas, habían sido grandes amigas. Les encantaba jugar juntas. Su relación se había alterado con el paso a la adolescencia. Entonces Jane perseguía sin descanso a Stacy y a sus amigos, siempre intentando impresionarles para que la aceptaran en su círculo.

Como aquel día, en el lago. El día que lo cambió todo.

Stacy frunció el ceño. Jane tenía razón: se había portado muy mal con ella, había sido deliberadamente cruel. ¿Por qué? ¿Tan enfadada estaba con ella? ¿Tan celosa estaba?

Embarazada. De ocho semanas.

Un nudo de anhelo se formó en su pecho, acompañado del resquemor de la envidia. Intenso. En la boca del estómago. A su hermana siempre le salían bien las cosas. Incluso el accidente parecía haber cambiado su vida para mejor.

—¿Estás dándole vueltas a una cura para el cáncer?

Stacy se giró y vio a Mac de pie a unos pasos de distancia, mirándola con expresión especulativa.

—¿Perdona?

—Pareces sumida en tus pensamientos.

Ella compuso una pequeña sonrisa.

—Estaba acordándome de algo.

Mac se acercó a ella.

—Entonces es que el rumor es cierto. Tu hermana ha estado en el edificio.

—No sólo en el edificio —Stacy fingió un escalofrío—. Ha estado aquí.

—No ha esperado ni veinticuatro horas para venir a que la tranquilices. Bien. Eso significa que hemos puesto nervioso a su marido.

Stacy se descubrió negándolo, aunque no sabía por qué. Había acusado a su hermana de hacer aquello mismo.

—La verdad es que se ha pasado por aquí por otra cosa.

Mac esperó, como si aguardara una explicación. Al ver que Stacy no decía nada, frunció el ceño.

—Tenemos que hablar.

—Claro —Stacy tiró el vaso de café a la papelera—. ¿En mi mesa o en la tuya?

—¿Qué te parece aquí mismo?

Indicó la sala de interrogatorios a espaldas de Stacy.

—Por mí bien.

Mac entró tras ella y cerró la puerta.

—Esta mañana he oído algo. Quería preguntarte si es cierto.

Ella entornó los ojos levemente.

—Está bien.

—¿Estuviste saliendo con Ian Westbrook?

Liberman. Ese sapo de su ex compañero. Ella había cometido el error de confiar en él. Una sola vez.

—Salimos un par de veces. No fue nada serio.

—Fuiste tú quien se lo presentó a tu hermana. Te dejó y empezó a salir con ella. ¿Es cierto?

—No, si lo que insinúas es que me partió el corazón. No fue así.

—¿No? Entonces, ¿cómo fue?

—Como te he dicho. Lo pasábamos bien juntos, pero entre nosotros no había química.

—No te creo.

La ira inundó la cara de Stacy.

—Yo no miento, Mac. No vuelvas a cometer ese error.

—La verdad es que estoy pensando que el que miente es él.

¿Te has preguntado alguna vez por qué te dejó por tu hermana, Stacy?
—¿Adónde quieres ir a parar?
Mac se inclinó hacia ella.
—Te dejó porque la que tenía dinero era ella.
Lo cierto era que, en su momento, ella había pensado lo mismo. Había intentado consolarse con esa idea. Pero entonces estaba furiosa y dolida. En realidad, nunca lo había creído. Sobre todo, después de verlos juntos. ¿Podía fabricarse aquella química? ¿Podía fingirse Ian tan enamorado de Jane como parecía? ¿Tan loco por ella?
Stacy no lo creía posible.
—Ian quiere a Jane. Estoy convencida. Además, es cirujano plástico. Gana mucho dinero. ¿Por qué iba a convertirse en un cazafortunas?
—Estamos hablando de dinero con D mayúscula, Stacy. Dinero para aburrir. Más del que Westbrook podría ganar aunque se pasara la vida entera poniendo tetas falsas.
Stacy frunció los labios, pensativa. Nunca había considerado la cuestión desde esa perspectiva. Dinero para aburrir; lo suficiente como para no tener que aguantar los marrones de nadie nunca más. Para conseguir todo lo que quisiera, y cuando lo quisiera. Al casarse con Jane, a Ian le había tocado el premio gordo.
Estoy embarazada. De ocho semanas.
Stacy sintió una oleada de inquietud, una especie de nauseabundo fatalismo.
—Me gustaría hacerle una visita a la secretaria de Westbrook —continuó Mac—. Ella responde a sus llamadas, revisa su correo y le lleva la agenda. En otras palabras, sabe todo lo que pasa en esa oficina. Si el doctor y Elle Vanmeer tenían un lío, apuesto a que ella lo sabe.
—El instinto me dice que te estás equivocando.
Mac bajó la voz.
—¿Cómo lo conociste, Stacy?
Ella titubeó, consciente de lo condenatoria que sonaría su respuesta.
—En una consulta —dijo—. Pero yo no era paciente suya. Y

él no estaba casado –al ver que Mac seguía mirándola sin decir nada, dejó escapar un bufido exasperado–. ¿Por qué estás tan seguro de que Ian está metido en esto?

–¿Por qué estás tú tan segura de que no lo está? –Mac se inclinó hacia delante–. El ex marido de Vanmeer asegura que Westbrook se acostaba con Elle. Así lo dijo. Y Westbrook es lo mejor que tenemos de momento. Creo que deberíamos seguir por ahí –viendo que ella no contestaba, insistió–. ¿Eres policía, Stacy? ¿O la cuñada de Westbrook? Porque no puedes ser ambas cosas.

Tenía razón, maldita sea.

–Está bien –dijo Stacy–. Vamos a hacer esa llamada.

5:15 p.m.

Jane salió del estudio canturreando en voz baja. Había hecho los moldes de la cara, los muslos, el pubis, la cadera, el hombro y el pecho derecho de Anne. Ted había prometido quedarse hasta que estuvieran listos para aplicar el metal. El tiempo apremiaba y, si quería incluir a Anne en la exposición, Jane tenía que completar el siguiente paso del procedimiento al día siguiente.

El procedimiento era sencillo, casi demasiado. En realidad, Jane había recibido críticas negativas por su simplicidad. Sacaba el molde en escayola. Una vez seco, pulía las rugosidades de la superficie, rellenaba las burbujas y los agujeros y lijaba de nuevo el molde. Cuando éste estaba listo, calentaba el metal hasta dejarlo en estado líquido utilizando estaño y un soldador de propano y vertía literalmente gota a gota el metal fundido en el molde, sin recurrir a hornos, técnicas de cera perdida, mazarotas, centrifugados, elevadores, poleas ni cosas por el estilo.

En la universidad había trabajado con las técnicas tradicionales de fundición de metales. Por aquel entonces creaba obras enormes que exigían un inmenso espacio de trabajo, una fundición entera y la ayuda de varios de sus compañeros de clase. Pero había llegado a la conclusión de que un proceso tan complicado inhibía su creatividad. Le parecía incongruente con su visión de las cosas.

Había descubierto por casualidad el modo en que trabajaba ahora cuando, al morir su madre, se puso a hurgar entre sus cosas y descubrió entre ellas un velo de novia. Al ponérselo, le llamó la atención el modo en que el encaje definía los rasgos de su cara.

Aquel hallazgo la atrajo de inmediato. La intrigaba. Le hizo preguntarse cómo podía crear el mismo efecto en su obra.

Tras varios años de intentos y errores, se había decidido por el soldador.

Lo que a su método de trabajo le faltaba en complejidad, le sobraba en dedicación. Jane no sólo realizaba sus esculturas gota a gota, sino que se detenía a cada momento para comprobar cómo progresaba su obra y estudiar la imagen que iba emergiendo del molde.

El material, una mezcla de estaño, plomo y, en aquel caso, plata, hacía que el producto acabado fuera no sólo bello, sino también más ligero que el bronce tradicional, y aun así duradero. La superficie podía pulirse o bien esmaltarse.

Salió del estudio y entró en el vestíbulo del *loft*, se dio la vuelta y cerró la puerta con llave. Ranger apareció saltando y agitando la cola.

—Hola, amiguito —dijo Jane, y se inclinó para rascarle las orejas—. ¿Has tenido un buen día? —el perro gimió y levantó la mirada hacia ella con adoración—. ¿Qué te parece si damos un paseo antes de que llegue Ian?

—Demasiado tarde. Ya estoy aquí.

—¿Ian?

Jane miró su reloj con el ceño fruncido y cruzó el vestíbulo en dirección a la cocina. Encontró a su marido de pie ante el ventanal, mirando el horizonte de Dallas. El *loft* ofrecía un nítido panorama de la torre Chase, también llamada «El ojo de cerradura» debido a su peculiar perfil. De noche, cuando los focos colocados en la parte central del edificio iluminaban la cúspide de cristal, la torre era muy bella.

Jane se acercó a Ian y vio que tenía en la mano una copa de vino.

—Qué pronto has llegado. ¿Es que has tenido un mal día?

Él se llevó la copa a los labios.

—Podría decirse así.

—Deberías haber venido al estudio. Habría salido antes.

—Necesitaba estar solo un rato.

Ian la miró. Jane dejó escapar un leve quejido de desaliento. Su marido tenía los ojos rojos, como si hubiera estado llorando.

—¿Qué pasa? —preguntó ella suavemente—. ¿Qué ha ocurrido?

—La policía se pasó por la oficina esta tarde.

—¿La policía? —repitió Jane, sintiendo sus palabras como un golpe—. ¿Por qué?

—Sé tan poco como tú. Volvieron a preguntarme por Elle. Por nuestra relación. Lo mismo que anoche.

—¿Estaba Stacy...?

—Sí.

La ira dejó a Jane sin aliento. Se sentía traicionada.

—La he visto hoy. Me pasé por la comisaría. No me dijo nada sobre que fueran a interrogarte... —se mordió la lengua. *Naturalmente que no le había dicho nada.* Jane flexionó los brazos sobre su cintura—. Le conté lo del niño. Quería arreglar las cosas con ella. Pero no salió bien.

—Sólo está haciendo su trabajo —Jane apartó la mirada. Ian le puso un dedo bajo la barbilla y la hizo girarse hacia él—. Por si te sirve de algo, parecía incómoda. Como si le avergonzara estar allí.

—Tú siempre la disculpas.

—Tengo que hacerlo.

—¿Por qué?

—Porque fue ella quien nos presentó. Estoy en deuda con ella.

La ira de Jane se desvaneció. Rodeó con los brazos la cintura de Ian y levantó la cara hacia él.

—Te quiero.

Ian se inclinó, le dio un suave beso y se apartó de su abrazo.

—La verdad es que creo que no fueron a hablar conmigo.

—Entonces, ¿con quién?
—Con Marsha.
Marsha Tanner era la secretaria de Ian. Había sido su ayudante en el Centro de Cirugía Estética de Dallas. Jane frunció las cejas.
—Pero ¿por qué?
Él frunció el ceño.
—No lo sé. La interrogaron en privado.
—¿Te dijo algo ella después? ¿Te contó de qué habían hablado?
Ian movió la cabeza de un lado a otro.
—Sólo estuvieron con ella un par de minutos. Pero... —se interrumpió de pronto.
—Pero ¿qué? —insistió Jane.
—Se comportó de manera extraña cuando se marcharon.
—¿Qué quieres decir?
Ian la miró a los ojos.
—Parecía cohibida. Como si se sintiera culpable por algo. Como si me hubiera... —de nuevo refrenó sus palabras y Jane tuvo que insistir para que acabara la frase—. Como si me hubiera traicionado —dijo por fin—. Como si hubiera traicionado nuestra amistad.
—Pero ¿cómo podría haber...?
Esta vez, fue Jane quien no acabó la frase. No hacía falta.
Traicionarlo por decirle a la policía que Elle Vanmeer y él habían estado liados.
O estaban liados.
No. Ella confiaba en su marido. En su honestidad.
¿Hasta qué punto conoces a tu marido, Jane?
Tal vez no lo conozcas tan bien como crees.
Jane sacudió la cabeza, intentando alejar aquellas preguntas y lo que significaban. El modo en que la habían hecho sentirse: insegura, vulnerable. Recelosa.
Aquello no era cierto. Ian le era fiel. La quería.
Como si le leyera el pensamiento, él le tendió la mano.
—Tú me crees, ¿verdad?
Jane le dio la mano y se la apretó
—Claro. Eres mi marido. Te quiero.

Ian le apretó la mano con fuerza.

—Ojalá pudiera ayudarlos. Ojalá supiera algo. Pero no sé nada.

—Todo esto pasará —dijo Jane con vehemencia—. El problema es que no tienen ninguna pista. Se están concentrando en ti porque tienen que concentrarse en alguien.

Se quedaron callados. Ranger gimoteaba junto a ellos.

Ian pronunció suavemente el nombre de Jane. Ella levantó la mirada.

—No sé por qué, pero tengo un mal presentimiento.

Jane se estremeció y se llevó una mano a la tripa. Ella también tenía un mal presentimiento. Y estaba asustada.

7:50 p.m.

El Chubby Charlie's estaba especializado en grandes hamburguesas y carnes a la parrilla y a la brasa al estilo vaquero. La comida no era sólo sabrosa, sino también abundante y económica; de ahí que aquél fuera uno de los locales favoritos de la policía de Dallas.

Tampoco venía mal que la bebida se sirviera en grandes jarras heladas y que la música de la máquina de discos fuera country. En ese momento, Shania Twain estaba cantando una canción acerca de la bondad del amor y la perfidia de los amantes.

Stacy escudriñó el local en penumbra buscando a Dave. Lo vio al fondo, hablando por el móvil. Él también la vio y la saludó con la mano.

Un afecto nacido de la familiaridad y de la confianza ganada a pulso se apoderó de Stacy. Había llamado a Dave esa mañana, en cuando se quedó a solas. El mensaje que le había dejado en el contestador era claro y conciso: *Jane va a tener un hijo. Socorro.*

Dave le había devuelto la llamada; se había ofrecido a verse con ella esa misma noche.

Así que allí estaban.

La rutina había quedado establecida hacía años. Amigos

desde el instituto, tanto ella como Jane habían recurrido siempre a Dave en momentos de crisis, sobre todo si el problema tenía que ver con la otra hermana. Dave siempre había sido la voz de la razón, la calma en mitad de la tormenta. E, indefectiblemente, había resuelto la crisis y había vuelto a reconciliarlas.

A Stacy no le había extrañado que Dave se decidiera a estudiar psicología; por lo que a ella concernía, Dave Nash había nacido para ayudar a la gente a resolver sus problemas.

Llegó junto a él en el momento en que Dave ponía fin a su conversación.

–Llámame si su estado empeora –dijo, y cerró el teléfono. Se levantó y abrazó a Stacy–. Perdona. Cuánto me alegra verte, Stacy.

Ella le devolvió el abrazo.

–A mí también.

Dave le indicó el asiento del rincón.

–¿Tienes hambre?

–Muchísima.

–Me alegro. Yo también.

Se sentaron, pidieron unos refrescos, unos sándwiches a la barbacoa y unos aros de cebolla gruesos.

–¿Qué tal estás? –preguntó Dave.

Una risa suave y amarga escapó de los labios de Stacy.

–Tengo el corazón roto y estoy celosa. Lo habrás adivinado por el temblor de mi voz. Y por los aros de cebolla.

–Buscando consuelo en la comida –murmuró él–. ¿Sabes?, la verdad es que eso tiene un fundamento psicológico. Yo opino que hay que tomar lo que a uno le apetezca. Dentro de lo razonable, claro.

–Odio sentirme así. Sé que está mal. Debería sentirme feliz por mi hermana.

–No es que esté mal, es que es destructivo –Dave estiró el brazo sobre la mesa y tomó su mano–. ¿Cuándo te lo dijo?

–Esta mañana. Está de ocho semanas... –se tragó las palabras al darse cuenta de que Dave ya lo sabía–. Te lo dijo a ti primero, ¿verdad? Imagínate.

Él le apretó los dedos.

–Eso no significa nada, Stacy.

—No digas gilipolleces, Dave. Claro que significa algo.
—La preocupaba que te molestara.
—Afortunada y además sensible —Stacy apartó la mano y la dejó caer sobre su regazo—. Lo tiene todo.
—Te echa de menos.
—Eso me dijo.
—Y no la creíste.
—No es eso. Es que... —se interrumpió mientras la camarera les servía las coca-colas. Bebió un sorbo del refresco frío y aprovechó aquel momento para aclarar sus ideas—. ¿Por qué me echa de menos? —preguntó por fin—. A mí me parece que su vida está bastante llena.

—Te echa de menos porque eres su hermana. Nadie puede reemplazar lo que compartís —Stacy apartó la mirada, dolida—. Lo que sientes es envidia, una emoción normal en el ser humano. En este caso es comprensible, tiene raíces fácilmente identificables —empezó a contar con los dedos—. Jane ha heredado una fortuna. Se ha casado con un médico muy guapo..., con el que tú saliste primero. Tiene una carrera que no sólo adora, sino que además está empezando a granjearla la fama en todo el país. Y ahora está esperando un hijo.

Stacy soltó una risa crispada.
—Resulta fácil odiarla, ¿verdad?
—También resulta fácil quererla.
—No desde mi punto de vista.
Dave se inclinó hacia ella.
—Tú la quieres, Stacy. Ahí es donde reside el conflicto.
—Pues arréglalo, doctor. Haz que mejoren las cosas.
—Yo no puedo hacer gran cosa. Somos amigos. Amigos con un montón de historia a cuestas. Pero conozco a varios colegas que...
—No, gracias. No quiero que un extraño me hurgue en el cerebro.
—¿Prefieres que un amigo te ponga una tirita?
—Algo así.
—Una tirita no te servirá de nada, muñeca. Esto no se te va a pasar. Tienes que mirar detenidamente tu vida. Cambiar lo que va mal. Y disfrutar de lo que funciona.

Ella no dijo nada. La camarera les llevó los platos. Se pusieron a comer, aunque Stacy apenas saboreó la comida.

—Jane ha vuelto a tener pesadillas —dijo Dave tras comerse un pedazo de su sándwich—. ¿Lo sabías?

Stacy sacudió la cabeza; tenía la comida atascada en la garganta. Sus pensamientos volvieron como una espiral a aquel día en el lago: el sol calentándole la cara, el ruido de una lancha motora acercándose; luego, los gritos de Jane.

Los gritos de Jane cada noche, después de eso.

Apartó el plato; se había quedado sin apetito.

—Por eso me contó lo del bebé —continuó Dave—. Ha sufrido mucho. Las dos habéis sufrido mucho.

Stacy tragó saliva con dificultad.

—Siento que... Lo siento.

Dave escrutó su semblante.

—¿Por qué no quieres hablar de ese día?

—No hay nada que decir. Jane fue quien resultó herida. No yo.

—¿De veras? ¿Tú no saliste herida?

—Deja de psicoanalizarme.

—No puedo, nena, lo siento —no parecía sentirlo, y Stacy lo miró con el ceño fruncido—. Tú viste lo que pasó. Eras la hermana mayor, te sentías responsable del bienestar de tu hermana. Jane hizo novillos ese día para estar contigo; fuiste tú quien la desafió a nadar. Eso es mucha carga para una chica de diecisiete años.

—Si insinúas que sufro una especie de estrés postraumático, te equivocas.

—El pasado es un arma poderosa.

—Y yo la estoy usando contra mí misma. ¿Es eso lo que me estás diciendo?

—Podría ser.

—Como te decía, te equivocas, Dave.

—¿Estás segura?

—Absolutamente.

Él eligió un aro de cebolla.

—Entonces, vamos a hablar de ello. No hay nada de malo. En realidad, es muy sano.

Ella torció los labios.

—El doctor Dave Nunca-te-des-por-vencido.

—¿No me has llamado para eso?

—Soy un incordio, ¿verdad? —esta vez fue ella quien le tendió la mano—. Te he llamado porque eres mi mejor amigo. Gracias por estar ahí.

Él tomó su mano.

—Siempre lo estaré. Yo... —el sonido del móvil interrumpió su respuesta. Dave miró el número en el visor—. Maldita sea, es el del hospital. Tengo que contestar.

Stacy asintió con la cabeza y se levantó.

—Voy al servicio. Enseguida vuelvo.

Se tropezó con Mac en el pasillo, junto a los aseos. Lo saludó y luego se metió en el aseo de señoras. Dos minutos después, cuando salió, él se había ido.

Stacy regresó a la mesa y encontró a Dave poniéndose la chaqueta.

—¿Qué pasa?

—Lo siento, Stacy. Tengo que irme. Una paciente de Green Oaks que ha intentado suicidarse y está bajo vigilancia. No se encuentra bien. ¿Tomamos algo otro día?

Stacy intentó disimular su contrariedad.

—Cuando quieras.

Dave la abrazó.

—No te enfades con Jane —dijo—. Ahora necesita nuestro cariño y nuestro apoyo tanto como antes.

Jane. Siempre Jane.

Como si hubiera adivinado lo que estaba pensando, Dave le lanzó una sonrisa tranquilizadora.

—Lo que sientes es normal. Lo que determina si la envidia es perjudicial o inocua es el modo en que se actúa movido por ella o se reacciona ante ella.

Stacy lo vio alejarse y deseó, no por primera vez, que entre ellos hubiera química erótica. ¿Por qué nunca había sentido nada, salvo amistad, por él? Dave tenía todo lo que una mujer podía desear en un hombre: era guapo, inteligente, amable y rico. Y formal. Dave Nash siempre había tenido los pies firmemente plantados en el suelo.

Quizá ella nunca lo había visto de ese modo porque siempre había sabido que se sentía atraído por Jane..., incluso cuando su hermana parecía la novia de Frankenstein.

–Hola otra vez –Stacy levantó la mirada. Mac estaba de pie junto a su mesa, con una jarra de cerveza en la mano–. ¿Quieres compañía?

Stacy se encogió de hombros y señaló la silla que había frente a ella.

–Sírvete.

Mac se sentó y bebió un trago de cerveza.

–¿Ése era tu novio?

–Un amigo. Un viejo amigo.

Él señaló la mitad intacta de su sándwich.

–¿Vas a comerte eso?

–Es todo tuyo –empujó el plato hacia él. Mac se comió el sándwich de tres bocados–. ¿Andas mal de dinero, Mac?

Él sonrió.

–No puedo soportar que se desperdicie la comida. Además, la verdad es que nunca estoy lleno. A mi madre le desesperaba la cuenta de la compra.

Stacy se inclinó hacia delante, intrigada. Fascinada por su sinceridad casi infantil.

–¿Tienes hermanos o hermanas?

–Uno de cada. Yo estoy justo en el medio.

–Los hermanos medianos suelen ser los apaciguadores.

–Y yo que me hice policía... Supongo que era mi sino.

–¿Te llevas bien con tus hermanos?

Mac asintió con la cabeza.

–Los dos están casados y tienen hijos. Maryanne es maestra. Y Randy, contable.

–¿De qué curso?

–¿Perdona? –Mac se metió un aro de cebolla en la boca, a pesar de que se habían quedado fríos hacía rato.

–Tu hermana. ¿Qué curso enseña?

–Primero de instituto. Es profesora de inglés.

Stacy arrugó la nariz, pensando en lo insoportables que eran ella y sus amigos a esa edad.

–Que Dios la bendiga.

—¿Puedo preguntarte algo?

Ella enarcó una ceja.

—¿Y si te digo que no?

—Seguramente te lo preguntaré de todos modos.

—Puede que no conteste.

Mac inclinó la cabeza.

—¿Qué os pasa a tu hermana y a ti?

—Es una larga historia. Y no muy edificante.

—Tengo tiempo de sobra.

—Pero yo no tengo energías.

Mac apoyó la barbilla sobre su puño y la miró fijamente.

—¿Cambiamos de tema?

—Estaría bien.

—Mañana por la mañana a primera hora tenemos que hacerle una visita a Marsha Tanner.

Stacy se esperaba aquello. Y, aunque detestaba admitirlo, estaba de acuerdo con él. Marsha se había mostrado muy nerviosa esa tarde, como si ocultara algo deliberadamente, a pesar de que decía no recordar la respuesta a varias preguntas. Miraba sin cesar hacia el despacho de Ian, aunque Stacy no tenía claro si era porque temía que su jefe pudiera escucharla o porque buscaba su apoyo.

—De acuerdo. Pero ¿por qué esperar hasta mañana? Yo no tengo nada mejor que hacer.

Antes de que Mac pudiera responder, sonó su teléfono móvil. Mac levantó un dedo y le indicó que aguardara.

—Aquí McPherson —se quedó escuchando un momento y su semblante adquirió una expresión reconcentrada—. Mierda. ¿Dónde? —hizo una pausa—. Killian está conmigo. Vamos para allá —cerró el teléfono y se levantó.

Stacy se puso en pie.

—¿Qué tenemos?

—Triple homicidio. En Fair Park.

Dejaron para más adelante la visita a Marsha Tanner y salieron del restaurante.

Miércoles, 22 de octubre de 2003

11:55 a.m.

Ian había elegido la parte alta de Dallas para establecer su clínica de cirugía estética. La parte alta de la ciudad albergaba tiendas y restaurantes de renombre, galerías de arte y anticuarios, casi todos ellos instalados en viejos edificios victorianos o en casonas al estilo de Cape Cod. Aquél era un barrio agradable, desprovisto del ajetreo frenético de algunas otras zonas de moda de la ciudad y situado en la línea de tranvías que recorría la avenida McKinney.

Marcharse de la clínica de la que era socio había sido un paso muy importante. La empresa estaba formada por seis cirujanos de gran renombre así como por un departamento dedicado enteramente al cuidado de la piel, con esteticistas que realizaban toda clase de tratamientos de alisamiento y rejuvenecimiento del cutis, desde exfoliaciones químicas a micro-dermoabrasión.

El negocio era boyante; el dinero fluía a raudales. Pero el trabajo no satisfacía a Ian, no sólo porque él era el último mono de la empresa, sino porque los demás socios habían desalentado su deseo de dedicarse a su primer amor, la cirugía reconstructiva. Una dedicación muy noble, decían. Pero económicamente poco ventajosa. El dinero de verdad estaba en los implantes, en la eliminación de las patas de gallo y los michelines, no en reconstruirle la cara a alguna pobre chica que se hubiera quemado, o hubiera sufrido una paliza... o hubiera sido atropellada por una lancha motora.

Jane había argumentado que para qué iba a quedarse en un trabajo que no le satisfacía cuando ella tenía medios de sobra para respaldarlo. No sólo medios, sino también ganas. A ella le encantaba su trabajo, y quería que Ian también disfrutara con el suyo. Él, finalmente, le había dado la razón, y entre los dos habían fundado Cirugía Plástica Westbrook. Jane ponía el capital y él el talento.

Empezar desde cero había resultado caro. Encontraron el perfecto edificio victoriano y lo reformaron a gusto de Ian. Tuvieron que amueblarlo no sólo con las instalaciones normales de una oficina, sino también con el equipamiento que requería la práctica de la cirugía plástica, parte del cual era astronómicamente caro. Un sillón de examen costaba casi siete mil dólares; una mesa, cinco mil. Luego estaba el láser Vasculight, el Ultra-Plus Encore y el IPL Quantum DL..., por citar sólo algunos.

Ian había tenido que buscar personal, pagar salarios y seguros. Marsha Tanner, la ayudante del gerente del Centro de Cirugía Estética de Dallas se había ido con él, al igual que una de las esteticistas. La mejor de ellas, al menos en opinión de Jane. Ian había conseguido convencerlas con suculentas ofertas que incluían grandes beneficios.

Echar mano de la herencia de Jane había puesto nervioso a Ian. Le hacía sentirse incómodo. Insistía en que el banco le habría prestado el dinero. Pero, había replicado Jane, ¿a qué interés? Ella no quería que su marido estuviera endeudado hasta el cuello; no quería que las deudas dictaran el trabajo que hacía. Por lo que a ella concernía, aquel dinero no sólo era una minucia, sino que lo daba por bien empleado. La inversión habría merecido la pena, aunque Ian ayudara a una sola persona que no pudiera costearse de otro modo la reconstrucción de su rostro.

¿Cómo no iba a sentir así? Ella se había visto en esa situación. Conocía el dolor íntimo que causaba vivir con una deformidad visible. Y también el milagro que podía obrar un cirujano con talento.

Jane detuvo el coche frente al edificio victoriano pintado de azul y blanco y sonrió. Le encantaba cómo había quedado la clínica. Y le encantaba lo feliz que hacía a Ian.

Le hacía gracia haber terminado casada con un médico. Había sufrido tantas operaciones que, cuando por fin dieron por «arreglada» su cara, había jurado no volver a pisar la consulta de un cirujano. Y, al final, había ayudado a fundar una.

Jane recogió su bolso y salió del Jeep. Pulsó el cierre automático y subió a toda prisa por la rampa bordeada de flores. El teléfono estaba sonando cuando entró. En la sala de espera había sentada una mujer, hojeando una revista. El mostrador de recepción estaba vacío.

Ian sacó la cabeza por la puerta de su despacho. Parecía estresado.

—Eh, hola —dijo—. Pensaba que eras la sustituta. Marsha no ha venido.

Jane señaló el teléfono, que seguía sonando.

—¿Quieres que conteste?

—Eres un cielo.

Ian volvió a meterse en el despacho. Jane contestó al teléfono, tomó el recado y, al volverse hacia la sala de espera, descubrió que la mujer la estaba mirando fijamente.

Parecía haber sufrido un terrible accidente; tenía el lado izquierdo de la cara lleno de cicatrices.

—Hola —dijo Jane con una sonrisa.

La mujer levantó la revista que había estado leyendo. Jane vio que era *Texas Monthly*. Su imagen la miraba desde la portada. La mujer dijo:

—Ésta es usted, ¿verdad?

—Sí.

La mujer bajó la mirada hacia la revista y luego volvió a fijarla en ella.

—Qué guapa está ahora —dijo, y su voz tembló con una mezcla de anhelo y melancolía—. ¿Fue el doctor Westbrook quien... le arregló la cara?

—No —contestó Jane con suavidad—. El doctor Westbrook es mi marido. Pero tiene mucho talento. Estoy segura de que podrá ayudarla.

—Eso... eso espero —dijo la otra con esfuerzo—. Yo... gracias.

—No tardará mucho. ¿Quiere que le traiga algo de beber?

La mujer dijo que no y Jane se puso a ordenar la zona de recepción, donde parecía haber estallado una pequeña bomba.

Ian apareció con una mujer que llevaba de la mano a una niña pequeña. Jane vio que la niña sufría palatosquisis y que se aferraba a un harapiento conejito de peluche.

—Llame mañana —le dijo Ian a la madre—. Mi secretaria ya estará aquí. Le dará cita para el preoperatorio y la informará de todo lo que debe hacer antes de la operación —sonrió a la niña—. Hasta la próxima, Karlee. Y no olvides traer al señor Rabbit.

La niña sonrió tímidamente y luego apretó la cara contra el hombro de su madre. Jane observó la escena con un nudo en la garganta. Ian sería un padre maravilloso.

Tras darle las gracias repetidamente, la madre condujo a la niña hacia la puerta. Jane se acercó a Ian, se puso de puntillas y lo besó.

—Pareces cansado.

—Esto ha sido una locura —dijo él—. Marsha no ha aparecido. Ni siquiera ha llamado.

—¿Y Elise? ¿Dónde está? —preguntó Jane, refiriéndose a la esteticista que ayudaba a Ian cuando hacía falta y que además hacía los tratamientos exfoliantes y las dermoabrasiones.

—Con un cliente. Hoy tiene el día completo.

—¿Has llamado a casa de Marsha?

—Varias veces. Y Elise también. Pero no contesta.

Jane frunció el ceño. Aquello no era propio de Marsha. Para nada. Así se lo dijo a Ian.

—No me digas. Y, encima, después de lo de anoche... —Ian miró a la mujer de la sala de espera—. La verdad es que estoy desquiciado —antes de que ella pudiera contestar, Ian cambió de tema—. Pero ¿qué haces tú aquí? Creía que estarías encerrada en el estudio.

—Tenía una sesión de planificación en el museo. Me he pasado por aquí con la esperanza de que pudiéramos salir a comer. Pero ya veo que no es posible.

—Lo siento. ¿Qué tal ha ido la reunión?
—Genial. Nos hemos puesto de acuerdo sobre cómo deben ir agrupadas las piezas y sobre la colocación de cada una de las secciones —vio que Ian miraba de nuevo hacia la sala de espera—. Estás ocupado. Ya te lo contaré esta noche.

Ian pareció aliviado.

—Voy contigo —la acompañó hasta la puerta—. ¿Comemos otro día? —preguntó.

—Pues claro, tonto —Jane se disponía a cruzar la puerta, pero de pronto se detuvo—. El barrio donde vive Marsha me pilla casi de camino. ¿Por qué no me acerco a ver qué le pasa?

Ian pareció confundido.

—¿Cómo sabes dónde vive?

—Estuvimos hablando un día de eso. Vive en el barrio de las M. En la calle Magnolia. A unas pocas manzanas de donde vive Stacy.

El barrio de las M era uno de los más deseados de la ciudad y, sin embargo, todavía asequible..., al menos comparado con los precios de Dallas. No sólo tenía amplias y sombreadas calles, grandes jardines y lindas casas de campo, muchas de ellas rehabilitadas, sino que además estaba a tiro de piedra de los restaurantes, las tiendas y los bares de la calle Greenville.

—Odio tener que pedírtelo, tienes muchas cosas que hacer...

—No es molestia. Yo...

—De verdad, Jane —dijo él en tono desabrido—. No lo hagas. Seguramente estará hecha polvo, durmiendo como un lirón. Déjalo.

Jane dio un paso atrás, dolida.

—Sólo intentaba ayudar.

El semblante de Ian se suavizó, lleno de arrepentimiento.

—Lo sé, cariño. Perdona —dejó escapar un suspiro exasperado—. No sé lo que me digo. Todo este asunto de Elle y de la policía... Lo de Marsha era lo que me faltaba para completar el día.

Jane alzó una mano y le acarició la mejilla.

—Las cosas van a mejorar, Ian. Te lo prometo.

Él esbozó una leve sonrisa.

—No me extraña que esté loco por ti.

La sustituta llegó en ese momento y Jane se apresuró a volver a su coche. Al llegar a él, miró hacia atrás. Ian ya se había metido en la consulta.

Jane frunció las cejas, preocupada. Por Ian, por las repercusiones que podía tener para él la atención que le dedicaba la policía. Si se corría la voz, ¿qué sería de su reputación? ¿Qué mujer confiaría en un cirujano investigado por el asesinato de una paciente? ¿Quién querría trabajar para él?

¿Sería Marsha la primera defección?, se preguntó mientras subía al coche. Se abrochó el cinturón de seguridad, metió la llave en el contacto y arrancó. ¿Qué había dicho Ian? Que Marsha había actuado como si se sintiera culpable después de que la policía se marchara. Como si hubiera traicionado su amistad.

Jane se apartó de la acera y se dirigió a la avenida McKinney. Qué horror sentirse así. Qué tenso estaría el ambiente en la consulta después de aquello.

Jane llegó al semáforo de la avenida y se detuvo; el tranvía pasó traqueteando a su lado.

No le cabía en la cabeza que una mujer tan responsable como Marsha Tanner se largara sin decir palabra, sin previo aviso, pero cosas más extrañas se habían visto.

Sintió de pronto ira hacia la policía. A ellos poco les importaba la reputación de un inocente. Les traían al fresco las consecuencias a largo plazo de su campaña de difamación y la tensión a la que sometían las relaciones tanto personales como profesionales de sus sospechosos.

Cuanto más pensaba en ello, más furiosa se sentía. Y más convencida estaba de que Marsha no estaba enferma, sino avergonzada. O intimidada.

El conductor del coche de atrás pitó y Jane se dio cuenta de que el semáforo se había puesto en verde. Arrancó, pero en vez de girar a la izquierda para volver a Deep Ellum, tomó una calle a la derecha y se dirigió al barrio de las M.

1:15 p.m.

Marsha vivía en la avenida Magnolia. Jane no recordaba el número, pero sabía que era un bungalow con postigos azules, cerca de la esquina con la calle Matilda. Había visto una foto de la casa justo después de que Marsha la comprara. Si Marsha había cambiado el color de los postigos, estaba perdida.

Llegó a Morningside y enfiló la calle. Al acercarse al cruce aminoró la velocidad y empezó a mirar a uno y otro lado de la avenida, buscando aquellos postigos azules. Por fin encontró la casa de Marsha y, junto a ella, aparcado en el caminito de entrada, su peculiar Volkswagen escarabajo de color amarillo canario.

Aparcó detrás del Volkswagen. Salió del coche y se acercó al porche en sombras. De la parte de atrás llegaba un ladrido agudo. Era Tiny, el pomerania de Marsha. Ésta trataba a aquel perro como a un bebé. En la oficina tenía por lo menos media docena de fotos suyas. A veces bromeaba sobre ello. Decía que, por Navidad, todos los años, incluso disfrazaba al perro de reno para hacerle una foto con Papá Noel.

Jane subió los peldaños y se acercó a la puerta. De pronto vaciló, poseída por la sensación de que algo no iba bien. Marsha jamás dejaba fuera a Tiny; y menos aún en un día tan fresco como aquél.

Tal vez estuviera seriamente enferma. Tan enferma que necesitaba atención médica. Atención que no podía conseguir por sí misma. Eso explicaría que no hubiera avisado ni contestara a las llamadas de Ian.

Jane llamó al timbre, esperó unos segundos y volvió a llamar. Al ver que Marsha no aparecía, miró por las ventanas de la fachada. Todo parecía en orden, pero, aun así, tenía la impresión de que sucedía algo extraño.

Sintiéndose cada vez más nerviosa, Jane intentó abrir la puerta. Y descubrió que no estaba cerrada con llave.

La puerta se abrió con sigilo.

—¿Marsha? —dijo alzando la voz mientras asomaba la cabeza al interior de al casa—. Soy Jane Westbrook. He venido a ver si estabas bien.

No hubo respuesta. Jane entró en el pequeño recibidor y arrugó la nariz al sentir un olor extraño. Un leve tufo que impregnaba el aire.

Llevándose una mano al estómago revuelto, miró a su izquierda, hacia el comedor, y luego a la derecha, hacia el pequeño cuarto de estar. Paredes de color crema, sofá de color pervinca y llamativos cojines bordados. Una habitación de mujer, pensó Jane. Acogedora y cálida.

Aunque en ese momento no pareciera ninguna de ambas cosas.

Producía más bien una sensación extraña e inquietante.

—¿Marsha? —llamó Jane otra vez, más despacio.

Estaría en la cama, se dijo. Dormida. Tan enferma que no podía ni hablar. Aquel olor era el resultado de la gripe intestinal.

Jane cruzó el recibidor con el corazón atronándole en el pecho. A su izquierda había un pasillo que parecía conducir a los dormitorios. Enfrente, unas puertas basculantes, cerradas. Jane supuso que daban a la cocina. Se dirigió hacia allí, sintiéndose atraída por aquellas puertas. El olor era cada vez más intenso. Jane estiró un brazo, posó una mano sobre la puerta y empujó.

La puerta se abrió con facilidad. Jane abrió la boca para llamar a Marsha otra vez, pero las palabras murieron en sus labios, de los que sólo salió un gemido de horror.

Marsha no podía contestarle. Nunca volvería a contestar a nadie.

Estaba atada a una silla de la cocina. Desnuda, salvo por unas bragas negras. Tenía algo negro metido en la boca. Y una especie de cable atado con fuerza alrededor del cuello.

Amontonado sobre el suelo había un albornoz blanco.

La habitación empezó a darle vueltas. Jane se tambaleó hacia atrás. Se agarró al quicio de la puerta, intentando conservar el equilibrio.

De pronto notó que el perro arañaba frenéticamente la puerta de atrás, vio el color púrpura de la cara de la mujer, sintió el olor sofocante de la muerte.

Se llevó la mano a la boca, dio media vuelta y echó a correr. Atravesó las puertas basculantes, cruzó el lindo cuarto de estar, salió por la puerta delantera y se acercó hasta el borde del porche. Allí se inclinó sobre los arbustos y vomitó violentamente.

Levantó la cabeza. Se dio cuenta de que estaba sollozando. Al otro lado de la calle, una mujer que estaba regando sus flores se detuvo y la miró.

–Ayuda –musitó Jane.

Dio un paso hacia la escalera. Le temblaban las piernas. Delante de sus ojos bailaban estrellas. Se agarró a la barandilla, bajó el primer escalón.

–Ayuda –dijo de nuevo, esta vez más alto–. Por favor, que alguien... la policía...

Una mujer que empujaba un carrito de bebé se detuvo, alarmada.

–¿Señorita? ¿Se encuentra...?

Jane bajó otro peldaño.

–Socorro...

La sangre abandonó de golpe su cabeza; sus piernas cedieron. El mundo se volvió negro.

2:00 p.m.

Stacy observaba la escena intentando conservar la objetividad; intentando olvidar que su hermana estaba fuera, pálida como un fantasma, excepto por el feo arañazo que tenía en la frente. Se había desmayado. Por suerte, una vecina había acudido en su ayuda. Y había llamado a la policía.

Ian había llegado poco después que Mac y que ella. Estaba con Jane; parecía anonadado.

¿Podía ser tan buen actor?

Mac, que normalmente era muy tranquilo, parecía a punto de estallar.

–Hemos llegado demasiado tarde –masculló–. ¡Qué hijo de puta!

Stacy no dijo nada. ¿Qué podía decir? La habían cagado.

El sargento les entregó el atestado preliminar.

—La casa está limpia como una patena. Hemos encontrado el bolso. El contenido del joyero parece intacto.

—¿Y las puertas y las ventanas?

—No hay signos de que hayan sido forzadas.

Aquello no constituía una sorpresa. No se trataba de un homicidio fortuito, ni de un robo chapucero, sino de un asesinato semejante a una ejecución: deliberado y directo. Lo más truculento de todo era que el asesino le había metido el sujetador en la boca a Marsha Tanner.

Stacy se volvió hacia Mac.

—¿Qué opinas?

—Tenemos que comprobar su pasado. Puede que se relacionara con gente poco recomendable. Drogas. Crimen organizado...

Aquello no parecía propio de la Marsha Tanner que Stacy conocía, pero a menudo la gente que acababa de aquel modo no era lo que parecía.

Llegó Pete Winston, que no pareció alegrarse de ver a Stacy. Había acudido como representante de la oficina del forense al triple asesinato de la noche anterior. Igual que Mac y que ella, había tenido que arrimar el hombro. El Departamento de Policía de Dallas no era el único servicio municipal que estaba sufriendo los estragos de la gripe.

—Tú, Killian —dijo—, siempre donde está la acción.

—Los malos no descansan —contestó ella con un filo inconfundible en la voz—. Estás hecho un asco.

—Me siento hecho un asco.

—Pues no te acerques —masculló Mac—. Tengo demasiado trabajo como para ponerme enfermo.

—¿Qué puedes decirme por ahora? —preguntó Stacy.

Pete la miró con irritación mientras se ponía los guantes.

—Yo diría que se trata de un homicidio.

—No jodas.

—¿Quieres más? Pues apártate y déjame hacer mi trabajo.

Por desgracia para él, apartarse no estaba en el repertorio de Stacy.

—Por lo menos dime la hora aproximada de la muerte.

Pete cruzó con cuidado el suelo ensangrentado, intentando no alterar las pruebas.

—A juzgar por su lividez, no lleva mucho tiempo muerta —dijo—. Cuestión de horas. Puede que cinco o seis. Pero la temperatura corporal nos sacará de dudas.

Stacy hizo la cuenta y miró a Mac. Más o menos a la hora en que ellos habían pensado hacerle una visita a Marsha Tanner, alguien la había asesinado. Stacy comprendió por la expresión de su compañero que él también había hecho el cálculo.

—La hemos jodido bien, Killian. El capitán nos va a matar.

—No me digas.

—¿Has interrogado ya a tu hermana?

—No. ¿Vamos?

Mac asintió con la cabeza y juntos salieron al porche delantero. Jane estaba acurrucada junto a Ian. Stacy se agachó frente a ella y preguntó:

—¿Podrías contestar a unas preguntas, Jane?

Vio que su hermana tragaba saliva con dificultad y que Ian la abrazaba con fuerza. Jane dijo que sí con voz temblorosa.

—Dime otra vez a qué has venido aquí.

Stacy escuchó atentamente mientras Jane le explicaba que se había pasado a ver a Ian y que, al enterarse de que Marsha no había ido a trabajar, había decidido acercarse a ver qué le pasaba..., a pesar de que Ian le había dicho que no hacía falta.

Mac se volvió hacia Ian.

—¿Le dijo que no hacía falta? ¿Por qué?

—Pensé que... que Marsha debía de estar muy... —palideció—... muy mal. Era la primera vez que no llamaba si no iba a ir a trabajar.

—¿Y no le extrañó?

—Claro. Me extrañó muchísimo.

—Pero ¿no intentó averiguar qué le pasaba?

—La llamé. Varias veces. Y Elise también.

—¿Elise?

—Mi esteticista. Marsha no contestaba. No podíamos hacer gran cosa. Teníamos pacientes esperando —miró a Jane y luego a Stacy—. Los dos teníamos mucho trabajo hoy.

—Entonces, ¿no habría sido perfecto que Jane se pasara a ver qué le ocurría? —insistió Mac.

Ian parecía azorado.

—¿Qué está insinuando?

—Nada. Sólo intento hacerme una idea precisa de cómo funciona su cerebro.

—Jane está embarazada. No quería que se viera expuesta a la gripe o a... a algo peor.

Stacy pensó que su hermana se había visto expuesta a algo mucho peor. A lo peor que la vida podía ofrecer.

Volvió a dirigirse a Jane.

—Dime exactamente qué viste al llegar.

Jane asintió con la cabeza y empezó a hablar con voz tan queda y temblorosa que Stacy tuvo que aguzar el oído.

—Llamé al timbre y Marsha no... El perro estaba ladrando en la parte de atrás... Eso me hizo pensar que... que algo iba mal. El perro era como su hijo y... —los ojos de Jane se empañaron—. ¿Se ha ocupado alguien de él? Puede que necesite comida o agua. Seguramente estará... asustado.

—Nos ocuparemos de él —dijo Stacy con suavidad—. No te preocupes.

—Pero ¿dónde irá? Marsha no tenía hijos ni...

—En casos como éste, las mascotas van a la perrera hasta que el pariente más cercano las reclama.

Jane miró a Stacy y luego a Ian.

—¡No! Eso a Marsha le habría parecido horrible. No podemos... No después de lo que ha pasado.

—Entonces, nos los llevaremos nosotros —dijo Ian—. Así Ranger tendrá un compañero.

Stacy sintió un nudo en la garganta, conmovida por la ternura de aquel ofrecimiento, por el modo en que su hermana miraba a Ian, por el amor y la gratitud que irradiaban sus ojos.

Carraspeó y dirigió de nuevo la conversación hacia la secuencia de los hechos.

—¿Qué pasó después de que oyeras ladrar al perro?

—Me pareció raro que Marsha lo hubiera dejado fuera. Estaba segura de que... de que pasaba algo. Así que intenté abrir la puerta.

—¿Viste a alguien? ¿Oíste algo, aparte del perro?

Jane movió la cabeza de un lado a otro.

—Noté que... que olía mal. Pensé que Marsha estaba...

—¿Qué? —insistió Stacy con suavidad.

—Enferma —concluyó Jane, abatida—. Pensé que estaba enferma.

Mac se volvió hacia Ian.

—¿Practica usted muchos implantes mamarios en su consulta?

La pregunta pilló desprevenido a Ian.

—¿Cómo dice?

—Implantes para aumentar el pecho, ¿hace muchos?

—¿Qué tiene eso que ver con...?

—¿Hace muchos?

—Antes sí. En la otra clínica.

—¿Y ahora?

—Algunos. Pero estoy especializado en reconstrucción facial.

—¿Reconstrucción facial? ¿Y eso da dinero?

Ian miró primero a Mac y luego a Stacy, y viceversa.

—Tengo que llevarme a Jane a casa. ¿No puede esperar esto?

—Sólo un par de preguntas más. ¿Da dinero la reconstrucción facial?

—A veces. Depende del paciente. De si tiene seguro o no. De si su seguro cubre los gastos y hasta qué punto. Yo intento no rechazar a ningún paciente.

—Es todo un santo.

Ian se sonrojó al oír el tono sarcástico de Mac.

—Me gusta ayudar a la gente.

—¿Ya no hace operaciones estéticas?

—Algunas. Para pagar las facturas.

—Pero está casado con una mujer rica. ¿No paga eso las facturas?

Jane dejó escapar un gemido angustiado. Ian la ayudó a levantarse con expresión adusta.

—Voy a llevarme a mi mujer a casa —dijo con voz crispada mientras ayudaba a Jane a incorporarse, abrazándola con ademán protector–. Si necesitan algo más, llámenme allí o a la consulta.

—Doctor Westbrook —Ian miró hacia atrás—, el asesino le metió a Marsha el sujetador en la boca. ¿Por qué cree que lo hizo?

—¿Cómo quiere que yo lo sepa?

—¿A qué hora llega a la clínica por las mañanas, doctor Westbrook?

—Mis citas empiezan a las nueve.

—Entonces, ¿sale de casa a las ocho?

—Más o menos. Algunas mañanas antes y otras después.

—¿Y esta mañana?

—¿Perdón?

—Esta mañana ¿salió temprano? ¿O tarde?

A Stacy le pareció que Ian palidecía, aunque no habría podido jurarlo.

—Temprano —contestó con brusquedad—. Ya les he dicho que tenía mucho trabajo. Tenía que hacer unas llamadas y revisar los historiales de algunos pacientes.

—Gracias por tu ayuda —dijo Stacy—. Estaremos en contacto.

Stacy miró cómo Ian ayudaba a Jane a entrar en el coche y luego se giró hacia su compañero.

—¿Qué coño te crees que estás...?

—¿Haciendo? Creía que era obvio. Mi trabajo. ¿Te dice algo eso, Stacy?

—No sé de qué estás hablando.

—Estoy hablando de que, para ser una tocapelotas de primera categoría, te encuentro muy complaciente. ¿Quieres que hablemos de eso?

—Lo que quiero es analizar la escena del crimen. ¿Te parece bien?

Stacy hizo ademán de alejarse; Mac la detuvo agarrándola del brazo.

—¿Por qué crees que el asesino le metió el sujetador en la boca? El simbolismo es bastante chocante, ¿no te parece? ¿Cuántas tetas falsas crees que habrá puesto Westbrook? ¿Quinientas? ¿Mil? Tenemos dos asesinatos —continuó—. Las dos víctimas están vinculadas a Ian Westbrook. Marsha Tanner fue asesinada menos de veinticuatro horas después de que habláramos con ella y antes de que tuviéramos ocasión de interrogarla de nuevo. Vanmeer era paciente de Westbrook y, según dice su ex marido, también era su amante. El tío del ascensor de La Plaza, el de la gorra de los Braves, tiene la misma complexión que Westbrook.

—Todo lo que tenemos es circunstancial —replicó ella—. Nada más. ¿Una complexión física parecida y un color de piel semejante? Vamos, todo eso es muy endeble. Además —añadió—, Ian tiene una coartada para la noche del asesinato de Vanmeer.

—Pero su coartada es su mujer, así que no puede decirse que sea muy sólida. ¿Acaso no sería ella capaz de decir o hacer cualquier cosa con tal de protegerlo?

Stacy abrió la boca para decir que no, para contestar que Jane jamás se interpondría en el camino de la justicia, pero se tragó sus palabras. Jane amaba a Ian tan profundamente que defendería su inocencia hasta el final. Pero ¿sería capaz de mentir por él?

Mac se inclinó hacia ella.

—Como tú bien sabes, muchos casos se fundamentan y se ganan con pruebas circunstanciales.

—¿Qué me dices del móvil, Mac? ¿Eso también lo has pensado?

—Sí. Uno tan viejo como el tiempo. Dinero. Tu hermana es una mujer muy rica. ¿Cómo crees que se sentiría si descubriera que su marido le es infiel?

Stacy comprendió adónde quería ir a parar. Ian estaba liado con Elle Vanmeer. Elle había amenazado con decírselo a Jane; él la había matado para taparle la boca. Luego, al convertirse en sospechoso, había matado también a su secretaria, la única persona que conocía sus idas y venidas y podía corroborar con toda certeza que tenía una aventura amorosa con la primera víctima.

Stacy se sintió mareada. Todo aquello tenía sentido.

Pero no podía ser cierto.

Mac soltó un bufido de fastidio.

—Creo que será mejor que afrontes los hechos, Stacy. Tu cuñado está con el agua al cuello. Y, a no ser que ocurra algo muy gordo, cada vez lo tiene peor.

3:30 p.m.

Jane se paseaba por su cuarto de estar con el pelo mojado y la piel todavía sensibilizada por el chorro de agua caliente de la ducha. Había corrido al cuarto de baño nada más llegar a casa. Sin esperar siquiera a que el agua se calentara, se había quitado la ropa a toda prisa y se había metido en la ducha, ansiosa por quitarse aquel olor a muerte. Y su recuerdo.

A pesar de que el jabón y el champú se habían llevado aquel tufo, su recuerdo todavía la perseguía. Cada vez que cerraba los ojos, veía a Marsha muerta, con la cara amoratada y la boca desencajada en una mueca grotesca para acomodar lo que ahora Jane sabía era un sujetador.

Se llevó las manos temblorosas a la cara. Se sentía enferma. Agitada. Tenía al mismo tiempo ganas de llorar y de maldecir. De llorar por Marsha, por su triste final. Y de maldecir un mundo en el que un ser humano podía cometer un acto tan horrendo contra uno de sus semejantes.

Ranger emitió un gruñido bajo y gutural. Jane lo miró. El perro la estaba observando con el pelo de la espina dorsal erizado. Jane ignoraba si notaba su inquietud o si acaso olía la muerte.

Apretó los labios y volvió a pensar en el perro de Marsha. Ted se había ofrecido a quedarse con él hasta que le encontraran un nuevo hogar. Ella se había mostrado agradecida; sabía que su ayudante cuidaría bien del animal.

Ian había vuelto a la oficina para cancelar sus citas de los días siguientes. No quería dejarla sola, le había hecho prometer a Ted que le echaría un vistazo. Estaba consternado. Confuso. Marsha estaba muerta. Había sido asesinada. Y la policía —incluida Stacy— parecía creer que él tenía algo que ver con su muerte.

Aquello era absurdo. Una locura. Jane se apretó los ojos con la parte interior de las muñecas. El recuerdo sensorial de los zarpazos del perro en la puerta, del olor a la muerte y del sabor de su propio vómito se agolpó de nuevo en su cabeza.

Dejó caer las manos. Ian no tenía nada que ver con aquello. Su marido no era capaz de cometer aquella atrocidad. Stacy lo sabía. ¿Por qué no se lo había dicho a su compañero? ¿Cómo había podido permitir que aquel hombre le hablara así a Ian?

Sonó el timbre de la entrada. Jane se acercó a la ventana, apartó la cortina y miró hacia la calle. El Bronco de su hermana estaba aparcado junto a la acera, en la salida de incendios.

Jane empezó a temblar. Sintió de pronto el impulso de esconderse. De fingir que no estaba allí, o que estaba dormida. Luego la acometió el deseo de presentar batalla, de responder a la ira que en ese preciso momento se agitaba dentro de ella. Ira porque la policía hubiera tratado a Ian como a un criminal y porque Stacy lo hubiera consentido. Se acercó al telefonillo y contestó.

—¿Sí?
—Jane, soy Stacy.
—¿No querrás decir la detective Killian?
—Supongo que me lo merezco.
—No hay nada que suponer. ¿Qué quieres?
—Necesito hablar contigo. ¿Puedo subir?
—Creo que no.
—Estoy de tu lado. Del lado de Ian —bajó la voz—. Es importante, Jane.
—¿Estás sola?
—Sí.

Jane pulsó el botón sin contestar y se dirigió a la puerta. Se encontró con su hermana en el primer descansillo. Stacy parecía cansada. Se inclinó y acarició a Ranger; luego, al incorporarse, miró a Jane a los ojos. Ésta advirtió su expresión compungida. De mala conciencia. Pero ¿por qué? ¿Por el pasado? ¿O por lo que iba a ocurrir?

—Quería ver qué tal te encontrabas. ¿Qué tal estás de ánimo?

Jane cruzó los brazos sobre el pecho.

—Todo lo bien que puedo estar, teniendo en cuenta lo que ha pasado.

—¿Qué tal tu cabeza?

Jane se tocó el aparatoso vendaje con el que los sanitarios del servicio de emergencias le habían tapado la brecha de la frente.

—Me duele, aunque no tanto como... —se interrumpió, pero la frase que no había terminado quedó de todos modos suspendida entre ellas.

No tanto como haber encontrado a Marsha de ese modo.

—Siento que hayas tenido que ver... eso. Sé lo terrible que es la primera vez. Yo me mareé. Hice el ridículo delante de todo el equipo forense.

La ira de Jane se disipó en parte. Stacy nunca le había hablado de aquella faceta de sus sentimientos. Le indicó que pasara.

Subieron los últimos peldaños y entraron en el vestíbulo. Jane condujo a Stacy a la cocina.

—¿Quieres un café? —preguntó—. ¿Un té con hielo?

—No, nada, gracias —Stacy indicó las sillas agrupadas en torno a la mesa—. ¿Por qué no te sientas?

—Creo que no —Jane levantó la barbilla—. ¿Como quién has venido, Stacy? ¿Como mi hermana o como policía?

—Puede que como las dos cosas.

—Eso no es posible.

—Es lo único que puedo hacer. Soy policía, Jane. No se trata sólo de mi trabajo, sino de lo que soy. No puedo disociarme de mi profesión. Pero eso no significa que no esté preocupada por ti. Por el... bebé. Y también por Ian. Estoy muy preocupada por Ian.

Jane la miró un momento; de pronto, la habitación pareció moverse ligeramente.

—Creo que voy a sentarme.

Se sentaron las dos. Stacy giró su silla para mirar de frente a su hermana.

—Tengo que hacerte unas preguntas, Jane.

—¿Sobre Ian?

–Sí.
Jane agarró con fuerza los brazos de la silla.
–Adelante.
–¿Estás completamente segura de que estuvo en casa el domingo por la noche?

La noche que Elle Vanmeer fue asesinada. El miedo le corrió a Jane por la espina dorsal, dejando a su paso un escalofrío.

–Sí, absolutamente.
–¿Toda la noche?

Ian arrastraba consigo el aire fresco de la noche. Había estado fuera. ¿Por qué?

–Sí –de pronto sintió la necesidad de explicarse, de demostrar que estaba diciendo la verdad–. Cenamos aquí. Ian hizo carne a la parrilla.
–¿Y luego qué?
–Recogimos, hablamos un poco. Yo me fui al estudio a editar una cinta para la exposición.
–¿E Ian?
–Se fue a su despacho. A ponerse al día con las revistas médicas.
–¿Cuánto tiempo estuviste encerrada en el estudio?
Jane se llevó una mano temblorosa a la cabeza.
–No lo sé... Varias horas.
–¿De qué hora a qué hora?
–¡No lo sé! –se levantó de un salto, tambaleándose levemente–. ¿Qué importa eso? ¿Por qué...?
Stacy se puso en pie y le agarró las manos con fuerza.
–Porque sí importa, Jane. Confía en mí, es cuestión de vida o muerte. Piensa, tienes que pensar.
El miedo dejó a Jane temblando, con las rodillas flojas. Volvió a sentarse.
–Acabamos de cenar a las siete y media o las ocho. Recogimos la cocina. Yo me fui al estudio y él al despacho.
Stacy hizo el cálculo.
–Así que saliste del estudio a eso de las nueve y media o las diez.
–Ian me despertó. Me había quedado dormida y...
–¿Te habías quedado dormida?

A Jane se le paró el corazón al notar la reacción de su hermana. No debería haberle dicho eso. Pero, si le ocultaba algo, tal vez después ello aumentara las sospechas sobre Ian. Podía minar su propio testimonio.

—Sí —continuó—. Le pregunté la hora, me dijo que eran las diez, pero...

El reloj del cuarto de estar. Marcaba dos horas más, pasada la medianoche.

Aquello era muy extraño. Jane se frotó la frente. No podía ser.

—¿Qué pasa, Jane? ¿Qué estás recordando?

—Nada. Lo de hoy... ha sido... una... una impresión tan fuerte... Nada más.

—Entonces, ¿Ian te despertó sobre las diez?

—En realidad, no me despertó. Me despertó la pesadilla. Ian me oyó gritar y entró en el estudio.

A Stacy pareció complacerle aquella respuesta. Hizo una pausa, como si ordenara sus ideas.

—Ian creció en Atlanta, ¿verdad?

—Sí, a las afueras. En Athens.

—Entonces, ¿es de los Braves?

—¿Del equipo de béisbol?

—Sí.

—Supongo. Aunque no le gusta mucho el béisbol. No es muy aficionado a los deportes.

Stacy se levantó y se acercó a la ventana. Se quedó mirando el horizonte de la ciudad, con la espalda muy erguida y el semblante adusto. Jane sintió la batalla que se libraba dentro de ella.

Al cabo de un momento, su hermana se giró hacia ella.

—Jane, tengo que preguntarte algo más. Vas a enfadarte conmigo, pero de todos modos tengo que preguntártelo. Y necesito que seas completamente sincera conmigo —Jane asintió con la cabeza, incapaz de articular palabra—. ¿Estás segura de que Ian te es fiel?

—¿No estarás...?

—¿Te es fiel, Jane?

—¡Sí! Claro que me es fiel. Estoy absolutamente segura.

–¿Testificarías bajo juramento todo lo que me acabas de decir?

El miedo dejó a Jane sin aliento. Se llevó una mano a la boca y luego la dejó caer.

–¿Testificar? ¿Por qué? ¿Qué me estás ocultando, Stacy?

–No debería estar aquí... no debería decirte esto, pero Ian está metido en un buen lío. Te aconsejo que contactes con un abogado.

Jane se quedó un momento sin respiración. Se sentía como si el universo hubiera basculado sobre su eje.

–No hablarás en serio. Por favor, dime que esto es una especie de broma.

–Ojalá lo fuera.

Jane tragó saliva con dificultad. *Ian arrastraba consigo el aire de la noche. La incongruencia de la hora...* ¿Dónde había estado Ian esa noche, mientras ella dormía en el estudio? En La Plaza, matando a una mujer, no. Eso jamás.

Ian era el hombre más tierno que ella había conocido. El más sincero. El más recto. No podía haber hecho aquello, lo mismo que no podía arrancarse de un mordisco su propia mano.

¿Por qué no se daba cuenta Stacy?

–¿Por qué haces esto, Stacy? ¿Por celos? ¿Para castigarme por casarme con Ian? ¿O por los prejuicios de la abuela?

El rubor inundó las mejillas de su hermana.

–Te aseguro que esto no tiene nada que ver conmigo. Se trata de pruebas, Jane. De pruebas poderosas.

Jane se puso en pie.

–No te creo. No hay ninguna prueba. No puede haberla. Porque Ian no tiene nada que ver con esto.

–Estoy intentando ayudaros. Si me escucharas...

Jane levantó la voz.

–¿Ayudarnos? ¿A esto le llamas tú ayudarnos? Estás intentando inculpar a Ian. Si quisieras, podrías mirar hacia otro lado.

–Ojalá pudiera cambiar las cosas. Pero no puedo. No está en mi mano.

–¿Por qué me odias tanto? –gritó Jane–. ¿Qué te he hecho yo?

—Viniendo aquí he puesto en peligro mi carrera —dijo Stacy con voz crispada—. ¿Y así es como me pagas? Gracias, hermanita. Muchísimas gracias.

Jane cruzó los brazos sobre el pecho; le daba vueltas la cabeza. Aquello era una pesadilla. De un momento a otro se despertaría gritando.

El capitán de la lancha dando la vuelta, preparándose para pasar otra vez sobre ella. Para acabar el trabajo.

Su pesadilla se estaba haciendo realidad. Eso era lo que había temido inconscientemente.

Iba a perderlo todo.

—¿Jane? ¿Estás bien?

No. Tal vez nunca volviera a estar bien.

—Será mejor que te vayas.

Stacy abrió la boca como si se dispusiera a hablar; luego, sin decir palabra, dio media vuelta y se alejó, pero se detuvo al llegar a la puerta de la cocina y dijo con suavidad:

—Lo siento. De veras lo siento.

Jane se quedó paralizada hasta que oyó que la puerta de abajo se cerraba de golpe. Luego se dejó caer en una silla y rompió a llorar.

5:35 p.m.

—Hola, detective Killian —Kitty le entregó varios mensajes—. El capitán la está buscando.

—Gracias —contestó Stacy, esforzándose por no hacer una mueca.

Recibir una invitación al despacho del capitán después de acabar su turno no era un buen presagio para esa noche; ni, quizás, para su carrera.

¿Se habría enterado Schulze de que había ido a visitar a su hermana esa tarde? Pero ¿cómo?

Mac se levantó al verla.

—¿Dónde te has metido? —preguntó, echando a andar a su lado.

—Tenía cita con el médico. Cosas de chicas.
—Ya.
Ella ignoró su tono sarcástico.
—¿El capitán quiere vernos?
—Algo parecido.
Stacy se detuvo y lo miró.
—¿Qué está pasando, Mac? ¿Me estoy metiendo en una emboscada?
Mac no la miró a los ojos.
—El capitán quiere verte, es lo único que sé.
Stacy supuso que estaba mintiendo, pero pensó que no tenía sentido insistir. Las cartas se pondrían sobre la mesa en cuestión de minutos.
Fueron al despacho del capitán. Stacy llamó al marco de la puerta. Su jefe les hizo señas de que pasaran. Parecía malhumorado.
—Cerrad la puerta y sentaos.
—Yo me quedo de pie, gracias.
Schulze fijó su mirada oscura en ella.
—Voy a sacarte de los casos de Vanmeer y Tanner, Killian.
—¡Qué! ¿Por qué?
—Por un conflicto de intereses. Estás involucrada personalmente en ambos casos.
—Con el debido respeto, capitán Schulze —contestó Stacy—, prometo mantener la objetividad.
—Tu cuñado es el principal sospechoso de ambos asesinatos. Por el amor de Dios, Killian, deberías haber renunciado tú misma esta mañana. Me estoy pensando si te suspendo o no.
—Pero si he hecho todo el trabajo de calle, capitán. Conozco los dos casos. Para sacarme...
—Ya está decidido —el capitán fijó la mirada en Mac—. McPherson, Liberman y tú os encargaréis de esto.
Stacy miró a Mac y de pronto creyó comprender. Era él quien había acudido al capitán. La culpa era suya. Había traicionado a su compañera.
Stacy pensó que aquello no debía sorprenderla. Tenía que haberlo visto venir a la legua. Pero no había sido así. Había empezado a confiar en él. *Qué idiota era.*

—¿Eso es todo, capitán?

Schulze contestó que sí y Stacy salió del despacho. Mac fue tras ella y la alcanzó junto a la puerta del aseo de señoras. Stacy se volvió hacia él, temblando de rabia.

—No te acerques a mí, Mac. Tú y yo ya no somos compañeros.

—Esto no es culpa mía.

—¿No? Fuiste al capitán, le dijiste que tenía un conflicto de intereses.

—Sí.

—Así me gusta, Mac. Que los compañeros se apoyen entre ellos.

—Ibas a cagarla, Stacy. Ibas de cabeza a un expediente de asuntos internos.

—Así que, ¿lo has hecho por mi bien? —su tono rezumaba sarcasmo—. ¿No has pensado en absoluto en ti mismo?

—¿Cuánto tiempo crees que habría tardado el capitán en descubrir tu relación con el sospechoso? ¿Un par de días más? Entonces nos habrían echado a los dos del caso.

—Deberías haber acudido a mí, darme la oportunidad de ir a hablar con el capitán.

—¿Lo habrías hecho?

—Naturalmente.

—Embustera —Mac se inclinó hacia ella—. Por lo menos yo sigo en el caso y podré mantenerte informada de lo que pase.

—¿Y lo harás? —replicó ella—. Pensaba que ya habías arrestado, juzgado y condenado a Ian.

—Esta tarde fui a ver a Danny Witt.

—¿El otro aparcacoches? ¿El de La Plaza?

—Sí, ése.

—¿Fuiste sin mí? Qué bien.

—Estabas ocupada con tu cita con el médico. Cosas de chicas, ¿recuerdas?

—Eso no son más que gilipolleces —replicó ella, intentando refrenar su ira—. Soy tu compañera, Mac, y, hasta hace unos minutos, era el miembro más veterano de este pequeño equipo. Fíjate en que he dicho *equipo*. Tú no eres el Llanero

Solitario. Ni Harry *el Sucio*, ni el personaje de Bruce Willis en *La jungla de cristal* –levantó una mano cuando Mac abrió la boca para hablar–. Los policías vamos en pareja por diversas razones; una de ellas, y no la menos importante, es para cubrirnos las espaldas los unos a los otros.

–Me llevé a Liberman conmigo.

Al parecer, mientras su hermana le echaba la bronca, también le habían dado una puñalada por la espalda.

Mac interpretó certeramente su expresión.

–No te encontraba por ninguna parte. ¿Quieres que hablemos de eso, Stacy?

–Si quieres acusarme de algo, hazlo. Mientras tanto, voy a pedir un cambio permanente de compañero.

–El capitán no te lo dará.

–Eso ya lo veremos.

–¿Y con quién va a ponerte, Stacy? No veo que haya cola para el puesto.

Ella abrió la boca y volvió a cerrarla al darse cuenta de que tenía razón.

Mac se inclinó de nuevo hacia ella y bajó la voz.

–Para contestar a tu pregunta, sí, te mantendré informada. Pero no por Westbrook, ni por tu hermana, ni porque crea que no se está haciendo justicia. Lo haré por ti, Stacy.

La indignación de Stacy se evaporó, y con ella la mayor parte de su rabia. El capitán había hecho bien al sacarla del caso; ella misma debería haber renunciado.

–Debiste hablar conmigo primero.

Mac inclinó la cabeza.

–Y tú tienes que ser sincera conmigo. ¿De acuerdo?

Ella asintió con la cabeza.

–¿Qué te dijo Witt?

–Esa noche vio un Audi TT rojo cereza. Llegó antes de las diez.

Más pruebas. Otro clavo en el ataúd de Ian.

–¿Lo aparcó él?

–Witt estaba fumando un cigarro junto al aparcamiento libre. Al parecer, los empleados del hotel no pueden fumar donde los huéspedes puedan verlos. Se fijó en el Audi porque el conductor lo aparcó él mismo. Las propinas habían sido un asco. Recuerda que al ver el coche se cabreó.

—¿Quién salió de él? ¿Un tipo alto, con una cazadora de cuero?

—No lo sabe. En ese momento lo llamaron para que volviera al trabajo.

—¿Se fijó en la hora a la que salió el coche del aparcamiento?

—No.

—¿Y en el número de matrícula?

—No llevaba matrícula, Stacy. Ni siquiera una placa provisional. Interesante, ¿eh?

Buen truco. Si no quieres que te pillen, quitas la matrícula antes de irte a la escena del crimen. Vale la pena correr el riesgo de que te paren por no llevarla.

—¿Cuántos Audis TT de color rojo cereza hay en el área metropolitana de Dallas?

—Lo estamos comprobando. También estamos mirando los recién comprados.

Él. Y Liberman. Ella estaba fuera.

Hijo de puta.

—¿Has comprobado los informes de la policía de tráfico, a ver si esa noche pararon algún TT rojo sin matrícula?

—Estoy en ello. Si se te ocurre algo más, me encantaría saberlo.

Ella lo miró con expresión desafiante.

—Lo mismo digo.

—Sólo para que lo sepas, ya hemos pedido la orden judicial para revisar las llamadas de Westbrook, las de su casa, las del trabajo y las del móvil.

Stacy dejó escapar un largo suspiro lleno de resignación. De dolor por su hermana. Y por Ian.

—¿Algo más? —preguntó.

—Sí —Mac hizo una pausa—. Liberman ha ido a buscar una orden para registrar la consulta de Westbrook. Lo siento, Stacy. Lo siento muchísimo.

7:30 p.m.

Jane estaba acurrucada en el sofá. Ranger estaba a su lado, con la cabezota apoyada sobre su regazo. A pesar de que se había envuelto en una manta de lana, desde que su hermana se había ido no lograba entrar en calor.

Cerró los ojos con fuerza, recordando las cosas que le había dicho a Stacy. Cosas llenas de ira. Acusaciones infundadas. Surgidas del miedo.

Lo cierto era que su hermana estaba intentando ayudarla. Al ir a verla, Stacy había antepuesto su relación a sus deberes profesionales. Y, por más que Jane quisiera negarlo, nada de lo que estaba ocurriendo era culpa de Stacy. Arremeter contra su hermana había sido un error. Había sido pueril y mezquino.

Stacy era su hermana. Su única familia. Y, pese al resquemor que existía entre ellas desde hacía algún tiempo, Jane la quería.

Sin pararse a pensar, recogió el teléfono inalámbrico que había sobre la mesa baja y marcó el número de Stacy. El contestador saltó al tercer pitido. En cuanto el mensaje acabó, empezó a hablar, temiendo echarse atrás si no lo hacía.

–Stacy, soy Jane. Siento lo que te he dicho. Perdóname. Estaba enfadada, confundida y... Llámame. De verdad, necesito... Te necesito a ti –concluyó, aunque el contestador ya se había cortado–. Te necesito de verdad –colgó, se inclinó y acercó la cabeza a la de Ranger–. ¿Por qué está pasando todo esto? –preguntó en voz alta–. ¿Por qué la han tomado con Ian? Todo esto es absurdo. ¿Por qué no se dan cuenta?

Ranger respondió con un gemido. Jane frotó la mejilla contra su suave pelaje y se incorporó.

Aquélla era una de esas situaciones de pesadilla que a veces le sucedían a la gente corriente. Una cadena de acontecimientos que hacían que personas inocentes se convirtieran en el blanco de las fuerzas de seguridad o del gobierno. A veces, falsamente acusadas, esas personas veían sus vidas y sus carreras profesionales sumidas en el caos y destruidas.

Jane se estremeció. Eso no iba a ocurrirle a ellos. Al final aparecería un verdadero sospechoso y la policía dirigiría hacia él su atención, como era lógico.

Si tuviera fuerzas para ponerse a filosofar, consideraría todo aquello una prueba destinada a forjar su carácter.

Pero no tenía fuerzas. Aquélla era *su* vida. *La vida de su marido*. No sólo estaba en juego el futuro de ambos, sino también el del hijo que esperaban.

Del vestíbulo le llegó el sonido de una llave en la cerradura, seguido por el ruido del cerrojo al descorrerse.

Ian estaba en casa.

Ranger saltó del sofá y salió trotando al pasillo para darle la bienvenida. Jane oyó a su marido hablarle al perro, y de pronto se sintió aliviada porque estuviera en casa, sano y salvo.

Ian está con el agua al cuello. Te sugiero que contactes con un abogado.

¿Cómo iba a decirle aquello a su marido?

—¿Jane? —llamó Ian desde el vestíbulo.

—Estoy aquí.

Ian apareció en la puerta. Sus miradas se encontraron. Al ver la expresión abatida de su marido, un gemido de angustia escapó de los labios de Jane. Se levantó y se acercó a él.

—Ian, ¿qué ha pasado?

Él la tomó en sus brazos y enterró la cara en su pelo.

—Chist. No hables. Todavía no.

La abrazó con fuerza. Los segundos se fueron convirtiendo en minutos. Un momento antes de que él la soltara, Jane creyó notar que Ian estaba temblando. Él escudriñó su semblante.

—¿Estás bien?

—Sí, yo... —Jane tomó sus manos y le entrelazó los dedos—. La policía ha vuelto a la consulta, ¿verdad?

—Sí. Traían una orden de registro.

—Una orden de registro —repitió Jane—. Dios mío, ¿qué esperaban encontrar?

—Se llevaron los ordenadores, mi agenda, algunos archivos... Lo revolvieron todo. Estoy asustado, Jane.

—¡Pero tú no has hecho nada malo!

—No creo que eso importe.
—Claro que importa —Jane le apretó los dedos con fuerza—. ¿Cuánto tiempo estuvieron allí?
—Una hora larga —su voz tembló—. Ese tipo grandullón, el compañero de Stacy, me interrogó. Quería saber a qué hora me fui esta mañana, cuándo hablé con Marsha por última vez, de qué hablamos... Me preguntó por mi relación con Elle, con Marsha, con mis otras pacientes. Me preguntó si... —refrenó sus palabras, como si se atragantara con ellas.
—¿Qué? —preguntó Jane—. ¿Qué te...?
—Te quiero, Jane. Más de lo que creía posible querer a nadie. ¿Me crees?
—Sí, claro que sí.
—Prométeme que no dejarás de quererme.
—Me estás asustando, Ian. Basta ya.
—Prométemelo —dijo él con vehemencia—. Prométeme que, digan lo que digan de mí, no dejarás de quererme.
—Te lo prometo —musitó ella—. Te lo prometo.
—Gracias a Dios —Ian apoyó la frente sobre la de Jane. Al cabo de un momento, respiró hondo, como si se preparara para hacer algo difícil. Se apartó de ella y la miró a los ojos—. Me preguntó si había matado a Elle.
Las palabras cayeron como un peso muerto entre ellos.
Había saltado la liebre.
¿Cómo podía estar pasando aquello?
—Llamé a mi abogado. No sabía qué hacer.
Jane lo abrazó. Tomó su cara entre las manos y acercó su boca a la de ella. Lo besó, al principio con ternura, para reconfortarlo, para reestablecer el contacto. Para demostrarle su amor inquebrantable.
Ian respondió al beso y, al cabo de unos instantes, la ternura se convirtió en pasión. Entraron tambaleándose en el dormitorio y cayeron sobre la cama. Se unieron con impaciencia, ansiosamente, como si se les estuviera agotando el tiempo.
—Abrázame, Ian —dijo ella con vehemencia, enlazando las piernas con las de él—. No te separes de mí.
—No, cariño, nunca jamás.

Hicieron el amor con desesperación. Llenos de incertidumbre. Alcanzaron el clímax al mismo tiempo. Después, Jane se dio cuenta de que estaba llorando y apretó la cara contra el hombro de Ian. Sabía que su llanto le perturbaría y no quería que la viera.

El latido del corazón de Ian se mezclaba con el atronar frenético de los pensamientos de Jane. La pregunta que solía hacerles a sus modelos tamborileaba en su cabeza, dirigida hacia sí misma.

Dime de qué tienes miedo, Jane. Cuando estás sola con tus pensamientos, ¿quién es el monstruo?

Ian interrumpió sus angustiosas cavilaciones diciendo en voz baja:

—No sé por qué está pasando todo esto. Tengo la sensación de estar metido en una pesadilla de la que no puedo despertar.

Jane lo entendía perfectamente; ella sentía lo mismo.

—Stacy estuvo aquí esta tarde. También me hizo muchas preguntas.

Ian se quedó inmóvil y la miró.

—¿Qué preguntas?

—Sobre la noche que Elle Vanmeer fue asesinada. Y también si eras fan de los Braves. Me pareció muy extraño.

—¿Del equipo de béisbol? ¿Por qué?

—No lo sé —Jane bajó los ojos y luego volvió a mirarlo—. Me preguntó si creía que me eras fiel.

Ian pareció anonadado.

—¿Te preguntó eso? ¿Qué le dijiste?

—¿Qué crees tú que le dije? Que sí. Absolutamente.

—Gracias —Ian deslizó un dedo sobre su frente y la curva de su mandíbula—. Me extrañó que Stacy no estuviera con los que fueron a registrar la consulta. Ahora ya sé por qué.

—Me dijo que venía como hermana —dijo Jane con amargura—. Para ayudarnos.

—Puede que sea cierto.

—Qué fácil te resulta perdonar. Yo creo más bien que se trata del divide y vencerás.

Y ella había caído en la trampa; incluso había llamado a Stacy para pedirle perdón. Qué ingenua había sido.

–¿Qué más te preguntó?
¿Estás absolutamente segura de que Ian estuvo en casa el domingo por la noche? ¿Toda la noche?
El frío que arrastraba su cuerpo.
Jane lo miró fijamente a los ojos.
–Tengo que preguntarte algo, Ian. Es importante.
Ian se apartó ligeramente de ella.
–Eres mi mujer. Puedes preguntarme lo que quieras.
–La noche del asesinato de Elle Vanmeer, la noche que me despertó la pesadilla... habías salido. ¿Por qué?
El semblante de Ian se crispó como si le hubiera dado una bofetada. Se sentó en la cama y se pasó una mano por la cara.
–Ya está pasando, ¿verdad? Te están haciendo dudar de mí. Están intentando separarnos.
–¡Eso no es verdad! Ian, por favor... –Jane se sentó con esfuerzo y se apretó contra su costado–. Tenía que preguntártelo.
Él la miró con reproche.
–Fui a pasear a Ranger. Como hago siempre antes de acostarme. ¿Te sientes mejor?
Un gemido se abrió paso a través del nudo que Jane sentía en la garganta. Un gemido de alivio. De gratitud.
–¿Qué será lo siguiente, Jane? ¿Vas a freírme a preguntas porque esa noche me equivoqué con la hora? –al ver su cara, se echó a reír sin ganas–. Se me paró el reloj. Se le había gastado la pila –hizo una pausa–. Compré otra en De Boulle a la mañana siguiente. Llama a la tienda para asegurarte, si quieres. Pagué con mi tarjeta de crédito.
La joyería de Highland Park donde había comprado su anillo de compromiso. Jane sintió en los ojos el escozor de las lágrimas. Qué traicionado y solo debía de sentirse Ian. ¿Qué clase de mujer era ella?
–Por favor, perdóname –musitó–. Por favor. Estoy tan asustada...
Ian se inclinó hacia ella y la tomó en sus brazos.
–No, soy yo quien tiene que disculparse. Era lógico que preguntaras. Es sólo que... yo también estoy asustado.

De pronto sonó el timbre de la entrada. Ranger empezó a ladrar. Jane se quedó paralizada. Miró a Ian.

—No contestes.

—Tengo que hacerlo, Jane.

Ella lo estrechó entre sus brazos.

—No, por favor...

El timbre sonó otra vez. Y otra más.

Ian intentó desasirse del abrazo de Jane.

—Tengo que contestar. No van a marcharse.

Jane lo observó angustiada mientras él salía de la cama y se acercaba al intercomunicador.

—¿Sí?

Era la policía. Insistían en hablar con él.

—Denme un minuto. Enseguida les abro —se volvió hacia Jane. Sabía que su mujer lo había oído todo—. No va a pasar nada —dijo con suavidad—. Soy inocente.

Jane salió de la cama. Se vistieron. Ian se dirigió a la puerta; ella se tomó un momento para pasarse el cepillo por el pelo y mirarse al espejo. La pálida mujer que le devolvía la mirada no parecía asustada, sino aterrorizada como un blanco conejillo.

Jane apartó la mirada del espejo y se encaminó al vestíbulo. Llegó en el instante en que el compañero de Stacy le ponía las esposas a Ian.

—¿Qué hace? —gritó.

Había tres hombres en la entrada: McPherson, otro detective y un agente uniformado.

McPherson la miró compungido y luego volvió los ojos hacia Ian.

—Doctor Ian Westbrook, queda usted detenido por los asesinatos de Elle Vanmeer y Marsha Tanner. Tiene derecho a guardar silencio, derecho a un abogado. Si no puede costearse uno, se le...

Jane escuchó aturdida mientras McPherson le leía sus derechos a Ian. Le daba vueltas la cabeza. *¿Qué iba a hacer ahora? ¿Qué iba a pasar?*

—Vamos, Westbrook —dijo el detective al que Jane no conocía, y le dio a Ian un pequeño empujón hacia la puerta—, es hora de despedirse.

Sus palabras, su tono divertido y malévolo, sacaron a Jane de su aturdimiento.

—¡Esperen!

Corrió al lado de su marido, le rodeó con los brazos, se apretó contra él. Escondió la cara contra su pecho, sintiéndose como si le arrancaran una parte de su ser.

—Yo no lo hice, Jane.

Ella levantó la cara.

—Lo sé. No va a pasarte nada. Descubriré quién...

El agente de uniforme le separó los brazos.

—Tenemos que llevárnoslo ya —dijo Mac—. Lo siento.

Un grito escapó de los labios de Jane. Tendió los brazos, pero ya se llevaban a Ian por las escaleras. Su marido giró la cabeza y gritó:

—Llama a Whitney. Él sabrá qué hacer.

Jane corrió tras ellos y salió a la acera, llorando.

—¡No! —gritó cuando el agente uniformado obligó a Ian a meterse en la parte trasera del coche patrulla. Gritó de nuevo el nombre de Ian.

Él la miró por la luna de atrás, estirando el cuello para verla mientras el vehículo se alejaba de la acera.

Se había ido. Lo habían apartado de ella.

Su suerte se había acabado.

Cuando el coche se perdió de vista, Jane se dio la vuelta. Snake estaba en la puerta de su salón de tatuajes, observándola. Jane le sostuvo la mirada; el vello de su nuca se erizó. Snake esbozó una leve sonrisa y, tras inclinar brevemente la cabeza, se metió en su tienda.

8:50 p.m.

Jane tardó unos minutos en encontrar el número de la casa de Whitney Barnes en la agenda electrónica de Ian. Había encontrado el aparatito en el bolsillo de la americana de Ian, había buscado el número y había guardado la agenda en su bolso, por si acaso la necesitaba más adelante. Whitney,

Whit para sus amigos, era el abogado de empresa de Ian y un viejo amigo.

Jane le explicó lo sucedido con voz temblorosa. Whitney le ordenó que se quedara donde estaba; estaría allí en cuestión de quince minutos. Le sugirió también que llamara a un familiar o a un amigo para que la acompañara.

Jane empezó a marcar el número de Stacy, pero luego recordó que su hermana era de los malos y llamó a Dave. Al oír su voz, rompió a llorar. Él también prometió estar allí lo antes posible.

Jane colgó y empezó a pasearse de un lado a otro. Se acercó a las ventanas para asomarse ansiosamente a la calle y luego regresó a la cocina. Hizo café, recordó que no debía tomar cafeína, lo tiró y llenó de agua la tetera para prepararse una infusión.

Se retorcía las manos, le hablaba a Ranger y rezaba en voz alta, oscilando entre la desesperación y la perplejidad, entre la ira y la súplica. Al oír un ruido fuera, corrió al vestíbulo. Abrió la puerta de golpe y bajó corriendo las escaleras, sólo para descubrir que el portal estaba desierto. El silbido de la tetera la hizo volver al *loft*.

Por fin sonó el timbre. Jane dejó escapar un grito y corrió a contestar al portero automático. No eran ni Dave ni Whit. Era Stacy.

—Acabo de enterarme —dijo su hermana casi sin aliento—. He venido lo más rápido que he podido.

Jane tardó un momento en recuperar la voz.

—¿Acabas de enterarte? Por favor, si tú eres uno de ellos...

—¡No es cierto! Me apartaron del caso esta tarde. Por un conflicto de intereses. Mi capitán me echó la bronca. Te prometo que no sabía que iba a pasar esto —bajó la voz—. Somos hermanas, Jane. Familia.

Ahora eran familia. Pero apenas veinticuatro horas antes no era eso lo que decía.

Jane se apoyó contra la pared, angustiada. El mundo parecía desplomarse a su alrededor.

—No quiero que estés sola.

—No te preocupes por mí. He llamado a Dave.

—Me dijiste que acudiera a ti cuando estuviera dispuesta a poner algo de mi parte. Aquí estoy, Jane. Por favor, déjame subir.

Un gemido afloró borboteando a los labios de Jane.

—¿Ahora? ¿Por qué, Stacy? ¿Porque estoy hecha polvo? ¿Porque lo tenía todo y ya no tengo nada? —alzó la voz—. ¡Se han llevado a mi marido esposado!

—Yo no quería que esto pasara. No quiero que seas infeliz.

Jane no la creía. ¿Por qué iba a creerla? Así se lo dijo a su hermana. Stacy tardó un momento en contestar. Al final dijo con desgana:

—Si me necesitas, ya sabes dónde encontrarme.

Jane se quedó varios minutos pegada al intercomunicador, acongojada. Luego, dejando escapar un gemido, corrió a las escaleras, bajó a toda prisa, se acercó a la puerta y la abrió de un tirón.

—¡Stacy! —gritó—. ¡Espera!

Se había ido.

—¡Jane!

Ella se giró. Dave se dirigía hacia ella a toda prisa. Jane corrió hacia él; Dave la estrechó entre sus brazos y preguntó:

—¿Estás bien?

—No —las lágrimas emborronaban su visión—. Se han llevado a Ian. ¡Creen que mató a esas dos mujeres!

—Ya ha salido en las noticias.

—¿Tan pronto? ¿Cómo es posible?

—No lo sé. Lo siento.

Un momento después, llegó Whitney Barnes y cruzó corriendo la acera. Era un hombre alto, delgado y elegante.

—He venido tan pronto como he podido. Ya sabes cómo está el tráfico.

Jane le presentó a Dave. Después de que se estrecharan las manos, el abogado miró a Jane.

—¿Por qué no subimos?

Ella asintió con la cabeza y los condujo al cuarto de estar del apartamento. Luego, juntando las manos delante de sí, miró al abogado.

—Él no lo hizo, Whit. Es inocente.

—Ian me llamó esta tarde, antes de irse de la oficina, así que sé lo que pasó hasta ese momento. Cuéntame exactamente qué ha pasado esta noche.

—Lo esposaron. Le dijeron que estaba detenido por los dos asesinatos.

—¿Le leyeron sus derechos?

—Sí.

—En fin, así son las cosas. Será mejor que te sientes —Jane se sentó en el sofá. Dave permaneció de pie tras ella, con las manos sobre sus hombros, como si quisiera protegerla—. ¿Estás preparada? —preguntó Whit. Ella asintió y él continuó diciendo—: Si han detenido a Ian, es porque creen tener pruebas suficientes para acusarlo. Pueden retenerlo cuarenta y ocho horas antes de presentar cargos contra él y otros dos días antes de que comparezca ante el juez. Es entonces cuando se acusa oficialmente al sospechoso. Dado que el tiempo empieza a contar en el mismo instante en que el imputado comparece ante el juez, sin duda intentarán aprovechar cada minuto que tengan.

—¿Qué quieres decir con que el tiempo empieza a contar?

—Me refiero al derecho a un juicio rápido, Jane. Un derecho garantizado por la constitución de los Estados Unidos. En este estado, desde el momento en que Ian se presente ante el juez, la acusación tiene ciento ochenta días para instruir el sumario y llevarlo a juicio.

—Ciento ochenta días —repitió ella con voz débil, haciendo la cuenta. Seis meses. Ian, encerrado en aquel lugar seis meses. ¿Cómo iba a soportarlo? ¿Cómo lo soportaría ella?

—Esto no puede estar pasando, Whit.

—Pues está pasando. Y saber lo que nos espera hará las cosas un poco más fáciles.

Jane supuso que tenía razón, a pesar de que no era eso lo que sentía. En ese momento, nada podía hacerle las cosas más fáciles. Ni mejores. Salvo que Ian entrara por la puerta, libre de nuevo.

—En la comparecencia, Ian declarará ante el juez y éste fijará la fianza —levantó una mano, atajando la respuesta de

Jane–. No te hagas ilusiones. En Texas, no se permite la libertad bajo fianza tratándose de un caso de asesinato capital.

–Asesinato capital –Jane miró a Whit y a Dave, confundida–. ¿Qué significa eso?

–Entre otras cosas, el asesinato de más de una persona.

Jane se sintió de pronto mareada. Se llevó una mano a la boca. Dave le apretó el hombro para darle ánimos.

–Lo llevarán a las dependencias del edificio Frank Crowley. Yo me voy ahora para allá, aunque seguramente a estas horas no podré enterarme de nada. Por la mañana me pasaré por la oficina del fiscal del distrito, a ver si me dicen qué pruebas tienen contra Ian. Algunos fiscales prefieren guardarse para sí las pruebas. Otros, en cambio, prefieren hacerlas públicas desde el principio. Si la acusación tiene poco fundamento, prefieren hacerlo público y sobreseer el caso. Así se evitan molestias y le ahorran dinero al contribuyente.

–¿Y nuestro fiscal de distrito? –preguntó Dave.

–Terry Stockton tiende a ser bastante abierto. Pero también puede ser un hueso duro de roer. Depende de por dónde sople el viento –Whit se levantó–. Jane, tú quédate aquí. En cuanto recluyan a Ian, le permitirán ver a su abogado. Yo hablaré con él, le diré que estás bien, me aseguraré de que no se han violado sus derechos en ningún sentido. Hasta mañana no pasará nada importante.

–Voy contigo.

–No te van a dejar verlo, Jane. No puedes hacer nada.

–Es mi marido. Quiero ir.

Whit miró a Dave como si buscara su apoyo. Dave se encogió de hombros.

–Está decidida, amigo mío. Y sé por experiencia que, cuando a Jane se le mete algo en la cabeza, no hay quien le haga cambiar de idea.

–Está bien. Pero te advierto una cosa. El centro Frank Crowley no es un lugar muy civilizado. Sobre todo a estas horas de la noche.

–Estoy preparada –dijo ella, poniéndose en pie–. Puedo soportarlo.

11:25 p.m.

Jane se equivocaba: no estaba preparada, ni podía soportarlo. Los juzgados que albergaba el centro Frank Crowley estaban llenos a rebosar incluso a aquellas horas de la noche y no siendo fin de semana. Prostitutas, policías, pandilleros y borrachos se mezclaban con parientes enfurecidos, abogados y víctimas en estado de choque, formando una extraña y a veces aterradora amalgama humana.

Un borracho vomitó a sus pies, y Jane no pudo controlarse. Sin embargo, logró llegar al aseo antes de arrojar las galletas que había tomado poco antes. Luego, a solas en la intimidad del cuartito de baño, se derrumbó.

Consiguió reponerse por simple fuerza de voluntad. Porque tenía que ser fuerte, por Ian.

Y porque era fuerte.

Tal y como el abogado le había dicho, a él se le permitió entrar a ver a Ian, pero a ella no. Whit la informó de que Ian estaba muy nervioso, pero se encontraba bien. Estaba preocupado por ella.

Whit prometió llamarla por la mañana para ponerla al corriente de lo que pasara y darle una lista de los mejores abogados criminalistas. Hasta ese momento, Jane no se había enfrentado al hecho de que Whit era abogado de empresa, no criminalista, y que por tanto tendría que buscarse otro letrado lo antes posible.

Dave la llevó a casa en coche. Aparcó delante del edificio y apagó el motor.

—Te acompaño arriba.

Jane le ofreció una leve sonrisa de gratitud.

—Ya has hecho bastante.

—Jane, acompañarte a la puerta no es...

—Necesario —acabó ella por él. Lo tomó de la mano y se la apretó—. Gracias por quedarte conmigo.

Dave le apretó los dedos.

—Siento muchísimo todo esto. Ojalá pudiera hacer algo.

—Ya lo has hecho —Jane agarró la manija de la puerta del

coche con las llaves en la mano–. ¿Me llamas mañana? Puede que necesite un hombro en el que llorar.

–Claro. Pero Jane... –la miró a los ojos–. Stacy está de tu parte. Estoy convencido de ello.

Jane sintió de pronto que se le saltaban las lágrimas. No contestó; abrió la puerta y salió del coche. Se acercó al edificio y, tras abrir la puerta, se dio la vuelta y le dijo adiós con la mano.

Dave le devolvió el saludo y se alejó.

Jane entró en el portal. En el interior a oscuras hacía frío. Pulsó el interruptor de la luz, que estaba junto a la puerta. Nada. Lo intentó otra vez, confundida, segura de que Ian acababa de cambiar la bombilla.

Ella era la propietaria del edificio de dos pisos; lo había comprado con parte de su herencia. El *loft* ocupaba la segunda planta y el estudio la primera. A ambos se accedía por aquella única puerta, que daba a la calle. A su derecha se hallaba la escalera que subía al *loft* y de frente un corto pasillo que conducía a la entrada del estudio.

Jane levantó la vista hacia las escaleras empinadas y oscuras. Luego miró el pasillo que tenía frente a ella. La luz de la luna se derramaba por la única ventana de la fachada, formando a sus pies un tenue charco de luz que parecía espesar las sombras.

Se dio la vuelta, echó el cerrojo y dio un paso hacia el interior del portal. Sintió crujir un papel bajo sus pies. Miró hacia abajo y vio que había pisado un sobre en cuya parte delantera estaba garabateado su nombre. Se inclinó para recogerlo y se quedó paralizada al oír crujir la puerta del estudio. Se incorporó y dio un paso atrás con el corazón martilleándole contra el pecho.

–¿Quién hay ahí?

–¿Jane? Soy Ted.

–¿Ted? –repitió ella débilmente, llena de alivio–. ¿Qué haces aquí?

Ted cerró la puerta del estudio y se encaminó hacia ella por el corto pasillo.

–Me he enterado de lo de Ian. Por las noticias de las diez.

He venido para asegurarme de que estabas bien —la tomó de las manos y se las frotó—. No tienes buen aspecto, Jane.

—No me encuentro bien.

—Vamos, te prepararé una infusión.

Ella asintió con la cabeza; luego recordó el sobre, lo recogió y se lo metió en el bolsillo de la chaqueta.

Ted la condujo escaleras arriba. Ella le dio las llaves y él abrió la puerta. Juntos fueron a la cocina.

—Siéntate —dijo él—. Voy a hacerte una infusión. Creo que te sentará bien.

Jane se quitó la chaqueta, la tiró sobre la encimera y se dejó caer en uno de los taburetes. El cansancio la abrumaba. Apoyó la cabeza en las manos y comprendió de pronto que no le quedaba nada, ni siquiera la capacidad de pensar con claridad.

Era vagamente consciente de que Ted se movía por la cocina, abriendo armarios, llenando la tetera, encendiendo el fuego. La tetera empezó a silbar.

—Aquí tienes —dijo Ted con suavidad, dejando una taza frente a ella.

Jane levantó la cabeza con desgana y esbozó una sonrisa apenas visible. Tomó la taza, se la llevó a los labios y bebió un sorbo. Ted había encontrado la manzanilla; Jane reconoció el sabor.

—¿Qué dijeron en las noticias? —preguntó.

—Era la noticia estrella —dijo Ted—. Cirujano plástico detenido por doble homicidio. Citaron su nombre y pusieron una fotografía.

Dijo aquello con la mayor delicadeza posible, pero aun así Jane hizo una mueca de disgusto. La sola idea la ponía enferma.

—Él no lo hizo, Ted. Todo esto es una equivocación —al pronunciar aquellas palabras, se preguntó cuántas veces había dicho aquello mismo durante las últimas horas. Y cuántas veces tendría que repetirlo en las horas —días y semanas— siguientes—. No pudo hacerlo —añadió, sintiendo la necesidad de defender algo más a su marido—. Él no es capaz de un acto tan horrible.

—A mí no tienes que convencerme —Jane comprimió los labios y apartó la mirada—. ¿Qué es eso? —preguntó Ted, señalando el sobre que asomaba por el bolsillo de su chaqueta.

—No lo sé. Alguien debe de haberlo metido por la ranura del buzón. Lo pisé al entrar.

—¿No vas a abrirlo?

—Hazlo tú —dijo ella y, sacándose el sobre del bolsillo, lo empujó sobre la encimera—. Yo no tengo fuerzas.

Apoyó de nuevo la cabeza en las manos. Oyó que Ted rasgaba el sobre, oyó el crujido del papel, la breve y brusca inhalación de Ted. Levantó la mirada. La cara ya antes pálida de su ayudante parecía cenicienta.

—¿Qué pasa?

Él movió la cabeza de un lado a otro y volvió a guardar la hoja en el sobre.

—Nada. No es nada. Sólo basura.

—Tonterías —Jane tendió la mano. Le temblaba suavemente—. Déjame verlo.

—Jane, por favor. No creo que debas...

—Dámelo.

Ted le entregó el sobre con reticencia. Ella lo tomó, levantó la solapa y sacó lo que contenía.

Era un recorte de periódico del 13 de marzo de 1987, sobre el accidente. Había una foto suya.

Escrito con grandes y toscos trazos sobre el papel se leía: *Lo hice a propósito. Para oírte gritar.*

Jueves, 23 de octubre de 2003

12:05 a.m.

El teléfono sacó a Stacy de un sueño profundo. Se despertó al instante, buscó a tientas el aparato y contestó antes de que acabara de sonar el segundo timbrazo.

—Aquí Killian.

—Stacy, soy Ted Jackman, el ayudante de Jane.

Stacy se incorporó y descolgó las piernas por el borde de la cama.

—¿Jane está bien?

Él titubeó.

—Físicamente, sí. Pero... alguien metió un mensaje muy extraño por la ranura del buzón. Jane está muy alterada. Creo que será mejor que vengas.

Stacy se levantó y se acercó a la cómoda. Mientras sujetaba el teléfono con el hombro, abrió el cajón de arriba, eligió un jersey y volvió a cerrar el cajón con la cadera. Luego abrió el segundo cajón y sacó unos pantalones.

—¿Ese mensaje tiene algo que ver con Ian o con los asesinatos?

—No. Por lo menos, eso creo. Era un recorte de periódico. De 1987.

Los dedos de Stacy quedaron paralizados.

—¿Nada más?

—Había algo escrito. Decía que lo había hecho a propósito. Para oírla gritar.

—Voy para allá —Stacy colgó y llamó inmediatamente a Mac—. Soy Stacy —dijo cuando él contestó—. Nos vemos en casa de mi hermana en cuanto puedas.

Ambos llegaron casi simultáneamente, menos de quince minutos después.

—¿Qué ocurre? —preguntó Mac cuando salió de su coche y se acercó a ella.

—Me ha llamado el ayudante de Jane. Parece que alguien metió por la ranura del buzón un recorte de periódico viejo sobre el accidente de Jane. Iba acompañado de un mensaje. Decía que lo hizo a propósito —Stacy se colocó un mechón de pelo tras la oreja—. He pensado que convenía que lo supieras, por si acaso.

La puerta se abrió. Ted salió a recibirlos. Enseguida les explicó que se había enterado de la detención de Ian por las noticias y que había ido a ver qué tal estaba Jane.

—El sobre estaba en el suelo del portal. Jane lo pisó al entrar —cerró la puerta con llave a su espalda y luego comenzó a subir las escaleras—. Tened cuidado, no hay luz.

Encontraron a Jane en el sofá del cuarto de estar, acurrucada bajo una manta, con las rodillas pegadas al pecho. Levantó la mirada al oír que Stacy la llamaba.

—Siempre lo he sabido —musitó—. Siempre he sabido que lo hizo a propósito.

Stacy miró a Mac y luego se acercó a su hermana y se agachó delante de ella.

—¿Dónde está el recorte, Jane?

Su hermana señaló con la cabeza la mesita baja que había detrás de Stacy. Ésta se giró y fijó la mirada en el sobre.

Luego miró a Mac. Él inclinó la cabeza un poco, dándole permiso para seguir adelante. Stacy sacó un pañuelo de papel de la caja que había en el sofá, junto a Jane, y lo usó para manipular el sobre y su contenido sin dejar huellas. Leyó el mensaje dos veces; luego se levantó y se lo llevó a Mac. Él también lo leyó y a continuación se lo devolvió sin decir nada.

—Es igual que en mi pesadilla —murmuró Jane, rompiendo el silencio—. Ha vuelto. Para acabar el trabajo.

A Stacy se le quedó la boca seca.

—Lo más probable es que sea una broma de muy mal gusto.

Jane sacudió la cabeza.

—No, es él. Lo sé.

Stacy regresó al sofá y se arrodilló delante de su hermana. La tomó de las manos, notó que las tenía heladas y se las frotó rápidamente para calentarlas.

—Piénsalo bien. El momento no podía ser más inoportuno, pero la probabilidad de que esto proceda del tipo que conducía la lancha hace dieciséis años es casi nula. Alguien ha sabido de ti por las cosas que se han publicado últimamente. El *Texas Monthly* salió esta misma semana. Casi todo Dallas conoce tu pasado. Esto no es más que una broma pesada de algún cabrón retorcido.

Jane apartó las manos y cerró los puños.

—Puede que me haya encontrado por lo que se ha publicado últimamente, pero es él.

Stacy apartó la mirada de su hermana y miró a Mac y a Ted. Su compañero parecía preocupado; Ted miraba a Jane intensamente, casi con fiereza. Stacy comprendió de pronto cuánto le importaba su hermana a aquel hombre.

—Mac y yo nos encargaremos de esto. Buscaremos huellas y otras pistas. ¿Lo habéis tocado los dos?

—Sí —dijo Ted—. Lo siento.

Stacy se levantó.

—Llámame si vuelves a recibir algo parecido. ¿Me lo prometes?

Jane asintió con la cabeza y Stacy se dirigió a la puerta. Se detuvo en la entrada, dispuesta a ofrecerse a quedarse.

Jane la consideraba una enemiga. Se lo había dejado bien claro cuando le ofreció su ayuda.

Jane la miró con ojos vidriosos.

—Sólo yo he creído siempre que lo hizo a propósito —dijo en voz baja—. Pero sólo yo estaba en el agua, ¿no es cierto?

Stacy se quedó mirando a su hermana un momento, acongojada. Se sentía culpable. Sí, su hermana era la única que estaba en el agua ese día. Ella, la mayor de las dos, la que debería haberse portado como una persona responsable, la había animado a bañarse.

–Si necesitas algo, llámame. A la hora que sea.

Sus palabras aterrizaron entre ellas produciendo un vacío. Stacy sintió que Jane no la creía. Que pensaba que sus palabras eran huecas.

Mac y ella salieron de la casa. Mac la acompañó hasta su coche.

–Tal vez deberías quedarte con ella.

Stacy levantó la vista hacia las ventanas de su hermana y luego volvió a mirar a su compañero.

–No quiere que me quede.

–No estoy tan seguro de eso. Eres su hermana. Su familia.

–Esta noche, no. Esta noche, soy la ley.

Un soplo de viento le echó el pelo sobre la cara. Mac se lo apartó y le sujetó un mechón detrás de la oreja.

–Tenemos que hablar.

La familiaridad, la intimidad de aquel gesto sorprendió a Stacy. De pronto se dio cuenta de que Mac estaba muy cerca. Más cerca de lo que debía estar un compañero. Un sentimiento de vergüenza se agitó dentro de ella. Incómoda, dio un paso atrás.

–¿Sobre qué?

–Sobre una historia que oí cuando trabajaba en Antivicio.

–¿Una historia de verdad o de ficción?

–Decide tú misma. Se la oí contar a un asqueroso soplón al que llamábamos Doobie –Mac apartó los ojos un momento y luego volvió a mirarla–. Era uno de esos tíos que siempre se están quejando de la vida que llevan, que creen que todo lo malo que les pasa es culpa de otros.

–¿A qué te refieres exactamente? ¿A un chulo? ¿A un apostador profesional?

–Ambas cosas. Un pobre diablo, un perdedor. En cualquier caso, Doobie aseguraba que la culpa de todas sus desgracias la tenía un incidente que le ocurrió siendo muy joven –Mac soltó un suspiro–. Un amigo y él hicieron novillos, compraron una caja de cerveza y salieron al lago con la lancha del padre del otro chico. Estuvieron pasándoselo en grande con la lancha hasta que se encontraron con un bañista. Era una chica. En el lago, sola.

Stacy intuyó lo que seguía y se armó de valor para escucharlo.

—Doobie decía que todo empezó como una broma. Su amigo dirigió la lancha hacia la chica. Para asustarla. Para que se cagara de miedo. Se reirían un rato, no pasaría nada malo. Pero su amigo no desvió la lancha. Doobie intentó hacerse con el timón; le gritó a su amigo que parara. Y luego comprendió que era demasiado tarde. La chica empezó a gritar. Se oyó un golpe espantoso. Y el agua se tiñó de rojo.

Stacy se dio cuenta de que estaba conteniendo el aliento. De que había apretado los puños tan fuerte que se estaba clavando las uñas en las palmas. Se obligó a respirar, a relajar las manos.

—Doobie empezó a llorar, le suplicó a su amigo que diera la vuelta para ayudar a la chica. El otro se rió de él. Lo llamó cobarde. Lo amenazó. Juró matarlo si se lo contaba a alguien.

—¿Y él le creyó? —preguntó Stacy.

—La familia del otro chico estaba forrada. Al parecer, se codeaba con los peces gordos de Dallas.

Jane siempre había insistido en que aquel tipo lo había hecho a propósito. Y tenía razón.

Y quizás ahora hubiese vuelto.

Stacy se sintió enferma. Intentó disociarse de sus emociones, evaluar lo que Mac acababa de contarle. Ordenar las piezas de la historia y decidir cuál debía ser su siguiente paso.

—Doobie decía que, después de eso, su vida cayó en picado. Nunca lo superó. No lograba quitarse de la cabeza los gritos de la chica, su imagen allí parada, indefensa, en el agua.

Lo mismo que ella, pensó Stacy.

—¿Cómo se llamaba el otro chico? —preguntó con aspereza—. El que conducía la lancha.

—No lo sé. Doobie no quiso decírmelo.

—Quiero ese nombre.

—Preguntaré por ahí. Veré si alguien puede localizarlo. Pero puede que haya muerto hace tiempo. Los tipos como él no suelen durar mucho.

—Está bien.

Mac la miró un momento con expresión pensativa.

—¿Eres consciente de que la posibilidad de que la persona que ha mandado ese anónimo sea la misma que atropelló a tu hermana hace dieciséis años es muy remota? Lo que le dijiste a Jane es cierto. ¿Por qué iba a reaparecer ese tío después de tantos años?

Stacy soltó una risa amarga.

—Tienes razón. Pero, por remota que sea esa posibilidad, me pone nerviosa. Es mi hermana, Mac.

—Lo que ponía en el recorte, «Lo hice para oírte gritar», ¿estás segura de que esas palabras no aparecían en ninguna de las informaciones que se publicaron en su momento? Puede que Jane u otra persona las pronunciara. Habrían sido un titular con mucha garra.

Stacy podía imaginárselo: *La chica insiste en que el atropello fue intencionado.*

Frunció el ceño y murmuró:

—No estoy segura, pero lo comprobaré. Ahora lo más urgente es decidir hasta qué punto vamos a tomarnos en serio lo que ha pasado esta noche. ¿Se trata de una broma de mal gusto o de una amenaza real?

—¿Quieres mi opinión?

—Por supuesto.

—Por ahora, es mejor considerarlo una broma de mal gusto. Si Jane vuelve a tener noticias de ese tipo, reconsideraré mi opinión —levantó la mirada hacia las ventanas de Jane y frunció el ceño, pensativo—. ¿Conoces bien a Ted? —preguntó.

—¿A Ted? No mucho, aunque ya lleva con mi hermana algún tiempo. Jane le tiene mucho cariño. ¿Por qué lo preguntas?

—Estaba aquí cuando Jane llegó a casa. Y cuando vio el sobre. Podría ser una coincidencia.

—O no —concluyó ella. Se quedaron callados un momento—. Puede que haga algunas averiguaciones sobre él.

—Buena idea. Yo voy a llamar a mis colegas de Antivicio.

Mac le sostuvo la mirada. A Stacy la sorprendió de nuevo

la intensidad de su expresión. Y el modo en que ella reaccionaba ante aquella expresión.

Mac echó un vistazo a su reloj.

—Odio ser el primero en marcharme de la fiesta, pero mañana me espera un día espantoso.

—Adelante. Yo también me voy.

Stacy abrió la puerta de su coche. Antes de montar, Mac la llamó y ella se detuvo. Se giró y se encontró de nuevo con sus ojos.

—¿Sí?

—Ese tal Doobie, el soplón, seguía teniendo miedo de ese tipo, después de tantos años. Por eso no quiso decirme su nombre. Decía que aquel chico era el hijo de puta más peligroso que había conocido nunca.

1:15 a.m.

Sentada tras el volante de su todoterreno, Stacy pasó largo rato mirando las ventanas del *loft* de Jane después de que Mac se marchara. Tenía frío y se le habían entumecido las manos con las que asía con fuerza el volante, pero no se molestó en encender el motor.

Aquel chico era el hijo de puta más peligroso que había conocido nunca.

Lo hice a propósito. Para oírte gritar.

Al igual que el soplón del que le había hablado Mac, ella tampoco podía quitarse de la cabeza los gritos de Jane. Podía recordarlos en ese mismo instante, si quería.

Recostó la cabeza en el respaldo del asiento y cerró los ojos. Una imagen ocupó su cabeza; no una imagen de aquel espantoso día en el lago, ni un recuerdo de las muchas escenas de crímenes que había analizado a lo largo de los años, sino una imagen de Mac. Su expresión al ponerle el pelo detrás de la oreja. Su sonrisa. La intensidad de su mirada.

Mac la había mirado como miraba un hombre a una mujer por la que se sentía atraído.

Stacy pensó que estaba más cansada de lo que creía. Se incorporó y metió la llave en el contacto. Mac no se sentía atraído por ella. Y ella no era tan tonta como para sentirse atraída por él. Eran compañeros. Cualquier clase de relación que sobrepasara ese límite sería un suicidio.

Si se enamoraba de él, podía destruir la reputación que tanto le había costado conseguir. Si una policía se acostaba con su compañero, se convertía inmediatamente en una zorra. Y no había que darle más vueltas. No había ni que pensar en guardar el secreto; esa clase de cosas siempre acababan sabiéndose. Tampoco cabía esperar que la relación durara; no duraría.

Irritada por el cariz que estaban tomando sus pensamientos y por el anhelo que minaba su determinación, giró la llave y el motor cobró vida. Metió primera y, al hacerlo, volvió a mirar la ventana de su hermana.

Ted Jackman estaba de pie junto a la ventana, observándola con fijeza. Su silueta se recortaba contra la luz. Stacy sintió un escalofrío.

¿Conoces bien a Ted Jackman?

No lo suficiente como para confiar en él, se dijo. No lo suficiente como para dejar a Jane en sus manos.

Masculló un juramento, abrió su teléfono móvil y marcó el número de Jane. Su hermana contestó de inmediato.

–Jane, soy Stacy. Estoy abajo –no le dio ocasión de contestar–. No debes quedarte sola esta noche. Creo que debería quedarme contigo.

–Estoy bien –dijo su hermana con voz crispada–. Ted está aquí. Se ha ofrecido a quedarse.

–Soy tu hermana. Cuidar de ti es mi trabajo.

–Y yo que pensaba que eras policía...

–Antes que nada soy tu hermana –mientras decía aquello, Stacy se dio cuenta de que era cierto. Por ella, el trabajo podía irse al infierno; Jane era la única familia que le quedaba–. Yo no he tenido nada que ver con lo que ha pasado con Ian. Y no podría haber hecho nada por impedirlo. De hecho, me gané una reprimenda por tener intereses personales en el asunto. Primero me echó la bronca mi compañero y luego mi jefe. Sí –continuó–, soy oficial de policía. Pero soy tu hermana desde hace mucho más tiempo. Y me necesitas, aunque no quieras admitirlo. Ahora, ¿vas a abrirme o no?

Jane permaneció callada un momento, pero al fin capituló cuando Stacy ya se disponía a decirle que era una cabezota.

–Dame dos minutos.

Stacy salió del coche, lo cerró y cruzó la acera en dirección a la puerta de Jane. Llegó a ella en el momento en que sonaba el zumbido eléctrico del portero automático. Empujó la puerta y entró en el portal. Ted estaba bajando las escaleras hacia ella; Jane estaba arriba, en la puerta del *loft*, silueteada por la luz que había a su espalda.

Stacy se hizo a un lado para dejar pasar a Ted. Él la miró a los ojos. Sorprendida por la malevolencia de su mirada, ella dijo:

–¿Perdona?

Ted se detuvo y miró hacia atrás con expresión inocente.

–No he dicho nada.

Stacy frunció el ceño. ¿Se había imaginado la malignidad que había creído advertir en su mirada? ¿O se había apresurado él a disimular sus verdaderos sentimientos?

–Gracias por quedarte –dijo Stacy.

Ted se quedó mirándola un momento y luego asintió.

–Quiero a Jane. Cómo no iba a quedarme.

Stacy notó en su tono un reproche; una acusación: *Tú eres su hermana. ¿Por qué no estabas aquí para ayudarla?*

Vio marchar a Ted con el ceño fruncido, sintiéndose de nuevo culpable. La puerta se cerró con violencia tras él. Stacy comprobó que estaba bien cerrada y luego subió las escaleras.

–Un tipo interesante –dijo al llegar arriba.

–Es muy leal.

O sea, que ella no lo era. Stacy dejó escapar un murmullo ambiguo.

–¿Dónde lo encontraste?

–En realidad me encontró él a mí.

Una alarma saltó en la cabeza de Stacy. Mantuvo una expresión impasible.

–¿De veras? ¿Dónde?

–Vio una exposición mía y vino a pedirme trabajo. Yo acababa de darme cuenta de que me hacía falta un ayudante y lo contraté.

Jane cerró la puerta tras ellas. Stacy se inclinó para acariciar a Ranger.

–Supongo que harías averiguaciones sobre él, ¿no?

–Déjalo, Stacy.

–¿Qué?

–No pienso vivir así.

–¿Cómo? ¿Teniendo cuidado?

–No, sospechando de todo el mundo. Esperando siempre lo peor de la gente, en vez de lo mejor.

Aquel comentario irritó a Stacy.

–Está bien, Jane. Pero no soy yo a la que un chiflado le manda anónimos amenazantes por la ranura del buzón.

Las mejillas de su hermana se tiñeron de rojo.

–¿Has subido para que me sienta mejor o peor?

–Sólo digo que ahora mismo convendría que fueras un poco más precavida.

–Estoy asustada, ¿vale? Aterrorizada, en realidad. ¿Ya estás contenta?

–No –dijo Stacy en voz baja, y, tomando la mano de su hermana, le apretó los dedos–. Estoy preocupada por ti.

El semblante de Jane se suavizó. Devolvió la presión de los dedos de Stacy y luego apartó la mano.

–La cama de la habitación de invitados está hecha y hay toallas de sobra en el armario.

La habitación de invitados del *loft* estaba situada en el otro extremo del apartamento, en la parte trasera, lejos del dormitorio de Jane. Stacy quería estar más cerca de su hermana y de la puerta de entrada.

–Prefiero dormir en el sofá, si no te importa.

Jane dijo que no le importaba y fue a buscar ropa de cama. Regresó poco después.

–Te he traído un camisón. En el cajón derecho de la cómoda hay un cepillo de dientes nuevo y cosas de aseo. Sírvete tú misma.

—Gracias. ¿Jane? —su hermana la miró—. ¿Quieres que hablemos?

—Sólo quiero irme a la cama.

Stacy asintió con la cabeza. Lo entendía perfectamente.

—Entonces, que duermas bien. Nos veremos por la mañana.

Stacy la miró alejarse, sintiendo un vacío en el estómago. Se preguntaba si era natural que hubiera tanta tensión entre hermanas. Si a otras les pasaba lo mismo.

Se quitó la sobaquera y la dejó sobre la mesa baja; luego preparó el sofá para acostarse. Hecho esto, metió su Glock bajo la almohada y se fue al cuarto de baño para lavarse la cara y cepillarse los dientes. Tras ponerse el camisón, regresó sigilosamente al cuarto de estar. Comprobó que su arma seguía donde la había dejado y se metió bajo la manta.

Una vez acomodada, se quedó inmóvil, con los sentidos alerta. Hizo inventario de las sombras, de su profundidad y su espesura, de los sonidos del *loft*, del tictac del reloj antiguo de la repisa de la chimenea, de los ruidos distantes del tráfico, del zumbido de la calefacción al ponerse en marcha.

Luego oyó el llanto de Jane. Los sollozos de una mujer perdida, desesperada.

Cerró los ojos con fuerza, acongojada por su hermana. Ansiaba reconfortarla, pero sabía que nadie, salvo Ian, podía hacerlo.

8:45 a.m.

A la mañana siguiente, cuando Jane entró en la cocina, su hermana ya se había marchado. Encontró, cuidadosamente doblada sobre el sofá, la ropa de cama que había usado Stacy, y una nota en la encimera de la cocina, junto a un termo de café recién hecho. La nota decía que Stacy había sacado y dado de comer a Ranger y que la llamaría más tarde para asegurarse de que estaba bien. Incluía, además, no menos de cuatro números de teléfono donde Jane podía encontrarla en caso de urgencia.

Jane llenó una taza de café y se la llevó a los labios. Le temblaba la mano. Se preguntó vagamente si era descafeinado y luego decidió que, aunque no lo fuera, unos pocos sorbos no perjudicarían al bebé.

Su bebé.
Lo hice a propósito. Para oírte gritar.

Jane dejó la taza sobre la encimera tan bruscamente que parte del líquido se derramó sobre la superficie de granito y se llevó las manos a la tripa, a la vida que crecía dentro de ella, con gesto protector. En ese momento cobró conciencia de su embarazo, del bebé que llevaba en su seno. En cierto modo, hasta ese instante no había sido consciente de lo que aquello significaba. El bebé no era ya únicamente un estado de su ser, sino una parte de Ian y de ella. Una parte que algún día sonreiría, caminaría y hablaría.

Una parte de sus vidas que había que proteger a toda costa.

Lo hice a propósito. Para oírte gritar.

No le importaba lo que pensaran Stacy o su compañero, ella sabía que aquel mensaje representaba una amenaza real.

Aquel hombre la había encontrado. Había vuelto para acabar lo que empezó dieciséis años atrás.

Pero aquello ya no la incumbía a ella sola. Ahora se trataba también del bebé que esperaba.

—No permitiré que te haga daño —dijo en voz baja, con vehemencia—. No lo permitiré, te lo prometo.

Llevó la taza de café al fregadero, la vació y la aclaró. Llenó la tetera de agua y sacó la manzanilla. Luego sacó de la nevera un panecillo inglés y queso para untar, cortó el panecillo por la mitad y lo metió en el tostador.

La noche anterior se había negado a probar bocado, pese a la insistencia y los reproches de Ted. Ahora, su ayudante se sentiría complacido con ella.

Jane pensó de nuevo en Ted. En lo comprensivo y cariñoso que había sido con ella. Se sentía muy afortunada por contar con su amistad. Porque hubiera estado allí la noche anterior. ¿Cómo habría reaccionado de haberse encontrado sola?

Al recordar las recelosas preguntas de Stacy acerca de Ted, su sonrisa se desvaneció.

Supongo que harías averiguaciones sobre él, ¿no?

Jane movió la cabeza de un lado a otro. Stacy se estaba equivocando otra vez. Ella confiaba en Ted plenamente; su ayudante nunca le había dado motivos de desconfianza. Muy al contrario.

La tetera pitó al mismo tiempo que saltaba el tostador. Jane se puso a preparar la infusión y el panecillo y los llevó a la mesa mientras seguía pensando en su ayudante. Ted la había creído; había creído que el recorte y el mensaje garabateado representaban una amenaza, que la persona que los había enviado podía ser el maníaco que la había atropellado dieciséis años antes.

Lo había creído posible. No probable.

Pero, si el autor de aquel anónimo no era aquella figura de su pasado, ¿quién era? Jane dio un mordisco al panecillo crujiente. ¿Otro maníaco? ¿Cuántos le podían tocar a una sola persona en el curso de su vida?

No. Ella sabía que el recorte era de él, del hombre que había estado a punto de matarla.

Dio otro mordisco. Por extraño que pareciera, sentía cierto alivio. El recorte y el mensaje confirmaban lo que ella sabía desde siempre: que su atropello había sido un acto deliberado.

Ahora sabía por qué.

Acabó de desayunar y notó que se sentía mucho mejor por haber comido.

Tenía que cuidarse. Por el bebé. Para mantenerse fuerte y apoyar a Ian.

El teléfono sonó mientras quitaba las migas de la encimera. *Por favor, que sea Whit.* Corrió a contestar.

—¿Diga?

—Jane, soy Dave. Quería ver qué tal estabas antes de ponerme a atender a mis pacientes. ¿Has tenido alguna noticia?

A Jane le costó un momento recuperar el habla.

—Todavía no he sabido nada de Whit. Pensaba que era él quien llamaba.

–¿Quieres que cuelgue?
–No, no hace falta. Tengo llamada en espera.
–¿Estás bien? ¿Has podido dormir?
–Sí, un poco. Stacy se quedó conmigo. Eso me ayudó.
–¿Stacy?

Parecía sorprendido. Jane comprendió que habían pasado muchas cosas desde que Dave la había dejado en la puerta de su casa, cosas de las que su amigo no estaba al corriente.

Le explicó lo de Ted, lo del sobre que había encontrado y lo del mensaje que contenía.

Dave se puso a maldecir.

–Qué putada. Lo que te hacía falta ahora es que un loco se empeñara en asustarte.

–No es un loco cualquiera, Dave. Es él. Ese hombre.

–¿No creerás que el tipo que te ha mandado ese anónimo es el mismo que estuvo a punto de matarte en 1987?

–Sí, lo creo.

–Pero, cariño, eso desafía la lógica.

–Ahora mismo, toda mi vida desafía la lógica.

Dave se quedó callado un momento, como si sopesara las palabras de Jane y su respuesta.

–Te sientes así por la pesadilla. Si pudieras mirar las cosas desde cierta distancia...

–No. Me siento así porque sé que tengo razón. Él ha vuelto. Quiere acabar lo que empezó.

–No te hagas eso, Jane.

–La verdad es que no creo que yo sea responsable de lo que me está pasando.

–Claro que sí –el tono de Dave adquirió cierto matiz de urgencia–. No te hagas la víctima. El fatalismo puede ser peligroso. Extremadamente...

Un pitido en la línea indicó que estaba entrando otra llamada. Jane interrumpió a su amigo.

–Debe de ser Whit –dijo–. Tengo que dejarte.

–De acuerdo. Pero ten cuidado. No quiero que te pase nada.

Jane contestó a la otra llamada. Como esperaba, era el abogado.

—Gracias a Dios. ¿Qué ha pasado?
—Estoy aquí abajo, aparcando. Ábreme.
Jane salió a recibirlo a la puerta, sintiendo un cosquilleo en el estómago.
—He estado hablando con el fiscal del distrito —dijo Whit sin preámbulos—. Creen que tienen el caso bien atado.
—¡Bien atado! Pero ¿cómo pueden...?
Whit levantó una mano para atajarla.
—Te lo diré en dos palabras, Jane. La policía cree que Ian estaba liado con Elle Vanmeer. Creen que la mató porque ella amenazó con contártelo.
Jane tardó un momento en recuperar el aliento.
—Eso es ridículo. No es verdad.
—Al parecer, tienen pruebas que demuestran que Ian te era infiel.
Jane lo miró con fijeza, sintiéndose como si se hubiera introducido en el cuerpo de otra persona. En la pesadilla de un desconocido. Sacudió la cabeza tanto para negar las palabras de Whit como para desmentir las emociones que suscitaban en ella.
—Eso no es posible. ¿Qué pruebas pueden tener?
En lugar de contestar, Whit prosiguió diciendo:
—Creen que Ian mató a su secretaria después de que la policía se pusiera en contacto con ella, para taparle la boca. La investigación de sus registros contables ha desvelado que Ian está muy endeudado. La consulta es insolvente y él no tiene fondos. ¿Tú sabías algo de eso?
—Claro. Ian tuvo que pagar a sus socios cuando dejó la otra clínica y luego invirtió todo lo que le quedaba en la nueva consulta.
—Que no era mucho. Tú pusiste casi todo el capital, ¿no es cierto?
—Sí. Pero fue idea mía. Yo animé a Ian a abrir su propia clínica. Quería ayudarlo.
El abogado no hizo comentario alguno. Se limitó a mirarla a los ojos.
—¿Estás absolutamente segura de que Ian te ha sido fiel?
—Sí —Jane juntó las manos—. Absolutamente.

—Bien. Porque la acusación va a presentarlo como un marido infiel y desesperado. Un marido que depende del dinero de su mujer para mantener su lujoso tren de vida. Tu apoyo será crucial para la defensa.

Jane intentó con todas sus fuerzas mantener la concentración. Había llegado el momento de dejar de negar lo que estaba pasando y ponerse en marcha. No iba a despertarse y a descubrir que todo aquello era un mal sueño; la pesadilla no iba a desaparecer.

Aquella gente quería pelea; pues ella se la daría. No había regresado casi de entre los muertos, no había superado una docena de infernales operaciones de reconstrucción facial para darse ahora por vencida y permitir que le arrebataran su felicidad.

—Entonces, ¿qué tengo que hacer ahora? —preguntó.

Whit se sacó un sobre del bolsillo de la pechera y se lo entregó.

—Te he traído una lista de los mejores abogados criminalistas del sureste. Dos de los mejores tienen despacho en Dallas. Los he puesto al principio de la lista. Yo empezaría por ahí.

—Te agradezco mucho todo lo que has hecho, Whit. De verdad.

—Sigo estando aquí para lo que necesites, Jane. Y para lo que necesite Ian. De hecho, me he tomado la libertad de llamar a Elton Crane, el primero de la lista. Ha aceptado recibirte después de comer. Te acompañaré, si quieres.

—Sí —dijo ella, agradecida—, claro que quiero.

Debido a la proliferación de telefilmes que mostraban a los abogados criminalistas como individuos guapos, enérgicos y eficientes, Jane esperaba que el mejor abogado defensor de Dallas se pareciera, quizás, a Richard Gere. Elton Crane, sin embargo, parecía una mezcla entre Santa Claus y un científico loco. Aunque vestía con elegancia y discreción, poseía una desgreñada mata de pelo blanco, llevaba gafas de montura dorada y su cara ancha, mofletuda y colorada sólo podía describirse como propia de un querubín.

Crane le tendió la mano.

—Señora Westbrook, es un placer conocerla. Lamento muchísimo lo sucedido.

—Yo también, señor Crane. Sin embargo, puedo asegurarle que mi marido es inocente.

—Llámame Elton —dijo él, indicándole el sofá de piel marrón que había al fondo del despacho, donde un gran ventanal ofrecía una vista panorámica de Dallas—. ¿Puedo llamarte Jane?

—Por favor.

Jane se acercó al sofá y miró por la ventana. El despacho de Elton Crane estaba situado en Fountain Place, una de las arterias comerciales más prestigiosas y frecuentadas del centro de Dallas. Desde aquel punto ventajoso, Jane veía claramente las torres del Bank One Center.

La secretaria de Crane entró llevando una bandeja con un servicio de café y un plato con galletas de chocolate que depositó sobre la mesa baja.

—¿Les sirvo el café?

—No, puedes retirarte, Susan. Gracias.

Jane tomó asiento en el sofá; Elton se sentó enfrente. Ella rehusó el café y las galletas. El hormigueo que sentía en el estómago le impedía comer.

—Yo conocí a tu abuela —dijo el abogado—. Coincidimos en el patronato de algunas organizaciones filantrópicas. Laurel Killian era una mujer muy enérgica.

—Algunos dirían más bien que era intransigente y terca.

Él se echó a reír.

—Sí, es cierto.

Jane condujo la conversación hacia el motivo que los había reunido allí. Estaba demasiado nerviosa como para ponerse a charlar de cosas sin importancia.

—¿Te ha puesto Whit al corriente de los detalles de la detención de Ian?

Elton se puso serio.

—Sí. Como sin duda sabrás, tu marido se enfrenta a un grave problema —miró a Whit, quien asintió con la cabeza—. Van a acusarlo de asesinato capital, lo cual en Texas significa, entre otras cosas, el homicidio en primer grado de más de una persona. Una acusación de asesinato capital impide que se conceda al reo la libertad bajo fianza y al mismo tiempo permite a la fiscalía solicitar la pena máxima.

Pasaron unos instantes antes de que Jane comprendiera plenamente el significado de aquellas palabras. Cuando al fin lo hizo, se sintió aturdida y débil. Puso una mano sobre el brazo del sofá para sujetarse.

—¿No querrás... no te estarás refiriendo a... la pena de muerte?

—Sí —contestó él con suavidad y expresión compasiva—. Lo lamento.

Jane nunca se había detenido a reflexionar sobre la pena capital, nunca había considerado las implicaciones morales de condenar a muerte a otro ser humano, ni se había preguntado si estaba a favor o en contra.

Ahora estaba en contra.

—¿En Texas... cómo...? —se interrumpió.

Elton adivinó lo que quería preguntarle y dijo:

—Inyección letal.

Jane carraspeó, intentando alejar aquella idea de su cabeza.

—¿La acusación...? ¿Crees que pedirá... eso?

—No es seguro, aunque no me cabe ninguna duda de que, cuando llegue el momento de presentar los cargos, incluirá lo que llamamos circunstancias especiales.

—¿Circunstancias especiales? No sé qué significa eso.

—¿Tienes alguna noción sobre el procedimiento judicial?

Ella movió la cabeza de un lado a otro.

—No, lo siento.

Elton sonrió levemente.

—No tienes por qué disculparte, aunque muchas personas sienten fascinación por esas cosas y se consideran auténticos expertos. Si no te importa, me extenderé un poco para explicártelo —ella le indicó que podía hacerlo, y Elton prosiguió diciendo—: Ian está detenido, pero todavía no ha sido acusado formalmente. Desde el momento de la detención, la fiscalía tiene cuarenta y ocho horas para presentar el caso ante el gran jurado. Esto se hace mediante un documento formal de acusación en el que se le imputa a alguien, en este caso a Ian, un delito. Si el gran jurado admite a trámite la demanda, y estoy seguro de que así será, el documento de la acusación se pone a disposición del abogado defensor. Dos días después, Ian tendrá que comparecer ante el juez. En ese momento, será acusado formalmente y el tribunal oirá su declaración de culpabilidad o inocencia. El contenido de la acusación es de vital importancia. La fiscalía no puede cambiar de parecer posteriormente, no puede decantarse por una acusación menor, ni tampoco por una mayor. El procesado sólo puede ser condenado por el delito específico que figura en la acusación. Antes de presentar los cargos, la fiscalía sopesa cuidadosamente las pruebas a fin de determinar qué acusación y qué condena puede solicitar. Un fiscal avezado incluye todos los cargos que vengan a cuento en una acusación por asesinato. Por ejemplo, incluye tanto homicidio en primer grado como en segundo grado. Si la fiscalía busca la pena de muerte, la acusación debe incluir lo que llamamos circunstancias especiales o agravantes. Para que se conceda la pena capital, la ley estipula que el delito debe cumplir ciertos requisitos. Esos requisitos varían de estado en estado, pero incluyen el asesinato múltiple, el asesinato con ánimo de lucro, el asesinato por motivos raciales, el asesinato de agentes de policía, de testigos, de fiscales y jueces, y también asesinatos particularmente violentos, inusuales o repugnantes, así como el asesinato de niños menores de seis años —Elton hizo una pausa, como si quisiera darle tiempo a Jane para digerir toda aquella información—. Los crímenes de los que se acusa a Ian encajan con varios de esos criterios, Jane.

Elton le acercó una caja de pañuelos de papel. Jane no se había dado cuenta de que estaba llorando. Tomó varios pañuelos y se enjugó los ojos.

Whit tomó la palabra.

—¿No hay posibilidad de que el ministerio fiscal decida juzgar los casos por separado?

—Sí, la hay —contestó el abogado—. El asesinato de Elle Vanmeer podría considerarse un crimen pasional, lo cual lleva aparejada una acusación de homicidio voluntario. El asesinato de la señorita Tanner, en cambio, es mucho más brutal y obviamente premeditado.

Whit miró a Jane y explicó:

—En el crimen pasional, no se dan dos de los elementos necesarios para que exista asesinato en primer grado: la premeditación y la intención delictiva.

—Exacto –dijo Elton–. Si el ministerio fiscal presenta los dos casos como uno solo, correrá cierto riesgo. Si el jurado no puede dictar sentencia sobre uno, el otro también perderá fuerza. El jurado no puede recurrir a una acusación menor. Sin embargo, mi instinto me dice que van a decantarse por asesinato capital, que piensan levantar el caso cuidadosamente, uniendo los dos crímenes. Así pues –prosiguió el abogado–, hasta que llegue el momento de la comparecencia ante el juez, conviene que nos pongamos en el peor de los casos: asesinato capital con circunstancias agravantes.

Jane intentaba concentrarse en lo que decían los dos abogados y no en la necesidad de negar todo aquello que se había apoderado de ella. Para ayudar a Ian, tenía que entender el procedimiento.

—Sobre la pena de muerte no se decide hasta después de la declaración de culpabilidad –continuó Elton–, durante la fase final del juicio. En Texas, al jurado se le pide que considere ciertas cuestiones cuando decide si la pena de muerte se ajusta a derecho. ¿Cometió el acusado el asesinato deliberadamente y con intención de matar a la víctima? ¿Hay alguna posibilidad de que el acusado suponga una amenaza continuada para la sociedad? ¿Fue la conducta del acusado una respuesta premeditada a una provocación de la víctima, si es que hubo tal provocación? Si el jurado responde unánimemente que sí a estas tres preguntas, el juez ha de sentenciar al acusado a muerte.

—Pero él no lo hizo –dijo Jane débilmente–. Todo esto es un error...

Elton se inclinó hacia ella, colorado y serio.

—Ahora, las buenas noticias, Jane. Yo no tengo que demostrar que tu marido es inocente. Es inocente a menos que la acusación demuestre su culpabilidad más allá de toda sombra de duda. El peso de las pruebas recae sobre la acusación. Lo único que tenemos que hacer nosotros es socavar sus argumentos. Generar dudas.

—¿Cómo se consigue eso? —preguntó ella, esperanzada por primera vez desde que la policía se había llevado esposado a Ian.

—Examinando cuidadosamente las pruebas, poniendo al descubierto sus errores. Yo soy experto en eso, sobre todo si se trata de pruebas circunstanciales. Y por lo que sé del caso hasta ahora, no tienen más que pruebas circunstanciales contra tu marido. Sí, más de uno ha sido condenado por eso —y por menos—, pero esas personas no me tenían a mí para defenderlas. Francamente, Jane, soy el mejor abogado defensor que pueda pagarse con dinero.

Ella miró a Whit y luego volvió a mirar a Elton.

—Me alegra mucho oír eso.

—Quisiera añadir un matiz. La situación cambia drásticamente si hay pruebas físicas de por medio. A los jurados les encantan las pruebas físicas porque les ofrecen algo concreto en lo que basar su veredicto. ADN procedente de sangre o de otros fluidos, huellas dactilares, testigos oculares, cabellos o fibras...

—Pero no habrá nada de eso —dijo ella con firmeza—, porque Ian no lo hizo.

—Entonces, nuestro trabajo será más fácil —Elton chasqueó los dedos; su cara ancha y afable inspiraba confianza—. Pero puede que me esté precipitando. ¿Me contratas para representar a tu marido, Jane?

Pese a las amargas noticias que acababa de darle, había en aquel hombre algo que agradaba a Jane. Sencillamente, parecía honesto. De fiar. ¿Cómo iba a mentir un hombre con esa cara de niño? Jane habría apostado algo a que aquel rasgo suyo era como oro puro con los jurados. Su instinto le decía que Ian y ella no encontrarían mejor abogado defensor.

—Desde luego. El trabajo es tuyo.

—¿Deseas que te informe de mis honorarios?

—No me importa lo que cuesten tus servicios. Whit dice que eres el mejor y yo confío en él. Quiero recuperar a mi marido.

Elton se levantó.

–Muy bien, pues. Es hora de ponerse manos a la obra para demostrar que tu marido no es culpable.

3:30 p.m.

La Prisión Estatal Jesse Dawson, donde había sido recluido Ian, era un vasto y adusto edificio que destacaba por sus ventanas, semejantes a ojos de cerradura, y por su notoria ausencia de refinamiento estético. Comparada con el Frank Crowley, un bello e imponente edificio construido en cristal y ladrillo rojo que albergaba los juzgados al otro lado de la calle, la prisión tenía un aspecto abandonado y tétrico. Era uno de esos sitios que los padres les indicaban a sus hijos diciendo: «¿Ves eso? Pues sé bueno o acabarás ahí».

Jane había descubierto que su interior era igualmente lúgubre y que los funcionarios que atendían al público carecían de humor y eran directos hasta la grosería.

Se frotó los brazos, helada. Había decidido esperar a Elton fuera, a pesar del frío. Odiaba estar allí dentro. El ambiente era opresivo y deprimente. Se había descubierto cada vez más furiosa.

Aquél no era sitio para Ian. Ella iba a sacarlo de allí, costara lo que costase.

Elton estaba con él en ese momento. El encuentro duraría entre treinta y cuarenta minutos. Cuando el abogado saliera, le tocaría el turno a ella. Se le permitía una visita de media hora, una vez a la semana. Ian y ella estarían separados por un panel de cristal y sólo se les permitiría comunicarse por teléfono, en presencia de un guardia.

No poder tocar a su marido sería una tortura, pero al menos podría comprobar con sus propios ojos que se encontraba bien.

Sólo unos minutos más.

Jane levantó la vista hacia el cielo azul brillante. En la hora transcurrida desde su primer encuentro, Elton había hablado con el fiscal del distrito asignado al caso y con la policía. Se había enterado de que el gran jurado iba a oír las acusaciones contra Ian esa misma tarde. El fiscal había prometido entregarle de inmediato el documento de la acusación y, aparte de expresar su confianza en el caso, no le había dicho gran cosa.

Jane se estremeció, aunque no por el frío. Estaba al mismo tiempo aterrorizada y llena de esperanza, furiosa y resignada. ¿Cómo era posible que el fiscal confiara en ganar el caso siendo Ian inocente? Ella seguía diciéndose que Elton Crane era el mejor, que haría pedazos la argumentación del ministerio fiscal, tal vez incluso antes de que fueran a juicio. Hasta osaba esperar que entre tanto apareciera el verdadero asesino y su marido fuera puesto en libertad.

Pero la policía no estaba buscando al verdadero asesino. Creían que ya lo tenían.

Mientras se paseaba de un lado a otro, Jane volvió a ensayar lo que haría y diría cuando viera a su marido. Tenía que mantener la compostura, no podía derrumbarse. Ian necesitaba que fuera fuerte. Que se mostrara confiada. No mencionaría lo del recorte, ni lo de aquel abominable mensaje. Eso sólo conseguiría preocupar a Ian, aumentar su sensación de impotencia y frustración.

Jane había decidido cancelar su exposición. No era el momento oportuno. Necesitaba concentrar todas sus energías en Ian. Y en el bebé.

—¿Jane?

Jane se detuvo y se dio la vuelta. Elton, que estaba en la puerta, le indicó que pasara.

—¿Qué tal está? —preguntó ella al llegar a su lado.

—Bien —le aseguró Elton—. Ansioso por verte.

—¿Se lo has contado todo?

—Sí.

Elton le tocó el hombro, dirigiéndola hacia el funcionario de recepción. Le dijo al hombre a quién quería ver y ella firmó un impreso. Atravesaron el detector de metales y Jane pasó su bolso por los rayos X.

El abogado le tocó el brazo.

—Voy a hacer unas llamadas mientras estás con Ian. Puede que el documento de acusación ya haya llegado.

Jane siguió al guardia. Éste la condujo a la zona de visitas, una hilera de compartimentos abiertos, parecidos a las ventanillas de los cajeros de un banco, sólo que selladas con plexiglás. A ambos lados de cada compartimento había una solitaria silla de madera.

—Espere aquí —dijo el guardia, indicándole el compartimento número seis.

Jane se sentó. Pasaron unos segundos que a ella se le hicieron horas. La tirantez que sentía en el pecho le dificultaba la respiración. El corazón le latía con violencia. Juntó las manos; tenía las palmas húmedas.

Entonces vio a Ian. Se levantó bruscamente y un gemido escapó de sus labios. No sabía qué esperaba, pero no era aquel hombre de aspecto abatido y macilento, ataviado con un mono naranja. Su marido parecía haber envejecido cinco años en las últimas veinticuatro horas.

Jane levantó el teléfono. Ian hizo lo mismo. El guardia se colocó detrás de él, con la mano sobre la pistola. Ian se giró para apartarse de él, como si su presencia lo incomodara. Al hacerlo, Jane pudo ver la parte derecha de su cara. Tenía un feo hematoma en la mandíbula.

—Dios mío —dijo, alarmada—, ¿qué te ha pasado?

—No es lo que crees. Me caí —se inclinó hacia el cristal, con el rostro demudado por la tristeza—. Anoche no dejaba de pensar en ti. De preocuparme pensando en lo que estarías haciendo. En lo que estarías pensando. En el bebé.

—Estamos bien. Estoy bien —Jane se apretó el teléfono contra la oreja como si así pudiera acercarse a Ian—. No te preocupes por nosotros.

—No, tengo que preocuparme. Pensar en ti es lo único que me mantiene cuerdo. Te echo tanto de menos... Echo tanto de menos... lo nuestro.

Jane intentó refrenar su desesperación.

—Todo va a salir bien. Según parece, Elton es el mejor. Me lo ha dicho Whit. Él te sacará de aquí.

Una nube cruzó el semblante de Ian.

—Me lo ha contado todo. Lo que están diciendo de mí. Yo no lo hice, Jane.

—Lo sé.

—Yo no podría hacerle daño a nadie —continuó él como si no la hubiera oído—. La última vez que vi a Marsha fue esa noche, cuando se fue de la clínica. Y la noche que mataron a Elle yo estaba en casa.

Jane apoyó una mano en el plexiglás, deseosa de abrazarlo. De reconfortarlo.

—Lo sé —dijo—. Te creo.

Ian apoyó la palma de la mano contra la suya; a pesar de que estaban separados por un cristal, Jane sintió cierto consuelo.

—No te merezco.

—No digas eso.

—Nunca te he engañado, Jane. Te quiero. Quiero a nuestro bebé —su voz se quebró—. Tú me crees, ¿verdad?

—Sí —musitó ella con voz estrangulada—. Claro que sí.

—Sin ti no podría soportar esto.

—Lo conseguiremos, Ian. Te lo prometo. Demostraré que eres inocente. No sé cómo, pero lo haré.

Él movió los dedos sobre el cristal en una especie de caricia.

—Gracias.

—Voy a cancelar la exposición.

—Sabía que ibas a decir eso. Pero no voy a permitirlo, Jane. Has trabajado mucho.

—Ahora ya no significa nada para mí. Sin ti, nada de eso me importa. Además, tengo que concentrar toda mi atención en sacarte de aquí. No quiero distracciones.

—Si cancelas la exposición por mi culpa, nunca me lo perdonaré. Prométeme que no lo harás.

Jane intentó convencerlo, pero Ian se negó a escucharla. Al final, ella prometió que no cancelaría la exposición, a pesar de que no tenía ganas de seguir adelante con ella. ¿Cómo iba a dedicarle sus esfuerzos y su entusiasmo en aquellas circunstancias? ¿Cómo iba a seguir adelante fingiendo que su mundo no se había hecho pedazos?

Elton la estaba esperando fuera.

—Tengo noticias —dijo—. La acusación ya ha llegado.

Jane se preparó para lo peor.

—No tiene buena pinta, ¿verdad?

—Lo siento, Jane. Van a acusarlo de asesinato capital con circunstancias agravantes. El ministerio fiscal piensa pedir la pena de muerte.

11:05 p.m.

El timbre del teléfono sacó a Jane de un sueño profundo. Abrió los ojos de golpe. En ese momento, todo parecía en orden. Ian dormía a su lado. Ella estaba embarazada de su primer hijo; la vida le sonreía.

Un instante después, la realidad la golpeó como un mazazo. Los asesinatos. La detención de Ian. El recorte con aquel mensaje garabateado a toda prisa.

Lo hice a propósito. Para oírte gritar.

El teléfono sonó otra vez. El supletorio portátil estaba sobre la mesilla de noche; Jane lo levantó y dijo con voz enronquecida por el sueño:

—¿Diga?

—¿Señora Westbrook?

—¿Sí?

—Soy Trish Daniels, del *Dallas Morning News*. Me preguntaba si podría hacer alguna declaración sobre la detención de su marido.

Jane se despejó de pronto.

—¿Tiene usted idea de qué hora es?

—Lamento molestarla a estas horas, señora Westbrook, pero...

—No —levantó la voz—. Si quiere una declaración, llame a Elton Crane, el abogado de mi marido.

—Tenemos entendido que Terry Stockton va a pedir la pena capital. Una declaración podría...

Jane colgó y, en un arrebato de ira, lanzó el teléfono al

otro lado de la habitación. El aparato golpeó la cómoda, se partió y se le salieron las pilas.

Elton la había advertido de que aquello podía pasar. El doble homicidio era un bombazo informativo. La implicación de Ian y de ella le daba morbo a la noticia: el atractivo cirujano plástico y su casi famosa esposa, la artista, una chica de Dallas que se había sobrepuesto a la adversidad para encontrar la fama y el amor verdadero. La versión policial de la historia tenía todos los elementos que hacían relamerse al público y a la prensa: sexo, traición, avaricia y asesinato.

Jane se ponía enferma pensando en todo aquello. Por lo menos los medios no se habían enterado aún de que estaba embarazada. Pero sin duda acabarían enterándose. Y, cuando lo hicieran, intentarían sacar tajada también de aquello.

Jane se sentó y se apartó el pelo de la cara. El abogado la había advertido de que la prensa podía ser despiadada, que no debía extrañarse si la esperaban a la puerta de su casa o si la llamaban a horas intempestivas. Le había advertido que no dijera nada, que sencillamente los remitiera a él. Había hecho hincapié en la importancia de guardar silencio. Por ahora. Cuantas menos cosas se publicaran, mejor. Cuando llegara el momento, difundirían la información que les interesara.

Jane había pensado que Elton exageraba. Estaba segura de que podría mantener la calma con facilidad. Pero se había equivocado en ambas cosas. Esa tarde, al llegar a casa, los periodistas la estaban esperando. El teléfono no había dejado de sonar en toda la tarde. Con cada llamada, con cada «sin comentarios», el deseo de decirle a quien llamaba lo que pensaba se había ido haciendo más fuerte, y el impulso de saltar en defensa de Ian más poderoso.

Pero se había resistido. No podía servirles en bandeja a los periodistas palabras que pudieran tergiversar y utilizar contra su marido.

Elton estaba convencido de que la presión de los medios se relajaría después de la comparecencia ante el juez, el lunes por la mañana. Después de eso, Ian dejaría de ser la noticia estrella y los periodistas buscarían carnaza fresca.

Jane salió de la cama, pasó por encima de Ranger y se dirigió al cuarto de baño. Se sentía entumecida y mareada. Frunció el ceño y se preguntó si era normal en aquella fase del embarazo. Se había comprado un libro para saber a qué atenerse en cada mes del embarazo, pero aún no había empezado a leerlo. A decir verdad, la alegría embriagadora que había sentido en la librería el día que compró el libro le parecía ahora muy remota. Y, sin embargo, sólo había pasado una semana.

Tras vaciar la vejiga, se acercó al lavabo para beber un sorbo de agua. Llenó el vaso y bebió. Al hacerlo, se vio en el espejo. Estaba pálida, tenía las mejillas hundidas y unas ojeras alarmantes bajo los ojos. Parecía al límite de sus fuerzas.

Necesitaba descansar, se dijo. El bebé necesitaba que descansara. ¿Cómo iba a ayudar a Ian si estaba muerta de cansancio? ¿O si acababa en el hospital?

¿Hasta qué punto le estaba sirviendo de ayuda?

Apuró el vaso, apagó la luz y se dirigió de nuevo a la cama, pero se detuvo a medio camino. La noche de su detención, Ian le había dicho que la policía había ido a su oficina con una orden de registro. Se habían llevado sus ordenadores y su agenda. Y también los historiales de algunos pacientes, entre ellos sin duda el de Elle Vanmeer.

¿Qué habían ido a buscar allí?

La policía creía que Ian estaba liado con Elle Vanmeer, que tenía dificultades económicas. Que la había matado para impedir que le contara a su mujer lo de su aventura, no porque temiera perderla a ella, sino porque temía perder su dinero. Creían que había matado a Marsha para impedir que lo implicara.

Jane se llevó las manos a los ojos y procuró mantener la objetividad. Si se concentraba sólo en las acusaciones de la policía, estaba perdida. No podría hacer nada. Tenía que mantenerse alerta.

La acusación estaba montando el caso contra Ian. Sin duda habría recabado toda la información posible sobre su situación financiera, y habría confiscado todas las agendas telefónicas y los libros de citas en busca de pruebas que demostraran su relación con Elle Vanmeer.

Tal vez hubieran pasado algo por alto. Algo que demostrara la inocencia de Ian. Era posible. A fin de cuentas, ¿cómo iban a encontrar algo que ni siquiera estaban buscando?

Pero ¿qué podía ser? ¿Y dónde podía mirar ella? Entornó los ojos, pensativa. Seguramente todo estaba en los ordenadores que la policía había confiscado.

Los ordenadores, pensó de pronto. Claro.

Al trasladarse a la nueva oficina, Marsha había hecho copias de seguridad en CD de todos los archivos, por si acaso el disco duro de los ordenadores resultaba dañado en la mudanza.

Jane se habría jugado la vida a que aquellos CD seguían estando allí.

Se puso a toda prisa unos vaqueros y una sudadera. Ranger la miró, se levantó y la siguió a la cocina. Jane recogió el bolso y las llaves y luego miró al perro.

—Ahora no, amiguito. Lo siento.

Ranger ladró un poco, como si protestara. Jane frunció el ceño y luego miró hacia las ventanas, hacia el cielo oscuro y sin estrellas.

Lo hice a propósito. Para oírte gritar.

Él podía estar allí. Acechándola. Esperándola.

El miedo la condujo a la despensa. Recogió la correa de Ranger y una linterna. Sujetó la correa al collar del perro.

—Tienes razón, Ranger. Tú me defenderás.

Un instante después salieron a la calle. Dos manzanas más allá, en la calle Elm, había un festival de música en pleno apogeo. Del salón de tatuajes salía luz; delante de la tienda perezoseaban dos adolescentes, fumando. Después de que Ranger se ocupara de sus necesidades inmediatas, Jane lo metió en el todoterreno y arrancó.

Llegó a la clínica y aparcó en la parte posterior, detrás del contenedor de basura. Bajó un poco las ventanillas para que Ranger pudiera respirar, le dijo que se estuviera quieto y salió. Al entrar en el edificio por la puerta de atrás, advirtió con preocupación que la alarma no estaba conectada. Se preguntó quién había sido el último en marcharse y se reprendió por no haberse asegurado de que la clínica estaba a salvo en ausencia de Ian.

Del interior le llegó el zumbido de una fotocopiadora que alguien había dejado encendida. La señal de salida de emergencia que había encima de la puerta proyectaba un resplandor rojo y reconfortante entre las sombras del pasillo. Jane evitó dar la luz, encendió la linterna y se encaminó hacia la parte delantera del edificio, donde se encontraba el despacho de Marsha. Se sentía un poco estúpida jugando a los ladrones; a fin de cuentas, era la copropietaria del negocio y tenía todo el derecho a estar allí. Pero no quería llamar la atención. No quería que la policía supiera que no era una esposa desvalida e indefensa.

Y, si encontraba algo, quería que fuera Elton el primero en saberlo.

Como la clínica era pequeña, Marsha hacía las veces de secretaria y recepcionista. Su despacho se abría al vestíbulo, de modo que pudiera recibir y atender a los pacientes a medida que llegaban.

Al llegar al despacho, Jane iluminó la mesa con la linterna y comprobó que, tal y como sospechaba, la policía había confiscado el ordenador. Y también las agendas. La superficie de la mesa parecía desnuda.

Se dirigió al despacho de Ian. El ordenador portátil de su marido también había desaparecido. Sonrió para sus adentros. Gracias a la eficacia de Marsha, no los necesitaba.

Decidió localizar primero los CD y buscar luego algo que la policía pudiera haber pasado por alto. Su intuición le decía que se habían dejado algo; que, si buscaba cuidadosamente, acabaría encontrando alguna prueba que sirviera para demostrar la inocencia de Ian. Pero, desafortunadamente, su intuición no le ofrecía ninguna clave sobre qué podía ser aquello.

Recorrió la habitación con la mirada, fijándose en el aparador, en los archivadores, en los cajones del escritorio, en la puerta cerrada del armario donde se guardaban los suministros.

Decidió probar primero con el aparador. Se puso de rodillas delante del mueble, colocó la linterna de modo que iluminara el interior, y empezó a rebuscar entre su contenido.

Vio que se trataba de material de oficina. Papel para el fax y la fotocopiadora. Hojas con membrete. Sobres.

Una caja con varios CD.

Sacó la caja, la abrió y fue pasando los discos con dedos temblorosos. Como cabía esperar, estaban rotulados: el software de NextGen; de Quicken 12.0; de FileMaker Pro 6...

Bingo. Y nada más empezar.

Se llevó la caja al escritorio de Marsha, cuya superficie adornaban una docena de fotografías de Marsha con sus sobrinos y su perro. Sintió un nudo en la garganta al tiempo que la ira se apoderaba de ella. Ian no había hecho aquello. Y ella no iba a permitir que el monstruo que lo había hecho se saliera con la suya.

Registró los cajones del escritorio. Casi todo eran suministros de oficina: clips, gomas de borrar y grapas. Dejó escapar un bufido de irritación. Al parecer, la policía se había llevado también las libretas donde se anotaban los mensajes.

Sin duda buscando pruebas de las llamadas de Elle Vanmeer.

Aquella idea debería haberla enfurecido. Pero no fue así. Ya había superado aquello. No debía concentrarse en lo que la policía había encontrado, sino en lo que había pasado por alto.

Se acercó a los armarios archivadores. Abrió el cajón que contenía los historiales de los pacientes cuyo apellido empezaba por V. Fue pasándolos. Faltaba el de Elle Vanmeer, lo cual no la sorprendió.

Dejándose llevar por un impulso, empezó a revisar los nombres de los pacientes de la V a la Z, y luego empezó por el principio del abecedario. Había más nombres de los que esperaba, de pacientes que Ian se había llevado con él cuando abandonó el Centro de Cirugía Estética de Dallas.

Los nombres no le decían nada hasta que uno llamó su atención. Era el de una mujer muy conocida en el mundillo del arte. Luego vio el de otra que aparecía con frecuencia en las páginas de sociedad. Acabó los de la B y pasó a la C. Fue pasando los historiales hasta que se detuvo en el de Gretchen Cole.

Una de sus modelos.

Jane frunció el ceño. ¿Cuándo se había convertido aquella mujer en paciente de Ian?

Después de que ella la entrevistara. Porque ella los había presentado. Se esforzó por recordar cómo había sido. Ella había dado por terminada su sesión con Gretchen. Ted y la modelo estaban fijando las citas para hacer los moldes. Ian se pasó por el estudio para invitarla a comer. Y ella hizo las presentaciones.

Aquello no era raro. Había ocurrido antes varias veces con...

Sharon Smith. Lisette Gregory. Y otras... Unas cuantas, al menos. Intentó recordar, pero tenía la mente en blanco. Sacó del cajón el historial de Gretchen, lo abrió, comprobó que no le fallaba la memoria y volvió a guardarlo. Pasó entonces a la G, fue mirando los historiales y se detuvo de pronto.

Lisette Gregory.

Comprobó la fecha. Al igual que Gretchen, Lisette se había convertido en paciente de Ian después de que ellas trabajaran juntas. Y, lo mismo que Gretchen, Lisette se había sometido a una operación de aumento de pecho.

Aquello no significaba nada, se dijo Jane mientras guardaba el historial y empezaba a revisar los nombres que empezaban por S.

Allí estaba: Sharon Smith.

Jane miró fijamente el nombre mecanografiado, sintiendo que un leve temblor se apoderaba de ella. Una sensación de angustia. De haber sido traicionada. ¿Por qué no le había dicho Ian que varias de sus modelos se habían convertido en pacientes suyas? Modelos a las que ella misma le había presentado. Una podía pasar, pero ¿tres? ¿Qué significaba aquello?

Si el negocio renqueaba, se visitaba el estudio de Jane. Esas pobres mujeres eran inseguras hasta la neurosis. Presas fáciles.

No. Ian era un excelente cirujano plástico. Muchas de sus modelos eran adictas a la cirugía estética. Mujeres obsesionadas con la juventud y la belleza. Mujeres siempre al acecho de los procedimientos más novedosos para mejorar su apariencia... y del cirujano que pudiera llevarlos a cabo.

Podía haber más. Tendría que revisar todos los historiales para asegurarse. Al ir a cerrar el cajón, oyó que una puerta se cerraba y se quedó paralizada. ¿De dónde procedía aquel ruido? De la parte de atrás. ¿Había olvidado echar la llave?

Apagó la linterna. Oyó lo que parecían suaves pisadas. Una respiración queda. Estiró el cuello, vio que el haz de luz de una linterna cruzaba la pared de atrás. Aterrorizada, buscó un sitio donde esconderse. Su mirada se posó en la puerta del armario de los suministros.

Se puso en pie de un salto y se dirigió hacia el armario. Se metió dentro y cerró la puerta cuanto pudo. Miró por la rendija. Vio una figura de pie junto a la puerta, vestida enteramente de negro. Una mujer, pensó, a juzgar por su estatura y por lo que alcanzaba a ver de su silueta. Mientras observaba, la mujer se acercó al archivador de los historiales. Cerró el cajón que Jane había estado revisando y abrió otro. Sujetando una pequeña linterna entre los dientes, empezó a revisar los historiales.

Encontró lo que estaba buscando, se irguió y cerró el cajón. Al darse la vuelta, el haz de la linterna pasó sobre Jane, cegándola un instante. Jane se echó hacia atrás, segura de que la intrusa la había descubierto, y se llevó la mano a la boca para ahogar un grito.

La mujer se quedó mirando el armario un instante. Jane contuvo el aliento, convencida de que la había visto. Un instante después, la mujer se marchó.

Jane permaneció inmóvil varios minutos, intentando controlar su respiración agitada y el latido enloquecido de su corazón. ¿Quién era aquella mujer?, se preguntaba. ¿Qué hacía en la oficina de Ian? Estaba claro que había ido a buscar el historial de un paciente. Pero ¿sería el suyo? ¿O el de otra persona?

Evidentemente, el historial contenía algo que aquella mujer no quería que la policía encontrara. Pero ¿qué?

Jane abrió lentamente la puerta del armario. Asomó la cabeza y aguzó el oído. De fuera le llegó el sonido de unos ladridos. Ranger, pensó. Le estaba ladrando a la intrusa.

Jane salió apresuradamente del armario. Recogió la caja con los CD y corrió hacia la parte trasera del edificio.

Los ladridos cesaron. El súbito silencio la llenó de pánico. Refrenó el impulso de abrir la puerta de golpe y correr al aparcamiento. En lugar de hacerlo, abrió despacio la puerta y se asomó fuera. El aparcamiento estaba desierto, salvo por su todoterreno, cuya parte trasera asomaba al otro lado del contenedor de basura.

Conectó la alarma, cerró y echó la llave. Con la caja de discos bajo el brazo, corrió al coche. Cuando estaba a medio camino oyó a su espalda un sonido suave. Sus pasos vacilaron, el corazón se le subió a la garganta.

Lo hice a propósito. Para oírte gritar.

Oyó aquel sonido otra vez. Y luego otra. ¿Era una respiración? ¿Una risa suave?

El miedo la dejó paralizada. Aquel hombre podía haberla seguido. Tal vez estuviera esperándola. Dejó escapar un gemido y echó a correr. Llegó al coche, abrió la puerta y se metió dentro. Sin prestar atención a Ranger, pulsó el cierre automático, encendió el motor y dio marcha atrás tan rápido que las ruedas chirriaron.

Luego miró hacia atrás.

El aparcamiento estaba vacío.

Escudriñó las sombras, la hilera de altos matorrales que bordeaba el edificio. Un gato cruzó corriendo el aparcamiento en penumbra; las ramas de los árboles se mecían empujadas por la brisa.

Una risa crispada borboteó en sus labios. Estaba perdiendo el control. Estaba permitiendo que su imaginación se desbocara. Apoyó la frente contra el volante. Aquel cabrón quería asustarla. Quería aterrorizarla.

Y lo había conseguido, maldito fuera. Estaba asustada hasta la médula.

Viernes, 24 de octubre de 2003

5:45 a.m.

Stacy aparcó su coche junto al de Mac. Abrió la puerta, salió y miró a la izquierda, hacia Fair Park. La Estrella, la noria permanente del parque, se alzaba hacia el cielo proyectando su enorme y oscura silueta contra la luz suave del amanecer.

Stacy cerró la puerta y se dirigió al callejón, frente al cual se extendía la cinta policial. Su aliento formaba nubes heladas en el aire gélido. Se frotó las manos, añorando un par de guantes. De cuero, forrados de piel.

Algunas mañanas no bastaba con los de látex.

Mac salió a su encuentro en la boca del callejón.

—¿Qué tal, amigos? —dijo, imitando a Big Tex, el vaquero de quince metros de alto que daba la bienvenida a los visitantes de la Feria Estatal de Texas desde 1952.

—Cierra el pico, Tex.

Stacy se agachó para pasar bajo la cinta policial. Mac le dio un vaso de plástico lleno de café caliente.

—Me parece que te hace más falta a ti que a mí.

—Gracias.

Ella aceptó el café y bebió un sorbo. Sabía que Mac tomaba el café solo y dulce. Muy dulce. Bebió otro sorbo, de todos modos.

—¿Qué tenemos?

—No mucho, todavía. Es una mujer. Una vagabunda la encontró mientras buscaba en la basura su desayuno.

–¿En el contenedor?
–Sí.
–Vaya, hoy estamos de suerte. ¿Era una prostituta?
–Tal vez. En este barrio no sería de extrañar.

Las calles que rodeaban las ciento veinticinco hectáreas de Fair Park se habían ganado a pulso el título de barrio más peligroso de Dallas. Aquella zona acogía a bandas callejeras, drogadictos, prostitutas y a cuantos acompañaban aquellas actividades.

Stacy y Mac se acercaron al contenedor. El callejón apestaba, a pesar del frío. Stacy saludó con la cabeza al agente de uniforme apostado junto al contenedor; el hombre tenía muy mala cara.

–¿Recibió usted el aviso? –le preguntó.
–Sí. Estábamos por el barrio. Mi compañero y yo dimos el aviso y acordonamos la zona.

Stacy inclinó la cabeza hacia el otro agente, que merodeaba a la entrada del callejón.

–¿Es ése?
–Sí. Él retuvo a la vagabunda. La mujer llamó desde su móvil. ¿Se lo pueden creer? Ya hasta los mendigos tienen móvil.

Stacy frunció el ceño.
–¿Han tocado algo?
–No. Le echamos un vistazo al cuerpo y avisamos. Nada más.

Stacy miró a Mac.
–¿Quieres hacer los honores o los hago yo?
–Las damas primero.

Stacy le dio el café y se puso los guantes de látex. Alguien, probablemente la vagabunda, había construido un escalón improvisado con unas latas de pintura de cinco litros.

–¿Linterna? –preguntó Stacy sin dirigirse a nadie en particular.
–Aquí hay una.

El agente le alcanzó la suya. Stacy le dio las gracias, encendió la linterna y se subió sobre las latas.

Alumbró con la linterna el enorme contenedor. El asesino había envuelto a la víctima en plástico negro. La vagabunda había apartado una esquina del plástico, lo suficiente como para dejar al descubierto la cara de la muerta.

Stacy le echó un vistazo rápido y, al apartar un poco más el plástico, el olor le produjo una náusea. Empezaron a lagrimearle los ojos.

—La gripe intestinal empieza a parecerme de perlas —dijo Mac, sacándola de su ensimismamiento—. ¿Y a ti?

—A mí nunca me ha gustado vomitar.

—¿Prefieres helarte el culo examinando un fiambre en un apestoso contenedor de basura a estar calentita en tu casa, metida en la cama?

Stacy lo miró.

—Algo así. ¿Te importa?

—No, por supuesto. Tú diviértete.

La víctima parecía llevar varios días muerta. El frío había retrasado ligeramente el proceso de descomposición. El extraño ángulo de la cabeza parecía sugerir que tenía el cuello roto. Estaba desnuda de cintura para arriba, y muy bien dotada; el forense determinaría más tarde si por obra de la naturaleza o de la cirugía estética.

Stacy retiró cuidadosamente el plástico. La víctima llevaba lo que parecían unos pantalones de pijama. De algodón blanco, con calados de encaje. Muy femeninos. Muy recatados.

Stacy movió la linterna. No llevaba anillos, ni reloj. Tampoco pendientes.

Las prostitutas siempre llevaban pendientes. Los oropeles formaban parte del paquete.

La chica tenía los pies descalzos. Llevaba las uñas de los pies pintadas de rosa brillante.

Stacy recorrió con el haz de la linterna el interior del contenedor. Envoltorios de comida, huesos de pollo y de costillas, vasos de plásticos, desechos de papel. Botellas de cerveza. Latas de aluminio. Periódicos. Nada llamó su atención. No se veía ningún bolso, ni una cartera, aunque tal vez el asesino lo hubiera tirado antes de dejar el cuerpo y quizá los técnicos forenses encontraran algo cuando retiraran el cadáver.

—¿Cuándo fue la última vez que vaciaron este contenedor?

Mac se arrebujó un poco más en su chaqueta.

—Sospecho que hace bastante. Yo diría que esto está en medio de la puta nada.

—Habrá que comprobarlo. Eso nos ayudará a determinar cuándo la dejaron aquí.

Stacy escudriñó el callejón, que estaba flanqueado por la parte trasera de varios negocios, uno de los cuales, a juzgar por la basura del contenedor, debía de ser un restaurante. Stacy preguntó por él.

—Es el Buba Backyard's Barbecue —contestó el agente uniformado—. Pero está cerrado. Igual que el Nail Emporium, que está justo al lado.

—¿Y el otro?

—Es una casa de empeño. Abre a las nueve.

Stacy se bajó y le dio la linterna a Mac. Éste le devolvió el café, se puso los guantes y se encaramó a las latas.

—Vaya —dijo—. Está muerta.

—Qué gracioso.

Stacy se bebió el café tibio mientras Mac repetía el procedimiento que ella acababa de cumplimentar. Lo observó trabajar, estudiando su semblante. De pronto se dio cuenta de que a Mac no le gustaba trabajar en Homicidios, y se preguntó por qué había pedido el traslado y había dejado Antivicio. ¿Para trabajar en casos de mayor trascendencia pública? ¿Para ascender mejor y más rápido? Tal vez incluso tuviera esperanzas de convertirse en comisario algún día.

Fueran cuales fuesen sus motivos, saltaba a la vista que no tenían que ver con el procedimiento de investigación.

Ambos se giraron al oír cerrarse las puertas de un coche. El patólogo y los chicos del equipo técnico acababan de llegar.

—Joder, qué cara de cabreo trae Pete —dijo Mac.

Stacy siguió su mirada. Pete, en efecto, parecía cabreado. Cuando se acercó a ellos, Stacy dijo alzando la voz:

—Vaya, pero si es mi forense preferido.

—Ya veo que nacimos los dos con mala estrella, Killian.

—Eso parece. Es toda tuya.

—Gracias —gruñó él—. Y pensar que pude hacerme pediatra... Aunque pasarse el día tratando narices llenas de mocos e infecciones de oído no es muy emocionante.

—Pues aquí tienes emoción para aburrir.
Pete se puso los guantes.
—Esto es lo mío. ¿Algo que deba saber?
—Parece que lleva muerta algún tiempo. Creo que tiene el cuello roto. La mataron en otro sitio, claro está.
—¿Es una prostituta?
—Creo que no.
—¿Quieres sujetarme la linterna, McPherson?

Pete se subió a las latas. Stacy miró hacia la boca del callejón, donde la vagabunda estaba acurrucada junto a un carrito de supermercado. Stacy tocó el hombro de Mac para avisarle de que iba a interrogarla y se alejó.

Al acercarse, oyó que la vagabunda estaba refunfuñando en voz baja. Lo que decía parecía un lenguaje inventado, parecido a la jerga que Stacy y sus amigas usaban para mandarse mensajes secretos en la escuela elemental.

Stacy se agachó delante de ella.

—Hola —la mujer no la miró a los ojos. Stacy le tendió el vaso de café—. ¿Le apetece? Ya no está caliente, pero al menos está dulce.

La mujer tomó el vaso y lo rodeó con los dedos. Stacy notó que tenía las manos extrañamente limpias. La otra se llevó el vaso a la boca y bebió con un gorgoteo gutural.

Stacy buscó en su bolsillo la chocolatina de muesli que había tomado antes de salir de casa. Pensaba comérsela en el coche, pero no le había dado tiempo. Le tendió la chocolatina a la mujer; ésta la agarró con avidez.

—Lamento que haya tenido que encontrarla —dijo Stacy, refiriéndose al cuerpo del contenedor—. Gracias por llamarnos.

La mujer masculló algo, le quitó el envoltorio a la chocolatina y se metió todo lo que pudo en la boca.

—¿Pasa mucho tiempo en este callejón?

La mujer se encogió de hombros sin mirarla.

—¿Algún tiempo?

La otra asintió con la cabeza mientras masticaba con la boca entreabierta.

—¿Cuándo fue la última vez que pasó por aquí antes de esta noche? —la mujer farfulló algo que Stacy no entendió—.

Sé que puede hablar porque nos llamó. ¿Va a hablar conmigo ahora o tengo que llevármela al centro?

–Hace un par de días. Puede que una semana.

Tenía un deje extraño. Una mezcla de acento del Viejo Sur y de habla rural. Un timbre ligeramente gutural.

–¿Ése es el tiempo que hace que no pasa por el callejón? –preguntó Stacy para asegurarse. La vagabunda asintió con la cabeza–. ¿Ha visto algo extraño por aquí? ¿Alguien que le haya llamado la atención?

–No.

–¿Y esta noche? ¿Ha notado algo raro? –la vagabunda señaló el contenedor–. Aparte del cadáver. ¿Ha visto algo? ¿Ha encontrado algo que debamos saber?

La otra bajó la mano. Cerró los dedos alrededor de algo que llevaba metido entre los pliegues de la ropa.

–Ese agente de ahí me ha dicho que nos llamó desde un teléfono móvil. ¿Es cierto?

La mujer miró a Stacy. ¿Era recelo lo que había en su mirada? ¿O temor?

La vagabunda sacudió la cabeza.

Stacy pensó que en otro tiempo había sido una mujer hermosa. Y aunque era difícil determinar su edad porque la mugre se había introducido en cada arruga y en cada pliegue de su piel, parecía bastante joven para hallarse en aquel estado. Stacy se preguntó cómo había acabado así, rebuscando comida en los contenedores.

–Hagamos un trato –dijo, intentando mantener un tono apaciguador–. Sabemos que nos llamó desde un teléfono móvil. Si alguien lo tiró en el callejón o si lo encontró usted en el contenedor, junto a la víctima, puedo considerarlo una prueba y confiscarlo. No quiero hacerlo, pero necesito ese teléfono. ¿Qué le parece si hacemos un trueque? Dígame qué quiere.

La mujer señaló el crucifijo de Stacy sin vacilar. Stacy se llevó la mano a la garganta; la fina cadena de oro, de la que colgaba una cruz de turquesa y madreperla, se le había salido por el cuello de la camisa. Jane le había regalado aquel colgante cuando se graduó en la academia. Para que el Señor siempre estuviera con ella, le había dicho su hermana. Para que la mantuviera a salvo. Stacy creía en el poder de la fe y en lo que representaba el crucifijo. Nunca se lo quitaba.

Al pensar en desprenderse de él, una sensación cercana al pánico se apoderó de ella.

Podía decir que no, insistir en que la vagabunda eligiera otra cosa. Era ella, y no la indigente, quien tenía todas las de ganar. Pero quizás aquella mujer necesitara más que ella el ojo vigilante de Dios. Stacy se desabrochó la cadena y se la tendió.

La mujer le lanzó una sonrisa triunfante y alargó el brazo. Stacy apartó la mano.

—Primero, el teléfono.

La otra hurgó un momento entre sus capas de ropa y le dio el teléfono.

Stacy vio que era un Verizon plegable. Lo abrió. La pantalla era a color. Parecía de última generación. Muy caro. Sacó una bolsa de pruebas del bolsillo de su chaqueta y lo metió dentro.

—¿Dónde lo encontró?

La vagabunda se giró y señaló el contenedor.

—¿En el contenedor? ¿Con el cuerpo?

La otra asintió con la cabeza.

—Encima. Démelo —señaló la cadena de Stacy.

Stacy cumplió su parte del trato, aunque no sin remordimientos. Observó cómo la vagabunda se colgaba la cadena alrededor del cuello y luego se levantó.

—Espere aquí, puede que tengamos que hacerle más preguntas.

La mujer no dijo nada, y Stacy regresó junto al contenedor.

—¿Has conseguido algo? —preguntó Mac.

—Mmm —sacó la prueba—. Lo encontró dentro, encima del cuerpo.

—Madre mía. Dios existe.

Stacy pensó en su crucifijo. *Sí, existía*.

Pete se bajó de las latas.

—Parece que tenía unos veinticinco años. Tiene el cuello roto. La autopsia nos dirá el resto.

—¿Cuándo?

—No lo sé. Con esta puta gripe, todo el mundo está de baja. Lo haré tan pronto como pueda.

9:25 a.m.

El sol se derramaba sobre Jane, calentando su piel. Estaba en la playa, de pie, con los dedos hundidos en la arena tibia. Con una mano sujetaba el ala ancha de un sombrero de paja; con la otra saludaba a Ian, que estaba jugando entre las olas con un niño, un precioso niño de rubios rizos.

Se reían.

Una gaviota que pasó volando arrojó una sombra sobre el sol. La gaviota chilló, haciendo añicos aquel instante.

—¡No! —gritó Jane.

La gaviota chilló de nuevo y Jane agitó los brazos para espantarla.

Su mano chocó con algo duro y frío que se tambaleó y cayó al suelo con estrépito. Jane despertó sobresaltada.

Miró a su alrededor, desorientada. Estaba sentada en el despacho de Ian, frente al ordenador encendido. Mientras miraba el monitor, la imagen del salvapantallas pasó de un paradisíaco paisaje tropical a otro. El sol entraba a raudales por entre las persianas y caía sobre ella.

La playa del sueño. El sol.

Una intensa sensación de añoranza se apoderó de ella. Añoranza de aquel sueño dichoso. Añoranza de Ian. De su futuro, antaño bello y prometedor.

Apartó la mirada. Su taza se había roto; los restos de la infusión formaban un charquito sobre la reluciente tarima. Jane se quedó mirando la mancha mientras los acontecimientos de la noche anterior desfilaban por su cabeza. La llamada de la periodista, su visita a la consulta de Ian, la caja con los CD. Aquella mujer.

Se pasó despacio una mano por los ojos. ¿Quién era aquella mujer? ¿Qué historial se había llevado? ¿El suyo? Era lo más probable, pero no del todo seguro. ¿Qué podía contener aquel archivo lo bastante peligroso como para que valiera la pena correr el riesgo de entrar a buscarlo allanando la oficina?

Jane se estremeció y volvió a fijar su atención en la pantalla del ordenador. Pulsó el botón de retorno, la máquina emitió un zumbido y la información contable que estaba revisando cuando se quedó dormida apareció de nuevo ante sus ojos.

Todo era como esperaba. No había nada extraño. Nada que hubiera llamado su atención, proclamando la inocencia de Ian.

Esa mañana revisaría el resto de los discos. Pero primero tenía que ducharse y desayunar.

El timbre de la entrada sonó antes de que pudiera ponerse en marcha. Ranger empezó a ladrar. Jane se levantó, se acercó al intercomunicador y apretó el botón.

—¿Sí? —logró decir con voz pastosa.

—¿Señora Westbrook? Policía.

—Policía —repitió ella.

Fijó la mirada en el ordenador y en la caja de discos. ¿Habrían descubierto su visita de madrugada a la oficina de Ian? Pero ¿cómo?

Se aclaró la garganta.

—No es buen momento.

—Tenemos que hablar con usted enseguida, señora.

Algo en el tono de aquel hombre alarmó a Jane.

—¿Ian está...? ¿Le ha ocurrido algo a mi marido?

—No, que nosotros sepamos, señora.

Jane reconoció de pronto aquella voz. Era la de McPherson, el compañero de Stacy. Pero su hermana no iría con él. La habían apartado del caso.

—Acabo de levantarme. Esperen un momento.

Se pasó rápidamente por el cuarto de baño, hizo sus necesidades y se cepilló los dientes; luego se puso la ropa que había llevado a la clínica de Ian la noche anterior. En lugar de abrir a los detectives con el portero automático, bajó al portal y se asomó por la ventana lateral de la puerta. Como era de esperar, Mac y su nuevo compañero estaban al otro lado. Pero también había con ellos otros dos agentes uniformados.

Jane frunció el ceño. Aquello le parecía extraño. Si habían

ido a interrogarla, ¿por qué iban acompañados de aquellos dos agentes? La noche que detuvieron a Ian, los detectives iban también acompañados por dos policías de uniforme. ¿Acaso iban a detenerla? Pero ¿por qué razón?

Mac le mostró su insignia al verla. Jane descorrió el cerrojo con dedos temblorosos y abrió la puerta. Nada más abrir, el otro detective le entregó un papel doblado.

–Traemos una orden para registrar el edificio, señora Westbrook.

Ella miró atónita el papel y luego a los detectives.

–¿Una orden? –repitió, confusa.

–Empezaremos por aquí abajo.

Los policías pasaron a su lado y entraron en el portal. Jane intentó conservar la calma.

–Esperen un momento. Ni siquiera sé si esto es legal.

El detective McPherson se detuvo y la miró.

–Es legal, señora Westbrook.

Ella desdobló el papel con expresión desafiante y lo recorrió con la mirada. Parecía auténtico, llevaba la firma de un tal juez Kirby y estaba fechado esa misma mañana. Jane se lo devolvió a Mac.

–Esperen aquí, voy a llamar a mi abogado.

–Está en su derecho, señora –dijo el otro detective–. Pero nosotros estamos en nuestro derecho de registrar el edificio y eso vamos a hacer inmediatamente.

La puerta del estudio se abrió. Ted asomó la cabeza, miró a Jane y luego fijó una mirada iracunda en el detective.

–¿Qué pasa, Jane?

–Ted –dijo ella con firmeza–, ¿podrías hacerles compañía a estos señores mientras hago una llamada?

Mac miró su reloj con evidente irritación.

–Tiene dos minutos.

Jane entró corriendo en su estudio. Ted salió tranquilamente. Ella buscó el teléfono, llamó a información para conseguir el número de Elton y marcó. Con voz temblorosa le explicó la situación a la secretaria y ésta la pasó enseguida con el abogado.

–Ha venido la policía –dijo Jane cuando el abogado se puso–. Traen una orden de registro.

—¿La has visto?

—Sí, parece legal. Está firmada por un juez. Un tal Kirby.

—¿Lleva fecha?

—Sí, la de hoy.

—Me preguntaba cuándo ocurriría esto. Me da la impresión de que van con cierto retraso.

—¿Qué están buscando?

—No lo sé concretamente. Seguramente cualquier cosa que pueda vincular a Ian con los crímenes o con las víctimas.

Jane pensó en los discos. Sin duda se los llevarían. Tanto esfuerzo para nada. Si no se hubiera quedado dormida... Si los hubiera revisado todos... Ahora perdería toda la información.

—Escucha, Jane, lee cuidadosamente la orden. La ley sólo les permite registrar los lugares que figuren expresamente en la orden. Por ejemplo, si menciona la vivienda pero no el garaje, no pueden registrar el garaje. Tampoco pueden registrar los coches como no lo mencione específicamente la orden. ¿Tu estudio está en un número distinto y tiene una entrada separada? —Jane contestó que sí a ambas cosas y Elton continuó diciendo—: Si quieren registrarlo, debe figurar expresamente en la orden. Además, en una orden de registro, el juez les concede únicamente el derecho a buscar, y a confiscar, cosas concretas. Sólo pueden buscar esas cosas, aunque suelen ser tan generales como registros contables o correspondencia. Aun así, no pueden arramblar con todo. Deben tener un propósito concreto. Intentarán intimidarte para llevarse lo que quieran, así que mantente firme. Según las leyes de Texas, tú debes permanecer en el edificio. Yo estaré ahí lo antes posible.

Jane colgó y regresó al portal. Ted parecía incómodo; los detectives, impacientes.

—¿Podría ver la orden otra vez, por favor? —preguntó.

—Desde luego —Mac se la dio—. Como verá, todo está en orden.

Jane escudriñó el documento.

—Aquí figura el 415 de la calle Commerce, nuestra vivienda, y el garaje y los vehículos —levantó la mirada hacia el detective—. Comprenderán, naturalmente, que mi estudio queda excluido de esta orden.

—¿Cómo dice?

—Mi estudio está en el 413 de la calle Commerce. Esta orden no les concede acceso a él.

El otro detective se puso colorado y masculló un juramento. Los agentes uniformados se removieron ligeramente. Mac extendió una mano.

—Una llamada al juez y volveremos. Sea razonable, Jane...

—Señora Westbrook —puntualizó ella—. Si quieren registrar mi estudio, necesitarán una orden.

Mac dejó escapar un bufido de exasperación.

—Volveremos hoy mismo. ¿Por qué no nos ahorramos todos la molestia y...?

—No es molestia en absoluto, detective. No voy a ir a ninguna parte.

10:20 a.m.

Mientras los detectives registraban la casa, Jane esperó en el portal con Ranger y con el agente uniformado encargado de custodiarla. Elton tenía razón: estaban buscando cosas concretas que vincularan a Ian con el crimen o las víctimas. Ropa, documentos, fotografías, facturas y cosas por el estilo. Curiosamente, la orden mencionaba en concreto dos prendas de vestir: una gorra de los Atlanta Braves y una cazadora de cuero.

Ian no tenía ninguna de aquellas cosas.

Como Jane temía, se llevaron el ordenador y todos los discos que había sacado de la consulta la noche anterior. Confiscaron también el teléfono móvil de Ian, la agenda de su despacho, los recibos del banco y los cheques cancelados.

Ranger gruñía por lo bajo. Jane le había puesto la correa y el animal permanecía alerta a su lado. También a él le parecía mal aquello. Una invasión. Una violación.

Jane se preguntaba si alguna vez volvería a sentirse del todo a gusto en su propia casa.

Elton llegó al cabo de un rato. Examinó la orden, comprobó que estaba en regla y se excusó para seguir a los detectives por el *loft*. Antes de que se fuera, Jane le preguntó si le parecía bien que esperara en el estudio. El abogado le dijo que sí y, tras sacar a Ranger un momento para que hiciera pis, Jane entró en el estudio.

—¿Qué está pasando? —preguntó Ted.

Jane se dejó caer en el sofá de mimbre del vestíbulo.

—Parece que se lo están pasando en grande revolviendo los armarios y los cajones. Seguro que a estas alturas ya saben hasta qué talla de sujetador y de bragas uso.

Ted se puso colorado.

—Esto no está bien. Me saca de quicio.

Jane pensó en sus cosas íntimas expuestas a la mirada de unos extraños. Manoseadas. Revueltas. Sus cosas. Su intimidad. Invadida.

Deseó hacer acopio de ira y así se lo dijo a Ted.

—Me parece un objetivo muy razonable.

—Creo que me vendría bien una catarsis.

—Exacto —en ese momento, a Jane le sonaron ruidosamente las tripas—. ¿Ves? Hasta tu estómago está de acuerdo.

—No, está cabreado porque no le he dado de comer. ¿No tendrás algo por aquí?

—¿Un sándwich de mantequilla de cacahuete y una manzana?

Resultó que Ted tampoco había desayunado, así que compartieron la jugosa manzana roja y el sándwich de mantequilla de cacahuetes molidos y pan candeal hecho en casa. Estaba delicioso. Jane le dio un trozo de pan a Ranger y luego se giró hacia Ted.

—¿Pan hecho en casa? No sabía que fueras tan casero.

Él pareció avergonzado.

—Es muy sano. Uso cereales integrales, todo orgánico. Sin azúcares.

—Estoy impresionada. ¿También mueles tú los cacahuetes orgánicos? —dijo en broma, pero al instante comprendió por la expresión de Ted que había dado en el clavo.

—Pareces muy sorprendida, Jane. Y hay un montón de cosas que no sabes de mí.

Ella lo observó ladeando la cabeza.

–Sé todo lo que necesito saber. Sé que confío en ti plenamente por la clase de hombre que eres. Honesto. Fiable. Leal.

–Cualquiera pensaría por cómo lo dices que me parezco un poco a Ranger.

Ella se acercó y le apretó la mano.

–Yo adoro a Ranger.

Ted se sonrojó, complacido.

Jane se sintió de pronto reconfortada por la comida y la compañía de Ted y le lanzó una sonrisa a su ayudante.

–Creo que voy a cambiar de objetivo. Prefiero fingir que nada de esto está pasando, que Ian está en la consulta y que no hay tres extraños revolviendo el cajón de mis prendas íntimas.

Ted le devolvió la sonrisa.

–Parece un buen plan. Dado que la fantasía es tuya, ¿por dónde quieres que empecemos?

–Por Anne. Me apetece jugar con metal fundido.

Jane se enfrascó en su trabajo. Al hacerlo, su mente se vaciaba por entero hasta que sólo quedaba la escultura que iba emergiendo poco a poco. Esto le parecía sumamente liberador. La llenaba de energía. Hasta tal punto de que, cuando Elton se presentó en el estudio una hora después, se sentía tan fresca como si acabara de despertarse de una siesta de tres horas.

–Ya se han ido –anunció el abogado, y le entregó una copia de la orden; en el dorso estaba la lista de las cosas que los policías se habían llevado. Elton sonrió levemente–. Si he interpretado bien su cara de desilusión, creo que no han encontrado lo que andaban buscando.

Jane revisó la lista, pero no vio muchas más cosas de las que ya habían reunido los detectives antes de que llegara Elton.

–Me han dicho que volverían con una orden para registrar tu estudio, aunque no creo que consigan convencer al juez. En todo caso, tendrán que buscar una justificación. Y vincular el crimen del que ha sido acusado Ian con tu lugar de trabajo es llevar las cosas un poco lejos.

—Seguramente piensan que estoy ocultando pruebas incriminatorias. Para proteger a mi marido, el asesino.

El tono sarcástico de Jane no dejaba dudas respecto a lo que pensaba de la policía y sus tácticas.

—En efecto, Jane, eso es lo que piensan. No es nada personal.

Jane lo sabía. Pero no tenía la impresión de que fuera así.

—¿Cómo sabremos si han encontrado lo que buscaban?

—¿Con toda certeza? Quizá no lo sepamos nunca. Ellos están en el lado opuesto. No van a decirnos lo que se traen entre manos.

Jane cerró los puños.

—Todo esto me saca de quicio.

Elton le apretó el hombro para reconfortarla.

—Lo sé. Llámame si consiguen el permiso del juez Kirby. Le diré a Susan que me pase enseguida la llamada.

Jane le dio las gracias y se volvió hacia Ted.

—Voy a recoger un poco. Luego bajaré.

—El fuerte está a salvo, Jane. Tómate tu tiempo.

Jane acompañó al abogado con Ranger a su lado. Elton se detuvo en la puerta.

—La orden de registro tiene tres días de validez. No suele suceder, pero tal vez crean que han olvidado algo y vuelvan. Pero no creo que lo hagan. Han hecho un buen trabajo.

Jane le dio las gracias de nuevo y subió al *loft*. Al entrar en el recibidor, Ranger pasó a su lado y empezó a recorrer la casa a toda prisa, bufando suavemente.

Jane siguió al animal más despacio, con un nudo en la garganta. Los policías habían hecho un estropicio: los cajones estaban abiertos y su contenido desperdigado por el suelo; las puertas del ropero estaban abiertas de par en par; los zapatos, tirados de cualquier manera formando un montón; la ropa hecha un lío; las estanterías vacías.

Jane pasó del dormitorio a la cocina. Allí también estaban los cajones abiertos y desordenados. La despensa y los armarios estaban revueltos, al igual que el interior de la nevera.

Jane respiró hondo. Se acercó a la despensa y empezó a ordenarlo todo. Una vez empezó, ya no pudo detenerse.

Poseída por una especie de neblinoso frenesí, pasó de un cajón al siguiente, de una habitación a otra. Aquélla era su casa. Aquéllas, sus cosas. Y las de Ian. Con cada cajón que ordenaba, con cada armario que devolvía a su ser, con cada estantería que reorganizaba, borraba el rastro de aquellos hombres. La sensación de su paso por allí. Y restauraba su soberanía sobre su propia vida.

Dejó el despacho de Ian para el final. Los policías habían esquivado la taza rota y la mancha de infusión. Se agachó, recogió los fragmentos de porcelana y limpió el líquido con un par de pañuelos de papel que sacó de la caja que había sobre el escritorio. Al hacerlo, su mirada se posó en su bolso, que estaba metido bajo el escritorio, donde lo había dejado la noche anterior. Saltaba a la vista que la policía no lo había revisado. O bien no lo habían visto, o bien la orden no les concedía derecho a registrarlo.

Jane se quedó mirando el bolso un momento, sintiendo que algo se agitaba en su memoria. Algo que debía recordar, pero que se le escapaba.

Entonces lo recordó.

La PalmPilot de Ian. Había sacado el número de Whit de la agenda electrónica, la noche que Ian fue detenido. Luego la había metido en su bolso, por si acaso necesitaba otros números.

Agarró el bolso. Con el corazón acelerado, rebuscó en su interior. Cerró la mano sobre la agenda y la sacó con dedos temblorosos.

A Ian le encantaba su PalmPilot. Jane recordaba el día que la llevó a casa. Una maravilla tecnológica, le había dicho, entusiasmado. Cada mañana, Marsha transfería sus citas a la agenda. Todos sus compromisos. Marsha solía actualizar la agenda tres veces al día: a primera hora de la mañana, a mediodía y al final de la jornada.

Jane encendió el aparato y la pequeña pantalla cobró vida. Utilizando el lápiz electrónico, abrió el calendario de Ian y vio que se remontaba a seis meses atrás.

Observó las entradas del calendario, notando que Marsha era sumamente eficiente. Toda la información estaba minuciosamente detallada. Cada cita incluía no sólo la hora, el lugar y el nombre de la persona con la que Ian debía reunirse, sino también si se trataba de asuntos personales o profesionales. Todas las entradas incluían además un número de contacto.

Sin embargo, dos veces al mes, Marsha reservaba un bloque de dos horas para la comida. De las doce del mediodía a las dos. En aquellas entrada no figuraba ningún otro dato, ni siquiera un nombre.

Jane frunció el ceño. Pasó adelante y atrás. Aquellas comidas solían tener lugar en miércoles y viernes. Los días variaban en un par de ocasiones, pero aquellas citas nunca faltaban.

¿Qué hacía Ian durante aquellas dos horas en blanco? ¿Con quién se veía?

Jane detestaba lo que estaba pensando. Odiaba las sospechas que empezaban a revolverle el estómago.

Su marido le había sido siempre fiel. No era un mentiroso, ni la engañaba.

Tampoco era un asesino.

Sin duda había una explicación lógica y razonable para aquellas comidas.

Pero ella no podría preguntárselo a Ian hasta seis días después.

Dejó la agenda electrónica sobre la mesa y se llevó las manos a los ojos. ¿Dónde iba su marido durante aquellas dos largas horas? ¿Con quién estaba?

Mira la libreta de direcciones de la agenda, Jane.

Miró de nuevo la agenda. Si empezaba a dudar de Ian, aquello los separaría irremediablemente. Él nunca la perdonaría. Y, sin confianza, ¿qué les quedaría?

¿De qué tienes miedo, Jane?

¿De descubrir en la agenda el nombre de Elle Vanmeer? ¿De encontrar el de Gretchen, el de Sharon o el de Lisette?

Intentó acorazarse contra sus propias dudas. Ella no tenía miedo. Su marido le era fiel. La quería.

Se dio la vuelta. Se acercó al escritorio. La agenda y sus secretos parecían mofarse de ella. Su instinto le decía que lo dejara correr. Que le enviara a Ian la pregunta en una nota, a través de Elton. O, simplemente, que esperara hasta su siguiente visita a la cárcel para preguntárselo en persona.

Pero no podía. Tenía que saberlo inmediatamente.

Tomó la PalmPilot. Abrió la libreta de direcciones, recorrió el alfabeto, encontró la V.

Sólo había un nombre y un número de teléfono. El de Elle Vanmeer.

Jane dejó caer la agenda y se tambaleó hacia atrás como si hubiera recibido un golpe. El nombre de la mujer asesinada figuraba en la agenda electrónica de su marido. ¿Por qué razón? Los médicos no llevaban los números de teléfono de sus pacientes en sus agendas electrónicas.

Temblando, Jane buscó una explicación lógica. Tal vez Elle y su marido habían tenido una aventura antes de que Ian y ella se conocieran y se casaran.

Pero eso no tenía sentido, porque Ian se había comprado la PalmPilot varios meses después de su boda.

Tal vez fueran amigos. Quizá Marsha había transferido todos los nombres y los números de teléfono de la vieja libreta de direcciones de Ian a la agenda electrónica. Era posible.

Sin embargo, ello convertía a Ian en un mentiroso. Su marido le había dicho a la policía que Elle Vanmeer era únicamente paciente suya, que entre ellos nos había relación personal de ninguna clase.

Jane cruzó los brazos sobre la cintura. Sin duda la policía ya tenía aquella información. Registros de llamadas telefónicas. Calendarios con citas sobre las que no figuraba ningún detalle.

No era de extrañar que creyeran culpable a Ian. Una risa histérica afloró a sus labios. No era de extrañar que pensaran de ella que era una pobre ingenua.

Se inclinó y recogió la agenda con brusquedad. Recorrió el abecedario, empezando por la A. Había algunos nombres de mujer, pero ninguno llamó su atención. Gretchen Cole no aparecía en la lista. Ni tampoco Lisette Gregory.

Dos menos; quedaba una.

Su alivio duró poco. En la letra L, proclamando la culpabilidad de su marido, había otro número. Un número que Jane no lograba imaginar por qué tenía Ian.

El número de La Plaza.

3:20 p.m.

Esa tarde, poco después de las tres, Stacy colgó el teléfono y se volvió hacia Mac, que estaba arrellanado en la silla, junto a su escritorio.

—Agárrate. Era Pete. La autopsia ya está lista.
—¿Y bien? —preguntó él.
—Tenía el cuello roto. Eso fue lo que la mató. No hay signos de actividad sexual antes de la muerte. No se han encontrado evidencias de que se resistiera, ni otras lesiones. Tenía las uñas limpias.
—¿Y drogas?
—No, nada.
—¿Cuánto tiempo llevaba muerta?
—Tres días, más o menos.

Mac se rascó la cabeza.

—De momento es sólo la señorita X. No llevaba ninguna identificación. No tenía marcas que pudieran identificarla. No llevaba anillo de casada, y en el contenedor no se encontró ningún efecto personal.
—¿Ninguna persona desaparecida encaja con su descripción?
—Aún no. He pasado sus huellas por el banco de datos, pero no he encontrada nada.

Stacy no se sorprendió. Aquella señorita X no era una prostituta.

Stacy se puso a tamborilear con los dedos sobre la mesa.

—Llevaba puesto un pijama. Ni joyas, ni zapatos. Y tenía el cuello roto. Está claro que conocía al asesino. Apuesto a que se trata de su marido o su novio. Ella le da la espalda un momento, y él le rompe el cuello. Una fractura limpia. Ese tipo sabía lo que hacía. Hace falta muchísima fuerza para eso. Todo fue muy rápido. Seguramente ocurrió en casa de la chica.

Mac asintió con la cabeza.

—Su amado la envuelve en un plástico, la carga en el coche familiar y la tira en un recóndito cubo de basura. ¿No se sabe nada más?
—Nada. Nadie vio nada. Lo típico —Stacy rebuscó entre las

notas que había reunido sobre la muerta–. El Bubba's Backyard Barbecue cerró hace una semana. La basura no se recogía desde entonces.

–¿Qué sabemos del plástico con que la envolvieron?

–Es una variedad de jardín, literalmente. Los jardineros lo usan para proteger las semillas. Se puede comprar en cualquier vivero o en una ferretería.

–¿Alguna muestra de tejidos?

Jane hojeó su archivo.

–Algunos pelos, que pueden ser o no suyos. Los análisis no han llegado todavía. Fibras de alfombra. Hierba...

–¿De la que se fuma?

–De la que se siega, chico de ciudad –Stacy miró de nuevo el informe–. Tierra.

–¿Tierra? –repitió él.

–Mmm. También la hemos mandado a analizar.

Mac frunció el ceño.

–Sin un nombre, no podemos hacer mucho más. ¿Qué hay del teléfono móvil?

–Nada, por ahora.

–¿Y a qué estamos esperando?

–Se trata de un asunto de protección de datos. He solicitado permiso a la compañía telefónica –Mac abrió la boca; ella levantó una mano–. Me han asegurado que nos lo darían; pero el jefe local no quería asumir la responsabilidad.

–No vamos a ninguna parte hasta que tengamos un nombre. Lo sabes, ¿verdad?

Mac no esperaba respuesta y Jane no le dio ninguna. El silencio cayó entre ellos. Mac fue el primero en romperlo.

–¿Has hablado últimamente con tu hermana?

Stacy lo miró, poniéndose al instante a la defensiva.

–Hoy no, ¿por qué?

Mac miró hacia atrás como si quisiera asegurarse de que nadie los oía; luego se inclinó hacia ella.

–Hoy hemos registrado su casa.

Stacy sabía que eso significaba que habían conseguido una orden de registro. Y sabía qué esperaban encontrar: la cazadora de cuero y la gorra de béisbol.

—¿Encontrasteis lo que estabais buscando?

Mac movió negativamente la cabeza casi de manera imperceptible.

—¿Has mirado ya los artículos de 1987?

—Ya me he puesto con ello, pero aún no he acabado. No he encontrado nada sobre los gritos. Jane insistió desde el principio que ese tipo lo había hecho a propósito.

—¿Habéis vuelto a tener noticias de ese loco?

—No.

—Tal vez deberías llamarla. Esta mañana parecía muy alterada.

El teléfono del escritorio de Stacy sonó en ese preciso momento. Los dos lo miraron. Mac sonrió.

—Lo tenía planeado. Para que pareciera que soy telépata.

—Psicópata, querrás decir —Stacy levantó el teléfono—. Detective Killian.

—Hola, detective Killian. Soy Bob Thompson, de Verizon Wireless. Siento haber tardado tanto en devolverle la llamada.

—No importa —Jane se enderezó ligeramente y le indicó a Mac por señas que era la llamada que estaban esperando—. ¿Tiene ese nombre?

El señor Thompson tenía el nombre. Stacy colgó. Las implicaciones de lo que Thompson acababa de decirle resonaban aún en su cabeza. Recogió el expediente de la mujer del contenedor y se lo tendió a su compañero. Mac frunció el ceño.

—¿Qué pasa?

—Yo estoy fuera.

Él frunció aún más el ceño.

—No te...

—Estoy fuera —repitió ella—. El teléfono pertenecía a Elle Vanmeer.

Lunes, 27 de octubre de 2003

9:30 a.m.

Llegó la mañana del lunes. La comparecencia de Ian estaba prevista para las diez y media, en la sala número dos de los juzgados del edificio Frank Crowley. Jane había quedado en encontrarse con Elton a las diez y cuarto.

Jane se vistió cuidadosamente. Quería presentar su mejor aspecto. Quería parecer descansada y segura de sí misma. Elton le había advertido que, teniendo en cuenta los cargos, su actitud era crucial. Podía influir tanto en el jurado como en la opinión pública.

Jane dejó escapar el aliento que había estado conteniendo. Todo estaba bajo control. Lo único que tenía que hacer era crear una ilusión del todo incierta.

La información que había encontrado en la agenda electrónica seguía atormentándola. Le costaba dormir y, cuando por fin lograba conciliar el sueño, se pasaba las noches dando vueltas en la cama. Comía sólo porque sabía que tenía que hacerlo, por el bien del bebé.

Desesperada, había intentado concentrarse en su trabajo. La parte de Anne estaba completa. Y era preciosa. A su juicio, era la pieza más bella, más evocadora, de la serie *Fragmentos de muñecas*.

Le debía a Anne más de lo que podía devolverle. Poder sumergirse en el trabajo, crear algo de belleza a pesar de la desesperación que atenazaba su espíritu había sido su tabla de salvación. Sin su obra, no estaba segura de haber podido superar el fin de semana.

Añoraba poder hablar de lo que había descubierto en la agenda con Stacy, con Dave o con Elton. Echaba en falta que la tranquilizaran.

Pero hablar de aquello la habría convertido en una traidora hacia su marido y hacia su matrimonio. En cierto modo, habría sido como convertir sus dudas en realidad.

De manera que se había guardado para sí sus horribles pensamientos, los miedos y las inseguridades que amenazaban con comérsela viva.

Había rezado mucho. Se había volcado en el trabajo. Se había paseado sin cesar de un lado a otro.

Y, al final, todo había venido a resumirse en una sola idea: ella creía en la inocencia de Ian. Su marido no era un asesino.

Y ella lo quería.

De momento, ahogaría sus dudas respecto a la fidelidad de Ian. Cuando hablara con él le preguntaría por aquellas misteriosas comidas, por los números de teléfono. Ian tendría una explicación lógica, y ella se sentiría ridícula por haber dudado de él.

Seguir el dictado de su corazón nunca había resultado ser una decisión equivocada; esta vez, tampoco lo sería.

Sonó el timbre de la entrada. Sería Dave, que había insistido en acompañarla al juzgado.

Jane salió a recibirlo al portal.

—¿Estás lista? —preguntó él.

Jane dijo que sí y cruzaron la acera hacia el coche de Dave. Él le abrió la puerta y rodeó el coche para sentarse tras el volante. Recorrieron varios kilómetros sin decir nada.

Aquel tenso silencio inquietó a Jane. Se preguntaba si aquella locura acabaría afectando a todas las facetas de su vida, a todas sus relaciones, incluso a su antigua y cómoda amistad con Dave.

Como si adivinara sus pensamientos, Dave dijo:

—¿Ha pasado algo este fin de semana?

Jane juntó las manos sobre el regazo. Tenía las palmas húmedas.

–No, que yo sepa.
–¿Sabes algo de Stacy?
–Sí. Me llamó. Parecía distraída.
–¿Va a venir hoy?
–No lo sé.
Dave no dijo nada, aunque Jane sabía lo que estaba pensando. Que debería haberle pedido a su hermana que la acompañara, haberle dicho que su presencia la tranquilizaría.
Y era cierto.
Jane detestaba la distancia que se había instalado entre su hermana y ella, pero ninguna de las dos sabía cómo romperla o no tenía energías suficientes para intentarlo. Las acusaciones que le había lanzado a Stacy habían agrandado la brecha. Deseaba no haberlas pronunciado nunca.
Dave encontró sitio en el aparcamiento, junto a la entrada de los juzgados. Jane vio enseguida a Elton, que estaba esperando al pie de la escalinata, tal y como habían acordado.
Llegaron junto al abogado y Jane hizo las presentaciones. Dave y Elton se estrecharon las manos. El abogado se volvió hacia ella.
–¿Estás lista?
Ella compuso una sonrisa.
–Descansada y segura de mí misma.
–Buena chica –Elton la puso al corriente mientras entraban en el edificio y pasaban por el detector de metales–. A Ian le ha tocado el juez Phister. Es bastante duro y no aguanta tonterías ni de los abogados, ni de los clientes, ni de la prensa. Pero como a mí no me gustan los juegos, eso no será problema –se acercaron al ascensor y entraron en él–. Hoy el juez leerá los cargos contra Ian y le preguntará cómo se declara. Como sabes, Ian va a declararse no culpable. Dado que está acusado de asesinato capital, no se fijará fianza. Luego todo se habrá acabado hasta que lleguen las vistas preliminares.
Como si notara el desaliento de Jane, Dave le apretó el brazo para darle ánimos.
El ascensor se detuvo siseando en el séptimo piso y Elton condujo a Jane hacia la sala donde iba a oírse el caso de Ian.

Stacy estaba esperando junto a la puerta cerrada. Parecía cansada y tensa.

Sus miradas se encontraron. Jane se apresuró hacia ella, embargada por una oleada de alegría y afecto.

—Gracias por venir —musitó, abrazando a su hermana.

—Cómo no iba a venir —respondió Stacy, apartándose—. Eres mi hermana.

Dave y ella se abrazaron; Stacy se presentó al abogado. Una emoción indefinida pareció cruzar fugazmente el semblante de Elton. Mientras Jane se preguntaba con extrañeza a qué se debía aquella expresión, el abogado los condujo al interior de la sala del tribunal.

Apenas se habían acomodado en los asientos cuando el alguacil anunció el caso de Ian. Jane observó con un nudo en la garganta cómo un guardia uniformado introducía en la sala a su marido esposado. Ian la miró con expresión de desvalimiento. Jane sintió en los ojos el escozor de las lágrimas. Un momento después, el juez leyó los cargos; Ian se declaró no culpable y todo acabó tan rápidamente como había empezado.

El guardia agarró a Ian del brazo para llevárselo. Jane se levantó de un salto.

—¡Ian!

Él se dio la vuelta. Sus miradas se encontraron. Jane sintió el corazón en la garganta. Ian movió los labios sin emitir sonido, diciéndole que la quería.

Y en ese momento Jane comprendió, más allá de todo atisbo de duda, que su marido era inocente. Que siempre le había sido fiel.

Luego, Ian desapareció.

Stacy le tocó el brazo a Jane.

—Tenemos que irnos.

Ella miró a su hermana.

—Él no lo hizo. No hizo nada.

—Lo sé, Jane. Todo va a salir bien.

—He mandado a Dave a por el coche —dijo Elton—. La prensa está fuera. Prepárate. No será agradable.

El abogado las sacó a toda prisa de la sala del tribunal.

Cuando se bajaron del ascensor en la primera planta, Jane vio que más allá de las puertas de cristal montaban guardia varios reporteros.

—Respira hondo y deja que yo me ocupe de esto. No les hagas caso, Jane, por más que intenten hacerte morder el anzuelo.

Ella asintió con la cabeza y atravesó las puertas con Stacy a su izquierda y Elton a su derecha. Al verlos, los periodistas corrieron hacia ellos y los rodearon. Uno acercó un micrófono a la cara de Jane.

—¿Quiere declarar algo, señora Westbrook?

—¿Lo hizo su marido? —gritó otro.

—La señora Westbrook no va a hacer declaraciones —dijo Elton con firmeza mientras se abría paso entre el gentío y conducía a Jane escaleras abajo—. Hablaremos con ustedes después del juicio y del veredicto de no culpabilidad.

Dave paró el coche junto a la acera y tocó la bocina. Stacy, Jane y Elton se acercaron apresuradamente.

—¿Es cierto lo que dicen, señora Westbrook? —gritó un periodista cuando Jane llegó junto al coche—. ¿Le era infiel su marido?

Jane se quedó paralizada un momento. Luego, ignorando los tirones de Elton, se volvió hacia el periodista que había gritado la pregunta.

—¿Le era infiel su marido? —preguntó de nuevo el periodista.

—No —contestó Jane, y la firmeza de su voz, la serena determinación que se adivinaba tras ella, la sorprendió a ella misma—. Mi marido me era fiel y es inocente. Y voy a demostrarlo.

Un murmullo corrió entre la multitud.

—¿Cómo piensa hacerlo? —gritó otro reportero.

—No hay más comentarios —dijo Elton, dirigiendo a Jane hacia el coche.

Dave abrió la puerta del acompañante. Jane montó, se abrochó el cinturón de seguridad y miró hacia atrás mientras se alejaban del gentío.

Sabía que era una suerte que Elton hubiera intervenido,

porque no tenía ni idea de cómo iba a demostrar la inocencia de su marido.

Y, de haber dado aquella respuesta, la prensa la habría crucificado.

2:45 p.m.

Durante las horas siguientes, la promesa que les había lanzado a los periodistas fue cobrando la forma de un sólido plan. Jane resolvió continuar con la investigación que había iniciado la noche anterior en la consulta de Ian. Llamaría a Gretchen Cole, a Sharon Smith y a Lisette Gregory, las modelos que habían posado para ella y se habían convertido en pacientes de Ian. Las interrogaría sobre la relación que las unía a su marido y sobre cómo habían acabado convirtiéndose en pacientes suyas.

Con un poco de suerte, todas darían testimonio de la seriedad de Ian.

Tenía que descubrir, además, la identidad de la mujer que había robado el historial, aunque no tenía una idea clara de cómo hacerlo. También había decidido hacerle una visita a la ex mujer de Ian. Enfrentarse a la bestia, si las cosas que Ian le había contado sobre ella eran ciertas. En cuanto a los datos que había descubierto en la agenda electrónica, pensaba llamar a La Plaza, a los antiguos socios de Ian y a la secretaria del Centro de Cirugía Estética de Dallas.

Ninguno de aquellos planes demostraría la inocencia de Ian a ojos de la ley, pero al menos ella saldría de dudas. Y, si las cosas que averiguaba le servían de algo a Elton, tal vez incluso pudieran generar una duda razonable a ojos del jurado.

Jane entró en el estudio y encontró a Ted parado delante de la escultura de Anne.

—Es preciosa —dijo su ayudante sin apartar la mirada de la escultura.

Jane se detuvo a su lado.

—Sí, ¿verdad? Me he pasado todo el fin de semana trabajando en ella.

—Pensaba que no podrías trabajar. Ya sabes, por lo de Ian.
—Trabajar me ha salvado. Creo que, si no, me habría vuelto loca.
Ted se giró y la miró a los ojos.
—Si necesitas algo, Jane, llámame. Estoy a tu disposición.
Ella le apretó la mano, agradecida.
—Estoy buscando tres números de teléfono. El de Gretchen Cole, el de Lisette Gregory y el de Sharon Smith.
—Claro —Ted se acercó al ordenador y abrió la libreta de direcciones. Anotó los tres números en un Post-it y se lo dio—. Por si tienes alguna duda, me he asegurado de que todas las modelos reciban las invitaciones para la fiesta de inauguración.
—No, no es eso. Sabía que lo habías hecho —notó que Ted la miraba inquisitivamente, pero no le hizo caso—. Estoy arriba, si me necesitas.
Subió al *loft* y, tras servirse un vaso de zumo de naranja, se acurrucó en un rincón del sofá con Ranger tendido a sus pies. Llamó primero a Gretchen.
Contestó ella en persona.
—Gretchen, soy Jane, ¿qué tal estás?
—¡Jane! Dios mío, ¿qué tal estás tú? No puedo creer lo que dicen sobre Ian.
—Es que no es cierto —dijo Jane con firmeza—. Es todo un malentendido.
—Por supuesto —Gretchen bajó la voz—. ¿Todavía está en la cárcel?
—Sí —Jane se aclaró la garganta y cambió de tema—. ¿Has recibido la invitación para la fiesta de inauguración?
—Sí, aunque no sabía si la exposición seguía en pie.
—Ian me hizo prometerle que no la cancelaría.
—Él es así —Gretchen hizo una pausa, como si se diera cuenta de lo que acababa de decir—. Bueno, entonces, nos veremos allí.
Jane intentó mostrarse despreocupada.
—Gretchen, una cosa más. Ian me comentó que eras paciente suya. Me extrañó un poco. Me preocupaba que pudiera haber, no sé... haber usado mi relación con mis modelos para atraer clientes.

—Oh, Jane, estoy tan avergonzada... Ya sabes cuánto me importa mi imagen. La verdad es que le mencioné su nombre a una amiga y me habló tan bien de él que me convenció para ir a su clínica.

—Entonces, ¿no fue él quien te lo propuso?

—No, claro que no.

Jane se dio cuenta de que se sentía casi ridículamente aliviada. Disimuló su estado con una risita avergonzada.

—Es un cirujano excelente, de eso no hay duda. Aunque mi opinión sea un poco sesgada, claro.

—Tienes razón. Ian intentó mandarme a otro cirujano por si a ti te molestaba, pero yo no quise ni oír hablar del asunto.

Primer escollo superado. Jane respiró hondo. *Ahora, la gran pregunta.*

—¿Puedo preguntarte algo, Gretchen? Es muy importante que seas sincera conmigo.

—Claro, Jane. Desde luego.

—¿Se comportó Ian... de manera impropia contigo en algún sentido?

—¿De manera impropia?

—Ya sabes, ¿intentó ligar contigo?

—¡Dios mío, no! —su respuesta enfática y espontánea sonaba sincera—. Ian era muy profesional —Jane no pudo reprimir un suspiro de alivio—. ¿Qué te están contando de él, Jane? Porque, sea lo que sea, no es cierto. Ian te quiere, eso salta a la vista.

Hablaron unos segundos más antes de despedirse. Jane intentó hablar con Lisette, pero le saltó el contestador automático y dejó un mensaje. Luego llamó a Sharon.

Ella sí estaba en casa. Su conversación fue una réplica casi exacta de la que acababa de mantener con Gretchen. Jane colgó, animada por las cosas que las dos mujeres le habían dicho sobre Ian, y empezó a sentirse más tranquila. Habían sido ellas quienes había acudido a Ian, no al revés. Ian se había comportado como un profesional en todo momento.

Ahora, a por la ex mujer. Mona Fields, antigua Miss Texas, rica, exitosa y bien relacionada. Jane la había visto una vez; Ian y ella se la habían encontrado en la inauguración del

Museo de Arte de Dallas. Mona se había mostrado amable con ella y, pese a que Jane se había sentido violenta, su malestar no procedía de ningún desaire explícito que le hubiera hecho aquella mujer, sino de sus propias inseguridades.

Mona poseía la clase de físico que siempre intimidaba a Jane. Era rubia natural, tenía los ojos azules y poseía una figura y unos rasgos irresistibles. Ian solía decir de ella que tenía la cara de un ángel y el corazón de un demonio. Habían estado casados menos de dos años.

Jane recogió su bolso y su chaqueta, encerró a Ranger en su caseta y bajó las escaleras. Antes de salir se pasó por el estudio.

–¿Ha pasado algo que deba saber?
–Ha llamado el crítico de arte del *Times*.
–¿Del de Nueva York o del de Los Ángeles?
–Del de Los Ángeles. Asombroso, ¿eh?
–Asombroso –repitió ella, y se dio cuenta de que, pese a que debía sentirse complacida, no sentía alegría alguna. Era como si intelectualmente reconociera que aquello era algo grande y, sin embargo, a nivel emocional, no le importara en absoluto.
–¿Vas a salir?
–Sí –Jane se subió un poco el asa del bolso sobre el hombro–. Voy a hacerle una visita a la ex mujer de Ian.
–¿A su ex mujer? –preguntó Ted–. ¿Por qué?
–Necesito hablar con ella cara a cara.
–Te están afectando, ¿verdad? La policía, las cosas que dicen...

Jane se sonrojó.

–Me niego a quedarme de brazos cruzados mientras otros deciden el futuro de Ian.
–Entonces, ¿vas a investigar un poco por tu cuenta? ¿Eso no es cosa de tu abogado?
–A Elton no le importa que Ian sea inocente. Sólo quiere probar que no es culpable. Pero yo sé que es inocente.
–¿De los asesinatos? ¿O de serte infiel?

A Jane le asqueó la pregunta. Le resultó dolorosa. La respuesta la hizo encogerse por dentro. Pero replicó, enfurecida:

—Tal vez convenga que te ocupes de tus propios asuntos.
El semblante de Ted se crispó.
—Soy tu amigo. Los amigos dicen la verdad. Deja que la policía y los abogados hagan su trabajo.
—No puedo —notó que Ted se disponía a contestar. Pero no le dio ocasión de hacerlo—. Necesito la dirección de Lisette Gregory. ¿Me la puedes conseguir?
El cambio de tema sorprendió a Ted.
—¿La de Lisette? ¿Ahora?
—Sí, por favor.
Ted se dio la vuelta, se acercó al ordenador y abrió la libreta de direcciones. Luego miró a Jane por encima del hombro.
—Si quieres que le mande otra invitación...
—No. Lisette era paciente de Ian. Quiero hablar con ella antes de que lo haga la policía.
Él pareció alarmado.
—Lo que estás haciendo es peligroso, Jane. Podría estallarte en la cara. Y no creo que eso te convenga en este momento.
—He tomado una decisión. La dirección, por favor.
—¿Vas a hablar con todos sus pacientes? ¿Qué pretendes demostrar con eso? ¿Y si alguna...? —se interrumpió—. Da igual. Ya eres mayorcita. Haz lo que quieras.
Ted se volvió hacia el ordenador, anotó la dirección en un Post-it y se la entregó.
—¿Y si alguna qué? —preguntó ella, tomando el Post-it.
—¿Y si alguna te dice algo que no quieres oír?
Aquellas palabras zarandearon a Jane. No se había parado a considerar aquella posibilidad. ¿Qué haría en ese caso?
Ted le tocó la mejilla. Su dedo fue como un susurro sobre la piel de Jane.
—No eres tan fuerte, Jane. Sé que no lo eres.
Ella se apartó, enfurecida.
—Te equivocas. Tú no me conoces en absoluto.
—Vete, entonces —dijo él secamente—. Que te diviertas.
Ella dejó escapar un gemido de arrepentimiento.
—Lo siento, Ted. No debería haber dicho eso —hizo una pausa—. Pero tengo que hacer algo.

—Si tú lo dices.
—¿Estarás aquí cuando vuelva?
Él la miró. En sus ojos brillaba una emoción semejante a la ira.
—De veras no me conoces, ¿verdad?
Ella abrió la boca para disculparse de nuevo, pero de pronto cambió de idea y, dando media vuelta, salió del estudio.
El día era soleado, pero fresco. Jane se puso la chaqueta y echó a andar calle arriba, hacia su coche. Sabía dónde vivía la ex mujer de Ian porque era la casa que la pareja había compartido durante su matrimonio. Estaba situada en University Park, el barrio que albergaba la prestigiosa Southern Methodist University y que lindaba por el sur con el igualmente prestigioso Highland Park.
Encontró Bryn Mawr, la calle de Mona, y luego el número de la casa. Aparcó delante del edificio de estilo mediterráneo y salió del coche. El jardín era frondoso. Las azaleas otoñales, el azafrán y los arbustos estaban en plena floración. Sus colores ofrecían un festín a la vista.
Jane procuró ignorar el hormigueo de su estómago y llamó al timbre. Abrió la puerta una mujer de mediana edad, ataviada con un tieso uniforme negro, que con fuerte acento español invitó a Jane a pasar al vestíbulo y le pidió que esperara.
Unos minutos después apareció Mona, vestida con pantalones blancos muy ceñidos y jersey negro de cuello de pico. En sus orejas y su garganta refulgían los diamantes. Jane había olvidado lo hermosa que era.
—Hola, Mona —dijo.
La otra compuso una sonrisa más convencional que calurosa.
—Vaya, pero si es la nueva señora Westbrook. ¿Qué puedo hacer por ti?
—Por mí no, por Ian.
—Está metido en un buen lío, ¿eh? Pobrecillo —Mona indicó el salón que se abría a la derecha del vestíbulo—. Pasa.
Jane la siguió. La habitación tenía un aire femenino y dis-

creto. Se sentaron la una frente a la otra. En cuanto estuvieron acomodadas, apareció la mujer que había abierto la puerta.

—¿Les traigo algo, señora?

—Creo que no, Connie —Mona la despidió agitando la mano, y Jane reparó en que no le había dado las gracias. Mona fijó su atención en ella y preguntó—: ¿Qué puedo hacer por Ian?

—Él no mató a esas mujeres. Sé que no lo hizo. Esperaba que estuvieras de acuerdo conmigo.

—¿Y qué más esperas? ¿Que declare a su favor en el juicio? ¿Que sirva de testigo de la defensa?

—Si nuestro abogado está de acuerdo, sí.

—La policía se te ha adelantado, muñeca.

Jane sintió un hueco en el estómago.

—¿Han estado aquí?

—Hace días.

—¿Qué te preguntaron?

Mona sonrió de nuevo y cruzó las piernas. Jane notó lo largas que eran. La clase de piernas que ganaban concursos de belleza.

—Si Ian me había sido fiel. O si... no, ya sabes.

A Jane se le resecó la boca. Pensó en la pregunta de Ted: *¿Y si alguna te dice algo que no quieres oír?*

Mona se inclinó hacia delante, componiendo una sonrisa angelical.

—¿Sabes?, siempre he creído que su polla acabaría metiéndolo en un lío. Y parece que así ha sido.

Jane dejó escapar un gemido de estupor. Mona continuó con voz dulce y suave como la miel:

—Ese hombre es, en el mejor de los casos, un mujeriego. Y, en el peor, un adicto al sexo. Me engañaba a mí y a todas las mujeres con las que ha estado. Pero eso ya lo sabías cuando os casasteis... —una expresión compasiva se apoderó de su bello rostro—. Ah, ya veo. No lo sabías. Pensabas que a ti te sería fiel. Que te era fiel —Mona movió la cabeza de un lado a otro y su pelo rubio le rozó los hombros—. Ese hombre no conoce el significado de la palabra «fidelidad». Su polla es su vida.

—Estás mintiendo.

Mona profirió un sonido compasivo.

—Eso no significa que no te quiera, tesoro. Sólo significa que tiene necesidades que tú no puedes satisfacer.

—No es cierto —Jane se levantó y dio un paso atrás; le repugnaba el temblor de su voz—. Eres una mentirosa.

Mona se puso en pie y le tendió una mano perfectamente cuidada.

—Lo siento. Créeme, sé cómo te sientes. A mí me hizo lo mismo.

Las lágrimas ahogaron a Jane. Dando media vuelta, echó a andar hacia la puerta. Mona la agarró antes de que llegara a ella y le apretó el brazo con fuerza.

—Después de la noche que nos encontramos en el museo, Ian me llamó. Me preguntó si quería que nos viéramos. Para follar, ya sabes. Por los viejos tiempos. Le dije que se fuera al infierno. Y parece que siguió mi consejo.

Se echó a reír y Jane vio de pronto a la mujer a la que Ian le había descrito. Aquella vileza que bordeaba la maldad.

—Siento que hayas tenido que enterarte así —prosiguió Mona—. Sé que duele. Me acuerdo muy bien. Ian también se casó conmigo por dinero. Aunque, por lo que he oído, tú tienes mucho más que yo.

Jane se desasió de un tirón. Agarró el pomo de la puerta y salió al sol tambaleándose. Cegada por las lágrimas, bajó corriendo los escalones.

—Por si te sirve de algo —dijo Mona tras ella, alzando la voz—, no creo que matara a esas mujeres. Eso también se lo dije a la policía.

Jane consiguió llegar a casa sin derrumbarse. En cuando hubo alcanzado el refugio del portal y hubo cerrado la puerta tras ella, se deshizo en llanto.

Ted la encontró en aquel estado y corrió a su lado.

—¿Jane? Dios mío, ¿qué ha pasado? ¿Te encuentras bien?

—No —logró decir ella—. No. Puede que... nunca...

Refrenó sus palabras, apartó a Ted y pasó a su lado. Él la detuvo y la apretó contra su pecho. Por un instante, Jane se puso rígida, intentando contenerse; luego cedió al dolor y, abrazándose a Ted, apretó la cara contra su pecho y rompió a llorar.

Ted la abrazó con ternura y la dejó desahogarse. Mientras Jane lloraba, él le acariciaba el pelo y la espalda, susurrando palabras de consuelo.

—Tenías razón —dijo Jane finalmente mientras se secaba los ojos—. No debí ir. La ex mujer de Ian... dijo... cosas horribles sobre él.

—Lo siento, Jane —Ted la agarró de las manos y entrelazó sus dedos—. Hubiera preferido equivocarme.

—Dijo que Ian se casó conmigo por dinero. Que nunca había sido fiel. Ni conmigo, ni con ninguna otra mujer.

Ted le apretó los dedos. Le temblaban las manos y Jane lo miró a los ojos. La vehemencia de su mirada la dejó perpleja.

—Si no te ha sido fiel a ti, es que es incapaz de serle fiel a nadie. Si te engañaba, tendrá lo que se merece.

—Ted, ¿qué...?

—Odio verte sufrir. Yo no quería que nada de esto ocurriera.

—Claro que no. Tú no tienes la culpa de nada.

—Debo irme. Tengo una cita —él le soltó las manos y retrocedió, visiblemente alterado.

—Ted —dijo Jane cuando él estaba ya en la puerta—, ¿qué me estás ocultando?

Él se detuvo y la miró con el semblante demudado por el dolor.

—En el universo, todo tiene un propósito. Una razón de ser. Encuéntrala, Jane, y aférrate a ella.

Luego se marchó. Jane se quedó mirando la puerta largo rato, pensando en las cosas que Ted le había dicho y en la expresión de sus ojos al decirlas.

Y se preguntó de nuevo qué le estaba ocultando su ayudante.

Viernes, 31 de octubre de 2003

8:10 p.m.

Stacy entró en la galería de arte contemporáneo del Museo de Arte de Dallas. Llegaba tarde. Se había empeñado en acabar de revisar las noticias aparecidas en 1987 acerca del accidente de Jane. No había salido del todo con las manos vacías, pero tampoco había encontrado una correspondencia exacta.

En casi todas las noticias se mencionaba la creencia de Jane de que el conductor de la lancha la había arrollado intencionadamente. Pero la única referencia a los gritos de su hermana procedía de Stacy. Un periodista la había citado diciendo: «Jane gritaba y gritaba».

Nada más. Stacy había confiado en encontrar una correspondencia exacta. La habría tranquilizado pensar que el autor de aquel anónimo le estaba escupiendo a Jane sus propias palabras. Que había sabido de su hermana a través de las noticias pasadas y presentes.

La fiesta de inauguración estaba en su apogeo. Stacy comprobó que su hermana había convocado a una gran multitud, formada por una heterogénea mezcla de potentados y artistas. El atuendo de los invitados variaba entre la lujosa discreción y la cutrez más estrafalaria. Algunos se habían presentado disfrazados para celebrar la noche de Halloween. Stacy llegó a la conclusión de que algunos otros sólo *parecían* disfrazados.

Ella, por su parte, se sentía bastante incómoda con su vestido negro de fiesta, comprado en las rebajas de Foley.

Encontró a Jane enseguida, pese a que la sala estaba a rebosar. Su hermana estaba al otro lado de la habitación, manteniendo una animada conversación con un hombre de aspecto distinguido. La mujer que iba colgada del brazo de aquel hombre —lo bastante joven como para ser su nieta, aunque saltaba a la vista que no lo era— parecía aburrida.

Jane se había puesto una camisola de seda rojo sangre y un parche en el ojo. Una pirata vestida de rojo, pensó Stacy con admiración. Sin duda para disipar el rumor de que se hallaba hundida en la depresión. O de que quería ocultarse.

Jane era una luchadora. Siempre lo había sido.

Como si sintiera el escrutinio de su hermana, Jane se dio la vuelta y fijó la mirada en Stacy. Luego tocó el brazo del hombre con el que estaba hablando para disculparse y se abrió paso entre el gentío, dirigiéndose hacia Stacy.

—Gracias por venir —dijo cuando llegó a su lado.

—Pese a lo que puedas creer, no me lo habría perdido por nada del mundo —Stacy le dio un beso en la mejilla—. Felicidades, Jane.

—¡Stacy! —Dave apareció tras ella—. Estás guapísima —se inclinó y la besó en la mejilla, tambaleándose ligeramente—. ¿Champán?

—¿Por qué no me bebo el tuyo?

—De eso nada —Dave apartó su copa, riendo—. No te preocupes, no voy a conducir —miró a Jane—. ¿Quieres una?

—No, no bebo alcohol, gracias. Tengo que pensar en el pequeñín.

Dave se excusó para ir a buscar la bebida y las hermanas se miraron.

—¿No estarás de servicio? —dijo Jane.

—No, la pistola no pegaba con el vestido.

Jane sonrió.

—Bueno, no sé. Tu pistola y mi parche. Menuda pareja haríamos.

—Y que lo digas —Stacy bajó la voz—. ¿Qué tal estás?

Jane apartó la mirada.

—Bien. No dejo de pensar en Ian. Le echo mucho de menos.

Stacy le tocó el brazo.

—Estará aquí en la próxima exposición.

Jane parpadeó, intentando contener las lágrimas.

—Gracias por decir eso.

Una mujer se acercó, interrumpiéndolas, se presentó a Stacy diciendo que era la comisaria del museo y se llevó a rastras a Jane.

—Veo que nuestra estrella ha sido raptada —dijo Dave, que llegó con la copa de Stacy. Ésta notó que él se había decantado por el agua mineral—. Lleva así toda la noche.

—Tiene muchas agallas, ¿verdad?

—Ya lo creo.

Stacy bebió un sorbo de champán y frunció el ceño al ver a Ted Jackman, que estaba medio escondido detrás de una palmera.

—¿Qué opinas del ayudante de Jane?

—¿De Ted? —Dave se encogió de hombros—. No sé, a mí me parece bastante inofensivo. Un poco excéntrico, pero muchos artistas lo son. ¿Por qué?

—Sólo por asegurarme.

Dave siguió su mirada.

—Jane confía en él.

—Quizá demasiado.

—Stacy, ¿qué...?

—Vamos a dar un paseo.

Se abrieron paso entre la multitud, que empezaba a disgregarse. Las obras estaban agrupadas según el nombre de la modelo. Anne. Gretchen. Julie. Las esculturas eran hermosas, orgánicas y, sin embargo, rígidas; lánguidas y, sin embargo, sólidas. Eróticas sin ser abiertamente sexuales.

Pero lo que más atrajo la atención de Stacy fueron los vídeos. Algunos la pusieron furiosa. Otros la apenaron. Un par de ellos la movieron a la risa. Pero todos los entendía. ¿Cómo no iba a entenderlos? Era una mujer. A ella también la juzgaban por su apariencia... y a veces la encontraban defectuosa. Ella también había ansiado ser distinta a como era. Ser otra mujer.

Y comprendía por qué su hermana había creado aquellas

obras, lo que había dado lugar a su visión de las cosas. Para Stacy, aquello estaba dolorosamente claro.

Mientras deambulaba por la sala, procuró no perder de vista a Jane. Se fijó en con quién hablaba y cuánto tiempo. Se fijó en cualquiera que permaneciera a su lado más tiempo del necesario. Y siguió con la mirada los movimientos de Ted alrededor de la sala, fijándose en cómo se relacionaba con los demás.

Le había dicho a Jane que esa noche no estaba de servicio. Pero no era del todo cierto. Había ido a apoyar a su hermana... y a protegerla.

Lo hice a propósito. Para oírte gritar.

Stacy estaba segura de que quien había mandado a Jane aquel recorte de periódico estaba allí. No podía faltar. Sin duda hallaría un perverso placer en observar a Jane, en rozarse con ella, en espiar sus conversaciones.

Pero ¿era acaso el mismo de la lancha? ¿Era el hombre del que aquel tal Doobie le había hablado a Mac? ¿O era simplemente un chiflado, alguien que había tenido noticia de Jane por la atención que le dedicaban los medios últimamente?

—Mira ésta —susurró Dave mientras se acercaban a una de las instalaciones—. Es una de mis preferidas.

Stacy se quedó paralizada, con la mirada fija en el monitor. La mujer del vídeo estaba hablando de sus pechos. Hizo una pausa, soltó una risilla avergonzada y luego empezó otra vez, apartándose el pelo negro de la cara.

El aliento escapó con un siseo entre los labios de Stacy; el vello de su nuca se erizó.

La señorita X ya tenía nombre.

—¿Te gusta Lisette?

Stacy dio un respingo y el champán de su copa se derramó. Miró a Jane mientras se secaba los dedos con la servilleta.

—¿Perdón?

Jane indicó el monitor.

—Lisette. Parecías escuchar lo que decía con mucha atención.

Stacy no supo qué decir y procuró encontrar algo que no fuera «¿Cuándo fue la última vez que viste con vida a esa mujer?».

Volvió a mirar el monitor. Pero en lugar de la muchacha

bonita y risueña que aparecía en él vio el cadáver del contenedor de basura. Intentando disimular lo que estaba pensando, hizo la cuenta. Lisette llevaba muerta aproximadamente tres días cuando la encontraron.

Eso significaba que había sido asesinada antes de que detuvieran a Ian.

El teléfono de Elle Vanmeer había sido encontrado a su lado, en el contenedor.

La sonrisa de Jane se desvaneció.

–¿Qué pasa?

–Nada –la mentira se le deslizó de los labios. Se aclaró la garganta–. He visto por aquí a algunas de tus modelos. ¿Lisette también ha venido?

Jane se quedó pensando un momento y luego movió la cabeza de un lado a otro.

–No la he visto.

–¿Estaba casada?

Jane enarcó las cejas levemente.

–No. ¿Por qué lo preguntas?

–¿Tiene algún pariente en la ciudad? ¿Algún novio?

Jane miró a Dave y luego volvió a mirar a su hermana.

–¿Qué me estás ocultando?

–Me suena su cara, nada más. ¿Cómo se llama de apellido?

–Gregory. Pero dudo que la conozcas. Es de Mexía, un pueblecito al sur de Dallas, y no lleva aquí mucho tiempo. Es modelo profesional.

–No me extraña. Era una chica muy guapa.

–¿Era?

–Es –se corrigió Stacy–. ¿Se ha hecho alguna operación de cirugía estética?

–Sí, como muchas de mis modelos. Si escuchas las cintas, verás que algunas hablan de eso.

Stacy asintió con la cabeza y volvió a mirar a Lisette. *No podía decírselo a Jane allí, esa noche.*

No, hasta que estuviera completamente segura.

–Lisette era paciente de Ian.

Stacy se volvió lentamente hacia su hermana; la sangre le palpitaba en la cabeza.

—¿Qué has dicho?

—Nada, que era paciente de Ian. Igual que algunas de mis modelos.

—¿Cuántas...?

—¡Jane!

La comisaria de la exposición apareció de nuevo a su lado, entusiasmada. Stacy notó entonces que el gentío había ido disminuyendo hasta quedar reducido a un puñado de personas, la mayoría de ellas amigos de Jane o personal del museo. Miró su reloj y se dio cuenta de que la fiesta de inauguración había acabado oficialmente.

—¡La exposición ha sido todo un éxito! He hablado con todos los críticos que han venido y a todos les encanta tu trabajo. Uno te llamó «la nueva maestra del desnudo»; otro dijo que tus obras eran de un realismo insobornable. Me alegro tanto por ti... —besó a Jane en las mejillas—. Ya eres oficialmente una estrella en ascenso.

Stacy vio por el rabillo del ojo que Ted se dirigía hacia ellos. Llevaba varios minutos parado junto a la entrada de la sala, seguramente dando las gracias a los invitados que se marchaban. Llevaba en los brazos un enorme ramo de flores, envuelto en papel verde de floristería. Stacy vio que eran rosas. De tallo largo, muy blancas.

Ian siempre le mandaba rosas blancas a Jane. Sabía que le encantaban. Jane las había lucido en su boda.

Jane vio a su ayudante al mismo tiempo que Stacy. Ésta sintió que su hermana contenía la respiración. Sabía lo que estaba pensando: lo mismo que ella, que Ian había encontrado un modo de enviarle flores desde la cárcel. Que seguramente se lo había encargado a su abogado.

—Esto acaba de llegar —dijo Ted, sonriéndole, y le entregó el ramo.

Jane tomó las flores. El papel de la floristería crujió. Ella hundió la cara entre las flores, blancas como la nieve.

—Son preciosas. ¿No hay tarjeta?

—Sí, ahí —Ted señaló un sobrecito pegado al papel.

Jane lo despegó, abrió el sobre y sacó la tarjeta. Un gemido escapó de sus labios. El ramo se deslizó entre sus brazos. Se volvió hacia Stacy, tan pálida como las rosas, y le tendió la tarjeta.

Stacy la tomó. Leyó las dos frases y de pronto se apoderó de ella la sensación de haber vivido ya aquel instante.

Oiré de nuevo tus gritos.
Estoy más cerca de lo que piensas.

11:20 p.m.

Stacy llevó a Jane a casa. Su hermana apenas abrió la boca durante el trayecto, y Stacy ansiaba poder reconfortarla. Sentía no sólo su miedo, sino también su desesperación y su cansancio.

Notaba también su propia fatiga. Había interrogado largo rato a Ted sobre el joven que había entregado las flores. Ted le había dicho que era un adolescente vestido con una camiseta muy ancha, unas bermudas largas y sueltas y una gorra de béisbol puesta hacia atrás, como un adolescente cualquiera. Tenía la tez y los ojos claros, era alto y delgado.

Stacy había preguntado a varias personas que también se habían quedado hasta el final de la fiesta; todos habían corroborado la descripción de Ted.

Aun así, todo aquello le daba mala espina. Parecía preparado. Las flores llegando tan tarde. El hecho de que Ted estuviera allí, esperando oportunamente a la entrada de la sala. La coincidencia de que las flores fueran rosas blancas...

La elección de las flores no había sido accidental. La persona que las había enviado conocía a Jane lo bastante bien como para predecir cuál sería su reacción al recibirlas.

Sencillamente, había dado otra vuelta de tuerca.

Oiré tus gritos otra vez.
Estoy más cerca de lo que piensas.

Stacy reconoció que aquello la ponía nerviosa. Nerviosa de cojones.

Repasó mentalmente la lista de los asistentes a la exposición que estaban aún en la sala cuando habían llegado las flores. La directora de la galería y su ayudante. Los encargados del catering, recogiéndolo todo. Dave y ella. Ted Jackman. Unos cuantos invitados, varios de ellos disfrazados. Un par con máscaras. Stacy había anotado el nombre de todos y cada uno de ellos, aunque podían haberle mentido.

¿Sería el acosador de Jane uno de ellos, oculto tras una identidad falsa? Sin duda había querido estar presente, presenciar la reacción de Jane. Cuanto más cerca de su miedo, mayor sería la emoción. Siempre y cuando se sintiera lo suficientemente seguro.

Lo cual era mucho suponer.

Stacy recordó de nuevo a los presentes. Fijó su atención en Ted Jackman. ¿Resistiría el ayudante de Jane el escrutinio del Departamento de Policía de Dallas? Tal vez ella pudiera teclear su nombre en el IND y ver qué salía. El Índice Nacional de Delincuentes incluía a todos los criminales fichados por la policía. A la información que contenía podía acceder introduciendo el nombre de un sospechoso, su número de la seguridad social, su fecha de nacimiento, sus socios conocidos, sus tatuajes, marcas de nacimiento o cicatrices distintivas.

—Gracias por traerme a casa —murmuró Jane, rompiendo el silencio.

Stacy miró a su hermana.

—Me alegra haber estado allí.

—Pensé que las flores eran de Ian.

—Lo sé. Eso pretendía quien te las ha mandado.

—Es alguien cercano a mí, ¿verdad?

Stacy miró a Jane una vez más, sorprendida por su pregunta.

—Esa persona te conoce lo bastante bien como para saber cómo reaccionarías al ver las rosas.

—¿Tienes alguna idea?

—Ninguna que merezca la pena mencionar. Todavía.

Jane se miró las manos, que tenía apretadas sobre el regazo, y luego volvió a levantar la vista hacia Stacy.

—¿Crees que debo tener miedo? Sinceramente.

—Sí, debes tener miedo —respondió Stacy sin ambages—. Y créeme, prefiero que lo tengas. Así tendrás más cuidado.

—Ahora me siento mucho mejor.

Stacy estiró el brazo sobre el asiento y apretó las manos de su hermana.

—Voy a encargarme de esto, Jane. Te lo prometo.

Su hermana pareció más tranquila y, echando la cabeza hacia atrás, cerró los ojos. El resto del viaje transcurrió en silencio. Al llegar a casa de Jane, Stacy aparcó delante del edificio y rodeó el coche.

Dos puertas más abajo, del salón de tatuajes salió un grupo que estaba celebrando la noche de Halloween. De la calle Elm llegaba el sonido de una banda alternativa. Una sirena sonaba, estridente, a lo lejos.

Jane se puso en pie.

—No me encuentro muy bien —dijo, tambaleándose levemente—. Estoy mareada y... —se atragantó y el temor crispó su rostro. Se llevó una mano a la tripa—. Me pasa algo, Stacy. No me encuentro bien.

—Estás agotada —dijo su hermana con calma forzada—. Llevas horas de pie. Lo único que necesitas es descansar.

Stacy la rodeó con el brazo, la ayudó a entrar en el portal y a subir las escaleras. En la cocina, Ranger gemía y arañaba la puerta de su caseta. Stacy llevó a Jane al dormitorio y la condujo a la enorme cama. Imaginaba lo vacía que debía de parecerle a su hermana.

Retiró la colcha mientras Jane iba al cuarto de baño. Su hermana regresó cubierta con una camiseta muy ancha. Parecía menuda y frágil, empequeñecida por la camiseta. Se metió a gatas bajo las sábanas. Stacy la arropó. Jane le agarró la mano.

—Esas cosas que te dije cuando detuvieron a Ian... Lo siento, Stacy. Sé que no eran ciertas.

—No te preocupes por...

—No, quiero decirte esto. Tenías razón, soy una hipócrita. Te acusé de levantar un muro entre nosotras, y al primer atisbo de complicaciones te creí mi enemiga.

Stacy le apretó la mano y se inclinó hacia ella.

—Que Dios me perdone, Jane. Estaba celosa. Por Ian, por vuestro matrimonio. Pero nunca deseé que te pasara algo así —apoyó la frente contra la de su hermana—. Jamás intentaría hacerte daño.

—Lo sé. Yo... —a Jane se le quebró la voz; aspiró una brusca bocanada de aire.

—¿Qué pasa? —preguntó Stacy, alarmada—. ¿Te ha dado un pinchazo?

Jane asintió con expresión atemorizada y apretó la mano de Stacy con tanta fuerza que le hizo daño.

—¿Cómo es el dolor? —preguntó Stacy. En los años que llevaba en la policía de Dallas había tenido experiencia con varias mujeres que habían sufrido abortos; sabía a qué atenerse—. ¿Agudo?

Jane sacudió la cabeza como si quisiera dar énfasis a sus palabras.

—No. Es como un dolor menstrual.

—Cuando has ido al baño, no estabas sangrando, ¿verdad?

El miedo desencajó los rasgos de Jane.

—No quiero perder a mi bebé.

—No vas a perderlo. Has sufrido una fuerte impresión y estás agotada. Necesitas descansar —Stacy le apretó los dedos y luego la soltó—. Voy a llamar a tu médico, sólo para asegurarnos. ¿Dónde está su número?

Jane le indicó dónde estaba la agenda de la cocina. Stacy encontró el número y llamó. Como era muy tarde, un mensaje grabado la remitió al servicio de urgencias. Marcó ese número, le dio a la mujer que contestó el nombre de Jane y le contó lo que le pasaba. Unos minutos después, el médico le devolvió la llamada. Stacy le explicó la situación.

—¿Tiene muchos dolores? —preguntó el médico.

—Son como dolores menstruales, aunque no fuertes. Está muy disgustada. Ha tenido una noche muy... ajetreada. Ha pasado varias horas de pie.

—¿Ha sangrado?

—No.

—¿Está tumbada?

—Sí.

—Bien. No es raro tener algunos dolores durante las primeras fases del embarazo. Sobre todo si se ha estado de pie largo rato, o si se está muy nerviosa. Dígale que no se mueva de la cama durante las próximas doce horas, excepto para ir al cuarto de baño. Llámenme si el dolor no remite, si empeora o si su hermana empieza a sangrar. Por la mañana puede llamar a su ginecólogo de cabecera.

Stacy le dio las gracias, regresó junto a Jane y le repitió lo que el doctor le había dicho. Su hermana pareció inmediatamente aliviada y se recostó contra la almohada. Stacy acercó una silla a la cama.

–¿Te acuerdas de cuando te contaba historias a la hora de dormir?

–Historias de terror. Y mamá siempre se extrañaba de que me diera miedo dormir con la luz apagada.

Stacy pensó en Mac y en aquel soplón llamado Doobie. Conocía una historia que a Jane le pondría los pelos de punta. Tenía que contársela, pero ése no era el momento.

–Estaré en el sofá, si necesitas algo.

–No tienes por qué quedarte.

–Sí, ya –Stacy se inclinó y le dio un beso en la frente–. Pero quiero quedarme.

Cuando se levantó para irse, Jane le tocó la mano.

–¿Por qué me hiciste todas esas preguntas sobre Lisette?

Stacy no se atrevió a contárselo, viéndola en aquel estado, y sacudió la cabeza.

–¿Te importa que hablemos por la mañana? Me muero de sueño.

Jane escudriñó su mirada y luego asintió.

–¿Estarás aquí?

–Sí.

Stacy le soltó la mano y se acercó a la puerta. Al llegar a ella, miró hacia atrás. Su hermana ya tenía los ojos cerrados. Stacy se quedó mirándola, pequeña y pálida bajo la colcha blanca y negra. Los espantosos recuerdos de Elle Vanmeer, Marsha Tanner y Lisette Gregory se agolparon en su memoria.

¿Con qué clase de hombre se había casado su hermana? ¿Con uno con el corazón de oro? ¿O con un monstruo capaz de matar por dinero?

Sábado, 1 de noviembre de 2003

12:50 a.m.

Stacy se hizo la cama en el sofá, a pesar de que sabía que le sería imposible dormir. Necesitaba ordenar los acontecimientos de esa noche, analizar los datos y evaluar su propia reacción ante ellos.

Pensó en el mensaje que había recibido Jane. *Estoy más cerca de lo que piensas.* Stacy no se tomaba aquellas palabras a la ligera. Estaba convencida de que la persona que las había escrito pretendía que fueran una advertencia y una amenaza. Quería asustar a Jane. Esa clase de individuo gozaba con el terror de su presa, jugando al gato y al ratón.

¿Se detendría ahí? ¿O aquello era únicamente lo que su mente enferma entendía por juegos preliminares?

Stacy se acercó a la ventana y contempló la calle. Miró a un lado y a otro, buscando algo —o a alguien— que pareciera fuera de lugar.

Menuda broma. La noche de Halloween era para aquéllos que no acababan de encajar en ninguna parte: desarraigados, raros y dementes. La calle estaba llena de ellos.

Se apartó de la ventana. Lisette Gregory había sido paciente de Ian y había sido asesinada antes de su detención. El teléfono móvil de Elle Vanmeer había sido hallado junto al cuerpo.

Otro vínculo. Otro clavo en el ataúd de Ian.

Aunque a ella no le importaba Ian. Si había matado a

aquellas mujeres, se merecía lo peor que pudiera depararle el sistema judicial.

Era Jane quien la preocupaba. Jane, que iba a sufrir.

Stacy miró su reloj. Era tarde, de madrugada. Pero, de todos modos, tenía que llamar a Mac. Debería haberlo hecho antes. Pero primero tenía que pensar en el bienestar de Jane.

Ranger entró en el cuarto de estar. La miró parpadeando, como si acabara de despertarse y se estuviera preguntando qué demonios hacía ella allí. Stacy se dio unos golpecitos en el muslo y el perro se acercó a ella.

—Buen chico —murmuró Stacy, y se agachó para acariciarle el pecho.

Ranger se apoyó contra sus piernas, medio dormido, y Stacy sonrió. Era un perro muy cariñoso, noble y leal. Sin embargo, Stacy no dudaba de que atacaría a cualquiera que amenazara a Jane.

Tenía que advertirle a su hermana que no encerrara al perro hasta que atraparan a la persona que estaba amenazándola.

Oiré de nuevo tus gritos.

Stacy frunció los labios. Jane estaba segura de que el mensaje procedía del capitán de la lancha que la había arrollado. ¿Sería posible, después de tantos años? No parecía probable. Y, sin embargo, el convencimiento de Jane no podía echarse en saco roto.

Tenía que convencer a Mac de que buscara a Doobie. Estaba convencida de que podía persuadir al soplón de que le diera un nombre.

Stacy se asomó a ver a su hermana, vio que estaba dormida y regresó al cuarto de estar. Abrió su teléfono móvil y marcó el número de su compañero. Mac contestó inmediatamente, con la voz pastosa por el sueño.

—Mac, soy Stacy.

—Stacy —dijo él, casi complacido—. ¿Dónde estás?

—En casa de mi hermana —agarró con más fuerza el teléfono—. Tu señorita X ya tiene nombre. Se llamaba Lisette Gregory.

Un momento de silencio siguió al fuerte soplido de Mac.

—¿Cómo te has...?

—Era una de las modelos de mi hermana —Stacy hizo una pausa—. Y una de las pacientes de Ian.

—Qué hijo de puta. ¿Y dónde te has tropezado con esa información tan sabrosa?

—En la fiesta de inauguración de la exposición de mi hermana, esta noche. Doblé una esquina y allí estaba.

—¿Estás segura?

La imagen de aquella chica desfiló por su cabeza.

—Sí —dijo con aspereza—. Estoy segura.

Mac se quedó callado un momento, sin duda mientras ensamblaba aquella nueva pieza con las que ya tenían y observaba la imagen que emergía de ellas.

—Creo que tu cuñado está con el agua al cuello.

—No me digas. Quisiera ser yo quien se lo diga a mi hermana, si no te importa.

Él se quedó pensando un momento y luego asintió.

—Pero tendré que hablar con ella. Lo antes posible.

—¿Puedes esperar a mañana?

Mac dijo que sí y luego le pidió que aguardara un momento. Stacy oyó ruidos de fondo, un golpe seco seguido por un juramento sofocado.

—Ya he vuelto.

—Qué hábil eres, McPherson —Mac tendría que estar muerto para no notar su sorna—. ¿Qué has hecho, machacarte un dedo del pie?

—Algo parecido —contestó él de mala gana—. ¿Por qué razón has esperado a la una de la madrugada para llamarme?

—He tenido una urgencia familiar. Además, se me ocurrió esperar a llamarte hasta que estuvieras como un tronco.

—Eres toda corazón, Killian.

—Me alegra que pienses eso. Necesito que me hagas un favor.

—¿Un favor en plena noche? Esto promete.

—Qué más quisieras. Quiero a ese soplón del que me hablaste. Y lo quiero ya.

—Tu hermana ha recibido otro mensaje.

No era una pregunta, pero Stacy contestó de todos modos.

—Sí. Se lo mandaron esta noche, a la inauguración —le habló del contenido de la nota y de los detalles de la entrega—. Esto no me gusta, Mac. Ese tipo sabe demasiado sobre Jane.

—Estoy de acuerdo. Anoche me tomé un par de cervezas con mis colegas de Antivicio. Hace tiempo que no saben nada de Doobie.

Stacy masculló una maldición.

—¿Y una dirección? ¿Un número de teléfono?

—Los que hay en los archivos ya no sirven.

—¿Y ahora qué?

—Van a preguntar por ahí, a comprobar otras fuentes —se quedó callado un momento—. No estoy muy convencido de que sea cierta la teoría de tu hermana de que ese tío sea el mismo que estuvo a punto de matarla hace años. Es mucho suponer.

—Lo mismo pienso yo, pero tal y como están las cosas sería una estupidez no seguir la pista. Además, Jane está convencida de que es él.

—Pero Jane está obsesionada con el accidente. Todavía sueña con él. ¿No fue eso lo que me dijiste?

Stacy frunció el ceño.

—Sí. ¿Y qué?

Mac continuó:

—Pues que está predispuesta a creer que es él. Como si fuera una extraña culminación del destino o algo parecido.

Cierto.

—Voy a hacer averiguaciones sobre Ted Jackman. Hay algo en ese tío que me da mala espina. Siempre está ahí cuando pasa algo.

—Buena idea.

—Nos vemos por la mañana, McPherson.

—¿Stacy?

—¿Sí?

—Implicarse emocionalmente en un caso es peligroso. Nada enturbia más la capacidad de juicio de un buen policía.

—Dime algo que no sepa, socio —hizo una pausa—. Gracias, de todos modos.

Stacy colgó el teléfono, pero la advertencia de su compañero siguió resonando en sus oídos. Sabía que Mac tenía razón. Y sabía también que no podía hacer nada al respecto.

3:00 a.m.

Jane despertó sobresaltada y se sentó en la cama. El corazón le palpitaba con violencia. Sus pensamientos eran muy claros. Claros como el agua. Ahora lo entendía. Lo veía con toda claridad.

Apartó la manta y salió de la cama. Una vez en pie, se quedó parada un momento y comprobó su estado físico. No tenía dolores. Sentía las piernas firmes. Posó una mano sobre la tripa y se la frotó suavemente. El bebé estaba a salvo.

Se estremeció de frío, recogió la bata que había a los pies de la cama y se la puso. Luego salió descalza al cuarto de estar. Ranger estaba tumbado en la puerta entre las dos habitaciones. Se estiró al pasar ella y luego volvió a acomodarse para dormir.

La luz de la luna se vertía sobre el sofá. La respiración pesada y cadenciosa de Stacy indicaba que su hermana dormía profundamente.

Jane se acercó al sofá y se arrodilló a su lado. Stacy abrió los ojos de repente. Jane vio que se ponía alerta de inmediato y se preguntó si aquello sería fruto de su profesión o una habilidad con la que había nacido.

—¿Jane? ¿Estás bien?

—Sí —dijo ella—. Ya lo entiendo, Stacy. Sé quién lo hizo.

Stacy parpadeó y se incorporó con esfuerzo.

—¿De qué estás hablando?

—Sé quién mató a Elle Vanmeer y a Marsha —Jane respiró hondo—. No fue Ian, Stacy.

—¿Quién fue, Jane? ¿Quién lo hizo?

—El de la lancha. El que intentó matarme. El que manda los mensajes.

Jane notó que su hermana rechazaba sus palabras nada más oírlas. Stacy sacudió la cabeza.

–Jane, comprendo que puedas pensar eso, pero...
–Escúchame, por favor. Es como mi pesadilla. Va a volver a pasar sobre mí.

Su hermana parecía luchar por encontrar las palabras justas.

–Jane, tesoro, eso no tiene sentido. ¿Por qué iba a matar a esas mujeres? ¿Por qué no va a por ti? No tiene sentido.

–Sí, claro que lo tiene. Quiere que me quede sola. Que esté aislada y aterrorizada. Como aquel día, en el agua –hizo una pausa–. Sólo que esta vez quiere verme morir.

10:15 a.m.

A la mañana siguiente, cuando Jane se despertó, encontró a Stacy sentada a la mesa de la cocina, leyendo el periódico, con una taza de Starbucks Venti delante de ella y Ranger tumbado a sus pies.

Stacy levantó la vista cuando Jane entró en la cocina.

–Hola, dormilona. ¿Qué tal te encuentras?

A decir verdad, se sentía como si le hubieran quitado un gran peso de encima. Ian no había matado a aquellas mujeres. Ella sabía quién había sido y por qué. Ya sólo hacía falta que la policía descubriera su identidad y lo detuviera.

–Me encuentro bien.

–¿Ya no tienes dolores?

–No –Jane se llevó una mano a la tripa–. El bebé descansa apaciblemente.

Stacy miró su reloj.

–No han pasado todavía doce horas, así que haz pis y vuelve a la cama.

Jane no le hizo caso, se acercó a la mesa y se sentó.

–Creo que es un niño.

–¿De verdad? ¿Y en qué te basas?

–En mi intuición de futura mamá.

–Eso da un poco de miedo. ¿No hay una prueba para averiguar el sexo del bebé?

—Sí, una ecografía. Me harán una a los tres meses, aunque no siempre se puede saber el sexo del bebé. Depende de la posición en la que esté. Además, Ian y yo no queremos saberlo.

Stacy arqueó una ceja.

—Entonces, ¿preferís adivinarlo?

—Así es más divertido —Jane señaló el periódico y el café—. ¿Ya has salido?

Stacy sonrió.

—Ranger y yo nos hemos dado una carrerita. Te he traído un descafeinado con leche. Si te apetece, claro.

—¿Bromeas? Eres un ángel.

Stacy se levantó y se acercó a la encimera.

—Seguramente estará frío. ¿Quieres que lo caliente en el microondas?

Jane movió la cabeza de un lado a otro.

—No, me lo tomo como esté.

Stacy puso el vaso de café sobre la mesa junto con una bolsa que contenía dos raciones de tarta de arándanos y una magdalena integral.

—Elige lo que quieras —dijo mientras le daba una servilleta.

Jane miró a su hermana.

—Eres un encanto.

—¿Te sorprende?

—¿Francamente? Mucho. ¿Qué te ha pasado?

Stacy se encogió de hombros y se sirvió una ración de tarta.

—Pensé que alguien tenía que ocuparse de ti y que, ya puestos, quién mejor que yo.

Jane tomó la otra ración de tarta. No sabía cómo reaccionar, pero la preocupación de su hermana la conmovía. Bebió un sorbo de café y dejó escapar un suspiro de placer.

—Lo primero que voy a hacer después de tener al niño es beberme un café triple con leche, bien cargado.

—Los sacrificios que hacemos las mujeres...

Jane asintió con la cabeza y las dos se pusieron a comer, acabándose la tarta en un abrir y cerrar de ojos. Tras comerse el último bocado, Jane miró la magdalena.

—Adelante —le dijo Stacy—. Estás embaraza. ¿No tienes que comer por dos?

—Tienes razón —dijo Jane mientras tomaba la magdalena—. Casi se me olvidaba —las dos sabían que no era cierto, pero también eran conscientes de que Jane había comido muy poco desde la detención de Ian—. ¿Quieres la mitad? —preguntó.

Stacy declinó el ofrecimiento y Jane cortó un pedazo de magdalena, se lo dio a Ranger y se puso a comer mientras Stacy apuraba su café.

—¿Has pensado en lo que te dije anoche? —preguntó Jane cuando hubo acabado.

—Un poco. Voy a contarle tu teoría a Mac esta mañana.

Jane se inclinó hacia su hermana, ansiosa por convencerla.

—Sé que tengo razón, Stacy. Estoy segura de ello.

—Jane, yo... —Stacy refrenó sus palabras y se puso muy seria—. Tenemos que hablar.

—No me gusta cómo has dicho eso.

—Lo que tengo que decirte te gustará aún menos.

Jane dejó su vaso de café, sintiendo una opresión en el pecho.

—Muy hábil, hermanita, hacerme comer antes de darme las malas noticias.

—Lo he hecho por el bebé —Stacy se aclaró la garganta—. Anoche yo... Hay algo que no te he contado.

—Tantas precauciones me están asustando. Suéltalo de una vez.

—Está bien. Mac me ha contado una historia de cuando estaba en Antivicio y usaba los servicios de un soplón llamado Doobie. Por lo visto era un pobre diablo, pero eso precisamente hacía de él una buena fuente de información. Un día le estuvo contando a Mac sus penas, cómo se había torcido su vida y todo eso. Le echaba la culpa de todo a un incidente en el que se había visto envuelto cuando tenía unos veinte años. Decía que un día salió en una lancha motora con un amigo. Que estuvieron bebiendo y corriendo con la lancha para divertirse. Haciendo el tonto —Stacy miró a Jane a los ojos—. Y que su amigo atropelló deliberadamente a una chica que se estaba bañando.

Jane se quedó mirando unos segundos a su hermana mientras intentaba digerir sus palabras.

Ella había tenido razón todos esos años.

Lo hice a propósito. Para oírte gritar.
Estoy más cerca de lo que piensas.

—Un nombre —logró decir, luchando por conservar la calma—. ¿Te dio algún...?

—No. El soplón se negó a decir nada más. Aseguraba que todavía tenía miedo de aquel tipo. Que su familia era rica. Que tenía vínculos con los peces gordos.

A Jane le tembló la voz.

—Todo encaja. Cómo escurrió el bulto ese tipo. Una familia rica y bien relacionada. Una familia dispuesta a hacer la vista gorda. Todo el que lo sabía fue amenazado para que guardara silencio o recibió dinero a cambio. Claro —continuó, excitada y esperanzada por primera vez desde hacía días—. Tenemos que encontrar a ese soplón. Necesitamos un nombre. Así podremos demostrar que fue ese tipo quien mató a...

—Nosotras no vamos a hacer nada, Jane. Soy yo quien va a ocuparse de esto. Yo soy policía, tú eres una civil. Y no hay más que hablar.

—Pero...

Stacy suavizó su tono.

—Lo siento, hermanita. Yo encontraré a ese tipo. Sea quien sea. Y le pararé los pies.

Jane miró fijamente a su hermana.

—Pero ¿qué pasa con Ian?

La expresión de su hermana se alteró ligeramente, y Jane sintió que un escalofrío le corría por la espalda.

—Tú no me crees, ¿verdad? ¿No crees que Ian sea inocente? ¿No crees que el tipo de la lancha sea el mismo que...?

—Hay otra víctima, Jane. Lisette Gregory.

Jane la miró con estupor.

—¿Lisette? ¿Qué quieres decir con que hay otra... víctima?

Stacy estiró el brazo y la agarró de la mano con fuerza.

—Lisette fue encontrada muerta. Asesinada.

—No.

—Lo siento.

—No —Jane apartó la mano y se levantó tan bruscamente que vertió el café. El líquido formó un charquito sobre la mesa y luego empezó a gotear por el borde—. ¡No!

—Las pruebas señalan a Ian...

—No es cierto. ¡No es cierto!

Jane empezó a temblar. Cruzó los brazos sobre su talle y cerró los ojos con fuerza. Evocó la imagen de Lisette, aquella chica bonita, divertida, insegura, demasiado confiada para su propio bien. Jane veía a todas sus modelos como amigas. Imaginaba que ello se debía a la naturaleza íntima de su trabajo; al compartir con aquellas mujeres sus miedos más profundos, entre ellas se forjaba un vínculo más intenso del que unía a muchas hermanas.

Lisette. Muerta. Asesinada.
Aquello no podía ser verdad.

Jane se acercó a la ventana de atrás. El día soleado parecía mofarse de ella. ¿Cómo podía brillar el sol cuando una brutalidad semejante florecía a sus anchas, cuando una vida llena de belleza podía acabar tan violentamente?

—No quise decírtelo anoche —continuó Stacy—, en la inauguración y... después de lo que pasó.

—Anoche... Por eso me preguntaste por ella.

—Sí. La reconocí por el vídeo. Hasta ese momento no sabíamos quién era.

Jane procuró calmarse. La serenidad que había sentido hacía sólo veinte minutos parecía una invención de su imaginación, una ilusión risible, tal y como estaban las cosas.

—No —repitió de pronto, al comprender, y se giró hacia su hermana—. Ian no pudo matar a Lisette. Está en la cárcel, Stacy. ¡Esto demuestra su inocencia!

Stacy dio un paso hacia ella y la miró con pesar.

—La encontramos después de que Ian fuera detenido. Pero la autopsia demostró que fue asesinada el mismo día que Marsha Tanner.

Jane intentó asumir lo que Stacy le estaba diciendo. Que Lisette había sido asesinada. El mismo día que Marsha. Que Ian era el principal sospechoso.

—¿Por qué, Stacy? ¿Por qué crees que Ian tiene algo que ver con esto?

—Eso no puedo decírtelo.

—Es mi marido. Lisette era mi amiga. Merezco saberlo.

—Yo ya no formo parte de la investigación. Por mi relación con Ian.

—Pero aun así tienes acceso a ella, ¿no? Dímelo, Stacy, por favor.

Stacy se metió las manos en los bolsillos.

—Lisette era paciente de Ian. La muerte es similar a las otras.

—Eso no prueba nada. Hasta yo, que no soy policía, lo sé —entornó los ojos—. ¿Cómo murió?

—Le rompieron el cuello. Era alguien a quien conocía y en quien confiaba. No hay signos de lucha. La encontramos cerca de Fair Park, en un contenedor de basura.

Lisette, en un contenedor de basura. La hermosa, radiante y vulnerable Lisette.

Aquello le dolió casi más de lo que podía soportar.

Se llevó una mano al estómago, sintiéndose mareada. Buscó una silla, se sentó y metió la cabeza entre las rodillas.

Ian no podía haber hecho aquello. Él valoraba la vida. Veía la parte divina de las personas. Asesinar a alguien y deshacerse de su cuerpo como si fuera un desperdicio... Era imposible.

Levantó la cabeza y se lo dijo a su hermana. Stacy se quedó callada un momento. Cuando volvió a hablar, su voz temblaba ligeramente.

—El teléfono móvil de Elle Vanmeer fue encontrado en el lugar donde se descubrió el cuerpo. Vincula los dos crímenes, Jane.

Ian ya había sido acusado del asesinato de Elle.

Pruebas condenatorias. Evidencias materiales. Dios santo, aquello no podía estar pasando.

Jane pensó en Lisette. Recordó lo que había oído contar sobre Elle Vanmeer, intentando encontrar una conexión entre ambas mujeres, aparte de Ian. Elle y Lisette podían haberse conocido de alguna forma. Haberse hecho amigas. O socias...

Pero eso no era probable. En realidad, era jodidamente improbable.
Como si le leyera el pensamiento, Stacy se acercó a ella y le puso una mano sobre el hombro.

—No quería decírtelo, pero no podía permitir que te enteraras por otros.

—Supongo que debería darte las gracias —dijo su hermana con amargura.

—Por favor, Jane, no la tomes con el mensajero.

—¿Llamaste a tu compañero?

—Sí, anoche —Stacy hizo una pausa—. Tenía que hacerlo.

Jane se tapó la cara con las manos, intentando refrenar su desesperación. *¿Qué iba a hacer? ¿Cómo iba a oponer resistencia a aquella oleada creciente de pruebas contra Ian?*

—La policía tendrá que interrogarte sobre Lisette. Sobre vuestra relación. Desde cuándo la conocías, cosas así. También te preguntarán por su relación con Ian.

—¡Ian era su cirujano plástico! —replicó su hermana, bajando las manos—. Tenían una relación doctor-paciente. Nada más.

Stacy le apretó los hombros.

—Yo me quedaré contigo, si quieres. No creo que se opongan, aunque podrían. Deberías llamar al abogado de Ian. Aunque no eres sospechosa, puede que quiera estar presente.

—Esta mañana tenía un juicio. Y yo no tengo nada que ocultar. Nada de lo que pueda decirles incriminará a Ian.

Stacy abrió la boca como si quisiera disentir, pero el sonido del timbre la interrumpió. Jane miró a su hermana.

—¿Crees que serán...?

—Mac y Liberman, sí.

Eran ellos. Tres minutos después, Jane abrió la puerta y se encontró cara a cara con los detectives.

—Buenos días, señora Westbrook. Stacy.

—Mac —contestó Stacy—. Liberman —posó de nuevo la mirada en su compañero—. ¿Puedo quedarme con mi hermana?

Mac miró al otro, que se encogió de hombros.

—Está bien, pero recuerda que estás presente en calidad de familiar, no de...

—Parte de la investigación. Sí, ya lo sé.

Tal y como Stacy le había avisado que harían, los detectives empezaron por preguntarle cuándo y cómo había conocido a Lisette Gregory y qué sabía de su vida privada.

—¿Se veía con alguien en especial? —preguntó Mac.

—Cuando yo la entrevisté, no.

—¿Salía mucho?

—No, no mucho.

—Eso parece extraño. Era una mujer muy atractiva.

—Era tímida. Se sentía insegura de su aspecto físico.

—¿Insegura de su aspecto físico? —repitió él—. ¿Un bombón como ése? ¿Por qué?

—No es tan difícil de entender. La identidad de las chicas está indisolublemente asociada a su apariencia desde edad muy temprana, y algún comentario negativo procedente de alguien cuya opinión les importe puede dañar gravemente su autoestima. Si a eso se añade la intensa presión cultural a la que se somete a las chicas para que tengan un determinado aspecto o un determinado peso, se obtiene una mujer con una visión distorsionada de sí misma.

—¿Y esa visión distorsionada de sí misma puede causar problemas?

—Sí.

—¿Como cuáles?

Jane tuvo la sensación de que Mac sabía a qué clase de problemas se refería e intentaba guiar sus respuestas interesadamente.

—Desórdenes alimentarios. Anorexia nerviosa. Bulimia. Adicción al sexo.

—¿O adicción a la cirugía plástica?

Jane se puso rígida.

—Sí.

—¿Lisette Gregory padecía alguno de esos problemas?

—Sí, aunque estaba yendo al terapeuta. Y parece que hacía progresos.

—¿Cómo se llamaba su terapeuta?

Jane se quedó pensando un momento y luego sacudió la cabeza.

—Nunca se lo pregunté.
—En el caso de Lisette, ¿de quién procedían esos comentarios negativos?

Jane se removió, incómoda.

—De su padre. De adolescente era gordita y al parecer su padre fue bastante cruel con ella.

—¿Qué quiere decir exactamente?

—Tal vez debería ver mi exposición. Escucharlo de sus propios labios.

Mac la miró a los ojos. En ellos había algo que dejó paralizada a Jane. *¿Pensaba acaso aquel hombre que ella tenía algo que ver con la muerte de Lisette?*

—Lo haré —dijo—. ¿Seguía teniendo relación con su padre?

—Su padre murió.

Mac hizo una anotación en su libreta.

—¿Tiene la dirección de la señorita Gregory?

—Claro. Está en la base de datos del ordenador de mi estudio.

—¿Puede acceder alguien a esa base de datos?

Jane frunció el ceño, confundida.

—Supongo que sí. No está protegida con una contraseña, si se refiere a eso. Pero ¿quién querría...?

Dejó que su voz se apagara. La respuesta a la pregunta que iba a formular era obvia: el asesino.

—¿La señorita Gregory era paciente de su marido?

Jane titubeó.

—Sí.

—Noto que duda. ¿Lo era o no?

Sus mejillas llamearon.

—Sí, lo era.

—Pero ¿usted no la conocía por eso?

—No.

—¿Eso era lo normal?

—¿Lo normal? No le entiendo.

—¿Sus modelos suelen ser también pacientes de su marido?

Jane intentó ocultar su desasosiego.

—No muchas, no.

—El lunes llamó usted a Lisette Gregory. ¿Por qué razón?

Jane se quedó mirando al detective. El corazón le dolía dolorosamente en el pecho.

—¿Cómo dice?

—Le dejó usted un mensaje para que la llamara. Dijo que era importante. Parecía... nerviosa.

Se le había olvidado. La mala conciencia hizo que se le sonrojaran las mejillas.

—Quería asegurarme de que había recibido la invitación para asistir a la fiesta de inauguración.

—¿Por qué estaba tan nerviosa?

—Yo no he dicho que lo estuviera.

Mac la miró un momento, frunciendo las cejas.

—Tiene usted un ayudante que se encarga de esas cosas, ¿no? ¿Por qué no la llamó él?

—Yo le tenía, le tengo, mucho cariño a Lisette. Sus piezas son de las mejores de la exposición. En mi opinión, naturalmente.

—¿Llamó a alguna más de sus modelos para... invitarlas personalmente?

Jane comprendió que no podía ocultarle la verdad. De todos modos, acabaría enterándose. Lo único que tenía que hacer era comprobar los historiales de Ian, cotejarlos con los de las modelos de la exposición y revisar luego el registro de sus llamadas telefónicas.

Y lo haría. Jane no tenía duda alguna de ello.

—Sí, llamé a Sharon Smith y a Gretchen Cole.

—¿También eran pacientes de Ian?

—¿Adónde quieres ir a parar, Mac? —preguntó Stacy.

Él no le hizo caso.

—¿Lo eran?

—¡Sí! Y están vivitas y coleando, si eso es lo que le preocupa. Las dos asistieron anoche a la fiesta.

Mac posó la mirada en Stacy. Jane creyó ver en sus ojos una expresión de disculpa. De mala conciencia.

Un momento después comprendió el motivo.

—Me gustaría proponerle otra posibilidad, señora Westbrook —dijo Mac—. Usted llamó a Lisette porque estaba preocupada por ella. Porque quería asegurarse de que estaba viva.

–¡No! ¡Eso es un disparate!
–Porque sospechaba que su marido tenía una aventura con ella. Lo mismo que con Elle Vanmeer.
–¡No!
–Temía que también la hubiera matado a ella...
–Ya es suficiente, Mac –dijo Stacy, interponiéndose entre ellos–. Te has pasado de la raya.
–¿Qué raya, Stacy? ¿La tuya?
–La de la decencia.
Mac titubeó y luego dio marcha atrás.
–Me gustaría hablar con su ayudante. Se llama Ted, ¿no?
–Ted Jackman –Jane miró a Stacy y luego volvió a mirar a los detectives–. Puede que haya venido hoy, aunque como es sábado...
–¿Podría comprobarlo?
Jane dijo que sí y condujo a los detectives al estudio. Ted estaba allí, sentado frente al ordenador. Al verla se puso en pie con expresión preocupada.
–Jane, ¿estás bien? Estaba tan...
Al ver a los detectives se puso tenso.
–¿Ted Jackman? –preguntó Mac y, al ver que el otro asentía, prosiguió diciendo–: Tenemos que hacerle unas preguntas.
Ted los miró con recelo.
–¿Sobre lo de anoche?
–¿Lo de anoche?
–Las flores que... le mandaron a...
Sus palabras se apagaron. Mac añadió:
–No, hemos venido por una de las modelos de Jane. Lisette Gregory.
Ted miró a Jane con evidente sorpresa.
–¿Lisette?
–Ha sido asesinada –dijo Jane con voz temblorosa.
Ted palideció.
–¿Qué? ¿Cuándo?
–Hace casi una semana –dijo Mac–. Le rompieron el cuello.
–Dios mío, ¿quién...?

—¿Qué relación tenía usted con la señorita Gregory?

Ted pareció sorprendido.

—¿Yo? Casi ninguna. Ayudo a Jane a grabar las cintas. Fijo las citas para las sesiones. Me ocupo de los preparativos. Cosas así.

—¿Le habló ella de algún novio? ¿De si tenía problemas con amigos o compañeros de trabajo? ¿Alguna preocupación?

—No, apenas me dirigía la palabra.

—¿Ah, sí? ¿Cómo es eso?

Ted miró a Jane y luego volvió a fijar la mirada en los detectives y se irguió.

—No le caía muy bien. No le caigo bien a ninguna de las modelos de Jane.

—¿Y eso por qué? —preguntó Mac.

—Pregúnteselo a ellas.

—A Lisette no puedo preguntárselo, ¿no le parece? ¿Por qué no le caía usted bien?

Ted extendió sus brazos llenos de tatuajes.

—Eche un vistazo y adivínelo.

—No me gusta jugar a las adivinanzas, señor Jackman.

—Digamos que soy poco convencional para la clase de mujeres que entrevista Jane.

—¿La clase de mujeres que entrevista Jane? ¿A qué se refiere?

—Todas están obsesionadas con el físico. Y con las cosas materiales.

Mac entornó los ojos.

—Como muchas mujeres, ¿no? ¿No ha llegado a esa conclusión?

Ted se removió, incómodo.

—Jane no es así. Jane ve a la gente por lo que es. Por dentro. No juzga a los demás por lo que tienen. O por lo que no tienen.

—Es casi una santa —dijo Liberman con sorna.

Jane apoyó una mano sobre el brazo de Ted para reconfortarlo. Bajo su mano, los músculos de Ted se pusieron duros como una piedra; Ted tembló al sentir su contacto. Jane se dio cuenta de que los detectives intentaban hacerle morder el anzuelo. Pero ¿por qué? Miró a Stacy. ¿Y por qué no les paraba su hermana los pies?

—La relación de Ted con mis modelos es mínima —murmuró Jane—, como ha dicho él. Si eso es todo, creo que deberían irse. Esta mañana no me encuentro muy bien.

Stacy dio un paso adelante y miró su reloj.

—Si la fiesta ha acabado, yo me voy. ¿Mac?

Él cerró su libreta, irritado.

—Estaremos en contacto.

Stacy miró a Jane.

—¿Estás bien?

Jane asintió con la cabeza.

—¿Me llamas luego?

Stacy dijo que sí y acompañó a los policías a la puerta. Jane los miró marcharse y luego se volvió hacia Ted. Él se quedó mirando a los detectives. Parecía enfadado.

—Siento que hayas tenido que pasar por esto.

Jane apoyó una mano sobre su brazo y él se sobresaltó ligeramente.

—No hace falta que te disculpes. Esos idiotas deberían intentar encontrar al tarado que anda detrás de ti. Eres tú la que está en peligro. ¿Por qué no se dan cuenta?

—No creo que sea yo la única que está en peligro. Tengo miedo por mis modelos.

Ted la miró con extrañeza. Jane le contó la historia que Stacy le había relatado esa mañana acerca de aquel soplón llamado Doobie; luego le contó su propia teoría de que el individuo de la lancha, el tipo que mandaba los anónimos y el asesino de Lisette eran la misma persona.

Ted se acercó al sofá y se dejó caer en él pesadamente. Jane continuó:

—Stacy me ha prometido encontrarlo. Cuando lo haga, Ian será exonerado. Estoy convencida de ello. Alguien está jugando a un juego perverso y tengo que detenerlo. No puedo permitir que alguna más de mis modelos sea...

—Basta —dijo él con aspereza—. Esto no es un juego. Estás hablando de un asesino.

—Lo sé, pero...

Ted se levantó de un salto. Jane vio que estaba temblando.

—No. Piensa en el bebé, Jane —le apretó las manos—. Cuando a ese tipo no le baste con atemorizarte, ¿qué hará?

Los dos conocían la respuesta. Ninguno de los dos la dijo en voz alta, pero aun así quedó ominosamente suspendida entre ellos.

Matarla.

Jueves, 6 de noviembre de 2003

9:30 a.m.

Jane se preparó para su visita semanal a Ian. Llevaba siete largos días esperando ver a su marido y de repente no tenía ni idea de qué iba a decirle. Se había pasado toda la noche dando vueltas en la cama. ¿Debía decirle que alguien la estaba amenazando? ¿Debía preguntarle por lo que había descubierto en su agenda electrónica?

Elton ya había hablado con él sobre Lisette Gregory. La cosa era ya pública: al parecer, iban a acusarlo también de su asesinato, aunque el ministerio fiscal no parecía tener prisa. ¿Para qué iba a tenerla? En su opinión, el culpable estaba ya encarcelado y se enfrentaba a una acusación de asesinato capital.

De madrugada, Jane había decidido confiar en que sabría cómo actuar cuando llegara el momento de enfrentarse a Ian.

Sin embargo, no había logrado conciliar el sueño. En su mente giraba un torbellino de ideas sobre el asesinato de Lisette, sobre el individuo de la lancha que la acosaba y sobre la inocencia de Ian.

O su culpabilidad. No por los asesinatos. Jane creía con cada fibra de su ser que el hombre que conducía la lancha que había estado a punto de matarla hacía más de quince años era el mismo que había matado a Marsha, a Lisette y a Elle. Estaba asimismo convencida de que era él quien había orquestado la detención de Ian, que de algún modo había manipulado las pruebas a fin de aislarla y arrinconarla.

La infidelidad de Ian era harina de otro costal. Jane temía que los devaneos amorosos de su marido hubieran abierto una ventana por la que se había colado un maníaco.

Las dudas no cesaban de atormentarla. La reconcomían. ¿Cómo podía amar a Ian y al mismo tiempo sospechar que le era infiel?

También conmigo se casó por dinero.

No significa que no te quiera. Sólo que tiene necesidades que tú no puedes satisfacer.

Ella siempre había considerado el amor de Ian demasiado bueno para ser cierto. Pero, ¿por qué razón? ¿Acaso porque no lo era?

No. Dios, por favor, no. Jane se llevó una mano a la sien. Le dolía la cabeza. Dirigió sus pensamientos hacia su conversación con Ted.

Cuando no le baste con atemorizarte, ¿qué hará?

Jane se llevó las manos al vientre con gesto protector. Ted tenía razón; tenía que pensar en el bebé. Tenía que protegerlo.

Pero mientras el monstruo responsable de todo aquello siguiera suelto, nadie estaba a salvo. Tampoco sus modelos. Su relación con ellas las convertían en víctimas potenciales. Estaba persuadida de que el asesinato de Lisette formaba parte de la campaña de terror de aquel demente.

Ted y ella se habían pasado la tarde anterior llamando a todas las modelos. Ella les había contado lo de Lisette y les había advertido que tuvieran cuidado. Pero la cosa no había salido bien. Las modelos se mostraban sucesivamente asustadas, horrorizadas y furiosas. Algunas le habían preguntado por Ian. Otras habían mostrado interés por los detalles del asesinato de Lisette y por la razón de que Jane pensara que la muerte de aquella mujer tenía algo que ver con ellas.

Jane se había visto forzada a contestar con evasivas. Al final había acabado pareciendo una alarmista neurótica. Una mujer al borde de un ataque de nervios. Confiaba, sin embargo, en que las modelos se tomaran lo bastante en serio sus advertencias como para extremar sus precauciones.

Ranger empezó a ladrar antes de que sonara el timbre. Jane se echó un último vistazo en el espejo y se acercó apresuradamente al intercomunicador. Dave se había ofrecido a llevarla en coche. Tras asegurarle que no era necesario, ella había acabado aceptando. Aunque podía ir en su propio coche, en el fondo agradecía la compañía y el apoyo de Dave.

Le dijo que bajaba enseguida, le dio una golosina a Ranger, cerró la puerta con llave y se dirigió a la calle. Dave la estaba esperando. Le dio un rápido y cariñoso abrazo y la condujo a su BMW convertible, de color plata, que estaba aparcado junto a la acera.

—¿Estás lista? —preguntó Dave cuando estuvieron en el coche.

—Hace siete días que estoy lista.

Él asintió con la cabeza y se incorporó al tráfico. Circularon en silencio varios minutos, hasta que Dave se desvió a la I-30, en dirección oeste, hacia la cárcel. Entonces miró a Jane.

—¿Le has contado lo de las amenazas?

—No.

—¿Se lo vas a contar?

—No lo sé. No quiero que se preocupe.

—Jane...

Ella lo miró al ver que se interrumpía.

—Crees que debería decírselo, ¿no?

Dave la miró un momento antes de volver a fijar la vista en la carretera.

—Sí, creo que sí. Si intentas evitárselo ahora, puede que más tarde te lo reproche.

—Eso no tiene sentido.

—Claro que sí. Hasta ahora vuestro matrimonio se ha basado en la confianza y la comunicación. Ian se enfadará porque creas que necesita que le protejas. Se sentirá disminuido. Y también se sentirá culpable porque hayas tenido que afrontar esto sola. Si no confías en él, se lo tomará como una traición.

Traicionado porque no confiara en él. Jane lo dudaba. Su fidelidad...

Jane juntó las manos sobre el regazo.

—Pero, si se lo digo, ¿no se sentirá impotente?

—Ya se siente impotente. Le hará bien que compartas tu preocupación con él, que le pidas consejo y busques su apoyo. Físicamente no puede ayudarte, claro, pero emocionalmente sí. Además, las experiencias compartidas fortalecen una relación. Si no se lo dices ahora, siempre habrá una brecha entre vosotros.

Jane le apretó la mano.

—Gracias, Dave. ¿Qué haría yo sin ti?

Él le lanzó una rápida sonrisa.

—No te preocupes, no voy a ir a ninguna parte. Puede que haga una escapadita a Las Vegas, pero nada más.

Ella sonrió.

—Las bailarinas tendrán que andarse con ojo.

—Ah, las piernas más largas de Norteamérica. Y tantas en un solo lugar... Sosiega, corazón mío.

Llegaron a la cárcel. Dave la acompañó dentro. Jane volvió la mirada hacia él una última vez mientras pasaba por el detector de metales. Dave le dedicó una sonrisa animosa y levantó los pulgares en señal de triunfo.

Jane le devolvió el gesto, sintiéndose más animada. Por su amistad y por sus consejos. Y porque un minuto después vería a su marido por primera vez desde hacía una semana.

El guardia la condujo a la hilera de compartimentos acristalados. Estaba tan nerviosa que no podía quedarse quieta. Por suerte no tuvo que esperar mucho. El guardia introdujo a Ian en la sala; en cuanto lo vio, Jane levantó el teléfono.

Pero al abrir la boca para hablar, para descargar el peso de su corazón, no logró articular palabra. Se quedó mirando fijamente a Ian, con los ojos llenos de lágrimas, sintiéndose como si fuera a ahogarse de amor. Y de desesperación.

Pasaron unos segundos. Una lágrima rodó por su mejilla.

—No llores —dijo él—. Todo va a salir bien.

—¿Sí? Ahora Lisette. Yo... —se tragó lo que estaba a punto de decir y en su lugar añadió—: Te quiero.

—Yo también a ti —Ian se aclaró la garganta—. ¿Qué tal te encuentras? ¿El bebé...?

–Bien –dijo ella–. La otra noche tuve un pequeño mareo, pero ahora estoy bien.

Ian arrugó la frente, preocupado.

–¿Un mareo? ¿Qué quieres decir?

–No fue nada –se apresuró a decir ella–. Tenía dolores y estaba un poco mareada. El médico me aconsejó que descansara. Ya pasó.

Él no parecía muy convencido.

–¿Es normal?

–Puede pasar cuando se sufre mucho estrés. O cuando se pasa mucho tiempo de pie. Fue la noche de la inauguración.

–Esa noche estuve pensando en ti –él bajó la voz–. Deseaba estar contigo. Me sacaba de quicio no estar allí.

–Lo sé, yo... –de pronto, a Jane se le cerró la garganta–. Tengo que decirte algo, Ian. Sobre la noche de la inauguración. Y antes.

Decidiendo que lo mejor era ir al grano, Jane comenzó sin preámbulos. Le contó lo del artículo de periódico y la nota que le habían dejado en la puerta la noche de su detención, y luego lo de las rosas, la noche de la fiesta de inauguración. Entre tanto, saltaba a la vista que Ian luchaba por conservar la calma y refrenar sus emociones.

–¿Por qué no me lo dijiste enseguida? –preguntó por fin, dolido.

–No quería preocuparte.

–Maldita sea, Jane, soy tu marido.

–Lo siento –ella miró al guardia y bajó la voz–. No te enfades.

–No estoy enfadado. Sólo que... tengo que salir de aquí. ¿Cómo voy a protegerte si estoy aquí encerrado? Dios mío...

–Saldrás de aquí, Ian. Eres inocente.

–Antes pensaba que eso importaba. Pero ahora no estoy seguro.

A Jane le rompía el corazón el desaliento que dejaba entrever su voz. Aquella amargura, tan ajena al hombre al que conocía y amaba.

–No hables así, Ian Westbrook. No te atrevas a darte por vencido. No soy lo bastante fuerte como para hacer esto sola.

Él luchó por recomponerse.

—Estoy tan preocupado por ti...Y por el bebé.

—Todo va a salir bien. El bebé está perfectamente. Stacy se quedó conmigo. Ha prometido atrapar a ese tipo.

—Ella es policía —dijo Ian—.Y la policía está convencida de que ya tiene a su hombre. Caso cerrado.

—Stacy ha prometido investigar.Y yo creo que es sincera.

La expresión de Ian se alteró levemente.

—Veo que han cambiado mucho las cosas desde que estoy aquí.

Algo en su tono irritó a Jane.

—La vida continúa, Ian. Para bien o para mal.

—¿Para bien?

—Ya sabes lo que quiero decir —Jane dejó escapar un suspiro exasperado—. Dave me avisó de que reaccionarías así.

Notó de inmediato que había sido un error decirle aquello.

—¿Qué coño tiene que ver Dave en todo esto?

—Es amigo mío, Ian. Le agradezco que esté ahí para apoyarme.

—Pero yo no estoy ahí para apoyarte.

La rabia se apoderó de Jane.

—¿Cómo vas a estarlo? Media hora a la semana no sirve de mucho, tal y como están las cosas.

—¿Y crees que a mí esto no me afecta? Saber que estás ahí fuera, sola... buscando el apoyo de otras personas. Seguramente hasta te habrá traído hoy —adivinó por la expresión de Jane que había dado en el clavo, y se puso rojo de ira—. El bueno de Dave, siempre ahí cuando se le necesita. Siempre en el lugar oportuno.

—¿Por qué intentas pelearte conmigo? Sólo nos quedan unos minutos —consciente de que el tiempo pasaba rápidamente, Jane apoyó la mano sobre el cristal—. No quiero malgastarlos discutiendo.

Ian ignoró su súplica.

—Si quieres saber por qué, pregúntaselo a Dave. Seguro que él te dará una respuesta.

Ella bajó la mano, dolida. Se sentía traicionada, pero disfrazó sus sentimientos con ira.

–Tienes razón, Ian. Necesito una respuesta. ¿Por qué estaba el teléfono de Elle Vanmeer en tu agenda electrónica?

Él pareció sorprendido.

–¿Qué?

–Ya me has oído. Su número estaba en tu agenda. Y también el de La Plaza. ¿Quieres decirme por qué?

Jane vio que varias emociones cruzaban sucesivamente el rostro de su marido mientras éste intentaba asumir lo que le estaba diciendo.

–Prometiste que no dejarías que te pusieran en mi contra. ¿Qué plazo tenía esa promesa? ¿Una semana? ¿Menos?

–No se trata de ellos, sino de lo que necesito yo. Necesito una respuesta, Ian.

–Pues no deberías necesitarla. Soy tu marido. El hijo que esperas es mío, Jane. Mío. ¿Es que eso ya no significa nada para ti?

–Eso ha sido un golpe bajo, Ian.

–¿Y tu acusación no?

–Yo no te he acusado de nada. Te he hecho una pregunta. ¿O es tu mala conciencia la que habla?

–Será –él hizo un gesto con la mano libre–. Llevo un mono naranja. Eso me convierte en culpable, ¿no?

Sintiendo el escozor de las lágrimas, Jane le espetó:

–¿Qué me dices de esas largas comidas? ¿Esas dos horas en blanco? También estaban en tu agenda.

Él guardó silencio durante lo que pareció una eternidad. Cuando finalmente habló, su voz vibraba llena de desesperación.

–Ahora parece que tengo que defenderme de todo el mundo. Hasta de mi mujer.

–Hablé con Mona. Me dijo que te casaste con ella por dinero. Que nunca le habías sido fiel a nadie.

El dolor contrajo el semblante de Ian. Se puso en pie.

–Tendrás que decidir a quién quieres creer. A mí y a nuestro amor, o a los demás.

Jane también se levantó.

–La policía va a preguntarte lo mismo en el juzgado.

–Y yo les contestaré. Adiós, Jane.

Ian colgó el teléfono y le indicó al guardia que la visita había acabado. Jane lo llamó. Él no respondió, sencillamente dio media vuelta y se alejó.

—¡No te vayas! —ella golpeó el cristal—. ¡Ian!

Un guardia la agarró del brazo antes de que pudiera golpear otra vez el cristal.

—Ya basta, señora. Apártese del cristal.

Jane asintió con la cabeza y obedeció con la vista emborronada por las lágrimas. El guardia la escoltó hasta la sala de espera. Dave estaba hablando por su teléfono móvil, pero colgó al verla.

—¿Qué tal ha ido?

Ella sacudió la cabeza, incapaz de mirarlo a los ojos; sabía que, si lo hacía, rompería a llorar.

Salieron y cruzaron el aparcamiento hasta llegar al coche de Dave. Tras montar y abrocharse el cinturón, Dave se giró hacia ella sin hacer ademán de encender el motor.

—No vamos a ir a ninguna parte hasta que hablemos. Lo sabes, ¿no?

Ella intentó reírse, pero sólo le salió un sollozo estrangulado.

—Nos hemos peleado.

—Lo siento.

—Yo también —Jane apretó los labios, intentando mantener la calma—. Al principio fue bien. Le conté lo que había pasado y se... disgustó. Porque no podía ayudarme. Porque estaba preocupado. Pero, cuando le hablé de ti, él... reaccionó muy mal, Dave.

—Seguramente estará celoso por lo guapo que soy.

Ella compuso una leve sonrisa.

—Sólo está celoso. De nuestra amistad. De mi relación con Stacy. De que los dos me estéis ayudando.

—Dale un poco de tiempo. Lo está pasando muy mal.

—¿Y yo no?

—Tú no estás encerrada.

—No seas tan amable. No se lo merece.

—¿Quieres que le dé una paliza de tu parte?

Ella soltó una risa entrecortada.

—¿Como hiciste con Billy Black?

Billy Black era un capullo insoportable para el que, durante sus años de adolescencia, humillar a Jane se convirtió en una vocación. Finalmente, Dave se hartó, lo insultó y lo derribó de un puñetazo, poniéndolo en ridículo delante de toda la clase de primero del instituto.

—El mejor puñetazo que he dado nunca. Aunque estaba seguro de que Billy iba a molerme a palos.

Jane se echó a reír y luego empezó a sollozar. Guardaron silencio unos minutos. De pronto, Dave se volvió hacia ella.

—El caso es, Jane, que el amor y el odio son emociones igualmente intensas. Las dos tienen el poder de crear y de destruir. Nos hacen reaccionar. En este caso, arremeter contra alguien. Sentir celos.

Jane estiró el brazo sobre el salpicadero y cubrió la mano de Dave con la suya.

—Tú siempre sabes qué decir.

—Soy el supergenio.

—El *soporgenio* —puntualizó ella.

Se quedaron callados. Los segundos fueron pasando. Dave rompió por fin el silencio.

—Siempre pensé que acabaríamos juntos, Jane. Desde que tengo uso de razón para pensar en esas cosas, tú has formado parte de mi vida —hizo una pausa—. O tal vez sea que mi vida empezó el día que te conocí.

Las cosas que estaba a punto de decir quedaron atascadas en la garganta de Jane. Apartó la mirada, sintiéndose incómoda por aquella confesión, por la emoción que se adivinaba tras ella. Y confusa por su propia reacción: una mezcla de anhelo y mala conciencia.

—Lo siento —murmuró él—. No he debido decir eso.

Jane volvió a fijar la mirada en él.

—No, no lo sientas. Yo... la verdad es que también pensé siempre que acabaríamos juntos —le apretó los dedos—. Intentamos salir juntos, Dave. ¿Por qué no funcionó?

Él esbozó una sonrisa torcida.

—No lo sé, nena. No era el momento adecuado. No conectamos —hizo una pausa—. Y luego conociste a Ian.

Era cierto. Poco después de la muerte de su abuela, ella se había enamorado perdidamente de Ian. Aquélla había sido la experiencia más embriagadora de su vida. Nunca había creído que un hombre como Ian Westbrook pudiera enamorarse de ella. Su noviazgo había sido tan apasionado y romántico como breve.

Después de la muerte de su abuela. Después de que heredara sus millones.

Aquella idea la dejó sin aliento.

Ian y ella se habían casado antes de que a ella le diera tiempo a asumir el hecho de que se había convertido en una mujer rica.

Dave frunció el ceño y preguntó:

—¿Qué pasa?

—Nada.

Jane notó por la expresión de Dave que su amigo adivinaba lo que estaba pensando y que prefería respetar su silencio.

Más tarde, mientras estaba en la ducha, con el agua caliente deslizándose sobre su cuerpo, se dio cuenta de otra cosa: *no conocía bien a su marido.*

Y, a pesar del vaporoso chorro de agua, se sintió helada hasta la médula.

Viernes, 7 de noviembre de 2003

12:01 a.m.

La sangre se arremolinaba a su alrededor. Jane luchaba por mantenerse a flote. Agitaba el agua con los brazos, pataleaba a pesar de que sentía las piernas pesadas, lastradas por un peso del que no lograba liberarse. El agua le cubría la cabeza. El olor de la sangre la sofocaba. Luego, su sabor. Metálico. Acre. Se atragantó. El rugido de la lancha motora llenó sus oídos. Él estaba dando la vuelta. Iba a pasar otra vez sobre ella.

Para acabar el trabajo.

Se despertó gimiendo y, desorientada, recorrió con la mirada la habitación iluminada por la luz de la luna. De tanto dar vueltas, las mantas se le habían enredado en las piernas, inmovilizándola.

Se incorporó a duras penas y dejó escapar un gemido al notar una punzada de dolor en el vientre. Apartó la manta.

Un grito escapó de sus labios. Tenía el camisón empapado de sangre. Las sábanas. Las piernas.

Se estaba ahogando en sangre.

Se quedó con la mirada fija un momento. Confundida. Aturdida.

El dolor la atravesó de nuevo. De pronto comprendió lo que ocurría. *El bebé. Iba a perder al bebé.*

¡No! Gimiendo, se arrastró por la enorme cama. Encontró el teléfono y marcó el número de emergencias.

Contestó un operador. Jane intentó explicarle lo que le

ocurría. Se daba cuenta de que balbuceaba y sollozaba. Ante sus ojos bailaban alfilerazos de luz; los dedos habían empezado a cosquillearle.

Sintiendo un rugido en los oídos, se desmayó.

12:35 a.m.

Stacy frenó en seco delante de la entrada de urgencias del Centro Médico Baylor, salió del coche de un salto y entró corriendo en el hospital. El técnico de emergencias que había contestado a la llamada de Jane era amigo suyo. La había avisado desde la ambulancia, aunque no le había dicho gran cosa sobre el estado de Jane.

Stacy corrió a la ventanilla de información.

—Jane Westbrook. Me han avisado de que estaba aquí. ¿Cómo está?

La enfermera levantó la vista y la miró a través de sus lentes trifocales.

—Westbrook. ¿Y usted es...?

—Su hermana. Detective Stacy Killian —le enseñó su insignia.

La mujer asintió con la cabeza.

—Siéntese, detective. El doctor Yung está con ella ahora. Creo que tardará unos minutos.

Stacy no podía sentarse. Se puso a deambular por la sala de espera medio llena. Encima del sofá, un cartel advertía contra el uso de los teléfonos móviles.

Stacy salió fuera para llamar a la comisaría. Explicó dónde estaba y apagó el teléfono. Cuando volvió a entrar, un joven médico de origen asiático estaba llamándola. Se acercó a él y le tendió la mano.

—Doctor Yung, soy la detective Stacy Killian, la hermana de Jane Westbrook. ¿Cómo está?

Comprendió por el leve temblor de su voz lo asustada que estaba. Asustada por perder a Jane, su hermana, su única familia. Aquella convicción le dejó las piernas flojas. ¿Qué haría si la perdía?

—Está estable, descansando.
—¿Estable? —repitió Stacy, desconcertada—. ¿Y el bebé?
—Lo siento. Su hermana ha sufrido un aborto.

Stacy sintió que aquellas palabras caían como un peso en la boca de su estómago. Sintió dolor por Jane. Su hermana deseaba tanto aquel hijo... Perderlo la destrozaría.

—No ha sido un aborto normal, detective. La placenta se desprendió de la pared del útero. Su hermana ha sufrido una fuerte hemorragia. Podía haberse desangrado.

—Dios mío.

—Por suerte, la ambulancia llegó a los pocos minutos de que llamara. El personal de emergencia le administró un bolo de plasma de camino al hospital. Francamente, eso le salvó la vida.

Stacy tragó saliva con dificultad, pensando que tenía que darle las gracias a su amigo Frank.

—Con estos antecedentes —continuó el doctor—, sin duda su ginecólogo la vigilará más de cerca durante su próximo embarazo. Dicho esto, muchas mujeres que sufren desprendimiento de placenta tienen luego embarazos perfectamente normales.

Stacy se frotó los brazos; se sentía helada.

—Ha dicho que está estable. ¿Qué significa eso exactamente?

—Que está fuera de peligro. Hemos tenido que hacerle una transfusión y vamos a mantenerla en observación al menos esta noche para asegurarnos de que no sufre una reacción adversa a la transfusión o desarrolla una infección. Su ginecólogo habitual determinará su estado y decidirá si necesita un legrado o no. Pero supongo que lo necesitará, dadas las circunstancias.

—¿Puedo verla?

—Desde luego. Le he administrado un sedante, así que puede que esté durmiendo. La trasladaremos a planta en cuanto haya una habitación disponible.

El doctor Yung le indicó a Stacy dónde podía encontrar a Jane. La puerta estaba abierta. Stacy entró de puntillas. Su hermana estaba tendida de lado, en posición fetal. Parecía muy pequeña y frágil, conectada a las vías intravenosas y a las máquinas.

No estaba durmiendo; sollozaba suavemente.

Stacy musitó su nombre. Jane se volvió y la miró a los ojos. Stacy sintió un nudo la garganta al ver la desesperación reflejada en su rostro.

—Lo siento, Jane. Lo siento muchísimo.

Y era cierto. Sentía todo aquello: lo del bebé, la detención de Ian, las cartas amenazadoras. Y la distancia que había permitido que se instalara entre ellas. Los celos que había sentido hacia su hermana.

Se acercó a ella. Se inclinó sobre la barandilla lateral de la cama y la abrazó lo mejor que pudo.

—Quiero a mi bebé —logró decir Jane con voz trémula.

—Lo sé, tesoro. Lo sé.

Jane empezó a llorar; la fuerza de sus sollozos convulsionaba su cuerpo.

—Ya no me queda nada.

—Sí, claro que sí —dijo Stacy con vehemencia mientras las lágrimas se deslizaban por sus mejillas—. Me tienes a mí. Tienes tu vida, tu carrera. Ian será absuelto y tendréis otros hijos. El médico ha dicho que puedes tenerlos.

—¿Y si le condenan? ¿Qué haré?

La pregunta desesperada de su hermana le rompió el corazón. Stacy se apartó y la miró a los ojos.

—Todo va a salir bien. Todo. Yo me encargaré de ello.

Los ojos de Jane se llenaron de lágrimas otra vez.

—Te quiero, Stacy.

—Yo a ti también —dijo Stacy en voz baja, con la voz densa por la emoción.

Un celador apareció con una camilla.

—Vamos a subirla a la planta tres, señora Westbrook. Intentaré que el viaje sea lo más cómodo posible.

El celador no dejó de parlotear mientras trasladaba a Jane de la cama a la camilla. Al cabo de quince minutos, Jane se hallaba acomodada en su habitación. La enfermera le tomó el pulso y la tensión arterial mientras cacareaba como una gallina clueca, intentando tranquilizarlas a ambas.

Jane se quedó adormilada antes de que la enfermera saliera de la habitación. Diez minutos después, estaba profundamente dormida. Stacy pensó que era buen momento para mover su coche y comprobar si tenía mensajes en el teléfono.

Salió de la habitación. Y se encontró a Mac esperándola en el pasillo. Se acercó a él, sintiéndose agradecida por su presencia.

–¿Qué tal está? –preguntó Mac.

–Ha perdido el niño.

Mac la agarró de la mano y le entrelazó los dedos.

–Lo siento.

Stacy miró sus manos unidas. La suya temblaba suavemente. Al apartarla, deseó no haberlo hecho. Deseó poder abrazarse a él y llorar. Por la pérdida de su hermana. Por la suya propia.

–Gracias –dijo con voz pastosa–. Con todo lo que está pasando... Se lo ha tomado muy mal.

–¿Qué te parece si te doy una buena noticia?

–No me vendría mal.

–He localizado a Doobie. Imaginé que querrías acompañarme. Te llamé al móvil, pero no contestabas. En la comisaría me mandaron aquí.

Stacy sonrió por primera vez esa noche.

–Vámonos.

Los colegas de Mac en Antivicio le habían dicho que el tal Doobie frecuentaba un bar de la zona de Fair Park llamado Big Dick. Le habían sugerido que fuera tarde: por lo visto, los tipos como Doobie sólo abandonaban sus madrigueras pasada la medianoche.

Tras mover su coche, Stacy montó en el de Mac. Cuando enfilaron la I-30, Mac rompió el silencio.

–¿Alguna vez has intentado hacer averiguaciones sobre Jackman?

–Sí. Y no saqué nada en claro. Ni arrestos, ni sanciones.

–¿Entraste en el IND?

–Sí.

–¿Probaste con Theodore Jackman?

—Y con Teddy. Pero no salió nada —Stacy se quedó callada un momento—. Sigo pensando que no es trigo limpio.

—El hecho de que no aparezca en el IND sólo significa que aún no le han trincado —murmuró Mac—. O que usa un alias.

—También he pensado en eso. Si lo hubieran fichado, sus huellas estarían en el sistema.

—Conseguir sus huellas no será difícil —Mac abandonó la autopista interestatal—. Me parece que el día que estuve en el estudio de Jane lo vi bebiendo una coca-cola.

Stacy también lo recordaba. Pensándolo bien, había visto varias latas blancas y rojas en el estudio. Dado que Jane no tomaba bebidas carbonatadas, tenían que ser todas de Ted. Sonrió a su compañero.

—Puede que algún día llegues a ser un buen policía.

—Que te jodan, Killian.

Hicieron el resto del trayecto en silencio. Llegaron a la zona de Fair Park, encontraron el bar y estacionaron en el aparcamiento atestado de coches. A juzgar por la cantidad de Harleys que había, Doobie no era el único parroquiano del Big Dick. Además de las motos había en el aparcamiento varias camionetas de carga, todas ellas con soportes para rifles montados junto a la luna trasera, y un reluciente y solitario Porsche Boxster blanco que parecía completamente fuera de lugar. En su matrícula personalizada se leía *Amapola*.

Stacy miró a Mac.

—O es una niña bien que tiene nombre de flor, o es un camello.

—Ya entiendo por qué le gusta este sitio a Doobie.

Entraron en el bar. Estaba lleno de humo y ruido. El sistema de sonido emitía a todo volumen música country contemporánea. En el pequeño escenario, una chica en tanga giraba alrededor de un poste metálico blanco. Parecía aburrida.

—Ah, ya entiendo —masculló Stacy—. Big Dick. Un bar de top-less.

—Drogas y, además, espectáculo en vivo. Figúrate.

Se abrieron paso entre los clientes del bar, en dirección a la barra. Se sentaron en un par de taburetes. El barman se acercó de mala gana.

–¿Qué os pongo?

Mac puso un billete de veinte dólares sobre la barra y se inclinó hacia delante.

–Estamos buscando a Doobie. ¿Ha venido por aquí esta noche?

El barman, un hombre de unos cincuenta y tantos años cuya cara sugería que se había visto envuelto en más de un altercado, achicó los ojos.

–No conozco a ningún Doobie.

Mac sacó otro billete.

–Es un tipo pequeñajo y flaco. Seguro que lo conoces.

Stacy notó el instante preciso en que el barman comprendía que eran policías. El hombre puso la mano tranquilamente sobre los billetes y se los acercó al pecho.

–No ha venido por aquí –masculló–. Ni esta noche, ni en los últimos días. A lo mejor lo han trincado.

–Cuando venga, dile que llame a Mac. ¿Crees que podrás acordarte..., Dick?

–No hay problema. Pero podéis probar en un par de sitios de por aquí cerca. Creo que le gusta ir al Louie's y al Hideaway.

–Gracias, lo haremos.

Salieron del bar. Al salir al aire nocturno, Stacy se arrebujó en su chaqueta.

–¿Cómo sabes que ése era Big Dick? No llevaba una chapa con su nombre.

–Lo he adivinado. Le venía al pelo.

El Louie's y el Hideaway eran bares del mismo jaez que el Big Dick. Al igual que en éste, preguntaron a los camareros por Doobie y luego se marcharon.

Al salir del último bar, Stacy se metió las manos en los bolsillos de la chaqueta. Se sentía frustrada y exhausta. Mac la miró.

–No te preocupes, ya tendremos noticias suyas.

–Espero que sea pronto.

Subieron al sedán de Mac y se dirigieron al hospital sin decir nada. Stacy notó que Mac la miraba de vez en cuando como si quisiera preguntarle algo. Como si tuviera algo que decirle y no se atreviera. El silencio que los envolvía parecía chirriar. Stacy soltó un breve suspiro.

—Está bien, Mac. Suéltalo de una vez.
—¿El qué?
—Lo que sea que estás pensando y no me dices.

Él titubeó y crispó los dedos sobre el volante.

—Estoy preocupado por ti, eso es todo.
—Yo estoy bien.
—A ti te rebotan las balas, ¿eh?
—Pues sí.

Él dejó escapar un bufido exasperado.

—Necesitar a la gente no es un signo de debilidad. Estar asustado, tener miedo o mostrarse tierno no es lo mismo que tirar la toalla.

Ella no le hizo caso.

—Déjame en la puerta. Voy a ver qué tal está mi hermana antes de irme a casa.
—Tú mandas.

Stacy se encogió al sentir su tono sarcástico. ¿Cuándo había sido la última vez que se había permitido mostrarse tierna, necesitar a otro ser humano? Necesitar a un hombre.

Más de lo que podía recordar.

Mac paró ante la entrada principal y apagó el motor. No la miró. Ella agarró la manilla de la puerta.

—Gracias, Mac. Por todo.
—Stacy...

Ella se volvió y lo miró a los ojos. En su mirada había algo que hizo que se le acelerara el pulso.

—¿Sí? —preguntó, y la voz le salió como un susurro. Como una invitación.

Stacy hizo una mueca, deseando poder desdecirse. Aquello la hacía sentirse vulnerable. Expuesta.

Un silencio inquietante se extendió entre ellos. Parecía crepitar, lleno de tensión, de cosas sentidas pero acalladas. Por un instante, Stacy pensó que Mac iba a besarla. Luego él apartó la mirada.

—Nada. ¿Vas a ir a trabajar esta mañana?
—Seguramente no. Pero llamaré para avisar.

–Está bien. Entonces, hasta el lunes. O antes, si tengo noticias de Doobie.

A pesar de que se dijo que era lo mejor, que eran compañeros, que una relación entre ellos era imposible, Stacy sintió una amarga punzada de desilusión. Disimuló lo mejor que pudo.

–Hasta entonces.

Salió del coche y se acercó apresuradamente a la puerta del hospital. Al llegar, miró hacia atrás. Y descubrió que Mac no se había movido. Tragó saliva con dificultad, levantó una mano para decirle adiós y entró en el edificio.

A aquella hora de la noche, el hospital estaba desierto. Una mujer de aspecto fatigado atendía el mostrador de información. Tenía una novela romántica de bolsillo abierta delante de ella.

Stacy la saludó inclinando la cabeza y se dirigió al ascensor. Entró en él, pulsó el número de la planta de su hermana y miró cómo se iban iluminando los números a medida que subían.

Se bajó en la tercera planta. No se oía ni un ruido. Las luces estaba amortiguadas. En la recepción había dos enfermeras hablando en voz baja.

Las enfermeras, que recordaban su visita anterior, inclinaron la cabeza al verla. Las horas de visita habían acabado, pero Stacy era al mismo tiempo un familiar y una agente de policía. Stacy se acercó a ellas de todos modos.

–Sólo quiero asomarme un momento. Para asegurarme de que está bien.

–Está durmiendo –murmuró una enfermera–. El doctor Nash está con ella.

¿Dave estaba allí? Stacy se preguntó cómo se habría enterado.

Avanzó por el silencioso pasillo. De una habitación salían ronquidos; de otra, los gemidos de alguien que soñaba. Encontró entreabierta la puerta de Jane. La abrió el ancho de una rendija con las puntas de los dedos. Al suave resplandor de la lámpara de la cama, vio que Jane estaba, en efecto, dormida.

Y que Dave estaba a su lado, sentado en una silla, junto a la cama, con los hombros caídos y la cabeza apoyada en las manos. Stacy abrió la boca para llamarlo en voz baja y luego, al comprender la verdad, volvió a cerrarla.

Dave estaba enamorado de Jane.

Stacy lo había sospechado muchas veces. Ahora sabía que era cierto. Dave nunca había permitido que sus sentimientos enturbiaran la amistad que lo unía a Jane, lo cual era muy loable. Había estado junto a Jane en los momentos buenos y en los malos, le había ofrecido apoyo y consejo, y se había reído con ella. Con ellas dos. Incluso había aceptado acompañarla hasta el altar. Como no tenía padre, abuelo ni tíos, Jane había recurrido al hombre al que consideraba su mejor y más antiguo amigo.

Aquello tenía que haber sido un calvario para Dave. ¿Cómo había conseguido ocultar tan bien sus sentimientos?

Desasosegada por aquella certeza, Stacy se apartó de la habitación sin decir nada.

4:00 a.m.

Stacy salió del hospital pensando en Dave y en lo que sentía por Jane. ¿Desde cuándo la quería?, se preguntaba. ¿Por qué nunca le había confesado sus sentimientos? ¿Temía acaso que lo rechazara? ¿O temía perder su amistad y su confianza?

Stacy cruzó el aparcamiento. Vio su Bronco.

Sus pasos vacilaron. El corazón empezó a latirle a toda prisa.

Mac estaba junto al todoterreno. Esperándola.

Él levantó los ojos. Sus miradas se encontraron. Una oleada de aturdimiento se apoderó de Stacy. Se acercó a él, aprovechando aquellos segundos para recomponerse.

—Mac —logró decir cuando llegó a su lado—, ¿has olvidado algo?

—Sí, esto —él la apretó contra su pecho y la besó en la boca.

Stacy se quedó paralizada de asombro. Un instante después, el deseo reemplazó a la sorpresa y la pasión estalló dentro de ella.

Mac posó una mano sobre sus riñones y la atrajo hacia sí. Con la otra mano la agarró de la nuca. Bajo la palma de la mano de Stacy, su corazón palpitaba con violencia. Ella hundió los dedos en la suave tela de su camisa.

La presión de los labios de Mac, el roce de su lengua, el movimiento de sus dedos sobre la espalda de Stacy disiparon el miedo, la indecisión y la angustia que se habían apoderado de ella.

Mac se apartó.

–Dios, hacía semanas que quería hacer esto.

Ella tomó su cara entre las manos, complacida.

–Entonces, ¿por qué esperar tanto tiempo para repetirlo?

Lo atrajo hacia sí para besarlo. Un coche entró en el aparcamiento; sus faros pasaron sobre ellos.

Mac se apartó, jadeando.

–¿En mi casa?

–¿Dónde...?

–No muy lejos.

–Sí, en la tuya. Yo voy en mi...

–No –Mac la besó de nuevo–. Podrías cambiar de opinión.

–No, no podría.

–¿Me lo prometes?

Ella dijo que sí y buscó sus llaves atropelladamente. Las encontró. Con las manos temblorosas, abrió la puerta del coche y montó. Metió la llave en el contacto y la giró. El motor cobró vida con un rugido.

Y las dudas la asaltaron de pronto. ¿Qué iba a hacer? Un descuido y pasaría de ser una detective de primera a ser un zorrón. Así, por las buenas.

No pienses, Stacy. Lánzate por una vez.

Mac la deseaba. Ella lo deseaba a él.

No quería estar sola.

Siguió el coche de Mac. Condujeron descuidadamente, sorteando los pocos vehículos que había en la carretera, saltándose los semáforos en ámbar. Llegaron a casa de Mac en cuestión de minutos, avanzaron por la acera dando tumbos y entraron. En cuanto la puerta se cerró tras ellos, cayeron el uno en brazos del otro.

Se desvistieron mutuamente mientras se dirigían al dormitorio, quitándose las prendas a tirones, despojándose de las sobaqueras y las armas reglamentarias, y suspiraron de alivio cuando al fin se hallaron desnudos.

Llegaron a la cama, se dejaron caer en ella. Su encuentro fue tosco y apresurado; su pasión parecía afilada por la desesperación, como si aquel acto hubiera tomado una importancia inusitada, una especie de ferocidad que ella no entendía, pero a la que reaccionaba de manera instintiva.

Después, los remordimientos se derramaron sobre ella. Se había acostado con su compañero. Había quebrantado una de sus reglas esenciales. Se había expuesto a las críticas, a la especulación y a las malas lenguas de sus colegas.

Maldición. Se apartó de Mac y se quedó mirando el techo.

—Déjalo, Stacy —murmuró él—. No lo pienses.

—Para ti es fácil decirlo. Tú no tienes nada que perder.

—Yo no lo veo de ese modo —él extendió el brazo sobre la sábana arrugada y le tocó el brazo—. Nos deseábamos. Nos importamos el uno al otro. ¿Qué tiene eso de malo?

—Te estás haciendo el tonto a propósito. Somos compañeros, Mac. Las detectives que se acuestan con sus compañeros pierden credibilidad. Y tú lo sabes.

—Me cabrea que des por sentado que voy a irme de la lengua —le apretó el brazo con más fuerza—. Yo no soy de ésos.

Ella sintió el desafío que se adivinaba tras sus palabras y lo miró. De pronto se dio cuenta de que le creía. De que Mac hablaba en serio. De que cumpliría su promesa.

Hasta que, por la razón que fuera, aquel devaneo se acabara y su ego necesitara una satisfacción. Ella había visto pasar cosas semejantes una y otra vez. Había pensado que las mujeres que se ponían a sí mismas en esa situación eran estúpidas y pusilánimes. Se había prometido no hacerlo nunca.

Y allí estaba.

Mac le giró suavemente la cara hacia él.

—Stacy... Esto es entre nosotros. No le importa a nadie más. No es para los oídos ni el entretenimiento de nadie —bajó la voz—. No permitiré que nadie te haga daño. Confía en mí.

Ella deseaba hacerlo. Quizá más de lo que nunca había deseado algo.

Pasaron los segundos. Mac deslizó tiernamente el pulgar por el pómulo de Stacy, hasta su boca. Ella tembló involuntariamente, sorprendida por la intensidad de su deseo.

—¿Quieres que diga que lo siento? —preguntó él.

Ella abrió la boca, pero no dijo nada. A decir verdad, no quería que Mac se disculpara. Deseaba que dijera lo contrario. Que lo que habían compartido era especial. Importante. Que volverían a estar juntos, y al diablo con el trabajo.

Y entonces su deseo se hizo realidad.

—No pienso hacerlo, Stacy. Porque no lo lamento —una sonrisa afloró a sus labios—. La verdad es que estoy muy contento. Así que, ¿qué piensas hacer al respecto?

—Puede que sea yo quien se vaya de la lengua.

—¿Crees que beneficiaría a tu imagen en el departamento?

—Seguro que sí. Otra conquista para Killian. Menuda yegua.

Él sonrió y la atrajo hacia sí. Su miembro erecto se apretó contra el vientre de Stacy.

—Eres muy buena. De eso doy fe.

Stacy deslizó una mano entre sus cuerpos y asió su miembro con fuerza.

—Tal vez tenga que demostrártelo.

—Oh, no, no hace falta —rápido como una centella, Mac la tumbó de espaldas y le sujetó los brazos sobre la cabeza—. Ahora me toca a mí.

7:10 a.m.

Stacy se despertó con el sonido de la respiración profunda y rítmica de Mac. Miró el reloj y vio que era todavía temprano, poco más de las siete. Salió de la cama sin hacer ruido, teniendo cuidado de no molestarlo. Vio un montón de ropa recién lavada y doblada y se acercó a él. Eligió una camiseta grande y suave y se metió en el cuarto de baño. Orinó y se aseó, poniéndose pasta dental en un dedo para lavarse los dientes.

Al mirarse en el espejo sonrió. No estaba mal, a pesar de que casi no había pegado ojo. Y se sentía casi... refrescada.

Orgasmos: la respuesta de la naturaleza al estrés y la falta de sueño.

Se apartó del espejo, salió del cuarto de baño y abandonó de puntillas el dormitorio, recogiendo de paso la ropa que se había quitado apresuradamente la noche anterior. Dobló la ropa mientras pensaba en comida. Y en tomarse un café.

Se acercó a la cocina despacio, fijándose en las cosas que había pasado por alto la noche anterior: que a Mac le iría bien una asistenta, que le gustaban las cosas bonitas, y que coleccionaba carteles de viejas películas. Eso la sorprendió.

Se detuvo delante de un cartel enmarcado de *Rebelde sin causa*; en la pared de enfrente había uno de *La ley del silencio* y otro de *El padrino*.

Entró en la cocina. La encimera de azulejos blancos y negros y los armarios con cristales emplomados evidenciaban que la cocina databa de los años cincuenta. Mac, igual que ella, bebía café. Gracias a Dios. Stacy encontró un paquete de granos de café, el molinillo y los filtros y preparó una cafetera en un abrir y cerrar de ojos.

Al asomarse a la nevera comprendió que preparar algo de comer iba a resultarle más difícil.

—Buenos días, preciosa.

Stacy miró hacia atrás. Mac estaba en la puerta de la cocina; parecía soñoliento y satisfecho. Estaba en pelotas. Sostenía en la mano la sobaquera de Stacy y su arma reglamentaria, una Glock 40, modelo policial, semiautomática.

—Has olvidado tu pistola.

Ella se echó a reír y tomó el arma.

—Mi Walton & Johnson.

—¿Perdona?

–En vez de Smith & Wesson. Jane siempre se confunde.
–Tú llevas una Glock.
–Ella no lo sabe. La única pistola que conoce es la Smith & Wesson. En fin, es igual. Por cierto, me encanta tu pijama.
Él sonrió.
–Gracias. Ésa es mi camiseta preferida, por cierto.
–¿Me la prestas?
–Si te digo que no, ¿te la quitarás?
–No hasta que me haya tomado una taza de café. Lo siento. Una tiene que poner un límite. Además, estaría bien comer algo.
–Exigente y, además, mandona.
Ella se volvió hacia la nevera abierta.
–Cómo se nota que eres un tío. Aquí no hay nada; sólo cerveza y restos de pizza.
Mac se acercó a ella y le rodeó la cintura con los brazos.
–¿Qué más se necesita?
–¿Huevos? ¿Zumo? ¿Pan?
–La pizza es la comida ideal. Tiene de todo. Carne. Cereales. Lácteos. Verduras.
–Grasa –ella abrió la caja–. Yo aquí no veo ninguna verdura.
Él arqueó una ceja.
–Salsa de tomate. Hecha con tomates, o sea, una verdura.
–Los tomates tienen semillas. Son frutos.
Él le besó la nuca.
–Imaginaba que dirías eso.
–¿Ah, sí? ¿Y por qué?
–Por la misma razón por la que no tengo más que pizza y cerveza en la nevera.
Ella se dio la vuelta y le enlazó el cuello con los brazos.
–¿Porque eres un Neandertal bebedor de cerveza?
–Pues sí. Y tú eres una señorita muy puntillosa.
Mac frotó su pelvis contra la de ella. Ya estaba empalmado.
Al diablo con el café.
–Veo que has traído tu pistola –murmuró ella, sonriendo contra su boca–. Pero ¿estás preparado para usarla?
Mac soltó una risa áspera, la levantó en brazos y la depo-

sitó sobre la mesa de la cocina. Allí le demostró que, en efecto, estaba preparado.

Después de que ambos se ducharan, Stacy recalentó la pizza a pesar de que Mac insistió en que estaba mejor fría. Se la comieron acompañada de café y Stacy tuvo que admitir a regañadientes que la combinación no estaba mal del todo.

Al tomar la segunda porción, sacó a colación el asunto que la inquietaba.

—Jane tiene una teoría sobre el tío que le está mandando esos anónimos —Mac la miró a los ojos, con una porción de pizza a medio camino de la boca—. Cree que es él quien mató a Vanmeer, a Tanner y a Lisette Gregory.

—Eso es mucho suponer.

—Sí, ya. Pero ¿y si tiene razón?

Él se quedó mirándola un momento.

—Dime que estás de guasa, Stacy. ¿No creerás que el tipo que conducía esa lancha hace dieciséis años no sólo ha vuelto a aparecer en la vida de tu hermana, sino que ha regresado con un intrincado plan que incluye un triple asesinato? —al ver que ella no contestaba, Mac soltó un bufido de incredulidad—. A ver, sácame de dudas. ¿Con qué propósito haría eso? ¿Para aterrorizar a Jane? ¿Y no podía hacerlo sin cargarse a tres mujeres? Vamos. Es más probable que Ian le haya pedido a alguna amante suya que mande esas notas, previendo la reacción de Jane, con la esperanza de apartar la atención de sí mismo.

Tenía razón. Maldición. Ella había querido creerse aquella teoría por Jane. Porque a su hermana le hacía mucha falta.

Stacy miró su plato y los restos de la pizza mientras sopesaba sus ideas, preguntándose hasta qué punto podía ser sincera. Por fin decidió arriesgarse.

—Tenía celos de ella. Me molestaba que su vida fuera tan perfecta. Su marido, su carrera, un hijo en camino... Supongo que pensaba ¿por qué no yo? Y ahora está... —respiró hondo y miró a Mac con calma—. No debía sentirme así. Era odioso. Mezquino y egoísta.

—Era natural —dijo él mientras se limpiaba la boca con una servilleta de papel—. Somos humanos, no seres perfectos.

—Aun así, no era justo para ella. Yo la culpaba por su felicidad. Jane me necesitaba y yo no estaba ahí para apoyarla.

Mac arrojó al plato la servilleta arrugada.

—Tú quieres algo de mí, Stacy. ¿Qué es?

—No se trata de lo que quiera de ti. Se trata de lo que le debo a Jane. Si ella cree esa teoría, tengo que comprobarla. Con tu ayuda o sin ella.

—El capitán nos hará trizas si se entera de lo que estamos tramando.

Ella sonrió.

—Que me haga trizas a mí. Me da igual.

Él se echó a reír sin ganas.

—Está bien, Stacy. Soy tu compañero y estamos juntos en esto.

9:30 a.m.

Tras despedirse de Mac, Stacy corrió a casa a cambiarse de ropa y luego se fue al hospital a ver a Jane.

Su hermana estaba despierta, sentada en la cama, con el desayuno intacto delante de ella. La cicatriz de la parte derecha de su mandíbula se destacaba sobre su pálida piel.

—Hola, tesoro —dijo Stacy suavemente, con una sonrisa forzada.

—Hola.

—¿Dave se ha ido ya?

Su hermana frunció el ceño.

—¿Ha estado aquí?

—Sí, anoche. Muy tarde.

—No me acuerdo. Debía de estar dormida.

Stacy se acercó a su hermana. Apartó la bandeja del desayuno y se sentó cuidadosamente en el borde de la cama.

—Ojalá pudiera decir algo para que te sintieras mejor. Me siento tan mal por todo esto... Por... todo —carraspeó—. No sé si te servirá de algo, pero estoy aquí para lo que quieras, si me necesitas.

—Sí que sirve de algo —musitó Jane—. Gracias.

—¿Ha venido el médico?

Jane asintió con la cabeza.

—Va a darme el alta esta tarde, después de comer.

—Te llevaré a casa.

—Pero tienes que ir a trabajar...

—Me he tomado un día libre para asuntos personales. Para eso están.

Se quedaron calladas un momento, mientras los ruidos del hospital giraban a su alrededor: las enfermeras que iban de habitación en habitación, dando alegremente los buenos días a los pacientes; un carrito que alguien empujaba por el pasillo; una familia que visitaba al enfermo de la puerta de al lado...

—Stacy...

Stacy miró a su hermana a los ojos. En momentos como aquél, la diferencia de los ojos de Jane se hacía evidente: uno reflejaba una multitud de emociones; el otro... nada.

—Ian... Necesito que se lo digas. Lo del bebé. Yo no puedo y... no quiero que se entere por Elton. O por teléfono. ¿Lo harás por mí? Por favor...

Stacy no había sido capaz de negarse. Así que allí estaba, esperando a que el guardia sacara a Ian y deseando hallarse en otra parte.

Dejó escapar el aliento que había estado conteniendo. ¿Cómo iba a decírselo? ¿Cómo iba a mirarlo a los ojos y a decirle que había perdido a su futuro hijo, que la mujer a la que amaba lo necesitaba y que entre tanto él no podía hacer nada por reconfortarla?

Eso, en caso de que de verdad amara a Jane. Lo cual era mucho suponer.

Stacy procuró olvidarse del suplicio que la aguardaba y pensó en la noche anterior. En Mac. Sonrió espontáneamente. Se sentía como si le hubieran hecho un regalo. Un rayo de sol mientras la tormenta se desataba a su alrededor.

¿Quién lo habría pensado? Mac McPherson, por el amor de Dios. ¿El hombre que soñaba encontrar? ¿Un hombre divertido, tierno y honesto? ¿Un hombre que la quisiera?

Para el carro, Killian. Respira hondo. Cada cosa a su tiempo.

A decir verdad, Mac y ella eran compañeros desde hacía poco tiempo; ella no lo conocía muy bien. Ciertamente, no lo bastante bien como para empezar a pensar en esas cosas. Si seguía así, se daría un batacazo. Un buen batacazo.

Pero aun así... se sentía bien. Se sentía de maravilla.

El guardia introdujo a Ian en la sala. Al verla, su cuñado se acercó directamente al teléfono. Stacy hizo lo mismo.

—Stacy, ¿Jane está bien? —preguntó él, alarmado.

Ella titubeó; no sabía cómo empezar. Finalmente decidió que lo mejor sería ir al grano y dijo:

—Jane perdió el niño anoche.

Ian la miró con estupor, como si no hubiera entendido lo que acababa de decirle. Ella notó el momento preciso en que por fin lo entendía. La mano con la que Ian sujetaba el teléfono palideció.

—¿Cómo...? Yo no... Pero si estaba bien. La vi el jueves. Estaba... bien.

—La cosa ha sido grave. La placenta se desprendió de la pared del útero. Jane está fuera de peligro, pero podría... —se le cerró la garganta y carraspeó—... podría haber muerto. Podría haberse desangrado.

—Cielo santo.

Ian se hundió en la silla con expresión extrañamente inexpresiva.

—El médico dice que tal vez puedan darle el alta hoy mismo. Físicamente está bien. Pero emocionalmente... Está destrozada, Ian.

Él bajó la cabeza y se llevó la mano libre a la cara. Stacy notó que le temblaba.

Fueron pasando los segundos. Stacy decidió darle tiempo para que encajara el golpe. Podía imaginar cómo se sentía.

A menos que fuera el monstruo que decían que era. Un asesino despiadado al que no le importaba nada, aparte de sí mismo. Y el dinero.

Cuando Ian levantó la cabeza, Stacy vio que tenía los ojos rojos y húmedos y el rostro desencajado por la angustia.

—Estuvo aquí el jueves... Yo provoqué una pelea. Estaba celoso. De Dave. De ti. De todo el mundo. Porque Jane me necesitaba y yo estaba encerrado aquí. Porque buscaba el consuelo de otros. Y ahora... Nuestro bebé. Hemos perdido a nuestro... Dios mío, ¿qué he hecho?

¿Jane y él se habían peleado? Jane no le había dicho nada.

Stacy tragó saliva con dificultad. Se sentía dividida entre lo que sentía por el hombre que en su fuero interno creía que era Ian, y el hombre del que hablaban las evidencias. Un mentiroso y un mujeriego.

Un asesino a sangre fría.

Ian suplicó:

—Por favor, Stacy, dile... dile que lo siento. Que la quiero. Que nunca la he engañado. Que nunca lo haría.

Stacy frunció las cejas. ¿Podía un hombre que afirmaba amar a su mujer y a su hijo perdido tan profundamente como Ian ser capaz de los crímenes que se le imputaban? ¿O era Ian Westbrook un actor consumado, merecedor de un premio de la Academia por el papel que representaba?

—Dile que esas comidas no eran nada —dijo Ian en tono ansioso—. Tienes que prometérmelo. Estaba enfadado, me puse a la defensiva... Pensé que las preguntas que me hizo eran una traición. Pero me equivoqué. Jane tenía todo el derecho a... —se interrumpió y apartó la mirada. Stacy notó que intentaba recuperar la compostura. Cuando Ian volvió a mirarla, su expresión había cambiado. Parecía haberse vuelto más clara, más decidida—. Marsha reservaba un bloque de dos horas dos veces al mes para el papeleo. Fue ella quien grabó los números de teléfono de mi agenda electrónica. Ella se ocupaba de esas cosas. Ella... —su voz se alzó, quebradiza—. Soy inocente, Stacy. De todo. Díselo, por favor.

Stacy se irguió mientras el significado de las palabras de Ian cristalizaba en su cabeza. Jane había encontrado en aquella agenda electrónica alguna prueba que inculpaba a su marido. Había interrogado a Ian, y se habían peleado.

Stacy había visto la lista de efectos incautados en la consulta de Ian y en el *loft*. Y en la lista no figuraba ninguna agenda electrónica. La policía la había pasado por alto. Porque la tenía Jane.

–¿Qué encontró exactamente Jane en tu agenda, Ian?

La mirada de Ian se volvió recelosa, como si de repente se diera cuenta de que no estaba hablando con su cuñada, sino con una detective de la policía.

–Tú díselo, Stacy. Ella sabrá de qué estoy hablando.

–Ian, yo puedo ayudarte. Si hay algo que...

–Prométeme que se lo vas a decir. Por favor, significa mucho para mí –Ian se inclinó hacia delante y su voz se hizo más grave–. Jane lo es todo para mí.

Stacy frunció el ceño. ¿Qué había hecho su hermana? ¿Qué le estaba ocultando a la policía? ¿Y cómo podía defender ella a un hombre del que sospechaba que era un asesino despiadado? Si Ian había cometido aquellos crímenes, Stacy quería que se mantuviera lo más alejado posible de su hermana.

Pero ¿y si no era culpable? ¿Y si el verdadero asesino se estaba partiendo de risa mientras tiraba de los hilos?

Stacy se levantó y le indicó al guardia que había terminado.

–Me lo pensaré, Ian. No te prometo nada.

Ian se levantó de la silla.

–Por favor, Stacy...

–Lo siento, Ian. Es lo mejor que puedo hacer.

Mientras se alejaba, se preguntó a quién podía creer. Y qué demonios iba a hacer cuando lo decidiera.

3:30 p.m.

Jane subió con precaución el tramo de escaleras que llevaba a su *loft*. Stacy la sujetaba del brazo para que no se cayera, aunque Jane había insistido en que no era necesario.

El médico le había dado el alta tras prescribirle veinticuatro horas de reposo y actividad restringida durante las cuarenta y ocho horas siguientes. Su cuerpo, le había dicho, la avisaría si se pasaba de la raya. Le había advertido que le hiciera caso. Si empezaba a sangrar, debía llamar inmediatamente al hospital.

Físicamente, Jane se sentía débil. Temblorosa y dolorida.

Pero lo que más le dolía era el corazón. Había llevado dentro de sí un bebé. Su hijo y el de Ian.

Pero ya no. La pérdida del bebé había dejado un vacío dentro de ella. Un hueco que suscitaba en ella el deseo urgente de abrazar a su marido, de aferrarse a él. De que él se aferrara a ella.

Stacy le había dicho que Ian estaba destrozado. Que estaba angustiado por ella. Que le había pedido que le dijera que la quería.

Jane no sabía por qué, pero había esperado algo más.

Stacy la miró cuando llegaron a lo alto de la escalera.

—¿Estás bien?

Al ver que su hermana asentía, Stacy metió la llave en la cerradura y abrió la puerta. Entraron en el recibidor del *loft*. Ranger gimoteaba, encerrado en su caseta de la cocina. Jane dejó escapar un gemido de preocupación.

—Pobre Ranger, se me había olvidado...

—Ya me he ocupado yo de él —dijo Stacy—. Me pasé por aquí esta mañana. Voy a acompañarte a la cama y luego lo saco otra vez a dar un paseo.

—Puedo meterme sola en la cama.

—Estás débil.

—Y tú estás exagerando.

—No puedo evitarlo, hermanita. Haces que me salga la vena maternal. Lo siguiente que haré será ahuecarte las almohadas.

—Florence Nightingale y Vin Diesel en una misma persona.

—Ésa soy yo. Primero les pateo el culo y luego los curo.

Jane miró hacia su dormitorio y de pronto se apoderó de ella una sensación de temor.

Como si adivinara lo que estaba pensando, Stacy le tocó el brazo y dijo con suavidad:

—Ya me he ocupado yo. He limpiado el colchón, le he dado la vuelta y he puesto sábanas limpias.

Jane miró a su hermana con un nudo en la garganta. Lágrimas de gratitud emborronaron su visión. ¿Cómo podía darle las gracias? ¿Y qué haría sin ella?

Stacy le apretó los dedos.

—Para eso están las hermanas, tonta. ¿Sabes qué te digo? Tú métete en la cama, que yo me ocuparé de Ranger y miraré el contestador. Pero... —la señaló sacudiendo un dedo—, será mejor que cuando vuelva estés metida en la cama. El médico ha dicho...

—Que no esté de pie. Lo sé, lo sé.

Jane agitó la mano y se dirigió cautelosamente hacia la habitación principal. Entró en el cuarto de baño y luego se quitó los zapatos y se acercó a la cama.

Stacy no sólo había cambiado las sábanas; también había abierto la cama.

Sobre la almohada había una caja envuelta en bonito papel de regalo. Era más o menos del tamaño de una caja de zapatos; el papel tenía estampaciones en color pastel, y el lazo era amarillo. ¿Un regalo de Stacy?, se preguntó Jane. ¿O quizá de Ted?

Jane se aproximó a la cama. Vio que era papel infantil. Patitos que llevaban paraguas.

A la luz de los acontecimientos recientes, aquello parecía una broma cruel.

Jane comprendió de pronto que el regalo no era de su hermana, ni de Ted. Sino de *él*.

Miró hacia atrás y abrió la boca para llamar a Stacy. Oyó el ruido de la puerta de atrás al abrirse y al cerrarse. *Su hermana se había llevado fuera a Ranger.*

Con el corazón palpitándole violentamente, fijó de nuevo la mirada en la caja. Dio un paso adelante y tendió los brazos hacia ella. La recogió. Le dio una sacudida. Su contenido golpeó las paredes de cartón.

¿Debía abrirla? ¿O esperar a Stacy?

Ignorando la sensatez de esta última opción, desenvolvió la caja, quitó la tapa y miró dentro.

Allí, colocada sobre un lecho de mustias rosas blancas, yacía un muñeco mutilado. Su marfileño cuerpo de plástico estaba agujereado y roto, como si hubiera pasado por un triturador de basuras. Tenía el cuello casi seccionado del todo, y su único ojo miraba a Jane inexpresivamente.

¿La representaba a ella? ¿O al bebé que acababa de perder?

Jane se quedó mirando el muñeco y sintió que la bilis se le subía a la garganta. Él lo sabía. Sabía que había estado en el hospital. Que había perdido a su bebé.

Tal vez la estuviera observando en ese mismo instante. Si así era, ¿le divertía su sufrimiento? ¿Se estaba riendo? ¿O acaso esperaba oírla gritar?

De pronto se apoderó de ella un arrebato de ira que le cortó la respiración. Aquel individuo quería aterrorizarla. El muy hijo de puta se alimentaba de sus miedos.

Pero ella moriría antes que darle esa satisfacción. Si aquel maníaco se nutría de su terror, iba a morirse de hambre.

—Jane, ¿estás bien?

Jane se volvió sin decir nada. Su hermana estaba en la puerta, con la correa del perro en la mano. Jane le mostró la caja. Stacy bajó la mirada hacia ella y preguntó:

—¿Qué es eso?

—Un regalo. De mi amigo, el maníaco. ¿Dónde está Ranger?

—Con Ted. Pensé que descansarías mejor si... —Stacy se calló de repente, como si se diera cuenta de que aquello carecía de importancia—. Suelta eso, Jane. Ponlo encima de la cama. Retírate, por favor.

Jane hizo lo que su hermana le pedía. Stacy sacó su arma y la levantó. Walton & Johnson al rescate, pensó Jane, y un borboteo nervioso acudió a sus labios. Observó a Stacy mientras ésta se acercaba al armario pistola en mano.

—¿Dónde lo has encontrado?

—Encima de la almohada.

Stacy abrió el armario, le echó una ojeada y luego miró en el cuarto de baño y debajo de la cama.

—No te muevas. Voy a comprobar el resto de la casa.

Stacy regresó un par de minutos después.

—Nada. Aquí no hay nadie, aparte de nosotras. No parece que hayan forzado la entrada. La puerta delantera estaba cerrada con llave. Y también la de atrás.

Jane miró a su hermana.
—¿Y la entrada del estudio?
—Abierta.

Stacy se guardó el arma y se acercó a la cama. Sacó un pañuelo de papel de la caja que había sobre la mesita de noche y, usándolo para impedir en lo posible que la prueba se contaminara, examinó el muñeco y la caja. De debajo del cuerpo destrozado del muñeco extrajo una pequeña tarjeta, del tamaño de las que solían acompañar a los regalos. Jane observó a su hermana mientras ésta abría la tarjeta y la leía.

—Qué hijo de puta.

Stacy le tendió la tarjeta, sujetándola con el pañuelo. Decía simplemente: *Lamento tu pérdida.*

Jane se agarró al poste de la cama para no perder el equilibrio e intentó refrenar su ira. *No podía permitir que aquel cabrón la derrotara.* Stacy dijo:

—Hace una hora y media esa caja no estaba aquí.

Alguien había entrado en la casa después de que ella se pasara por allí para cambiar las sábanas. Después de que encerrara a Ranger en su caseta.

El perro se habría vuelto loco enjaulado, habiendo un extraño en el *loft*. Sin decir palabra, Jane se dirigió a la cocina. Stacy la siguió. Se detuvieron delante de la caseta del perro. Como era de suponer, la manta de Ranger estaba revuelta y había arañazos recientes en la bandeja de plástico del fondo. Jane miró a su hermana.

—Puede que Ted haya oído algo.

Stacy asintió con la cabeza y arrugó ligeramente la frente, preocupada.

—¿Estás bien?

—Sí, estoy bien. Pero estoy furiosa —señaló hacia el vestíbulo y la puerta del estudio—. Deberíamos hablar con Ted.

—No, tú no —dijo Stacy—. Yo. Tú vas a meterte en la cama.

—Y un cuerno —al ver que Stacy se disponía a llevarle la contraria, Jane levantó una mano—. Un extraño ha entrado en mi casa. Mi vida está amenazada. Si es necesario, me echaré en el sofá de abajo.

Stacy aceptó, aunque no parecía muy convencida.

Cuando entraron en el estudio, Ted se levantó de un salto y corrió a abrazarla.

—Stacy me ha contado lo del bebé. Lo siento muchísimo por ti.

Jane le devolvió el abrazo, sintiendo un nudo de emoción en la garganta.

—Gracias, Ted.

—¿Estás bien? —miró a Stacy con reproche—. Pensaba que tenías que estar en la cama.

—Ha ocurrido algo. Tenemos que hablar contigo.

Ted las miró a las dos con recelo. Stacy se hizo cargo de la situación y le explicó lo del paquete que habían dejado sobre la cama.

—No estaba allí cuando me fui esta tarde, así que hay un margen de tiempo de cerca de una hora y media. Más o menos de las dos a las tres y media de esta tarde.

Jane añadió:

—La única entrada que no estaba cerrada con llave era la puerta del estudio al *loft*.

—¿Has entrado hoy en el *loft*, Ted? —preguntó Stacy.

Él miró a Jane y luego a Stacy.

—No.

—¿Has oído ladrar a Ranger en algún momento durante la última hora y media? Habrá armado mucho escándalo. Supongo que se habrá puesto como loco.

Ted se quedó pensando un momento y luego movió la cabeza de un lado a otro.

—No lo he oído después de que te fueras. Pero, claro, he ido a por un sándwich y una coca-cola —señaló la papelera que había junto a la mesa. Sobre ella había una bolsa de papel arrugada y una lata de coca-cola—. Tengo mucho cuidado —añadió—. Siempre cierro con llave cuando me voy. Y siempre pongo la alarma.

—¿Siempre?

Él titubeó.

—Bueno, he dejado la puerta sin cerrar una o dos veces cuando iba a salir sólo unos minutos. Pero hoy no. Tenía que pasarme por un par de sitios. Me acordé de poner la alarma.

—¿Qué sitios?
—El quiosco, la droguería para comprar Advil...
—¿Cuánto tiempo estuviste fuera?
Ted se puso a tamborilear con los dedos sobre su muslo con nerviosismo.
—No lo sé. Media hora, puede que cuarenta minutos.
—¿Y qué hay de la llave y del código de la alarma? —insistió Stacy—. ¿Le has dado el código a alguien alguna vez? ¿O una llave?
—¡No! Claro que no.
—¿Nunca has traído a nadie al estudio después del trabajo?
Él pareció inquieto.
—¿Qué quieres decir?
—Creo que la pregunta está muy clara, Ted. ¿Alguna vez has invitado a alguien al estudio sin que Jane lo supiera?
Jane notó que Ted estaba sudando. Estiró la mano y le tocó el brazo.
—Esto no es un interrogatorio, Ted.
Él miró a Stacy con furia.
—¿Ah, no? Pues lo parece.
—Sólo estamos intentando averiguar quién ha entrado en mi casa. Y cómo.
—Bueno, ¿qué contestas? —preguntó Stacy—. ¿Alguna vez has traído a alguien al estudio sin que Jane lo supiera?
—Una vez. Una chica que conocí en el Spider Babies, un bar de la calle Elm —Stacy asintió con la cabeza y dijo que conocía el local—. Estudiaba arte en la universidad de Dallas. Se volvió loca cuando le dije que era el ayudante de Camafeo —Ted parecía abatido—. Quería impresionarla. Ya sabéis. Así que le pregunté si quería ver tu estudio.
—Oh, Ted —dijo Jane, decepcionada. Entristecida.
—Pensé que no haría mal a nadie. Yo... la traje aquí. Echamos un vistazo. Para ella fue como un afrodisíaco. Se puso como loca.
Jane tragó saliva, sintiéndose incómoda por aquella confesión. Se sentía violentada por ella.
—¿Te acostaste con ella aquí? —preguntó Stacy.
Ted se puso colorado y apartó la mirada.

—Sí.

—¿Y?

—Debí quedarme dormido. A la mañana siguiente, la chica se había ido.

—No sabías nada de ella —dijo Jane—. Podría haberse llevado alguna obra mía. Podría haber entrado en mi casa. Podría haber pasado cualquier cosa.

Él bajó la cabeza.

—A la mañana siguiente, me sentí fatal por lo que había hecho. Por haberte traicionado. Revisé el estudio cuidadosamente. No faltaba nada.

—¿Y el código de la alarma? —insistió Stacy.

—Puede que ella lo viera cuando lo marqué. Estaba un poco borracho.

Jane notó que Stacy estaba furiosa.

—¿Y tus llaves?

—Al día siguiente las encontré colgando de la cerradura de la puerta —Ted miró suplicante a Jane—. Yo no quería que pasara esto. Te quiero, Jane. Jamás te haría daño intencionadamente.

—Dejaste las llaves en la puerta —repitió Stacy, enfurecida—. Quiero que cambien la cerradura y el código de la alarma hoy mismo.

Jane sintió una oleada de aturdimiento y se agarró al brazo de Stacy.

Ted corrió hacia ella y la agarró del otro brazo. Entre Stacy y él la llevaron al sofá. Jane se dejó caer en él y metió la cabeza entre las rodillas. Respiró profundamente por la nariz, intentando que el oxígeno la ayudara a recuperarse. Al cabo de unos segundos, el mareo remitió, pero Jane siguió sintiéndose temblorosa y aturdida.

—¿Estás bien? —preguntó Stacy, que estaba agachada delante de ella, frotándole las manos—. Tienes las manos heladas.

—Estoy un poco nerviosa.

—Lo has pasado muy mal. No le quites importancia.

—¿Quieres que te traiga algo? —preguntó Ted con voz trémula—. ¿Una coca-cola o un agua mineral...?

—¿No crees que ya has hecho bastante? —le espetó Stacy.

Ted se puso colorado. Jane abrió la boca para salir en su

defensa, pero sintió una punzada dolorosa en el abdomen e inhaló una brusca bocanada de aire. Se le saltaron las lágrimas.

—Creo que necesito echarme un rato. Y también un calmante.

—Te ayudo a llevarla arriba —murmuró Ted, inclinándose para tomarla suavemente del brazo.

Stacy parecía a punto de estallar, pero no dijo nada.

—Ve tú. Yo quiero echarles un vistazo a las puertas y a las ventanas de aquí abajo, a ver si hay alguna señal de que hayan forzado la entrada.

Ted ayudó a Jane a subir las escaleras y a meterse en la cama. Apartó las mantas y ahuecó las almohadas. Jane se metió en la cama, temblando, en parte de dolor y en parte de alivio por poder tumbarse. Se había excedido. Y, tal y como el médico le había advertido, su cuerpo le había dado un aviso.

Stacy se reunió con ellos. Se acercó a la cama y tapó cuidadosamente a su hermana.

—Voy a traerte la medicación —miró a Ted, que estaba remoloneando al pie de la cama—. Nada más, señor Jackman. Pero quédese donde pueda encontrarlo.

—Yo no voy a ir a ninguna parte, detective.

Su tono rezumaba sarcasmo. Y reproche. Stacy sintió que le ardían las mejillas.

—Me tranquiliza saberlo. Lo acompaño a la puerta.

Jane observó la conversación con el ceño fruncido. Su hermana estaba tratando a Ted como si fuera culpable de algo. Como si fuera sospechoso.

Ella conocía a Ted. Y la inconsciencia no era lo mismo que la malicia.

Así se lo dijo a su hermana cuando Stacy regresó con un calmante y un vaso de agua.

—Su inconsciencia te ha puesto en peligro, Jane. Puede que sea él quien te mandó el recorte y las rosas, y ahora ese muñeco. ¿Se te ha ocurrido pensarlo?

—¿Por qué iba a ser él? Es amigo mío.

—¿Ah, sí? ¿Estás segura de eso? —su hermana le dio la pastilla blanca y el agua—. Ted tuvo ocasión de hacerlo, Jane. Estaba aquí cuando recibiste esas amenazas. ¿Qué sabes en realidad de Ted Jackman?

–Lo suficiente como para saber que no es capaz de hacerme daño. De lo único que es culpable es de haber metido la pata.

–¿Apostarías tu vida por ello? ¿Y la libertad de Ian?

Jane abrió la boca para decir que sí, luego titubeó y por fin lanzó una maldición.

–Maldita sea, Stacy, no me hagas esto.

–¿Hacerte qué? ¿Intentar protegerte? –Stacy apartó la mirada un momento y luego volvió a fijarla en Jane–. Piénsalo. Ted tiene la llave de tu casa. Sabe el código de la alarma. Conoce tu rutina, las cosas que te importan. Tiene acceso a casi todas las facetas de tu vida. ¿No te parece que hay que conocer muy bien a una persona antes de darle las llaves de tu casa?

–Yo confío en él.

–¿Incluso después de lo que ha hecho?

–Sí –Jane hizo una mueca al sentir una punzada de dolor particularmente intensa. Se llevó una mano al abdomen y deseó que la medicación hiciera efecto de una vez–. A veces hay que confiar en alguien.

–Con el debido respeto, tú no has visto lo que yo. Lo que hay por ahí fuera no es un espectáculo agradable. Y te garantizo que muchas de las personas a las que he visto metidas en una bolsa de plástico eran sumamente confiadas.

Jane comprendió por primera vez el coste emocional de la profesión que Stacy había elegido y se compadeció de ella. Su hermana sacudió la cabeza.

–Necesitas dormir. Voy a guardar el muñeco en una bolsa y a llevarlo a la comisaría. De todos modos, tengo que pasarme por allí. Luego iré a casa a recoger algunas cosas para pasar la noche.

–¿Algunas cosas para pasar la noche?

–¿Prefieres venir tú a mi casa? Porque si crees que voy a dejarte sola después de lo que ha pasado, es que la medicación se te ha subido a la cabeza.

–Ese tipo no va a conseguir echarme de mi propia casa.

–Imaginaba que dirías eso –Stacy sacó el frasco de calmantes del bolsillo de su chaqueta y lo dejó sobre la mesilla de noche–. Volveré dentro de un rato. Si me necesitas, llámame al móvil.

Antes de marcharse, Stacy volvió a llenar el vaso de agua y dejó el teléfono portátil al alcance de Jane.

–Stacy... –la llamó su hermana cuando llegó a la puerta del dormitorio. Stacy se detuvo y miró hacia atrás–. Quería darte las gracias. Por todo. Significa mucho para mí.

Stacy sonrió.

–No tiene importancia, pequeña. ¿Para qué están las hermanas mayores?

6:10 p.m.

Los viernes por la tarde, el tráfico en la Autopista Central era una pesadilla. Aquella noche no fue una excepción. Stacy avanzó un poco y tocó el claxon cuando el conductor de un Mercedes plateado se atravesó delante de ella y pisó el freno para no chocar con el coche de delante.

Stacy mantuvo la calma, se metió en el carril de la derecha y se detuvo junto al Mercedes. Dos adolescentes, pensó. De juerga con el Mercedes de papá. Pitó para atraer su atención y pegó su placa a la ventanilla. A juzgar por la cara que puso, el chico que conducía el Mercedes no sólo entendió lo que quería decirle, sino que ensució los pantalones.

Stacy se guardó la insignia y señaló al chico sacudiendo el dedo. El muchacho se hundió en el asiento y ella avanzó despacio, poniéndose cuidadosamente delante de él. La placa tenía sus ventajas, pensó, sonriendo para sí misma.

Su sonrisa se desvaneció cuando recordó los acontecimientos de esa tarde. El muñeco destrozado. La confesión de Ted Jackman. La confianza inquebrantable de Jane.

Había mandado a Ted arriba con Jane para poder sacar su lata de coca-cola de la papelera. Había llevado la lata y el muñeco al laboratorio de criminología. Luego se había pasado por su departamento. La había sorprendido ver allí al capitán, un tanto macilento. Estaba claro que la gripe que asolaba el departamento no había dado aún sus últimos coletazos. Stacy había procurado no acercarse al capitán mientras le ponía al corriente de lo sucedido. Schulze se había mostrado preocupado y le había dado permiso para investigar aquel asunto, a pesar de que saltaba a la vista que tenía otras cosas más importantes en la cabeza.

A Mac no lo había visto por ninguna parte. Había mirado sus mensajes, notando con desilusión que Mac no había intentado ponerse en contacto con ella, y luego se había ido. Y se había topado con aquel atasco.

Los coches avanzaron lentamente y se detuvieron de nuevo. Stacy volvió a pensar en Ted Jackman y frunció el ceño. Aquel tipo no era trigo limpio. Cuanto más repasaba lo que les había dicho esa tarde, más convencida estaba de que había mentido. O de que estaba ocultando algo. Pero ¿qué?

Sospechaba que las huellas dactilares le darían la respuesta. El técnico del laboratorio se había comprometido a darle los resultados en un plazo de veinticuatro horas.

Su teléfono móvil sonó. Stacy pulsó el botón del manos libres.

—Aquí Killian.

—Hola, preciosa —dijo Mac—. ¿Dónde estás?

—En un atasco. De camino a casa.

—¿A casa? Qué destino tan absurdo, un viernes por la noche.

—¿Se te ocurre alguno mejor?

—Sí. El pub Smiley's. ¿Lo conoces?

Stacy lo conocía. Era la clase de sitio que conocía todo policía que se preciara de serlo. Así se lo dijo a Mac.

—Bien, pues te espero allí.

La línea quedó muerta. Stacy sonrió y tomó el desvío hacia la calle Knox para dar la vuelta. En el sentido de regreso al centro de la ciudad, la autopista iba como una seda. Sonriendo para sus adentros, Stacy pisó el acelerador.

Mac estaba tomándose la primera cerveza cuando llegó.

Stacy se sentó enfrente de él. Si algún compañero los veía,

pensaría que estaban desfogándose un poco al final de la semana.

Stacy pidió una cerveza. Cuando la camarera se alejó, se volvió hacia Mac. Y descubrió que la estaba mirando con fijeza.

–Hoy no he podido concentrarme en todo el día –dijo él con suavidad.

Stacy no pudo evitar sonreír.

–Lo mismo digo.

–No dejaba de pensar en el desayuno.

Stacy sabía que no se refería a la pizza recalentada. De pronto se sintió acalorada y cruzó los brazos sobre el pecho.

–¿Qué has tenido hoy?

–Una prostituta. La mataron de una paliza. Una escabechina.

Ella hizo una mueca.

–Te están dando un montón de trabajo.

–La mitad de la gente tiene la dichosa gripe. Fuimos Liberman y yo. Por suerte el caso es suyo, yo sólo iba de ayudante.

–¿Tú por quién apuestas? ¿Por el chulo o por un cliente?

–Por el chulo. Según parece, no tiene reparos en usar incentivos para meter a sus chicas en cintura.

–Tenemos un trabajo cojonudo.

–Sí, como para morirse de risa.

Ella se inclinó hacia delante y preguntó:

–¿Alguna vez has pensado en dejarlo? ¿En unirte a las filas de los civiles?

–No, si antes no gano un montón de dinero. Hay que trabajar. Además, es mi profesión. ¿Y tú?

–Sí, a veces. Yo...

Stacy se mordió la lengua. Había estado a punto de decirle que a veces se preguntaba si aquel trabajo la habría marcado de algún modo. Si la inhumanidad y la muerte con la que trataba cada día le hacía imposible mantener relaciones normales y sanas con sus semejantes. O si acaso las personas capaces de mantenerlas intuían de modo inconsciente que debían alejarse de ella.

Había estado a punto de decir eso, pero ahora había encontrado a Mac.

—Da igual —sonrió—. Además, ¿qué haría si no estuviera persiguiendo a los malos?

—Exacto —él cambió de tema—. ¿Qué tal está Jane?

—Ha recibido otro paquete de su amigo el psicópata. Un muñeco destrozado. La nota decía «Lamento tu pérdida».

Mac bebió un sorbo de cerveza y frunció el ceño, preocupado.

—¿Cuándo lo recibió?

La camarera les llevó la cerveza de Stacy y un cestillo con galletitas saladas. Stacy tomó una.

—Estaba en su casa cuando llegó del hospital. Encima de la cama.

—Más no se puede acercar uno a una persona, a menos que la toque.

Stacy sintió que la galleta se volvía ceniza en su boca y se la tragó con un sorbo de cerveza. No lo había pensado desde aquel punto de vista. Pero Mac tenía toda la razón.

—Entonces, ¿qué hará ahora? —preguntó—. ¿Tocarla? ¿Oír sus gritos?

—Puede que nada.

Ella dejó escapar un bufido de exasperación.

—Lo siento, pero eso no me sirve. ¿No has sabido nada de Doobie?

Mac sacudió la cabeza e hizo señas a la camarera para que le llevara otra cerveza.

—Podríamos ir otra vez al Big Dick, pero no han pasado ni veinticuatro horas.

Stacy sabía que no tenía sentido pasarse por allí otra vez. Esperar podía resultar frustrante, pero en eso consistía en buena parte el trabajo policial. En esperar a que llegaran los resultados del laboratorio, a que apareciera un testigo u otra víctima. Con una nueva víctima, aparecían nuevas pruebas, nuevos testigos y la oportunidad de que el criminal la cagara de algún modo. Los policías de homicidios llamaban a aquello «sangre fresca».

Stacy pensaba pararle los pies a aquel cabrón antes de que eso ocurriera.

—El laboratorio tiene el muñeco, la caja en la que iba y la

nota. Y también tienen una lata de coca-cola decorada con las huellas de Ted Jackman.

–Así se hace, Stacy.

Ella le contó lo de la supuesta cita de Ted en el estudio de Jane.

–Está mintiendo.

–¿Crees que es el amigo invisible de Jane?

–Tiene acceso a su casa. Conoce los detalles íntimos de su vida y de la de Ian. Sus idas y venidas. Estaba a mano o muy cerca cuando Jane encontró cada una de las notas. La noche que detuvieron a Ian, no debía estar en el estudio, pero allí estaba. La noche de la inauguración, fue a él a quien el repartidor le entregó las flores. Hoy le dije dónde estaba Jane y a qué hora llegaríamos a casa.

–Y fue él quien describió al repartidor.

–Exacto.

Stacy pensó en el ayudante de Jane y recordó su expresión al interrogarlo, el modo en que desviaba la mirada. Y cómo, en determinado momento, había empezado a darse golpecitos con los dedos en el muslo con nerviosismo. Pensando en lo que Ted había dicho sobre que quería a Jane, dijo:

–Hay algo en el modo en que la mira... algo tan intenso que me desagrada.

–¿Y si no sacamos nada en claro de las huellas?

–Ya veremos qué pasa entonces –Stacy hizo una pausa–. No dejo de pensar que en el caso de Elle Vanmeer hay algo más que no vemos. Estamos pasando algo por alto, Mac. Lo sé. Lo presiento. Es como un picor que no se me quita.

–El culpable está en la cárcel, Stacy. Hasta que aparezca alguna prueba que demuestre lo contrario, tenemos que asumir que hemos atrapado al hombre correcto.

–Lo sé.

Mac apartó su cerveza y la agarró de la mano.

–El trabajo policial es un juego de conjeturas. Nosotros hacemos una pregunta y luego vemos si las pruebas corroboran la respuesta. Y, de momento, así es.

Stacy apartó la mano, preocupada porque algún compañero los viera.

—Debería irme.

—No te vayas todavía —él se inclinó hacia delante y, bajando la voz, murmuró suavemente—. Hace un momento dijiste algo que me intrigó.

—¿Ah, sí?

—Algo sobre un picor que había que rascar. Yo estoy cualificado para el trabajo. Y dispuesto a todo. Garantizo alivio inmediato.

—¿De veras?

—Mejor que el Benadryl. Podríamos hablar sobre mi técnica mientras cenamos. Y luego ponerla en práctica en mi casa.

Ella sacudió la cabeza con pesar.

—No puedo.

Él se llevó una mano al pecho, fingiendo un ataque al corazón.

—¿Me estás rechazando? Te estoy ofreciendo lo mejor de lo mejor. Es la ocasión de tu vida.

Ella se echó a reír, encantada por su avidez infantil.

—¿Lo dejamos para otro día?

—Respuesta incorrecta. Prueba otra vez.

—Lo siento. Voy a quedarme con Jane hasta que atrapemos a ese tío. Cuando me llamaste iba a casa a recoger mis cosas.

Mac puso una cara de desilusión casi cómica. Como la de un enorme cachorro al que hubieran condenado a dormir en el suelo.

Aquel hombre era adorable. Stacy pensó que nada le gustaría más que estar en su cama.

Así se lo dijo.

—Está bien, entonces lo dejamos para otro día. Pero te prometo una cosa, detective Killian. Pienso tomarte la palabra.

6:45 p.m.

Jane cobró conciencia del ruido del tráfico de la calle, de la campanilla del reloj de la chimenea, de los cambios de postura de Ranger a los pies de la cama. Abrió los ojos despacio. El matiz brillante de la luz de la tarde se había transformado en el tenue fulgor del atardecer.

Giró la cabeza. Y vio a Ted de pie en la puerta del dormitorio, mirándola.

Se incorporó con esfuerzo y tiró de la colcha para cubrirse.

–Ted, ¿qué haces ahí?

–Te he traído unas flores.

Señaló algo con el dedo. Jane giró la cabeza. Sobre la mesilla de noche había un pequeño jarrón con flores mezcladas.

Ted había estado en su habitación mientras ella dormía. Se había quedado junto a su cama. Mirándola.

Jane sintió que un escalofrío le corría por la espalda. Unas semanas antes, la presencia de su ayudante no le habría causado inquietud alguna. Pero unas semanas antes su vida no estaba amenazada. Su marido estaba en casa y ante ellos se extendía un futuro brillante y prometedor.

Su hermana había plantado una semilla de desconfianza que había echado raíz.

–Ya han cambiado las cerraduras. Acaban de irse.

¿Mientras ella dormía? Jane vio por el rabillo del ojo el frasco de calmantes que le había recetado el médico. Pero o dan. Sólo se había tomado uno. ¿No?

–Te cerré la puerta para que no te molestaran –dijo Ted–. Las instrucciones para cambiar el código de la alarma están en la encimera de la cocina. Supuse que querrías hacerlo tú misma.

La advertencia de Stacy asaltó de pronto a Jane.

¿Hasta qué punto conoces a Ted Jackman? ¿Arriesgarías tu vida por fiarte de él? ¿Arriesgarías la libertad de Ian?

–¿Jane? –dijo él.

Ella parpadeó, intentando aparentar normalidad. Ocultar su desasosiego.

–¿Sí?

Él parecía angustiado.

–Me he vuelto a pasar de la raya.

–No pasa nada, Ted.

–No, no es cierto –juntó las manos–. No quería molestarte, pero necesitaba hacer algo para compensar lo de... antes. Y porque siento mucho lo del bebé.

Jane sintió de pronto la quemazón de las lágrimas. ¿Por qué sospechaba de él? Aquél era Ted. Su amigo y confidente. No un extraño con intenciones ocultas.

Le hizo señas de que entrara en la habitación.

—Trae aquí el sillón, tenemos que hablar.

Ted se aproximó al sillón antiguo que había contra la pared, lo levantó y lo acercó a la cama. Ranger empezó a mover la cola. Ted lo acarició un momento y luego se sentó. Y aguardó.

—Nunca más, Ted. Nunca más vuelvas a invitar a una persona extraña a mi estudio. No vuelvas a ponernos en peligro a mí o a mi familia de ese modo.

—No volverá a pasar. Te lo prometo.

—Hoy ha entrado alguien en mi casa. Alguien que no me desea ningún bien. Puede que ese individuo haya conseguido tener acceso a mí y a mi casa por tu culpa. ¿Entiendes cuánto me asusta eso? ¿Lo vulnerable que hace que me sienta?

Ted se inclinó hacia delante con expresión ansiosa.

—Por favor, dame otra oportunidad. Me encanta mi trabajo. Si lo pierdo..., si te pierdo a ti, no sé qué haré.

—No vas a perder mi amistad.

—Yo jamás te haría daño deliberadamente.

—Lo sé —y lo sabía, pese a lo que pensara su hermana—. Necesito que me cuentes más cosas sobre esa mujer. Qué aspecto tenía. Si era...

Esa noche en la consulta de Ian. La mujer que se llevó el historial.

—Oh, Dios mío.

—¿Qué pasa?

Jane se llevó una mano a la boca. No podía creer que no hubiera caído antes en la cuenta. Estaba disgustada, no había podido pensar con claridad.

Pero ahora sí podía.

Tenía que decírselo a Stacy. Aquella podía ser la pista que condujera al verdadero asesino. Y a la libertad de Ian.

—Esa mujer, Ted, creo que tal vez haya estado en la consulta de Ian. La noche después de su detención.

Él frunció el ceño.

—No te entiendo.

—No le he contado esto a nadie. Esa noche, fui a la clínica.

Pensaba que tal vez la policía hubiera pasado algo por alto. Algo que ayudara a demostrar la inocencia de Ian. Era tarde. Entré por la puerta de atrás. No quería llamar la atención, así que no di la luz. Alguien entró detrás de mí. Una mujer. Yo me escondí en un armario.

Ted se puso pálido.

—Dios mío, Jane.

Ella continuó como si su ayudante no hubiera dicho nada, intentando recordar el aspecto de aquella mujer.

—Entró igual que yo, por la parte de atrás. Iba vestida de negro de la cabeza a los pies y llevaba una linterna muy fina. Fue directamente al archivador, sacó algo y se fue.

—¿Qué se llevó?

—No lo sé con certeza. Creo que el historial de un paciente.

—Para que la policía no encontrara su nombre.

—Exacto. ¿Por qué si no iba a llevarse un historial? No quería que la policía la relacionara con la consulta de Ian.

—Entonces, ¿tenía una llave?

—Puede ser. Pero creo que no cerré la puerta cuando entré. Sé que no puse la alarma. No estaba conectada cuando llegué.

Él se quedó callado unos segundos. Jane notó que estaba procesando lo que acababa de contarle.

—Aunque no cerraras la puerta, cosa que por cierto fue una estupidez, aunque, como recién coronado rey de la estupidez, no soy quién para hablar, ¿cómo pensaba entrar esa mujer? O iba a entrar por la fuerza... o tenía una llave.

—Ian y yo teníamos llave. Y también...

Marsha. Claro.

¿Habría comprobado la policía si faltaban las llaves de Marsha?

Claro que no. ¿Por qué iban a hacerlo? Eso habría supuesto desviarse de su objetivo: demostrar la culpabilidad de Ian.

Jane notó por la expresión de Ted que su ayudante había llegado a la misma conclusión.

—La persona que mató a Marsha pudo llevarse sus llaves. Y también pudo obligarla a decirle el código de la alarma. Y usar ambas cosas para sacar de la oficina una prueba incriminatoria.

Jane apoyó la cabeza contra la almohada, dándose cuenta de que estaba exhausta.

—Francamente, no creo que a esa mujer le preocupara la alarma. Sabía exactamente lo que estaba buscando. Para cuando hubiera llegado la policía, ya se habría marchado.

—¿Qué puedo hacer para ayudarte? —preguntó Ted.

Jane levantó la cara hacia él.

—¿Qué aspecto tenía esa mujer?

—Tenía el pelo negro, corto y liso. Era una de esas tías de aspecto intenso, ¿sabes lo que quiero decir? —ella movió la cabeza negativamente y él prosiguió—: No era guapa en el sentido de que tuviera rasgos delicados. En realidad, tenía unos rasgos muy afilados. Pero era sexy.

—¿Y de peso y altura?

—Era de mediana estatura. Tal vez un metro sesenta y ocho. Era delgada.

Aquella noche, en la consulta, Jane no había podido ver con claridad a aquella mujer, pero la complexión que acababa de describir Ted le resultaba familiar. Y aquella mujer tenía el pelo oscuro, o bien corto o bien apartado de la cara.

—¿Cómo se llamaba?

—Bonnie.

—¿Bonnie? ¿Nada más? —él asintió con la cabeza—. ¿No le pediste su número de teléfono?

—Se fue antes de que pudiera pedírselo.

—¿La has vuelto a ver?

—No.

—¿Y la habías visto antes de esa noche? —él sacudió la cabeza negativamente—. Te dijo que estudiaba en la universidad de Dallas, pero puede que fuera mentira. Si tengo razón, probablemente lo era.

—Pero seguro que vivía aquí —dijo él—. Estuvimos hablando de la ciudad. Y parecía conocer Dallas bastante bien.

Jane se estrujó la memoria. A veces, Ian se refería a alguna de sus pacientes sólo por su nombre de pila. Jane no recordaba a ninguna Bonnie, en caso de que aquél fuera el verdadero nombre de aquella mujer. De todos modos, podía decirle a Elton que se lo preguntara a Ian.

—Podría hacer una ronda por algunos bares, a ver si la encuentro.

—¿Por dónde empezarías?

—Ella tenía varios tatuajes. Todos de arañas. Hablamos de varios locales de la ciudad. De un sitio llamado Telaraña, en la zona de Fair Park. De otro que se llamaba Viuda Negra. Creo que ése está en Greenville. Podría empezar por ahí.

—No sé, Ted. Si la culpable es ella, es peligrosa. Y si descubriera que sospechas de ella...

—No sospechará nada —él sonrió, le apretó la mano y se levantó—. No te preocupes por mí. Lo peor que me puede pasar es acabar con una resaca mortal. Por eso lo llaman salir de ronda, ¿sabes?

Jane no parecía muy convencida.

—Tal vez deba hablar con Stacy. Mac o ella podrían seguirte. Si la encontraras, podrían cubrirte las espaldas.

Ted hizo una mueca.

—Tu hermana y yo no congeniamos. Y su compañero me pone los pelos de punta.

—¿Mac? Es un poco agresivo, pero tanto como para tenerle miedo...

—Vamos a ver qué puedo hacer yo solo. Cuando la encuentre, podemos buscar refuerzos.

Ella estuvo de acuerdo.

—Pero sólo si me prometes tener cuidado.

—Estuve en la Marina y sobreviví, ¿recuerdas? —Ted se acercó a la puerta de la habitación, se detuvo y la miró—. Lo que dije antes iba en serio. Te quiero, Jane. Nunca te haría daño.

SÁBADO, 8 DE NOVIEMBRE DE 2003

1:45 a.m.

El teléfono sacó a Jane de un profundo sopor. Buscó a tientas el aparato y se lo acercó al oído.

—¿Diga?

—¿Jane? Soy Ted.

—¿Ted? —se sentó, intentando oír su voz por encima del ruido de la línea—. ¿Dónde estás?

—La he encontrado —gritó él—. En un bar en Fair Par... El... ole...

—¿El qué? ¿El Hole? —repitió ella, no sabiendo si le había oído bien.

—Voy a... seguir... la...

—¡No! —Jane se apretó el teléfono contra la oreja—. No es buena idea. Stacy está aquí. Voy a decirle que...

—No hace fal... está controlado. Tengo que irme... está...

Jane oyó voces y luego un pitido agudo.

—¡Ted! ¿Qué...?

—...te llamo cuando sepa algo más.

—No, por favor...

La comunicación se cortó. Con el corazón acelerado, Jane se quedó con el teléfono pegado a la oreja un momento más antes de colgar. Luego se recostó en la almohada. ¿Debía despertar a Stacy? Miró el reloj de la mesita de noche. Ted le había dicho que lo tenía todo bajo control. Que tendría cuidado. Ella ni siquiera sabía con certeza desde qué bar la había llamado.

No le pasaría nada. Al día siguiente le contaría lo que había ocurrido y Stacy se encargaría de todo.

Jane cerró los ojos, aunque era consciente de que las posibilidades de que volviera a quedarse dormida eran remotas y de que las horas que quedaban hasta que amaneciera serían largas y angustiosas. Y de la soledad de su cama vacía. Echaba de menos a Ian. Sufría por el niño que había perdido.

Y se preguntaba si su vida volvería a ser fácil y dulce alguna vez.

9:10 a.m.

Stacy aparcó frente a la puerta de Mac, puso su Bronco al ralentí y abrió el teléfono móvil montado en el salpicadero. Pulsó el número de Mac; él contestó con la voz densa por el sueño.

–Despierta, McPherson. Estoy delante de tu casa.

Él colgó sin responder y Stacy salió del coche. Se colgó del hombro el bolso, en el que llevaba guardadas las impresiones de las huellas dactilares sacadas por ordenador.

Llegó a la puerta en el preciso momento en que Mac la abría. Él sólo llevaba puestos unos calzoncillos. Su pecho desnudo y la parte de la tripa que dejaban al descubierto los calzoncillos eran espectaculares.

Sus ojos inyectados en sangre eran otra historia.

–¿Te lo pasaste bien anoche? –preguntó ella.

–Sentía lástima por mí mismo y me lié con un par de colegas de Antivicio. Bebimos demasiado. Nos quedamos hasta tarde. Estoy hecho un asco.

Ella arqueó una ceja.

–¿Ah, sí? No me digas. Pobrecillo...

–Ven aquí –Mac la agarró de la mano y la metió dentro de un tirón; cerró la puerta y Stacy chocó contra su magnífico pecho.

Mac se apoderó de su boca con vehemencia, apretándola

contra la puerta. Stacy se permitió un instante de puro placer y luego se desasió de su abrazo.

—Lo siento, McPherson. Tenemos que atrapar a los malos.

—Pero si es sábado por la mañana. Y muy temprano.

—Los delincuentes no se toman el fin de semana libre, ¿no? Pues nosotros tampoco —le dio una palmada en el culo—. Muévelo.

Riendo, Mac la apretó otra vez contra su pecho. Stacy intentó apartarlo de un empujón sin mucha convicción.

—Mac...

—¿Mmm?

Él deslizó las manos hasta su trasero, la agarró y la atrajo hacia sí. Estaba completamente excitado. Stacy imaginó cómo sería hacer el amor allí, contra la puerta. Imaginó a Mac hundiéndose en ella. A ella respondiendo a sus embestidas. Gritando al correrse.

—Es por mi hermana —logró decir—. Es importan...

—Ahora no estoy pensando en tu hermana, sino en ti, Stacy Killian, sólo en ti.

Aquellas palabras ásperas, cargadas de promesas, llenaron la cabeza de Stacy, emborrachándola y ahuyentando otros propósitos más urgentes.

Mac la soltó de pronto y dijo con una sonrisa maliciosa:

—Tenemos que atrapar a los malos.

Ella parpadeó, aturdida.

—¿Qué?

—A los malos. Es importante —Mac se encaminó hacia el cuarto de baño.

—Estoy empezando a pensar que no me gustas nada —le gritó ella—. En realidad, estoy segura.

Mac se echó a reír.

—Sí. Ya lo discutiremos más tarde.

Mientras Mac se duchaba y se vestía, Stacy preparó café. Le alegró comprobar que Mac había comprado una hogaza de pan, y metió un par de rebanadas en el tostador. Él volvió cuando acababa de untarlas con mantequilla de cacahuete.

—Eres un ángel —dijo Mac, tomando la tostada y la taza que ella le tendía.

—Y tú un demonio. No sé por qué soy tan amable contigo después de lo que acabas de hacerme.
—Te compensaré.
—Eso, si tienes suerte —ella se lamió el pulgar manchado de mantequilla de cacahuete—. Han llamado del laboratorio. Hay unas huellas que encajan. Tenías razón, Jackman está usando un alias.
—¿Cuál es su verdadero nombre?
—Jack Theodore Mann.
—¿Antecedentes?
—Oh, sí —Stacy se puso de puntillas, lo besó y luego se dejó caer sobre los talones—. Te lo cuento de camino. Se me ha ocurrido hacerle una pequeña visita al señor Jackman. Pensé que a lo mejor querías acompañarme.
—Pues pensaste bien. Pero conduces tú. Yo tengo un dolor de cabeza insoportable.
Salieron de la casa y se montaron en el Bronco de Jane. Ella se abrochó el cinturón y encendió el motor.
—Ten —sacó las huellas del bolso, se las entregó y apartó el coche de la acera.
—Parece que el señor Mann ha estado muy ocupado —dijo Mac—. Detenido por posesión ilícita de armas. Licenciado de la Marina con deshonor. Atraco a mano armada. Un par de años en la penitenciaría del estado... Seguro que esto no lo pone en su currículum.
—No jodas. Pero ninguna de esas cosas lo convierte en un asesino. Pero ¿en qué lo convierte? —dijo Stacy, mirando a su compañero—. Eso es lo que me pregunto.
Ted vivía en la calle Elm, encima de un salón de tatuajes de aspecto poco recomendable llamado Tiny Tim. Stacy se preguntó si el nombre se refería al personaje de la *Canción de Navidad* de Dickens o al músico de los años setenta que tocaba el ukelele y cantaba a los tulipanes. Se decantaba más bien hacia el músico simplemente porque las paredes del salón de tatuajes estaban pintadas con caprichosas flores de aspecto psicodélico.
Stacy llamó a la puerta de Ted.
—Ted, soy Stacy Killian —esperó un momento, pero al ver

que no contestaba, lo intentó de nuevo–. ¡Ted! Tengo que hablar contigo sobre Jane.

—¿Buscáis a Teddy?

¿Teddy? Stacy se dio la vuelta. Un joven se había acercado a ellos por detrás. Llevaba la funda de una guitarra y parecía que acababa de llegar a casa después de pasarse la noche de juerga. Su pelo negro, que le caía hasta los hombros, necesitaba un buen cepillado. Stacy calculó que tendría poco más de veinte años.

—Sí. ¿Lo has visto?

—No. Hoy no. Ni anoche.

—¿Y tú eres...?

—Su compañero de piso. Flick.

—Hola, Flick. Es muy importante que hablemos con él. ¿Podrías mirar si está en casa?

El chico entornó los ojos con recelo. Parecía olfatear la ley.

—¿Y tú quién eres?

Stacy le tendió la mano.

—Stacy, la hermana de Camafeo.

—¿La artista para la que trabaja? Esa tía es la leche —Flick hurgó en el bolsillo derecho de sus vaqueros negros, pegados a la piel, buscando sus llaves—. Ted no para de hablar de ella. Yo soy músico, ¿sabes? Toco en un grupo que se llama Neon. ¿Has oído hablar de nosotros?

—Pues no, lo siento.

—Bueno, da igual. Es normal. Sólo estamos empezando, ¿sabes? —sacó las llaves. Stacy y Mac se hicieron a un lado para que abriera la puerta—. Es una pasada que Camafeo haya conseguido triunfar. Ahí fuera hay una competencia de la hostia —la llave giró; la puerta se abrió de par en par—. Pasad. Ted, tronco —llamó—, tienes visita.

El interior del apartamento era espartano. Los muebles formaban una heterogénea mezcla de desechos reciclados. Un cajón de madera servía de mesa baja, y una estera de paja de alfombra. Todo estaba, sin embargo, muy pulcro, lo cual resultaba extraño teniendo en cuenta quiénes habitaban la casa. Además, olía a limpio.

Flick sonrió a Stacy.

–Ted es un maniático de la limpieza, ¿sabes? A mí no me importa, menos cuando se pone a dar la barrila. ¡Ted! –gritó de nuevo–. ¡Tienes visita!

Stacy señaló las dos puertas cerradas que había a la derecha del cuarto de estar.

–¿Alguna de esas habitaciones es un dormitorio?

–Sí, el de Ted. Él es el que paga más, así que se queda con la habitación. Yo uso el sofá. Es un coñazo si tengo compañía, pero el resto del tiempo mola.

–A lo mejor está durmiendo.

Flick se encogió de hombros.

–El tío duerme poco. Dice que es por lo de la Marina.

Sería más bien por su afición a la escritura, pensó Stacy.

El chico se acercó a la puerta, la entreabrió y se asomó dentro.

–No, no está en casa.

–¿Estás seguro?

Flick abrió la puerta del todo. Stacy lo esquivó con la mirada para echarle una ojeada a la habitación. Ésta era también espartana. Y limpia. La cama estaba hecha.

¿Habría dormido allí Ted?, se preguntó Stacy. Después de lo del día anterior, tal vez hubiera comprendido que andaban tras él. Quizá había notado que faltaba la lata de coca-cola y había sacado conclusiones. Si así era, sin duda se habría largado hacía tiempo.

–¿Te importa que use el baño? –preguntó Mac de repente, distrayendo al chico.

Flick pareció sorprendido. Stacy tuvo la impresión de que se había olvidado por completo de Mac.

–Claro.

Stacy sonrió. Mientras ella echaba un vistazo a la habitación, Mac registraría el cuarto de baño. Divide y vencerás.

–¿Ted suele pasar la noche fuera? –preguntó al tiempo que paseaba la mirada por la habitación, haciendo inventario: una mesilla de noche, una cómoda desvencijada, un ropero.

Flick se rascó la cabeza.

—Qué va. A veces trabaja los fines de semana. ¿Habéis mirado allí?

Ella no contestó. Sonó el teléfono.

—Puede que sea él —dijo Stacy.

Flick titubeó; el teléfono sonó otra vez.

—¿Por qué no contestas? —sugirió Stacy—. Yo espero aquí.

En cuanto el chico se alejó, Stacy entró en el dormitorio. Miró bajo la cama. Nada. Se acercó al pequeño armario y revisó rápidamente su contenido. Nada.

Se acercó a la mesilla de noche. Allí encontró lo que buscaba. Un fajo de cartas, sujetas con una goma. Los sobres estaban desgastados, como si hubieran sido manoseados a menudo.

Stacy frunció el ceño. Las cartas iban dirigidas a Jane. Llevaban sello, pero, a juzgar por la ausencia de matasellos, nunca habían sido enviadas.

Stacy quitó la goma, eligió la primera carta y empezó a leer.

Una carta de amor a Jane. De Ted.

Él hablaba de amor eterno. De adoración. De la pasión que le hacía pasarse las noches en vela, consumido por la pasión, fantaseando. De su deseo de estar con ella siempre.

Stacy escogió otra carta, la leyó por encima y luego probó con una tercera. Ted hablaba de la desesperación que le causaba el matrimonio de Jane. De su odio por el hombre que se la había arrebatado y había destrozado sus sueños.

Jane lo era todo para él. Para siempre jamás.

Cielo santo, ella tenía razón. Ted era el culpable.

Mac salió del cuarto de baño.

—Nada.

—Mira esto.

Mac se acercó a ella. Stacy le dio una carta. Mientras él la leía, ella echó un rápido vistazo a las otras.

—¿Son todas así? —preguntó Mac.

—Sí.

Stacy le dio el fajo de cartas y hurgó un poco más en el cajón. Bajo un número atrasado de *Art in America*, encontró un pequeño álbum de fotos. Lo abrió. Y descubrió que estaba lleno de fotos de Jane y de Ted. De acontecimientos a los que nunca habían asistido juntos. De vacaciones que no habían compartido. De momentos íntimos en un hogar común, creado por la imaginación de Ted.

Stacy se tragó el mal sabor que inundó de pronto su boca. El ayudante de su hermana había gastado mucho tiempo y dinero creando aquellas postales. Tal vez incluso las hubiera creado en el estudio, usando los medios de Jane. Para alimentar su vida imaginaria.

¿Qué otras fantasías tenía Ted?

–Acojonante –dijo Mac, mirando los fotomontajes por encima del hombro de Stacy.

–No me digas.

–Éste es nuestro hombre.

–Eso estaba pensando.

–¡Eh! Pero ¿qué coño estáis haciendo?

Stacy se volvió hacia el compañero de piso de Ted, sacó su placa y se la mostró.

–Policía, Flick. Tenemos que hacerte unas preguntas sobre tu compañero de piso.

11:00 a.m.

Al despertar, Jane descubrió que Stacy se había ido. Le había dejado una nota apoyada contra la cafetera.

Me he ido a trabajar. Me llevo el móvil. He sacado a Ranger y le he dado de comer. ¡No te pases ni un pelo!

El tono mandón y expeditivo de la nota de su hermana la hizo sonreír. A decir verdad, hacía mucho tiempo que Stacy no se preocupaba lo bastante por ella como para ponerse mandona, y Jane se alegraba de haber recuperado a su hermana.

La noche anterior no habían hablado mucho. Stacy había regresado tarde al *loft*, cuando ella ya estaba acostada. Más tarde, cuando Jane había entrado de puntillas en el cuarto de estar, Stacy estaba dormida. Jane no había podido pegar ojo, pensando en Ian y en su futuro. En su aborto. En Ted. Había querido despertar a su hermana y contárselo todo. Pero, en lugar de hacerlo, se había quedado parada en la puerta, mirándola dormir, llena de afecto, de gratitud y de orgullo.

Quería a su hermana. La había echado mucho de menos. Haberla recuperado era maravilloso. La única cosa buena a la que podía agarrarse en ese momento.

Jane había vuelto a la cama sin despertar a Stacy, pensando que por la mañana le daría tiempo a hablar con ella.

Por suerte, después había podido conciliar el sueño.

Jane se inclinó y acarició a Ranger; luego se sirvió una taza de café. Bebió un sorbo y notó que todavía estaba fresco. Se llevó la taza junto al teléfono y marcó el número de Ted. Le dio señal de línea ocupada, colgó y lo intentó con el móvil. Saltó enseguida el buzón de voz.

—Ted —dijo—, soy Jane. ¿Qué ha pasado? Llámame.

Desayunó, se duchó y se vistió. Reprogramó la alarma, aunque se preguntaba cuánto tiempo tardaría en aprenderse el nuevo código. Desde que podía recordar, Stacy y ella usaban el mismo código: 031387. 13 de marzo de 1987. La fecha que cambió sus vidas para siempre.

Hecho esto, intentó de nuevo hablar con Ted; esta vez, saltó el contestador de su apartamento. Dejó otro mensaje, cada vez más preocupada.

Algo no iba bien. Ted le había dicho que la llamaría.

Ranger parecía estar de acuerdo. Permanecía parado ante la puerta que daba al estudio, con la nariz pegada a la rendija. Jane se acercó a él.

—¿Qué pasa, chico?

El perro gruñó por lo bajo. Jane miró hacia la cocina, hacia el teléfono que había dejado sobre la encimera. Podía llamar a Stacy.

Pero ¿qué iba a decirle? ¿Que Ranger se comportaba de manera extraña?

Sintiéndose un poco ridícula, acercó el oído a la puerta. Oyó música en el estudio. Jazz, la música preferida de Ted.

Claro. A menudo su ayudante iba a trabajar los fines de semana. A veces para adelantar trabajo, y otras para usar el ordenador. Ella había estado intentando localizarlo, y él, entre tanto, estaba en el estudio.

Jane abrió la puerta; Ranger dio un salto que estuvo a punto de tirarla y echó a correr por las escaleras.

–¡Ranger! Pero ¿qué prisa tienes? ¿Ted? –llamó, siguiendo a Ranger al piso de abajo–. Estoy impaciente por saber qué pasó anoche.

Su ayudante no contestó. El volumen de la música fue creciendo. Ranger empezó a ladrar con un ladrido agudo y frenético.

Jane sintió que el vello de la nuca se le erizaba.

A pesar de que se decía que debía regresar al *loft* y llamar a Stacy, siguió avanzando hacia el estudio. El corazón le palpitaba con violencia. Tenía las palmas de las manos sudorosas. Llamó de nuevo a su amigo.

Pero Ted no respondió. Jane se detuvo al pie de la escalera y llamó a Ranger. El animal apareció doblando la esquina que daba a la entrada del estudio y emitió un gemido agudo y lastimero. Jane bajó la mirada.

Ranger tenía las pezuñas mojadas. Y rojas.

Date la vuelta, Jane. Corre.

Pero, en lugar de hacerlo, siguió avanzando como empujada por una fuerza ajena a ella. Dobló la esquina. Y encontró a Ted. Estaba tendido junto a la puerta, boca abajo, en medio de un gran charco de sangre. A su lado había, volcada y rota, una bonita maceta. Manchada de rojo. Periódicos empapados. Las huellas de Ranger rodeaban el cuerpo, obscenas sobre las baldosas de color claro.

Un gemido estrangulado escapó de los labios de Jane. Dio un paso atrás. Y luego otro.

Girándose, corrió a su mesa, sobre la cual estaba el teléfono. Marcó a toda prisa el número del móvil de Stacy.

–Stacy Killi...

–¡Lo ha matado! –gritó–. ¡La estaba siguiendo y... lo ha matado! ¡Ella...!

–¿Jane? Cálmate. ¿De qué estás hablando? ¿Quién...?

–La mujer..., la de anoche. Aquí. La que... Dios mío, ¡lo ha matado!

—¿A quién, Jane? ¿A quién ha matado?
—¡A Ted! —sollozó ella—. ¡Ha matado a Ted!
—¡Vete arriba, Jane! —le ordenó su hermana—. Voy para allá. Enciérrate en el piso, con Ranger. ¡Ahora mismo!

Mediodía

Stacy y Mac llegaron en cuestión de minutos. Un coche patrulla llegó a toda velocidad detrás de ellos con las sirenas encendidas. Jane los vio desde la ventana y corrió a su encuentro. Bajó a todo correr el tramo de escaleras que daba al piso de abajo y abrió la puerta antes de que Stacy llamara al timbre.

Luego se arrojó en brazos de su hermana, sollozando.

—¡Ha sido culpa mía! Lo hizo por mí. No debí permitírselo... Debería haberte llamado... haberte despertado, pero...

—Cálmate, Jane. Primero de todo, ¿dónde está?

—En el estudio. Al... al lado de... la entrada.

—Ya me encargo yo —le dijo Mac a Stacy, y le hizo señas a uno de los agentes de uniforme para que lo siguiera.

—¿Está echada la llave?

—No lo sé. Entré desde arriba.

Mac y el agente enfilaron las escaleras. Mac subió los peldaños de dos en dos.

Jane se quedó mirándolos mientras revivía el instante en que había visto el cuerpo inmóvil de Ted en medio de un mar de sangre. Se tapó los ojos, deseando poder borrar aquella imagen de su memoria y volver al día anterior. A hacía tres semanas, cuando su vida era tan fácil.

Stacy la agarró de las muñecas suavemente, le apartó las manos y la miró a los ojos.

—¿Estás bien?

Jane sintió que una risa histérica afloraba borboteando a sus labios y salía transformada en un sollozo.

—¿Lo dices en serio? No, no estoy bien.

—Necesito que me hables, que me digas exactamente qué

ha pasado, cómo encontraste a Ted. ¿Quieres sentarte? –Jane movió la cabeza de un lado a otro–. Bien. Cuéntame qué ha ocurrido paso a paso, Jane.

Su hermana respiró hondo, temblorosa.

–De acuerdo.

Condujo a Stacy arriba. Llegaron al descansillo al mismo tiempo que Mac salía del estudio. Él miró a Stacy y asintió con la cabeza. Confirmando que Ted estaba muerto, pensó Jane. Sin vida.

–Llama a Pete –le dijo Stacy.

–Ya lo he llamado. Los técnicos vienen de camino.

Stacy se volvió hacia ella con expresión enternecida.

–Está bien, Jane. Dinos exactamente qué ha pasado.

Jane empezó su relato. Les explicó que Ranger estaba pegado a la puerta, muy nervioso, y que, al oír la música, ella había pensado que Ted estaba en el estudio. Les contó cómo el perro había dado un salto hacia delante en cuanto abrió la puerta.

Los condujo al piso de abajo.

–Llamé a Ted, pero... no contestó. Y Ranger... no paraba de ladrar. Yo sabía que pasaba algo y... –se esforzó por continuar–. Tuve miedo. Llamé a Ranger. Y vino. Tenía las pezuñas... Me fijé en el suelo, en las huellas –estremecida, señaló las pisadas rojas sobre las baldosas blancas–. Entonces fue cuando lo vi.

–¿Tocaste el cuerpo? –preguntó Stacy.

–No.

–¿Cambiaste de sitio alguna cosa?

–No, pero Ranger... él... la sangre...

–Espera aquí.

Jane obedeció sin rechistar. Su hermana y Mac desaparecieron al otro lado de la esquina. Ella cerró los ojos, pero no pudo evitar oír la conversación.

–¿Cuánto tiempo crees? –preguntó Stacy.

–Varias horas, seguro. El rigor mortis está muy avanzado. Y la lividez parece completa.

–Da la impresión de que lo sorprendieron desde atrás.

–Le cortaron la garganta. El asesino sabía lo que hacía.

Jane se llevó una mano a la boca. *Dios mío*.

—Comprueba la puerta.

Jane oyó que la puerta exterior se abría. Miró el cajetín de la alarma, al pie de la escalera. La luz del indicador era roja. No verde.

Ted no había conectado la alarma.

—Está abierta. ¿La zona está acordonada?

Jane supuso que su hermana había dirigido la pregunta a los dos agentes uniformados que esperaban fuera. Ellos debieron contestar afirmativamente, porque Stacy ordenó a uno que empezara a interrogar a los vecinos y a otro que la avisara en cuanto se presentara el forense.

Stacy volvió a aparecer.

—Voy a decirle a un agente que te acompañe arriba...

—No.

—Jane, ya no puedes hacer nada por él y aquí no conseguirás nada más que agotarte.

—Era mi amigo. Es culpa mía... Tú no lo entiendes.

—Entonces tendrás que explicármelo —dijo su hermana suavemente—. Vamos, te llevo arriba. Tenemos que hablar —Stacy y su compañero se miraron—. Avísame en cuanto llegue Pete.

Mac hizo un saludo militar y desapareció al otro lado de la esquina. Stacy llevó a Jane arriba, al cuarto de estar. Jane se dejó caer en el sofá, aliviada. Stacy acercó una silla para que pudieran verse las caras.

Cuando su hermana estuvo sentada, Jane respiró hondo y comenzó a hablar.

—La mujer que Ted trajo al estudio, anoche salió a buscarla.

—¿Por qué?

—Pensamos que podría ser ella.

—¿La persona que te está amenazando?

—Sí. Y tal vez quien mató a Marsha y a Lisette y a...

—Elle Vanmeer.

—Sí. O que sabía quién había sido —Jane juntó las manos sobre el regazo—. Ted me llamó. Era muy tarde. La había encontrado –le tembló la voz–. Iba a seguirla. Yo le supliqué que no lo hiciera. Quería llamarte para que te encontraras con él, pero Ted...

–Jane –dijo su hermana, interrumpiéndola suavemente–, esto parece más bien un atraco chapucero.

Jane parpadeó, confundida.

–¿Un atraco? No entiendo...

–Da la impresión de que Ted vino esta mañana al estudio. Llevaba una maceta y la edición de hoy del *Dallas Morning News*. Con una reseña sobre tu exposición. Sorprendió a alguien robando. Y lo mataron.

Jane intentó comprender lo que le estaba diciendo. ¿Una reseña sobre su exposición? ¿Un robo en el estudio?

–Estaba preocupado por ti. Seguramente quería que encontraras la planta y la reseña en cuanto te levantaras, para darte una sorpresa.

–No. Esa mujer...

–No hay ninguna mujer, Jane. Ted estaba en el lugar equivocado en el momento equivocado.

–No –repitió Jane, alzando la voz–. Hay algo que tú no sabes. Algo que no te he dicho.

Stacy entrecerró los ojos un poco y esperó. Jane le explicó que había ido a la consulta de Ian. Que una mujer se había llevado un historial.

–Até cabos y pensé que tal vez fuera la misma persona.

Stacy parecía alterada.

–¿Fuiste sola, en plena noche, a la consulta de Ian? ¿Cómo pudiste hacer una cosa tan estúpida?

–Tenía que hacer algo. Pensé que, si miraba, tal vez encontrara algo que la policía hubiera pasado por alto. Algo que probara la inocencia de Ian.

–¿Algo que la policía hubiera pasado por alto? –preguntó Stacy en tono incrédulo–. Jane, somos investigadores profesionales. Créeme...

–La policía estaba buscando pruebas de su culpabilidad, Stacy. No de su inocencia.

Stacy abrió la boca como si se dispusiera a disentir, pero volvió a cerrarla. Parecía muy nerviosa.

—¿No se lo contaste a nadie?
—Sólo a Ted. Y ahora a ti.
—¿Por qué?
—Porque imaginaba que te sentaría mal. Y porque yo... no encontré nada.

Una expresión indefinida cruzó fugazmente el semblante de Stacy y desapareció.

—No sé qué hacer al respecto.
—¿Habéis comprobado las llaves de Marsha? ¿Estaba la llave de la consulta en su llavero?
—¿Qué?
—La llave de la oficina. Esa mujer se llevó el historial de un paciente para que la policía no lo encontrara. ¿Cómo pensaba entrar si no tenía una...?

El teléfono móvil de Stacy sonó. Ella levantó un dedo para indicarle a Jane que esperara y contestó.

—Está bien. Enseguida bajo. Manda aquí arriba a un agente —se levantó—. Tengo que irme, Jane. Volveré en cuanto pueda, pero puede que tarde un rato. ¿Estarás bien sola?

Jane asintió con la cabeza, aturdida. Se preguntaba si alguna vez volvería a estar bien.

—Tal vez deberías llamar a Dave. A ver si puede venir a quedarse contigo.
—Sí, quizá lo haga.

Stacy se acercó a la puerta, se detuvo y miró hacia atrás.

—Averiguaremos qué ha pasado, Jane. Juntas. Te lo prometo.

Luego se marchó.

Y Jane se quedó sola..., más sola de lo que nunca había imaginado.

8:30 p.m.

Stacy entró en el *loft* de Jane. Se detuvo un momento, escuchando el silencio. Nada. Ni siquiera Ranger.

Le pareció que había demasiada quietud y frunció el

ceño. Jane podía estar durmiendo, pero ¿dónde estaba Dave? Ella misma lo había telefoneado, y él había prometido quedarse con Jane hasta que regresara.

Stacy no quería correr ningún riesgo.

Dejó sigilosamente la bolsa de comida sobre la mesa del recibidor, deslizó la mano derecha bajo su chaqueta, la posó sobre el arma enfundada y avanzó.

Encontró a Dave en la cocina. Estaba inmóvil como una estatua, mirando por el ventanal.

–Hola –dijo Stacy, apartando la mano de la pistola.

Él dio un respingo y se giró para mirarla.

–No te he oído entrar.

–Perdona. Los polis somos como gatos. Rápidos y sigilosos. Es parte de nuestro trabajo.

Dave no contestó. Stacy comprendió que lo había sacado de su ensimismamiento. Y que todavía estaba un poco aturdido.

–¿Qué tal está? –preguntó.

Dave parpadeó; su expresión pareció despejarse.

–Tan bien como cabría esperar. Intenté hacerle hablar.

–¿Tuviste suerte?

–No mucha –reconoció él–. Puede que a ti te vaya mejor.

–Puede. ¿Dónde está?

–Descansando.

Stacy miró hacia el dormitorio. La puerta estaba cerrada. Pensó que Ranger debía de estar con Jane.

–¿Puedes quedarte? He traído comida china.

–Gracias, pero creo que será mejor para ella que me vaya –se pasó una mano por la cara. Parecía agotado–. Además, tengo que llamar a unos pacientes.

–¿Te encuentras bien?

–Sólo estoy preocupado por ella.

–Yo también –Stacy hizo una pausa–. Tú eres psiquiatra, Dave. Jane ha sufrido muchos traumas emocionales, y todos a la vez. ¿Qué debo hacer? No sé cómo hablar con ella. Ni qué decirle.

–Escúchala. Eso es lo mejor que puedes hacer –Dave miró

hacia la puerta cerrada de la habitación de Jane con expresión de abatimiento–. Es una mujer muy lista. Ella sabrá qué hacer.

Stacy notó que sus ojos no sonreían y sintió lástima por él. Podía imaginarse lo difícil que tenía que ser amar a alguien que sufría y no poder echarle una mano.

Abrió la boca para decírselo, y luego cambió de idea.

–Gracias por apoyarla. Por apoyarnos a las dos.

–Siempre lo haré –Dave descolgó su chaqueta del respaldo de la silla y se la puso–. Llámame si necesitáis algo.

Stacy lo acompañó abajo. Le dio un abrazo, lo vio alejarse y luego regresó al *loft*. Se asomó a ver a Jane.

Y descubrió que estaba despierta, sentada en la cama, con Ranger tendido sobre su regazo.

–Hola –musitó–. He traído rollitos de primavera. Y pollo al sésamo.

Jane la miró. A Stacy le sorprendió la claridad y la determinación de su mirada.

–A Ted lo atacaron por detrás. Le han cortado la garganta. ¿No es cierto?

Stacy vaciló y luego asintió con la cabeza.

–No fue un robo. Lo sé.

–Déjalo, Jane.

–¿No te parece demasiada coincidencia? La misma noche que sale en busca de la mujer que trajo al estudio, lo matan.

–Puede que no hubiera ninguna mujer en el estudio. Puede que la historia de Ted fuera una invención.

–¿Una invención? ¿Y por qué iba a inventarse algo así?

–Para protegerse. Para esconder la verdad.

–¿Qué verdad?

–Tú no conocías a Ted tan bien como piensas. Tenemos cierta información que sugiere que Ted pudo ser quien te envió esas cartas.

Jane la miró con estupor.

–Ted era mi amigo. Él nunca...

–Su verdadero nombre era Jack Theodore Mann. Era un ex presidiario, Jane. Su lista de antecedentes se remonta a doce años atrás.

—No te creo.

Stacy, que esperaba aquella respuesta, continuó diciendo:

—Yo sospechaba que estaba mintiendo. Que escondía algo. Así que cotejé sus huellas en el ordenador.

Jane palideció.

—Mi amigo está muerto y no pienso permitir que ensucies su...

—Estaba enamorado de ti. Hemos encontrado un fajo de cartas de amor, dirigidas a ti. Tenían puesta la dirección y el sello, pero nunca las envió. Las guardaba en un cajón, junto a su cama. Por lo manoseadas que estaban, parece que las leía a menudo.

—No.

—Y fotos. De vosotros dos. Fotos que él había montado, seguramente con tu ordenador.

Jane sacudió la cabeza, angustiada.

—No quiero oír esto.

—Jane, tienes que saber que...

—¿Es que no lo comprendes? Ted era mi amigo. Y ahora se ha ido —sus ojos se llenaron de lágrimas—. Déjame en paz. Déjame llorar a un hombre al que quería.

Stacy recapacitó, dándose cuenta de lo que estaba haciendo. Dave había dicho que lo más importante era escuchar.

Ella había hecho todo lo contrario. ¿Qué le pasaba? ¿Por qué siempre sentía la necesidad de demostrar que tenía razón?

—Estaré fuera, si me necesitas.

Jane no dijo nada. Ranger saltó de la cama y se acercó a Stacy. Ella se inclinó y lo acarició.

—¿Quieres salir, chico?

El animal respondió saliendo del dormitorio y dirigiéndose a la puerta de entrada. Stacy lo miró y luego se giró hacia su hermana. Jane estaba acurrucada en posición fetal, dándole la espalda.

—Soy tu hermana, Jane —dijo Stacy con suavidad—. Estoy de tu lado. Siento que a veces no lo parezca.

Jane no respondió y Stacy salió de la habitación, acongojada por ella.

Cuarenta minutos después, Stacy se paseaba por la casa llena de inquietud. Había sacado y dado de comer a Ranger, que estaba echado delante del sofá, durmiendo. Había abierto el recipiente de cartón del pollo al sésamo y había vuelto a cerrarlo sin servirse, comprendiendo que no podía ni pensar en probar bocado.

Mientras deambulaba por la casa, iba repasando los acontecimientos de ese día: las cosas que había descubierto sobre Ted, y luego su asesinato. Había algo que se les escapaba. Pero ¿qué era?

Se acercó al recibidor, abrió la puerta que llevaba al estudio de Jane, encendió la luz y empezó a bajar la escalera de caracol. Se fijó en el traqueteo metálico de la escalera, en su ligero balanceo.

Se detuvo al llegar al piso de abajo y prestó atención. Sólo se oían los ruidos de la calle. En el aire flotaba la sensación, quizá sólo advertida por ella, de que allí se había cometido un acto violento. El olor persistente de la muerte. Y otro más fuerte, el de un limpiador industrial con aroma a pino. Después de que los técnicos criminalistas y el forense acabaran su labor, ella misma había despejado la escena del crimen y luego había llamado a un servicio de limpiezas.

Estaba segura de que Jane querría volver pronto al trabajo. Su hermana usaba el trabajo como amortiguador contra el dolor. Siempre había sido así.

Stacy se dio la vuelta y se dirigió hacia la entrada del estudio que daba a la calle. Llegó al portal, se detuvo y paseó la mirada por la pequeña estancia. Ésta carecía de ventanas y tenía sólo un pequeño entrante, poco más que un hueco para poner una maceta. Stacy levantó la mirada. La luz del portal se había fundido. La de dentro y también la de fuera.

El asesino de Ted lo había oído entrar. Se había ocultado entre las sombras del entrante. Stacy se imaginó a Ted atravesando la puerta con los brazos ocupados. Ted intentaba encender la luz, veía que estaba fundida y entraba.

Sin duda no se había dado cuenta de lo que ocurría. Su asesino había salido de su escondrijo y le había cortado la garganta. Adiós, pajarito.

Pero ¿por qué lo había hecho? Ésa era la cuestión.

Stacy frunció el ceño. En el estudio no faltaba nada. Todo estaba en orden. El barrio de Deep Ellum atraía a buen número de drogadictos, a chicos huidos de sus casas y a otros individuos de mala catadura. Acudían allí atraídos por los festivales callejeros, los bares alternativos y los salones de tatuajes. Muchos subsistían mendigando o cometiendo pequeños hurtos. Aquella zona ostentaba una elevada tasa de delincuencia.

Pero quienquiera que hubiera matado a Ted sabía lo que hacía. Pete no había visto marca alguna que indicara vacilación por parte del homicida. La hoja era de doble filo, muy aguda, de aproximadamente diez centímetros de longitud.

Stacy se acercó a la puerta y se detuvo en el lugar en que había caído Ted. Observó la puerta, su cerradura, el cajetín de la alarma.

No había signo alguno de que hubieran forzado la cerradura. ¿Cómo había entrado el asesino? Jane no había cambiado el código de la alarma hasta esa mañana. Después de que Ted Jackman fuera asesinado. Pero las cerraduras se habían cambiado el día anterior.

¿Tendría razón Jane?, se preguntó Stacy. ¿Se habría pasado Ted por el estudio y había sorprendido allí a la persona que estaba acechando a Jane? ¿O le habría seguido él... o ella?

Stacy frunció el ceño. ¿Les habría dicho Ted la verdad sobre aquella mujer?

Stacy abrió su teléfono móvil y marcó el número de Mac. Él contestó al segundo pitido.

—¿Qué haces? —preguntó ella.

—Estaba pensando en ti.

Stacy sintió que sus palabras se aposentaban en la boca de su estómago.

—Ojalá estuviera ahí.

—¿Qué tal está Jane?
—No muy bien. Le estoy dando un respiro.
—Lo siento.

La sinceridad de Mac envolvió a Stacy, ofreciéndole algo —alguien— a lo que aferrarse. Hasta ese momento no se había dado cuenta de lo sola que se sentía. Hasta ahora. Hasta que había encontrado a Mac.

Cielo santo, estaba pisando terreno peligroso.

—¿Le has hablado de Ted? ¿De lo que encontramos en su apartamento?

—Lo intenté. Pero se enfadó. No quiso escucharme.

—Es comprensible. Lo ha pasado muy mal.

Se quedaron callados un momento.

—He estado pensando. Si el móvil fue el robo, ¿por qué el asesino no se llevó nada?

—¿Porque se asustó?

—El asesino de Ted no era un vagabundo ni un drogadicto. Sabía lo que hacía. Aquí hay algo que no encaja, Mac. Hay demasiadas piezas sueltas.

—Tal vez porque no pueden encajar. Porque las muertes no están relacionadas.

—Puede —Stacy oyó un ruido procedente del *loft*, como un arrastrar de pies. Arriba, Ranger bufó suavemente—. Mierda, tengo que dejarte.

—¿Qué pasa?

—Luego te llamo.

Cerró el teléfono y sacó el arma. Subió al primer piso con el mayor sigilo posible, maldiciendo el chirrido de la escalera metálica.

Entró en el recibidor, suavemente iluminado por la luz de la cocina, de donde procedía un leve ruido de pisadas. Stacy miró hacia el dormitorio de su hermana y vio que la puerta seguía cerrada.

Ranger estaba dentro, arañando la puerta cerrada. A Stacy se le erizó el vello de los brazos. Había dejado a Ranger en el cuarto de estar hacía menos de media hora. ¿Cómo se había quedado encerrado en el cuarto de Jane?

Maldición. No debería haber salido del *loft*.

Avanzó despacio, ocultándose entre las sombras, con la pistola en alto. Desde la cocina le llegó el sonido de un cajón que se abría, el ruido de alguien que revolvía su contenido. Stacy respiró hondo y saltó hacia la puerta de la cocina.

–¡Alto!

10:10 p.m.

Jane gritó y se dio la vuelta. Los palillos chinos se le escurrieron entre los dedos y cayeron al suelo.

–¡Jane!

–¡Stacy!

–¿Qué haces levantada? –Stacy enfundó su arma–. Me has dado un susto de muerte.

–¿Yo? ¡Yo no me he abalanzado sobre ti con una pistola! Su hermana parecía irritada.

–Perdona. La puerta del dormitorio estaba cerrada. Oí arañar a Ranger y... me preocupé...

–Ranger quería salir. Pensé que estabas durmiendo y no quería que entrara aquí y armara un escándalo.

Se miraron un momento y luego Jane rompió a reír.

–¿De qué te ríes? –preguntó Stacy con el ceño fruncido.

–La buena de Stacy y su Walton & Johnson.

Stacy sonrió.

–Sí, qué risa. Has tenido suerte de que no te pegara un tiro.

–Tal vez deberías probar el descafeinado, hermanita.

Stacy se agachó y recogió los palillos. Jane vio que estaba sonriendo. Stacy agitó los palillos delante de sus narices.

–¿Qué pensabas hacer con esto?

–Pues atiborrarme.

–¿Quieres compañía?

–Sólo si hay suficiente para compartir.

–Cerda.

Stacy lo dijo sin malicia y Jane se echó a reír y se acercó a la nevera. La abrió y sacó los recipientes de la comida china.

Juntas recalentaron la comida y luego se la llevaron a la mesa baja del cuarto de estar. Jane soltó a Ranger, que entró corriendo, loco de contento por haber sido invitado a la fiesta.

Se fueron pasando los recipientes hasta dejarlos vacíos. Mientras comían, hablaron de la comida, del tiempo, del perro, evitando deliberadamente los asuntos que ocupaban el pensamiento de ambas.

Ted. Su asesino. Las cosas que Stacy le había dicho a Jane sobre los sentimientos de su ayudante.

El modo en que Jane había reaccionado.

Por fin, tras comerse hasta la última migaja, leer su destino y reírse un poco, Jane miró fijamente a los ojos de su hermana y dijo:

—Lo siento.

—¿El qué?

—Lo de antes. Perdóname por pagarla con el mensajero.

—No importa, Jane. Lo entiendo.

Jane bajó la mirada un momento y luego volvió a mirar a su hermana y se aclaró la garganta.

—Aun así, lo siento. Siento haber complicado nuestras vidas.

—¿Tú has complicado nuestras vidas?

—Sí, por darme aires aquel día en el lago. Por nadar más allá de donde era seguro. Por ser tan exhibicionista.

Stacy sacudió la cabeza.

—Jane, fui yo quien te desafió a bañarte. Yo y mis amigos. Tú sólo estabas allí porque nosotros hicimos novillos.

—Fue decisión mía.

—Yo era la hermana mayor. Se suponía que tenía que cuidar de ti. Ser un modelo para ti. Y en lugar de eso... —apretó los labios como si la embargara la emoción—. Estuviste a punto de morir, Jane. Y tu cara... —refrenó sus palabras.

Jane estiró el brazo por encima de la mesa y le tocó suavemente la mano.

—No fue culpa tuya. Nunca te he culpado, Stacy. Nunca.

Los ojos de Stacy se llenaron de lágrimas.

—Yo sí me culpaba. Y papá y mamá también me culpaban.

—No, no es cierto. Estaban enfadados, es cierto. Pero con las dos.

—¿Enfadados contigo? Qué va —Stacy se echó a reír con aspereza—. Nunca volvieron a enfadarse contigo.

—Eso no es cierto.

—¿No? Después de ese día, siempre te trataron con delicadeza. Nunca te gritaban. Nunca te ponían castigos severos, como hacían conmigo.

Jane intentó recordar, preguntándose si su hermana tenía, hasta cierto punto, razón. Su madre la reprendía a veces; su padre le ponía mala cara. De vez en cuando le prohibían hablar por teléfono o ver la televisión. O la mandaban a su cuarto. Pero todo se resumía en poco más que una suave reprimenda.

Stacy interrumpió sus cavilaciones.

—Una noche los oí discutir. Mamá estaba llorando. Tú acababas de pasar por otra operación. Tenías muchos dolores. Habías pillado una infección. Papá estaba furioso. Por mi irresponsabilidad. Le dijo a mamá que yo era su hija —hizo una pausa, como si luchara con aquel recuerdo doloroso—. Se preguntaba si lo había hecho a propósito. Porque tenía celos de ti.

Las palabras de su hermana cortaban como un cuchillo. Porque Jane sabía que no eran una representación fiel de los sentimientos de sus padres. Ellos estaban asustados. Por ella. Por su futuro. Y sufrían.

Así se lo dijo a su hermana.

Stacy se quedó callada un momento. Cuando volvió a hablar, le temblaba la voz.

—El problema es que papá tenía razón en parte. Yo estaba celosa. Antes del accidente. Y después.

—¿Celosa de mí? Pero ¿por qué?

—¿Cómo puedes preguntar eso? Yo quería que papá me aceptara. Que me aceptara de verdad. Me tumbaba en la cama y me preguntaba por qué había tenido que ser mi padre el que muriera. Por qué no podías ser tú la otra hija. Por qué no eras tú la extraña y no yo.

—Tú nunca fuiste una extraña —dijo Jane, acongojada por su hermana—. Ni para mí ni para papá.

—Para ti es fácil decirlo.

—Papá te quería. Pensaba en ti como en su hija —al ver la expresión incrédula de su hermana, Jane le agarró la mano con fuerza—. Es verdad. Te miraba con mucho amor. Con mucho orgullo. Cuando te graduaste en la academia, pensé que iba a estallar de lo orgulloso que estaba.

Los ojos de Stacy se empañaron. Apretó los dedos de Jane.

—Yo lo quería tanto... Y después del accidente...

Se interrumpió, y Jane recordó cómo había empezado aquella conversación.

—¿Qué pasó después del accidente?

Stacy apartó la mano, se levantó y se acercó a las ventanas que daban a la calle Commerce.

—¿La verdad? Estaba aún más celosa de ti que antes. No tenía derecho a estarlo, lo sé. Y me sentía fatal por ello.

—¿Celosa de mí? Dios mío, Stacy... yo estaba tan fea... Y mi vida era tan... horrible. No le habría deseado eso a nadie.

—Eso es, ¿es que no lo ves? Se trataba siempre de ti. Siempre. A partir de ese momento nadie tenía nunca tiempo para mí. Ni siquiera para las cosas más insignificantes. Ayudarme a hacer los deberes. Aconsejarme sobre el colegio, sobre una amiga o un novio. ¿Que no era una extraña? ¡Por favor! Si antes no lo había sido, después del accidente lo fui.

Jane se levantó, asombrada.

—No sabía que te sintieras así.

Stacy se giró para mirarla con las mejillas sofocadas.

—Claro que no lo sabías. Nadie lo sabía. Nuestras vidas giraban a tu alrededor, alrededor de tu salud. De tu estado de ánimo. De tu futuro. De las operaciones. De las facturas de las operaciones. Fue una suerte que la que resultó herida fueras tú... La abuela no habría pagado ni un centavo para arreglarme la cara a mí.

—Claro que lo habría hecho. No era un monstruo, Stacy.

—¿No? Eso es cuestión de opiniones. La verdad pura y dura es que esa mujer no me habría dado ni una miga de pan aunque me hubiera estado muriendo de hambre.

Jane levantó una mano temblorosa.

—¿Qué puedo hacer para arreglarlo?

—No puedes hacer nada, porque... —se le cerró la garganta;

carraspeó y prosiguió–. Porque no se trata de ti. No es culpa tuya. Se trata de mí. Es problema mío.

Jane comprendió de pronto que el día del accidente había cambiado la vida de ambas. ¿Cómo era posible que no se hubiera dado cuenta antes? No era de extrañar que su hermana estuviera enfadada. Resentida. Nadie en la familia se había preocupado por cómo había afrontado Stacy lo ocurrido. Ninguno de ellos se había preocupado por sus sentimientos. Por su vida.

–Estaba tan ciega... –dijo en voz baja, dando un paso adelante. Le tembló la voz–. ¿Me perdonas?

–¿Perdonarte? No hay nada que... No es culpa tuya. Y me siento tan... culpable. Todos estos años resentida contigo... Sabía que estaba mal, pero no podía evitarlo –respiró hondo–. ¿Me perdonas tú a mí?

Los ojos de Jane se inundaron de lágrimas.

–¿Bromeas? No hay nada que perdonar. Lo único que he querido siempre ha sido el cariño de mi hermana mayor.

Se acercaron al unísono y se abrazaron con fuerza. Jane sintió que los años de recelos y malentendidos se alejaban de ella, dejándola casi aturdida.

Stacy sintió lo mismo. Jane lo notó en sus ojos.

Hablaron un poco más y luego recogieron las sobras de la comida y fregaron los pocos platos. Jane se acordó de cómo eran de niñas, de lo bien que se sentían juntas. Había echado de menos aquello y se sentía feliz por haber recuperado a su hermana.

Stacy dejó el paño de secar los platos sobre la encimera.

–Se está haciendo muy tarde. ¿Crees que podrás dormir?

–Aún no. Yo... –respiró hondo–. Quiero hablar de Ted. De lo que me dijiste sobre él –Jane notó que su hermana se envaraba, pero prosiguió de todos modos–. Puede que no fuera sincero respecto a su pasado, pero sé que nunca me habría hecho daño.

–Mintió sobre su pasado –puntualizó Stacy–. Era un ex presidiario. Eso es una mentira muy grave, Jane –su hermana abrió la boca para protestar, pero Stacy levantó una mano para acallarla–. Tú no has visto esas cartas. Ni las fotografías. Lo que sentía por ti era enfermizo y obsesivo.

Jane recordó las veces que había sorprendido a Ted mirándola fijamente. Lo incómoda que la había hecho sentirse la intensidad de su mirada. Se había sacudido aquella sensación diciéndose que Ted era así. Ahora sabía que no era cierto.

Se le puso la piel de gallina y se frotó los brazos. No podía pensar en Ted en esos términos. No quería hacerlo.

Stacy continuó diciendo:

—En su diario escribió que odiaba a Ian por apartarte de él.

Jane frunció el ceño. Sabía que ni Ted ni Ian se tenían mutua simpatía, pero ¿tanto como odiarse? Sacudió la cabeza.

—Ted no fue quien me mandó esas cartas. La persona que las escribió me odia a mí, Stacy, no a Ian. Quiere hacerme daño. Ted no. Él me quería. Y lo han matado.

—¿Crees que lo mató la persona que te está acosando? ¿El de la lancha de hace dieciséis años?

—Sí.

—¿Y sigues creyendo que Ian es inocente?

—Absolutamente.

—Cuando fuiste a su consulta, encontraste pruebas que lo incriminaban, ¿verdad? Por eso no me dijiste que habías estado allí.

—Encontré cosas que me hicieron dudar de él —contestó Jane—. De su fidelidad. No soportaba hablar de ellas en voz alta. Me hacían sentirme como una traidora hacia él y hacia mi matrimonio.

—Ian y tú os peleasteis por eso la última vez que fuiste a visitarlo.

—Sí. ¿Cómo lo sabes? ¿Dave te lo...?

—Me lo contó Ian —Stacy apartó la mirada y luego volvió a fijar los ojos en su hermana—. Se disculpó. Quería que te pidiera perdón de su parte.

—¿Y has esperado hasta ahora para decírmelo? —Jane notó resentimiento en su propia voz. Un matiz de reproche.

—No sabía si creerle.

—Creo que eso no te correspondía decidirlo a ti. Es mi marido...

—Y está en la cárcel, a la espera de juicio por asesinato capital. Yo soy policía, Jane. Y también soy tu hermana mayor.

—No puedes protegerme, Stacy. Porque no puedes impedir que quiera a Ian.

Stacy se quedó mirándola un momento y luego asintió con la cabeza.

—Ian me dijo que, dos veces al mes, Marsha reservaba dos horas para el papeleo. Según me dijo, fue Marsha quien pasó todos los números de su libreta de direcciones a la agenda electrónica. Muchos de ellos databan de antes de que os casarais —Jane intentó digerir aquello. Tenía sentido. Podía ser cierto—. Me suplicó que te dijera que te quería. Que sentía que hubierais discutido. Dijo que nunca te había engañado. Que lo eres todo para él.

—Gracias —murmuró Jane con voz pastosa, deseando poder creer a ciegas aquellas palabras, como antaño.

—Ahora te toca a ti.

Jane le explicó lo que había descubierto en la agenda electrónica de Ian: aquellas largas comidas sin especificar, los números de teléfono de Elle Vanmeer y La Plaza. Le dijo que había descubierto todo aquello nada más enterarse por los archivos de Ian que tres de sus modelos se habían convertido en pacientes de su marido después de que ella los presentara.

—¿Qué modelos, aparte de Lisette Gregory?

—Gretchen Cole y Sharon Smith.

—Entonces, cuando llamaste a Lisette, no fue para invitarla a la inauguración.

—No.

Jane le explicó por qué había llamado a aquellas tres mujeres y le contó lo que Gretchen y Sharon le habían dicho sobre la integridad y la profesionalidad de su marido. Con Lisette, por supuesto, no había podido hablar.

Porque para entonces ya había muerto. Asesinada.

—Jane —dijo Stacy, sacándola de su ensimismamiento—, el ex marido de Elle Vanmeer asegura que Ian y ella habían tenido una aventura. Nos dijo que Elle pasaba más tiempo en la cama de Ian que en la suya. Si eso es cierto, Ian te ha mentido a ti y a todos nosotros. ¿Por qué?

Jane cruzó los brazos sobre su tripa. La cuestión era difícil. Y dolorosa. Casi más de lo que podía soportar.

—Sé que te lo he preguntado otras veces, pero tengo que preguntártelo otra vez. ¿Sigues estando segura de que Ian te ha sido fiel?

Jane no pudo mirar a los ojos a su hermana.

—Antes lo estaba. Habría muerto antes que dudar de él. Pero ahora... —se interrumpió, intentando ordenar sus pensamientos. Sus emociones. Por fin dijo—: A cada paso encuentro pruebas contra él. Su ex mujer me dijo que se había casado conmigo por dinero. Que era un adicto al sexo y que no conocía el significado de la monogamia. Los números de su agenda electrónica, las cosas que tú me has contado... —juntó las manos—. Pero, cuando lo veo, creo en él. En su amor y en su fidelidad total —se miró las manos—. Siempre me he preguntado qué vio en mí. Siempre he creído que su amor era demasiado bueno para ser verdad. Y ahora yo... —posó la mirada en su hermana con la visión emborronada por las lágrimas—. Tengo que preguntarme a mí misma si no pensaba eso porque era demasiado bueno.

—Yo entiendo por qué se enamoró de ti, Jane. Dios mío, cada hombre que se cruza en tu camino acaba enamorándose de ti. Y yo sé por qué. Tú eres fuerte..., pero la tuya es una fortaleza suave que atrae a la gente. Tú no juzgas a los demás. Eres generosa y compasiva. Vulnerable. Y hermosa —Jane hizo amago de protestar, pero Stacy la atajó—. Sólo tú te ves desfigurada y traumatizada. Todos los demás te ven como una mujer hermosa, segura de sí misma y triunfadora. Una mujer que venció a la adversidad... —de pronto se interrumpió y masculló una maldición.

—¿Qué pasa?

—Eso es —dijo Stacy—. El porqué, Jane. Tú has ganado. Has vencido a ese cabrón. Por eso ha vuelto —Stacy se llevó las manos a la frente—. Volvió a saber de ti por algún artículo que leyó. La última vez que tuvo noticias tuyas, eras una chica destrozada y desfigurada. Ahora has triunfado. Tanto en tu carrera como en tu vida privada —miró a Jane—. Tenías razón. Te está castigando. Pero no sólo por vivir. Sino por triunfar. Creo que eso es lo que le saca de quicio.

—Así que me buscó –dijo Jane con nerviosismo–. Me vigiló. Y también a Ian. Observó nuestras costumbres, nuestra rutina. Lo planeó todo cuidadosamente. Mató primero a Elle Vanmeer...

—No estoy diciendo que Ian sea inocente, sólo que creo posible que tengas razón en cuanto a que esos anónimos procedan del tipo de la lancha.

—Todo lo que tienes contra Ian es circunstancial. Elton me lo dijo.

—Muchos sospechosos han sido condenados por menos.

Jane cerró los puños.

—Ian es inocente. ¿Por qué no me crees?

—Porque soy policía. Porque he escuchado a muchos hombres, y a muchas mujeres, proclamar su inocencia ante el cielo, a pesar de que eran culpables. Porque he oído las certezas, la rabia y la incredulidad de sus seres queridos y presenciado su estupor cuando el supuesto inocente era declarado culpable sin ningún género de dudas. Lo siento, Jane.

—Pero crees lo del tipo de la lancha. ¿Por qué no das un paso más y crees que es él quien está detrás de todo esto?

Stacy la miró con expresión adusta.

—Tú dudas de la fidelidad de Ian. Da un paso más y duda de su inocencia.

Jane extendió una mano con gesto suplicante.

—Necesito tu ayuda, Stacy. Por favor, ayúdame.

—¿Cómo? ¿Dejando abierta mi mente? Bien, eso ya lo tienes. Hasta que haya pruebas materiales que vinculen definitivamente a Ian con esos crímenes, haré eso por ti.

Aquello no le bastaba. Que Dios se apiadara de ella, quería más.

—¿Qué pruebas sólidas tiene la policía?

—Eso no puedo decírtelo.

—Está bien. Yo te lo diré –Jane empezó a enumerar lo que sabía–. Creen que tienen un móvil. Su infidelidad y mi dinero. Montones de pruebas circunstanciales para refrendar la acusación. Y supongo que creen también que dispuso de oportunidad para cometer esos crímenes. El intervalo de tiempo mientras yo estaba dormida la noche del asesinato de

Elle Vanmeer, el hecho de que él hubiera salido —se levantó, se acercó al ventanal y contempló el cielo nocturno—. Y, naturalmente, el teléfono móvil de Elle Vanmeer, encontrado en el contenedor de basura junto al cuerpo de Lisette Gregory. La conexión de Ian con las tres víctimas —miró a su hermana por encima del hombro—. ¿Qué más? —al ver que Stacy no contestaba, entornó los ojos—. ¿Qué daño puede hacerle al ministerio fiscal que yo lo sepa? ¿Crees que voy a destruir alguna prueba? ¿Que voy a decirle a mi marido, que está en la cárcel, que andan tras él? Por favor...

Stacy dejó escapar un largo suspiro, como si intentara asumir una decisión que acababa de tomar.

—Un Audi TT de color rojo cereza fue visto en La Plaza a la hora del asesinato.

—Y, cuando vinieron a registrar la casa, ¿qué estaban buscando?

—Ropa.

—¿Ropa? ¿Por qué...?

—Una cinta de seguridad de La Plaza grabó al hombre al que creemos el asesino de Elle Vanmeer. Es evidente que sabía dónde estaban las cámaras y se aseguró de que su cara no quedara grabada. A juzgar por su estatura y su complexión, podría ser Ian.

—Quiero ver esa cinta.

Stacy se echó a reír.

—Eso ni lo sueñes.

—Yo sabré si es él. Por favor, Stacy, déjame verla. Hazlo por mí. Para que me quede tranquila.

—No sólo podría perder mi trabajo; también podrían procesarme. Se trata de una prueba de un caso de asesinato en primer grado. Además, la defensa podrá verla.

—¿Cuándo?

—Cuando se levante el secreto de sumario.

Jane sabía por el calendario que le había trazado Elton que el abogado solicitaría el levantamiento del secreto de sumario en un plazo de treinta días. El sumario debía instruirse por entero antes de que empezara el juicio.

—No puedo esperar tanto —dijo Jane y, poniéndose delante

de su hermana, la miró fijamente a los ojos–. Sé que estoy en lo cierto. Sé que Ian es inocente.

–¿Y si te equivocas, Jane? ¿Y si al ver la cinta te das cuenta de que es tu marido?

Aquellas palabras, su posibilidad, zarandearon a Jane. Pensó en lo que Ted le había dicho el día que fue a ver a la ex mujer de Ian.

¿Y si te dice algo que no quieres oír?

Y así había sido. A cada paso había ocurrido lo peor. ¿Por qué no iba a ocurrir esta vez?

Se acorazó contra esa posibilidad.

–Piénsalo, Stacy. ¿Y si tengo razón? Puede que, cuando se levante el secreto de sumario, yo ya esté muerta.

Lunes, 10 de noviembre de 2003

6:30 a.m.

—Creo que he cambiado de idea —dijo Jane volviéndose hacia su hermana mientras aparcaba suavemente su Jeep—. No quiero que lo hagas.

—Demasiado tarde —contestó Stacy—. Hicimos un plan y vamos a llevarlo a cabo.

Parecía más segura de lo que se sentía. En realidad, tenía el convencimiento de haber perdido el juicio. ¿Sacar la cinta de seguridad de La Plaza de la sala de pruebas para que Jane le echara un vistazo? Podían despedirla. Por todos los santos, hasta podían procesarla.

Pero así y todo estaba dispuesta a arriesgarse.

Por su hermana. Porque se lo debía. Y porque no podía arriesgar la vida de Jane.

Puede que, cuando se levante el secreto de sumario, yo ya esté muerta.

—Dame veinte minutos para sacar la cinta y meterla en el vídeo. Le diré a Kitty que vas a venir a declarar.

—Sobre Ted.

—Sí.

—¿Y si está Mac? No se tragará ese rollo de la declaración. Él...

—Mac no está. Estoy segura al noventa y cinco por ciento. Pero, si está, o si veo peligro por algún otro lado, lo dejaremos. Tomaremos otro camino. Tú limítate a seguirme la corriente.

Jane asintió con al cabeza, aunque no parecía muy convencida. De hecho, parecía asustada.

Stacy estiró el brazo por encima del asiento y le apretó la mano.

—Sólo son policías. No muerden.

Jane se echó a reír y Stacy salió del coche. Su hermana y ella habían ideado aquel plan el día anterior. El tiempo era crucial. Faltaban cuarenta minutos para que se efectuara el cambio de turno en la comisaría. Los más madrugadores ya estarían allí, así como los detectives implicados en casos más notorios o apremiantes. Los del turno de noche estarían relajados, ansiosos por irse a casa. La presencia de Stacy no extrañaría a nadie.

Stacy volvió a mirar a su hermana.

—Veinte minutos.

Jane asintió con la cabeza.

—Ten cuidado.

Stacy hizo un saludo militar y echó a andar calle arriba. Habían aparcado a una manzana del Edificio Municipal para que no las vieran juntas. Stacy se frotó las manos, echando de menos unos guantes. Se las guardó en los bolsillos de la chaqueta y el frío de aquel día grisáceo la hizo estremecerse.

Sacar la cinta de vídeo dejaría un rastro de papeles. Al agente que se ocupaba de la sala de pruebas no le extrañaría, pero, si alguien que conociera el caso se molestaba en echar un vistazo, Stacy estaría perdida.

Las medidas de seguridad que rodeaban las pruebas de un caso eran sumamente severas. La fiscalía tenía que poder demostrar que no habían sido alteradas en modo alguno, cosa que se lograba consignando —y siendo capaz de demostrar— dónde estaba cada prueba en cada momento. Si podía arrojarse alguna sombra de duda sobre las pruebas de un sumario, el caso se venía abajo.

Stacy se acercó al edificio. Al entrar saludó a varios oficiales que se marchaban. Las muchedumbres furiosas e incrédulas que llenarían más tarde el edificio no habían llegado aún, y la planta estaba en silencio.

El agente de información estaba sentado ante el mostrador. Parecía soñoliento.

—Buenos días —dijo Stacy.

El agente gruñó un saludo sin levantar la mirada. Stacy dobló la esquina y llegó a los ascensores. Había uno esperando con las puertas abiertas. Stacy miró el reloj que había sobre los ascensores. Las seis y media. *Justo a tiempo.*

Entró en el ascensor. La sala de pruebas estaba en la quinta planta. Stacy pulsó el botón de aquel piso y luego se pasó los dedos por el pelo, dándose cuenta de que estaba cansada. Desde su comida improvisada el sábado por la noche, Jane y ella se habían pasado el tiempo recuperando los dieciséis años perdidos.

Ella le había contado a su hermana lo de Mac. Que se habían hecho amantes. Que se estaba enamorando perdidamente de él. Que tal vez él fuera su media naranja. Jane se había alegrado por ella.

Las puertas del ascensor se abrieron; Stacy se bajó y giró a la derecha.

Un agente de uniforme atendía la sala de pruebas. Parecía medio dormido.

—Hola, Sam. ¿Hoy te ha tocado guardia?

—Buenos días, detective. Sí, qué suerte la mía. ¿Cómo por aquí tan temprano?

—He estado fuera un par de días y tengo que ponerme al corriente. Necesito revisar una prueba del caso Vanmeer. Una cinta de vídeo.

Sam asintió con la cabeza y deslizó hacia ella un portafolios y un bolígrafo.

—Firme.

Mientras Stacy firmaba el impreso, el agente se acercó a su ordenador y empezó a teclear. De pronto se detuvo y frunció el ceño.

—Parece que ya está fuera.

Stacy se detuvo sin acabar de firmar, sintiendo un vacío en el estómago. Rezó por que no tuviera la cinta la acusación. Si la tenía, se había acabado su suerte.

—¿Estás seguro?

—No..., espere, aquí está. Ya lo tengo. Enseguida vuelvo.

Stacy vio con el corazón acelerado cómo desaparecía el agente en las entrañas de la sala de pruebas. Sam volvió a aparecer al cabo de un momento llevando en la mano una cinta metida en una bolsa de plástico cuidadosamente etiquetada. Giró el portafolios, comprobó que Stacy había rellenado correctamente el hueco de la prueba que solicitaba y el de su nombre y le entregó la cinta.

—Enseguida te la traigo.

—No hay prisa. Además, sé dónde encontrarla.

Sam no había querido decir nada con aquello, pero sus palabras le parecieron a Stacy un mal augurio. Su capitán la crucificaría si averiguaba lo que estaba tramando. Stacy se preguntaba qué haría si la despedían. ¿Volver a la universidad? ¿Probar en una empresa de seguridad privada? ¿Encomendarse a la piedad de Jane?

—Claro —le lanzó al agente lo que esperaba fuera una sonrisa despreocupada—. Que pases un buen día.

Regresó al ascensor. Habían pasado diez minutos. Perfecto. Entró en el ascensor, bajó hasta la tercera planta y salió. Pasó por entre los agentes del turno de noche y entró en la división de Crímenes Contra Personas.

Kitty ya había llegado. Estaba sentada a su mesa, desayunando una taza de café y un donut.

—Llega pronto, detective —dijo la chica mientras masticaba un pedazo de donut.

—Mmm. ¿Mac ha llegado ya?

—No lo he visto —Kitty hojeó un montón de mensajes y le entregó varios—. Qué asco de lunes.

Stacy revisó los mensajes. Había uno de su capitán. Otro de la oficina del forense. Varios de la familia de una víctima. Se detuvo al ver uno de Benny Rodríguez, un suboficial con el que un par de años atrás había colaborado en una investigación. Se preguntó qué querría y se guardó los mensajes.

—¿Está el capitán?

—No. Tenía una reunión con el gran jefe. Tardará un par de horas.

—Gracias. Luego lo veré —Stacy se dirigió a su mesa, pero

de pronto se detuvo y volvió a mirar a Kitty–. Oye, mi hermana va a venir a hacer una declaración. Avísame cuando llegue.

–Claro.

Stacy se fue derecha a la sala de interrogatorios. Metió la cinta en el vídeo. En cuanto lo hizo, sonó su móvil. Era Kitty. Su hermana había llegado.

–Mándala a la sala tres.

Stacy salió a recibir a Jane a la puerta. Su hermana parecía intranquila. Incluso asustada. Pero eso no haría saltar ninguna alarma: la gente siempre se ponía nerviosa cuando visitaba una comisaría.

Stacy cerró la puerta y se apoyó contra ella, manteniéndose alerta.

–La cinta está lista. Ponla en marcha.

Jane hizo lo que le decía. Miró en silencio el fragmento de película, luego rebobinó la cinta y lo miró otra vez. Hecho esto, detuvo la cinta y miró a Stacy con nerviosismo.

–No es él.

–¿Estás segura?

–Sí.

–¿Por qué?

–Porque Ian no tiene ni una cazadora ni una gorra como ésas.

–Eso no significa nada. Pudo comprarlas expresamente para el asesinato y luego tirarlas.

Su hermana hizo una mueca. Duras palabras. Pero ciertas.

–Pero Ian no tiene ese aire. No se mueve así.

–¿Cómo?

–No sé cómo describirlo.

–Pon la cinta otra vez. Enséñamelo.

–Mira –dijo Jane–. Mira sus hombros. Mira cómo se encoje dentro de la chaqueta. Ian va siempre derecho. Ésa es una de las cosas que me atrajeron de él –en la cinta, el ascensor se paraba, las puertas se abrían, el hombre salía–. Mira ahí –dijo Jane, señalando con el dedo–. Ian se mueve con elegancia. Con fluidez. Este tío... No sé, es muy brusco. Muy altanero.

Stacy achicó los ojos y observó la imagen, intentando recordar el modo en que caminaba y se movía Ian. Pero la memoria le fallaba.

–Lo siento, Jane, pero...

Alguien llamó a la puerta. Stacy le indicó a Jane que apagara el vídeo. Cuando lo hubo hecho, Stacy entreabrió la puerta. Era Mac. Maldición. Ahora sí que estaba metida en un lío.

–Hola –dijo, abriendo la puerta del todo.

–Hola. ¿Qué haces aquí tan temprano?

Ella esbozó una sonrisa forzada.

–Estaba poniéndome al día. ¿Y tú?

Él fijó la mirada en Jane y no contestó.

–Buenos días, Jane.

–Hola, detective.

–Llámame Mac.

Stacy advirtió una expresión de recelo en su mirada. Vio que sus cejas se fruncían suavemente cuando miró el vídeo. Luego Mac volvió a mirar a Stacy.

–¿Qué está pasando aquí?

–Jane ya se iba.

–¿De veras? –Mac miró a Jane–. Kitty me ha dicho que has venido a hacer una declaración.

Jane palideció. Stacy se apresuró a intervenir. No quería mentir, pero tampoco podía decirle la verdad.

–No veo necesidad de que declare. ¿Tú qué opinas, Mac?

–Opino que tú y yo tenemos que hablar.

–Ya encontraré yo sola la salida –Jane se acercó rápidamente a la puerta y miró a Stacy–. Llámame luego. Adiós, detective.

Stacy y Mac vieron alejarse a Jane. Luego él cerró la puerta y miró a Stacy cara a cara.

–Acabo de estar en la quinta planta –Stacy no dijo nada. Sabía lo que iba a venir–. No dejaba de pensar en la muerte de Ted, en lo que me dijiste sobre las piezas que no encajaban. Se me ocurrió echarle otro vistazo a la cinta de La Plaza. Por eso he venido temprano. Para verla otra vez. Pero cuando estaba allá arriba ocurrió una cosa muy curiosa –se acercó al vídeo, sacó la cinta y se la mostró a Stacy–. Sam me dijo que tú ya habías sacado la cinta –ella no se atrevía a mirarlo a los ojos–. ¿Qué estás haciendo, Stacy?

–No sé a qué te refieres.

–No me vengas con chorradas. Le has enseñado una prueba a la esposa de un acusado de asesinato.

Stacy abrió la boca para negarlo, pero en lugar de hacerlo dijo:

–Está segura de que no es Ian.

–Claro que lo está.

–Le he estado dando vueltas, Mac. A la muerte de Ted y a...

–Ya basta. Se acabó. ¿Es que no lo entiendes? Esto ahora está en manos del abogado de Westbrook, del juez y del jurado.

–¿Vas a decírselo al capitán?

Mac se inclinó hacia ella.

–No pienso tirar mi carrera por la borda por culpa de tu hermana. ¿Estás segura de que tú quieres hacerlo? –le dio la cinta, se giró y se acercó a la puerta. Allí se detuvo y volvió a mirarla–. Antes eras una buena policía, Stacy. Yo te admiraba. Quería trabajar contigo. Elegí trabajar contigo. Pero has perdido el norte. Y no sé si quiero estar aquí para recoger los pedazos.

Y entonces se marchó.

9:00 a.m.

Stacy se quedó largo rato a solas en la sala de interrogatorios después de que Mac se marchara, pensando en lo que le había dicho su compañero. En la expresión de sus ojos al decírselo.

Había decepcionado a Mac. Le había mentido. Había traicionado su confianza.

No pienso tirar por la borda mi carrera por culpa de tu hermana. ¿Estás segura de que tú quieres hacerlo?

Pero has perdido el norte. Y no sé si quiero estar aquí para recoger los pedazos.

Stacy no le reprochaba que se sintiera decepcionado. Se pasó una mano por la cara. Tampoco podría reprocharle que solicitara un cambio de compañero. Tendría razón si acudía al capitán.

Pero, de todos modos, Stacy rezaba por que no lo hiciera.

Y rezaba por ser capaz de ganarse de nuevo su confianza. La cuestión era cómo. Imaginaba que tendría que empezar por ser sincera con él.

Devolvió la cinta a la sala de pruebas y fue en busca de su compañero.

Mac no estaba en su mesa, pero Stacy sabía que estaba en el edificio porque su cazadora colgaba del respaldo de su silla.

Mac tenía muchas buenas cualidades, pero entre ellas no se contaba el orden. Su mesa, cubierta de extremo a extremo por informes, archivos, vasos de café vacíos y un ejemplar de *Usa Today*, era un revoltijo.

Al recoger el periódico, la mirada de Stacy se posó sobre una fotografía que asomaba de un sobre de papel marrón. Abrió el sobre. Era la fotografía de un crimen. La víctima era una mujer. Parecía que la habían matado a golpes. La paliza había desfigurado casi por completo su cara. Estaba desnuda de cintura para arriba.

Stacy se quedó mirando aquella imagen y algo pareció removerse en su memoria. Su camino se había cruzado con el de aquella mujer. Pero ¿cuándo? ¿Y por qué?

–Nuestra querida prostituta del otro día –dijo Mac a su espalda.

Stacy se giró.

–¿Habéis trincado ya al chulo?

–No conseguimos dar con él. Suponemos que se ha largado de la ciudad –Mac se encogió de hombros–. Ya volverá. Siempre vuelven.

–Hay algo en ella que me resulta familiar.

Mac la rodeó con el brazo y le quitó la fotografía.

–¿Algo que te resulta familia? ¿El qué?

—No lo sé. ¿Cómo se llamaba?

—Se hacía llamar Sassy, pero su verdadero nombre era Gwen Noble.

Aquel nombre no le sonaba de nada. Stacy sacudió la cabeza y Mac metió la fotografía en una carpetilla y la cerró.

—Lo siento, Mac —dijo ella con suavidad—. Lo siento muchísimo.

—¿El qué?

—Ya sabes.

Él se quedó callado un momento. Su semblante no reflejaba lo que estaba pensando. Por fin dijo:

—Quiero confiar en ti, Stacy, pero no sé si puedo. Los compañeros no se mienten entre sí.

Acentuó sutilmente la palabra «compañeros». Stacy comprendió que no se refería únicamente a su relación profesional, sino también a la personal.

Llevaba tanto tiempo esperando a alguien como Mac que rezaba por no haberlo echado todo a perder.

—Tienes razón —dijo—. Dame otra oportunidad. No volveré a defraudarte.

—¿Ni siquiera por tu hermana? Antes de hacer esa promesa, Stacy, piénsalo bien.

Un detective que pasó por allí los miró con curiosidad. Stacy dio un paso atrás para separarse un poco de Mac.

—Ya lo he pensado. Quiero que confíes en mí. Es importante.

Mac siguió con la mirada al otro detective.

—Está bien..., socia.

Stacy se sintió aturdida por la alegría.

—¿Ha llamado el forense por lo de Jackman?

—Aún no. Pero he tenido noticias de Doobie.

Stacy se quedó de una pieza. Sentía de pronto un cosquilleo de nerviosismo.

—¿Dónde está?

—En este momento, no tengo ni idea. Pero esta noche, a las doce, estará en el callejón de detrás del Big Dick.

Stacy sonrió. Parecía que empezaban a hacer progresos. A no ser que hubiera una catástrofe natural o llegara el día del juicio, esa noche conseguiría por fin el nombre del capitán de la lancha.

11:15 p.m.

Sentada en la cama de la habitación de invitados, Jane observaba a su hermana prepararse para su cita a medianoche con Doobie.
–Quiero ir.
–Olvídalo.
–Eso no es justo.
–Ni lo sueñes.
Jane frunció el ceño.
–¿Vas a escucharme, por lo menos?
–No.
Jane siguió hablando de todos modos.
–¿Quién mejor para convencer a Doobie de que entregue a ese tío? Yo estaba allí. Fui yo quien resultó herida.
–Tú eres una civil.
–Pero, que yo sepa, esta cita no es oficialmente un asunto policial. En realidad, desde mi punto de vista, es asunto mío.
–¿Te ha dicho alguien alguna vez que eres un coñazo?
Jane no le hizo caso y se inclinó hacia delante.
–Mira, es lógico, Stacy. ¿Quién mejor que yo para convencer a ese soplón de que nos diga el nombre de ese tipo? Según él mismo cuenta, lo que ocurrió todavía le atormenta. Lo que me hizo. Puedo suplicarle. Ponerme patética. Me pondré el parche en el ojo.
–No.
–Ese tío es un chivato. Delata a sus amigos para sacar tajada. Si todo lo demás falla, le ofreceré dinero. Un montón de dinero.
Notó por su expresión que Stacy empezaba a ablandarse.
–Puede ser peligroso –dijo su hermana.
–Llevaré de guardaespaldas a dos detectives de la policía de Dallas.

—A Mac no le hará ninguna gracia.
—Yo lo convenceré.
Sonó el timbre de la entrada.
—Debe de ser él —dijo Stacy secamente—. A ver qué puedes hacer.

Jane se bajó de la cama y se acercó al intercomunicador. Era Mac, en efecto. Jane le abrió y Ranger y ella salieron a recibirlo a la puerta. Mac entró en el recibidor.
—¿Stacy está lista?
—Lo estamos las dos.
—¿Cómo dices?

Mac miró más allá de ella, hacia Stacy, que acababa de salir de la habitación de invitados.
—Cree que va a venir con nosotros.
—No —dijo Mac—. De ninguna manera.

Jane expuso rápidamente sus argumentos, pero estaba claro que Mac no parecía muy impresionado.
—Es imposible —Mac miró a Stacy—. Dile que lo olvide.

Stacy parecía divertida.
—La testarudez es cosa de familia.
—No podéis impedírmelo —dijo Jane—. El callejón detrás del Big Dick. A medianoche. Iré por mi cuenta.

Mac miró a Stacy con exasperación. Ella se encogió de hombros.
—En algunas cosas tiene razón.
—Maldita sea, debería dejar que fueras por tu cuenta de verdad.

Jane le sonrió con dulzura.
—¿Alguien aparte de mí quiere un café para el camino?

Los dos le dijeron que sí y Jane los dejó un rato a solas mientras preparaba el café. Sonrió al oír que susurraban y que su hermana se reía. Su risa sonaba un tanto áspera, en parte seductora, en parte complacida.

Ya era hora, pensó Jane. Stacy anhelaba desde hacía tiempo conocer a alguien especial. Merecía enamorarse.

Jane preparó tres tazas para llevar y los llamó a la cocina. Stacy parecía sofocada. Se notaba que Mac acababa de besarla. Jane desvió la mirada y sintió de pronto una oleada de añoranza. Por su marido. Por su relación física. Por el apoyo emocional de Ian.

Lo echaba terriblemente de menos.

Como si adivinara lo que estaba pensando, Stacy le dio un rápido abrazo.

–Todo va a salir bien, hermanita.

Sí, se dijo Jane mientras se acercaban al coche de Mac. Después de aquella noche, estaría un paso más cerca de acabar con aquella pesadilla. Y de recuperar a su marido... y su vida.

Hablaron poco mientras atravesaban la ciudad. La lluvia había empezado a caer poco después de que salieran del *loft*. El interior del coche permanecía en silencio, salvo por el susurro intermitente de los limpiaparabrisas.

Cuando llegaron al Big Dick, Mac llevó el coche hasta la entrada del callejón. Aparcó, apagó el motor y miró a Jane.

–Espera aquí. Stacy y yo vamos a comprobar si es seguro.

Jane hizo un gesto afirmativo con la cabeza, pero en cuanto los dos detectives se alejaron, salió del vehículo. No estaba dispuesta a perder la oportunidad de conocer a Doobie, a arriesgarse a que el soplón se lo pensara mejor y se escabullera. Llevaba mucho tiempo esperando una respuesta y ahora parecía tenerla al alcance de la mano. Su vida y la de Ian dependían de aquella respuesta.

Se alejó del coche. La lluvia fría le acribillaba las mejillas. Con el corazón acelerado, se adentró rápidamente en las sombras del callejón. Oyó hablar a Stacy y a Mac. Oyó que él llamaba a Doobie. Pero sólo le respondió el silencio.

–¿Llegamos pronto?
–Él llega tarde.
–Y encima está lloviendo.
–¿Tienes una linterna?
–Sí –respondió Stacy.

Un instante después, un rayo de luz hendió la oscuridad y la lluvia. A lo lejos retumbó un trueno. Mac lanzó una maldición.

—¿Es él?

Hubo un segundo de silencio.

—Sí, es Doobie —dijo Mac con aspereza.

—¿Está muerto?

—Sí, completamente muerto.

Jane dejó escapar un gemido. ¡No! *No podía ser*.

Avanzó apresuradamente y se detuvo al ver a Mac y a Stacy agachados junto a un hombre tendido en el suelo. Estaba boca abajo, sobre el pavimento mugriento y húmedo.

A juzgar por el ángulo de su cabeza, le habían roto el cuello.

Martes, 11 de noviembre de 2003

6:45 a.m.

El capitán los miraba con fijeza mientras su cara se iba poniendo roja por momentos. Parecía una garrapata a punto de estallar. O un petardo a punto de explotar. Estaba claro que iban a ganarse una buena bronca. Y todo por culpa de ella.

Stacy le lanzó a Mac una mirada compungida. Un instante después, el capitán dio rienda suelta a su ira.

—¡Estáis los dos con la mierda al cuello! ¿Qué coño creíais que estabais haciendo?

—Acordamos encontrarnos con el soplón y...

—¡Por todos los santos, llevasteis con vosotros a un civil!

—Íbamos a comprobar una pista...

—¿Ah, sí? ¿De qué caso? ¿Del de tu hermana?

Stacy se envaró al notar su tono de sarcasmo.

—Sí, señor. Ya le puse al corriente de la situación, de las amenazas que había recibido mi hermana, del muñeco mutilado que le dejaron en casa. Y ya sabe que ayer asesinaron a su ayudante...

El capitán se levantó de un salto.

—Claro que lo sé. ¡Estoy al corriente de todos los asesinatos que se cometen en mi jurisdicción!

—Naturalmente, señor. Sólo quería decir que...

—Mis detectives no están autorizados para investigar por su cuenta.

—Pero usted me dio permiso para hacer averiguaciones, señor...

—Cierra el pico, Killian.

Stacy se levantó. A su jefe no iba a agradarle lo que se disponía decir. Pero tenía que decirlo. La muerte de Doobie lo había cambiado todo. Demostraba, a su modo de ver, que la persona que conducía la lancha que había arrollado a Jane dieciséis años antes no era sólo un hijo de puta retorcido, sino un asesino despiadado.

—Con el debido respeto, capitán Schulze, empiezo a sospechar que hemos metido a un inocente en prisión. Ian Westbrook no mató a Elle Vanmeer, a Marsha Tanner ni a Lisette Gregory. Creo que los últimos acontecimientos demuestran que la persona que está mandando mensajes amenazantes a mi hermana es la responsable de esas muertes. Mató a Ted Jackman. Y también a Doobie, para hacerle callar. Ian Westbrook ha sido víctima de un complot.

—¡Tú tienes intereses personales en esto, Killian! —gritó Schulze—. Ya hemos detenido a un sospechoso. El presunto culpable está en la cárcel —dejó escapar un suspiro y se giró hacia Mac—. Esperaba que fueras un poco más sensato, McPherson.

Mac se aclaró la garganta.

—Sí, señor. Sin embargo, creo que hay que tomar en consideración los esfuerzos de la detective Killian. En mi opinión, el hombre que le está mandando esos mensajes a Jane Westbrook es peligroso. Ha aumentado el nivel de las amenazas. Su próximo paso podría ser agredirla físicamente —prosiguió—. Si la historia que Doobie me contó sobre ese tipo de la lancha era cierta, y creo que lo era, entonces la persona a la que nos enfrentamos es un psicópata que no duda en matar. Es muy probable que fuera él quien mató a Doobie. Y también a Jackman. Dicho esto, sin embargo, no comparto la opinión de la detective Killian respecto a la inocencia del doctor Westbrook. Las pruebas respaldan su detención y yo me ciño a ellas.

—Por fin un atisbo de cordura —masculló el capitán, volviendo a su asiento.

—Solicitamos autorización para continuar con la investigación —dijo Mac—. Quiero indagar en el pasado de Doobie. Interrogar a su familia. Quizás alguien conozca a su amigo o sepa su nombre.

—Está bien —el capitán Schulze abrió bruscamente un cajón de su mesa y sacó un frasco de antiácidos. Se metió un par de pastillas yesosas en la boca y masticó con energía—. Dejad de especular y resolved el caso. Quiero un sospechoso. Y lo quiero en prisión.

—Sí, señor —murmuró Mac—. Gracias, capitán.

Stacy le lanzó a Mac una mirada de gratitud y retrocedió hacia la puerta. El capitán Schulze la detuvo antes de que saliera.

—Nunca he cuestionado tus prioridades, Killian. No quisiera tener que empezar a hacerlo ahora. ¿Está claro?

Ella dijo que sí. Que estaba claro como el agua.

15

Jueves, 13 de noviembre de 2003

9:45 a.m.

Jane estaba esperando a que el guardia llevara a Ian a la sala de visitas. Hacía una semana que no se veían. Siete segmentos de veinticuatro horas, una minucia en el curso de una vida y menos aún en términos de eternidad, y sin embargo durante aquel intervalo de tiempo dos personas habían muerto asesinadas y ellos habían perdido a su hijo.

A Doobie le habían roto el cuello. Dado que en el cuerpo no se habían encontrado signos de lucha, ni heridas defensivas, Stacy y Mac creían que le habían agredido por la espalda. Que su asesino era alguien en quien confiaba. Bajo el cuerpo se había encontrado un cigarrillo sin encender y un mechero Bic. Suponían que Doobie se había girado al encender el cigarro para evitar el viento.

Jane había estado muy cerca de conocer el nombre de su acosador, del individuo que le había robado no sólo su cara, sino también su juventud. Pero no lo bastante cerca.

Era como si aquel maníaco adivinara cada uno de sus movimientos.

Esa noche, incapaz de dormir, Jane había estado rezando. Pidiendo fortaleza. Ayuda. Justicia.

Por la mañana había rezado por su marido. Por su matrimonio. Los acontecimientos de la semana anterior parecían separarlos con la misma eficacia que el panel de cristal que tenía delante de sí. A decir verdad, sentía que Ian, que el amor que se profesaban, empezaba a escurrírsele entre los dedos. Y sufría tan agudamente por aquella pérdida como por la de la vida que había llevado dentro de sí.

Ian y el guardia entraron en la sala. Su marido se acercó al compartimento y puso una mano sobre el cristal, pero no hizo ademán de descolgar el teléfono. Se limitó a susurrar sin emitir sonido:

—Te quiero.

Jane apoyó la mano contra la suya. El cristal se calentó. Jane sintió una opresión en el pecho. Las lágrimas la ahogaban. No se atrevía a repetir aquellas palabras.

Se quedaron así unos minutos, mirándose el uno al otro. Por fin, Ian tomó el teléfono. Ella hizo lo mismo.

—Tengo el corazón roto —dijo él con voz densa—. No sé qué decir. No sé cómo arreglarlo.

—Ya no tiene solución.

—Tendremos otros hijos, te lo prometo.

Sus palabras dolieron a Jane. La enfurecieron.

—¿Cómo puedes prometerme eso? ¿Cómo... con todo lo que...? —se le cerró la garganta y se atragantó.

—Siento que nos peleáramos. Siento haber provocado esa discusión. Estaba celoso. Y enfadado —él bajó la voz—. Y dolido porque no me creyeras. Y también muerto de miedo. De miedo a perderte.

—A cada paso que doy me encuentro con pruebas contra ti. Lo único que quería era una explicación.

—Y tenías todo el derecho. ¿No te lo dijo Stacy? Le pedí que te lo explicara.

Jane apartó la mirada un momento y luego volvió a fijarla en él.

—Sí, me lo explicó. Pero no tenía por qué hacerlo. Soy tu mujer. Merecía que fueras tú quien me diera una explicación.

—Si quieres saber algo, lo que sea, pregúntamelo, por favor —imploró él—. No quiero que nada se interponga entre nosotros.

—Puede que sea demasiado tarde para eso.

El rostro de Ian se contrajo como si acabara de recibir una bofetada.

—No digas eso, Jane. No puedo soportarlo. Lo que sea. Pregúntame lo que quieras.

—¿Tuviste una aventura con Elle Vanmeer?

Él no parpadeó.

—Sí. Estuvimos liados antes de que tú y yo nos conociéramos. Pero no fue nada especial. Elle se enrollaba con muchos tíos.

Jane tragó saliva, intentando encajar lo que su marido le estaba diciendo.

—Continúa.

—Por eso estaba su nombre en mi agenda. Y el de La Plaza. Solíamos vernos allí. A ella le encantaba ese sitio. Le gustaba el sexo salvaje. La variedad.

Jane sintió ganas de taparse los oídos. Quería esconderse. Negar que aquello fuera cierto.

—¿Te acostaste con otras pacientes?

—Con unas cuantas. Pero no mientras fueron pacientes mías, sino después. Nos encontrábamos en algún sitio y una cosa llevaba a la otra —Ian se llevó una mano a la cara. Jane notó que le temblaba—. Yo no era un santo, Jane. Nunca dije que lo fuera.

—¿Me has sido fiel?

—Sí.

Ella deseaba creerle. Tanto que le dolía.

Dios santo, ¿por qué no podía creerle?

Él dijo con suavidad:

—Cuando te conocí, supe que nunca más volvería a desear a otra mujer.

—Le mentiste a la policía.

—Sí, aunque sabía que era un error. Pero tú estabas allí y yo... no me atreví a decirlo. Sabía que te haría daño. Nunca he querido hacerte daño.

—Esa mentira hace que parezcas más culpable.

—Eso lo sé ahora..., pero yo no tenía nada que ver con su muerte. Pensé que mi relación pasada con Elle no tenía importancia.

—Una mentira siempre tiene importancia.
—Y ahora dudas de mí.
—No dudo de tu inocencia, Ian. Sé que no mataste a esas mujeres.
Los ojos de Ian brillaron. Ella notó que le temblaba la mano con que sujetaba el teléfono.
—¿Y qué hay de mi amor? ¿De eso sí dudas?
Jane escudriñó su corazón. No contestó. No podía.
—Ted ha muerto —dijo en voz baja—. Ha sido asesinado. En el estudio —Ian palideció—. La policía cree que sorprendió a alguien robando.
—¿Tú no lo crees?
—No. Hay algo más. Ese soplón del que te hablé, el que estaba en la lancha ese día, hace dieciséis años, también ha muerto asesinado. El detective McPherson se puso en contacto con él. Acordó un encuentro. Cuando llegamos allí, estaba...
—¿Cuando llegasteis? ¿Insinúas que tú...?
Ella siguió hablando. No tenía tiempo, ni paciencia, para aguantar la preocupación de su marido. Las cosas iban demasiado rápido. Se inclinó hacia delante.
—Stacy nos está ayudando. Y también Mac, su compañero. Vamos a sacarte de aquí, Ian. Te lo prometo.
Él se inclinó hacia ella.
—Tú no hagas nada. Deja que sean ellos quienes se arriesguen. Prefiero pudrirme aquí a que te hagan daño.
El guardia dio un paso adelante. Sus treinta minutos se habían agotado. Los dos se levantaron, aunque siguieron aferrados al teléfono.
—Promételo, Jane —suplicó Ian—. Prométeme que no te pondrás en peligro.
—Tendré cuidado —dijo ella y, tras hacer una pausa, añadió—: Te quiero, Ian.
Mientras se alejaba, se dio cuenta de que no quererlo le resultaba casi imposible, y aquella certeza la llenó de miedo y la aturdió.

11:45 a.m.

La visita a Ian tuvo sobre Jane un extraño efecto revitalizador. Había llamado a Stacy y le había dejado un mensaje y luego se había dirigido a su estudio. Unos meses, en una tarde lluviosa, había empezado un retrato de Ted y había sacado los moldes de escayola, pero nunca los había preparado para recubrirlos de metal.

Pensaba hacerlo ese mismo día. Como un recuerdo para la familia de Ted.

Bajó la escalera de caracol que llevaba a su estudio, con Ranger tras ella. El perro se lanzó hacia delante, gimoteando, y desapareció tras la esquina que llevaba al portal del estudio.

Ted. Boca abajo en el suelo, en medio de un mar de sangre.

Jane se quedó paralizada. Se le aceleró la respiración; el vello de su nuca se erizó al tiempo que una sensación de haber vivido ya aquel momento se apoderaba de ella. Ranger volvió a aparecer. Ella bajó la mirada hacia sus patas.

Nada de sangre, ni de huellas rojas. Gracias a Dios.

El perro ladeó la cabeza y gimió. El pelo de su cerviz se había erizado. Jane comprendió que el animal seguía sintiendo el olor de la muerte. Que los productos de limpieza no lograban engañar su finísimo olfato.

—¿Crees que nos acostumbraremos alguna vez, amiguito? —le dijo al perro.

Ranger la miró como si sopesara la respuesta; luego dio media vuelta y volvió corriendo al portal. Jane lo oyó husmear y resoplar, sin duda confundido por los fuertes y extraños olores de la habitación.

Tenía que seguir adelante. No podía permitir que aquel cabrón la echara de su propio estudio.

Tragó saliva con dificultad y bajó el último escalón. Recogió los moldes de la cara de Ted y los llevó a una mesa de trabajo muy alta que había al fondo del estudio. Pasó los dedos sobre la escayola, sobre los rasgos familiares de Ted. Sintió en los ojos el escozor de las lágrimas. Ted había sido su amigo. Nada de lo que dijera Stacy, ni cualquier otra persona, podía hacerle creer lo contrario.

Sacó un carrito de ruedas y lo cargó con las cosas que necesitaba para preparar los moldes: papel de lija fino y extrafino; un recipiente para el agua; toallas de papel; y su Dremel, para pulir rápidamente cualquier imperfección.

Fueron pasando los minutos al tiempo que el trabajo iba envolviéndola en su vientre protector, en donde el mundo más allá de ella y de su arte cesaba de existir.

Se detuvo y pasó un dedo por la superficie del molde. Ya casi estaba, pensó. Sólo quedaba pulirlo un poco más. Al recoger el papel de lija extrafino, su mirada se posó sobre una pequeña llave plateada que sobresalía por debajo de la lámina de goma que cubría la superficie del carrito. Levantó la lámina y recogió la llave. Era del cajón del carrito, pensó. Tenía la medida justa. Comprobó la puerta del cajón y vio que estaba cerrada con llave. Qué raro, pensó. ¿Por qué la habría cerrado Ted?

Se puso en cuclillas delante del carro, metió la llave en la cerradura y abrió la portezuela del cajón. Vio que no contenía materiales, sino ropa. Metió la mano dentro y sacó las prendas. Se quedó mirándolas, y de pronto un grito acudió a su garganta. Un grito de negación. De horror.

Una cazadora de cuero. Unos guantes. Y una gorra de béisbol de los Atlanta Braves.

Olían levemente a perfume. Un perfume femenino, mezcla de almizcle y flores.

Un perfume que no era el suyo, sino más bien el que llevaría una mujer como Elle Vanmeer.

Jane dejó caer las prendas y se tambaleó hacia atrás. Se llevó una mano a la boca. La noche del asesinato de Elle Vanmeer, Ian había estado en el estudio. Ella se había despertado de su pesadilla y se había encontrado a su marido en la puerta de la sala de edición. Ian la había estrechado entre sus brazos. Todavía arrastraba consigo el frío de la calle.

Pero no llevaba chaqueta.

Porque ya se la había quitado. Cielo santo. Jane cerró los ojos y se lo imaginó entrando en el estudio. Se habría quitado la chaqueta, la gorra y los guantes antes de entrar, por si acaso se encontraban. Se había acercado al carrito, había guardado las prendas dentro, lo había cerrado con llave y había metido la llave bajo la lámina de goma.

¿Por qué el estudio?, se preguntó. ¿Por qué no había vuelto al *loft* y guardado las cosas en un armario o un cajón? ¿Por qué no las había dejado en el coche, escondidas bajo el asiento o en el maletero?

Un sollozo escapó de sus labios. Se sentía enferma. No podía ser. Ian, no.

Se dio la vuelta, se acercó al sillón de mimbre. Se dejó caer en él. Su mirada cayó sobre la chaqueta y la gorra. Pensó en Lisette. En Marsha.

Pensó en Ted.

Ted. Ian no era responsable de su muerte. Ted había entrado en el estudio esa noche. Había sorprendido a un ladrón.

O a otra persona. Jane levantó la cabeza. A alguien que había entrado en su estudio por otra razón.

Para poner allí aquellas prendas, pruebas materiales que vincularían inequívocamente a Ian con la muerte de Elle Vanmeer.

Jane se levantó de un salto. ¡Claro!

Tenía que llamar a Stacy. Tenía que contarle lo que había encontrado. Lo que acababa de descubrir.

Se acercó trastabillando a su mesa. Probó con el móvil de su hermana y le respondió el buzón de voz. En lugar de dejar un mensaje, colgó y lo intentó con el número de la comisaría.

—Crímenes Contra Personas.

Jane se dio cuenta de que era Kitty. La saludó y le preguntó por Stacy.

—Lo siento, la detective Killian está fuera hoy. ¿Quiere que la pase con otro detective?

¿Fuera? Eso no podía ser.

—¿Señora? ¿Es una emergencia? Si es así...

—N-no. Yo... soy su hermana —su voz sonó extraña a sus propios oídos, aguda y metálica.

—¿Lo ha intentando con su teléfono mó...?

—Sí, gracias.

Colgó. Tenía que ver a Stacy inmediatamente. Tenía que hablar con ella antes de que alguien descubriera lo que había encontrado. Debía convencerla de que alguien había puesto allí aquellas pruebas, de que Ian no era el asesino.

Jane se llevó las manos a los ojos. Tenía que pensar. Kitty le había dicho que Stacy estaba fuera, pero esa mañana su hermana había salido con destino a la comisaría. Al marcharse le había dicho que pensaba pasarse por casa en algún momento del día para recoger algunas cosas, revisar su correo y su contestador y regar las plantas.

Claro, tenía que estar allí. Marcó el número de la casa de su hermana... y le respondió otra vez el contestador. Sin pensárselo dos veces, recogió su bolso y a Ranger y se dirigió a su coche.

Llegó a las calles M y enfiló la más cercana a la casa de su hermana. Una pelota roja atravesó la calle; un niño pequeño corrió tras ella, riendo. Jane pisó el freno y se detuvo, haciendo chirriar las ruedas. La madre tomó al niño en brazos, se giró y la miró con enfado.

Jane iba demasiado deprisa. Demasiado deprisa para un vecindario en el que había niños. Cielo santo, podía haber ocurrido cualquier cosa.

Contrólate, Jane.

Siguió avanzando despacio. Cautelosamente. Mientras recorría la calle iba mirando hacia la derecha. La casa de Marsha, pensó, sintiendo que el corazón se le subía a la garganta. La última vez que había visto aquella casa, la cinta policial, de color amarillo chillón, se extendía delante de la fachada. La cinta ya no estaba, había sido reemplazada por un llamativo cartel azul y blanco de *Se vende* de la Coldwell Banker.

Jane recorrió las dos manzanas que la separaban del bungalow de Stacy. Aparcó en el camino de entrada, bajó un poco las ventanillas para que Ranger pudiera respirar, salió del coche y echó a andar a toda prisa por el caminito. La puerta del garaje estaba cerrada. Llamó al timbre. Su hermana no contestó. Miró por la ventana lateral de la puerta. Más allá, el cuarto de estar parecía desierto.

Desde algún lugar cercano le llegó el ladrido de un perro. Y el ladrido de respuesta de Ranger.

Una espantosa sensación de haber vivido ya aquella situación se apoderó de ella. Pensó en Marsha. Se imaginó entrando en su casa. Recordó el olor, el sonido de su propia voz al gritar.

Pensó en Marsha atada a la silla, con la cara amoratada.

Se quedó paralizada, notando el sabor del miedo en la lengua. Stacy se había ido a la comisaría. ¿Y si nunca había llegado?

Intentó sacudirse el miedo, estiró el brazo, probó a abrir la puerta. Y descubrió que estaba cerrada con llave.

Rodeó la casa. El pequeño jardín trasero estaba desierto. Atravesó la verja y se acercó a la puerta de la cocina. Ésta, al igual que el salón delantero, estaba vacía.

Stacy estaba bien. Ya había estado allí y se había ido. Claro.

Pero, de todos modos, tenía que asegurarse.

Sacó las llaves de su bolso. Cuando Stacy había comprado la casa, las hermanas se habían intercambiado las llaves, por si surgía alguna emergencia. Buscó la llave con nerviosismo, abrió la puerta y entró. Al oír el pitido de aviso de la alarma, se acercó al cajetín y marcó el código, confiando en que su hermana no lo hubiera cambiado.

No lo había cambiado. El sistema se desconectó y Jane dejó escapar el aire que sin darse cuenta había estado conteniendo. Llamó a su hermana mientras se adentraba en la casa. El interior olía a limpio, como a pino y a limpiador de limón.

Jane entró en el aseo, en el comedor, en la habitación de invitados. En el dormitorio de Stacy.

Allí encontró el primer indicio de desorden. La cama de su hermana estaba hecha con descuido. En el suelo, junto a la cabecera de la cama, había varias prendas amontonadas. Una de ellas era la bonita blusa de seda que ella le había regalado por Navidad.

Jane se acercó y se inclinó para recoger la blusa con intención de extenderla cuidadosamente sobre la cama. Al hacerlo, su mirada cayó sobre una carpetilla que sobresalía del estante inferior de la mesilla de noche. Era una carpetilla rosa, pulcramente etiquetada con el nombre de su hermana.

Un historial médico. Como los que Ian les hacía a sus pacientes.

Jane lo sacó con dedos temblorosos. Lo abrió. Contenía sólo dos páginas. La primera era un impreso con información sobre el paciente. La segunda, las notas de consulta del médico. Jane reconoció la letra de su marido antes incluso de ver el membrete de la clínica en la parte superior de la hoja.

Se quedó mirando la página, aturdida. Su hermana había ido a ver a Ian para hacerle una consulta. Así se habían conocido. Lo que no entendía era por qué Stacy tenía allí el historial...

La mujer. Esa noche, en la consulta de Ian.

Pero cuando le había contado a Stacy aquel incidente...

Su hermana no había dicho nada.

Jane se dio cuenta de que estaba temblando. Se sentía abotargada. Se preguntó vagamente qué hora era. Cerró el historial y volvió a ponerlo en el estante.

Salió de la casa como había entrado, por la puerta trasera. Volvió al Jeep. La cabeza le daba vueltas. Encendió el motor y salió marcha atrás. Stacy le había ocultado la verdad. Le había mentido. ¿Por qué? ¿Qué significaba aquello?

Jane estaba decidida a averiguarlo.

2:15 p.m.

Jane llegó a casa sana y salva sólo porque Dios quiso. No recordaba cómo había llegado allí, ni el tráfico, ni los semáforos. Ahora, de pie en el portal de su estudio, ni siquiera sabía con certeza dónde había aparcado el coche.

Sus pensamientos avanzaban con velocidad vertiginosa, formando una caótica amalgama de emociones que iban desde la incredulidad a la negación, pasando por la acusación y la ira. En el mejor de los casos, Stacy le había ocultado la verdad. En el peor, le había mentido. Y, si le había mentido, ¿qué quería decir aquello?

Siempre llegaba a la misma pregunta.

Y la respuesta no le gustaba.

Ranger la empujó con el hocico, ansioso por entrar. Jane entró en el estudio. Y se encontró allí a Stacy. Su hermana estaba delante del carrito, con el teléfono móvil pegado al oído. Lo cerró al ver a Jane.

—Ah, estás ahí. Me tenías preocupada...

—¿Con quién estabas hablando? —preguntó Jane, y su voz le sonó extraña.

Stacy frunció el ceño.

—Kitty me dijo que habías llamado y vine tan rápido como pude. Me has dado un susto de muerte... Pero ¿por qué me miras así?

—No me has contestado. ¿Con quién estabas hablando?

—Con Mac. Viene para acá.

Jane bajó los ojos hacia la cazadora, los guantes y la gorra. La verdad la golpeó con la fuerza de un rayo.

—Apártate de mí.

—Jane, ¿qué...?

—Lo sé todo, Stacy —alzó la voz—. Lo sé todo.

Stacy dio un paso hacia ella con la mano extendida.

—¿De qué estás hablando?

Jane retrocedió.

—Ya te lo he dicho, aléjate de mí.

—Creo que será mejor que te sientes.

—Tú has puesto eso ahí. Para culpar a Ian.

—¿Que yo he puesto... esto?

A decir verdad, el tono de incredulidad de su hermana parecía auténtico. Jane intentó refrenar el temblor que amenazaba con apoderarse de ella.

—Tienes copia de mis llaves. Sabes el código de seguridad de mi alarma. Es el mismo que el tuyo.

—¿Qué estás diciendo?

—Encontré el historial, Stacy. El de la consulta de Ian. La mujer que vi esa noche eras tú.

La expresión de Stacy reflejó su sorpresa. Luego, su comprensión.

—¿Cómo lo has...?

–¿Descubierto? Como no te encontraba, recordé que dijiste que tenías que pasarte por casa para recoger unas cosas –soltó una risa aguda, casi histérica–. Y pensar que tenía miedo por ti... Pensaba que te había ocurrido algo.

–Jane –dijo Stacy en voz baja, suavemente–, no es lo que piensas.

–Claro que no. ¿No es eso lo que dicen siempre? –le tembló la voz; intentó controlarla–. ¿Por qué, Stacy? ¿Tanto me odias? ¿Tan celosa estabas que querías quitármelo todo?

–Fui a ver a Ian para hacerle una consulta. Sobre unos implantes mamarios. Así fue como nos conocimos. Pensé que tal vez, si mejoraba mi aspecto, podría tener lo que tenían otras –dio un paso hacia ella con la mano extendida. Jane retrocedió.

–Voy a llamar a la policía.

–Quería tener pareja. Y también hijos, con el tiempo. Miraba a otras mujeres y me preguntaba por qué los hombres se sentían atraídos por ellas y nunca por mí. Me preguntaba por qué esas mujeres parecían capaces de entablar y de mantener una relación y yo no. Por suerte entré en razón y me di cuenta de que un buen par de tetas no iba a hacer que alguien me quisiera –le tendió la mano–. Yo no he puesto aquí esas pruebas, Jane. Piensa lo que estás diciendo. Yo no me parezco en nada a la persona que aparece en la cinta de vídeo del hotel. Soy fuerte, pero no tanto como para matar con tanta facilidad a un hombre como Ted. Sí, fui a la consulta de Ian esa noche. Para recoger mi historial. No quería que mis compañeros se enteraran.

–¿Esperas que me crea que entraste en la clínica para recoger un historial que prácticamente no contenía nada?

–Sí. Porque llevaba mi nombre. ¿Es que no lo entiendes? –Stacy se pasó una mano por el pelo. Jane notó que estaba temblando–. En el departamento las llaman «globos de fiesta» –dijo–. Es como para partirse de risa. Si tienes las tetas grandes, eres un bombón. Tener unas buenas tetas es el primer requisito que debe cumplir una chica para salir con ella. Lo demás les da igual –miró a Jane a los ojos–. Si hubieran descubierto que había ido a la consulta por eso, habría sido el hazmerreír del departamento. Así que esa noche fui a la consulta de Ian. Y robé el historial.

—¿No viste mi Jeep?

—Si lo hubiera visto, no habría entrado. Oí ladrar un perro, pero pensé que era de los vecinos.

Ella había aparcado al otro lado del contenedor.

Jane cruzó los brazos sobre el pecho.

—Me mentiste, Stacy. Sabías que pensaba que la mujer a la que Ted invitó al estudio era la misma que entró en la clínica esa noche. ¡Lo sabías! Me ocultaste la verdad. Estamos juntas en esto y me ocultaste la verdad deliberadamente.

—Lo siento —dijo su hermana en voz baja—. Me equivoqué. Por favor, créeme. Te estoy diciendo la verdad.

—¿Y por qué iba a creerte?

—Porque soy tu hermana.

La ira de Jane perdió fuelle, reemplazada por la desesperación. Se acercó al sofá de mimbre y se dejó caer en él. Apoyó la cabeza en las manos.

Stacy no era una asesina. Claro que no lo era. Y tampoco estaba compinchada con el asesino.

Pero aquello no podía ser lo que parecía. No podía ser.

Jane levantó la mirada; tenía los ojos turbios.

—Alguien ha puesto esas cosas ahí. Para inculpar a Ian.

—Ian es culpable, Jane.

—No, por favor...

Stacy se acercó y se agachó delante de ella.

—Yo también empezaba a creer que era inocente. Pero estaba equivocada. Lo siento.

—La mujer que Ted trajo al estudio...

—No hay ninguna mujer.

—El asesino de Ted vino aquí a dejar esas pruebas. Ted lo sorprendió y...

Stacy la agarró de las manos.

—Jane, cariño, esto son pruebas materiales que vinculan a Ian con el asesinato de Elle Vanmeer. Cuando se encuentre con eso, con la cinta de vigilancia y con las demás pruebas circunstanciales, al jurado no le quedará más remedio que condenar a Ian.

Jane sacudió la cabeza, sintiéndose despojada de todo. Aquello era el golpe final.

El hombre de la lancha había vuelto para acabar el trabajo.

Jane intentó refrenar su desesperación. Su impotencia. Luchó por aferrarse a su fe en su marido. Al sueño de su amor. A la vida que habían compartido. A la familia que pensaban tener.

—Puede que no sea como parece —musitó—. ¿Cómo puede ser Ian un asesino? Yo lo quiero —sollozó.

Stacy le apretó los dedos.

—Sé que no quieres oír esto, Jane, pero tengo que decirlo. Ian sabía que la orden de registro no incluiría el estudio. Guardó la cazadora, los guantes y la gorra aquí, por si acaso atábamos cabos y dábamos con él. Sabía que tú, su devota esposa, proclamarías su inocencia, su fidelidad, contra viento y marea. Ian te era infiel. Mató a Elle porque ella lo amenazó con contarte lo que había entre ellos. Mató a Marsha para protegerse, porque ella conocía todos sus secretos. Creo que también se acostaba con Lisette —continuó Stacy—. Ella era un cabo suelto. Si lo descubríamos, podríamos usarlo contra él. Y te habría perdido a ti... y a tu dinero. Por eso mató a Lisette.

Jane se rodeó el talle con los brazos. Incluso teniendo ante sí pruebas tan palmarias ansiaba creer a su marido.

—¿Y Ted?

—Por lo que hemos podido averiguar, creo que fue él quien escribió esos anónimos. Puede que, en su retorcido modo de ver las cosas, creyera que, si estabas asustada, te acercarías más a él. Que, con Ian en prisión, recurrirías a él. La noche que fue asesinado, sorprendió a alguien robando en el estudio.

Aquello tenía sentido. Pero Jane no podía aceptarlo.

—Esos mensajes eran del tipo de la lancha. Él está detrás de todo esto. El asesinato de Doobie lo confirma.

Stacy frunció el ceño.

—Doobie frecuentaba malas compañías. Era un soplón. Retiró de la circulación a algunos tipos sumamente peligrosos. Muchos se la tenían jurada. Mira, todavía no tengo todas las respuestas, pero las tendré. Te lo prometo —sonó el timbre. Stacy se levantó—. Será Mac.

—No quiero hablar con él. No me encuentro bien.

—Una declaración breve. Sólo un par de preguntas.

Stacy dejó entrar a Mac. Otro detective iba con él. Jane recordó que se llamaba Liberman.

Mac se acercó a ella; Jane vio compasión en su mirada.

—Necesito que me digas exactamente qué pasó esta mañana y cómo encontraste la gorra, los guantes y la cazadora.

Ella asintió con la cabeza y comenzó a hablar como un autómata. Le explicó la secuencia de los acontecimientos, sin mencionar que había ido a casa de Stacy y había encontrado el historial.

—¿El cajón del carrito estaba cerrado con llave?

—Sí. Encontré la llave debajo de la lámina de goma de la parte de arriba.

—¿Era raro que estuviera cerrado?

—Sí. Ted y yo no solíamos... —su voz se apagó.

Mac miró a Liberman inquisitivamente. El otro movió la cabeza de un lado a otro.

—Es suficiente por ahora, Jane. Puede que más tarde te hagamos algunas preguntas más.

Ella asintió con la cabeza y se disculpó, rehusando el ofrecimiento de Stacy de acompañarla. Llamó a Ranger y empezó a subir las escaleras, consciente de que los tres detectives la estaban observando.

Un cosquilleo inquietante le corrió por la espina dorsal como un soplo de viento helado. Miró hacia atrás. Ninguno de los tres la estaba mirando; estaban hablando en voz baja entre ellos.

¿Habría sido aquella sensación fruto de su imaginación?, se preguntó. ¿O una premonición?

Subió corriendo el resto de las escaleras, cerró la puerta tras ella y echó la llave.

3:15 p.m.

Cuando Stacy regresó al estudio, sólo quedaba Mac.
—¿Dónde está Liberman? —preguntó.

—Ha guardado las pruebas y se ha ido a la comisaría.
—Bien —Stacy se acercó a él y lo estrechó entre sus brazos. Mac la apretó contra su pecho.
—Lo siento, Stacy.
—Yo también.

Ella respiró profundamente, dejando que el olor de Mac la embriagara, y pensó que en sus brazos se sentía segura. Y amada.

Por fin se apartó de él con esfuerzo.
—Me siento como una idiota. Tú me lo dijiste... y el capitán también. Las pruebas, por el amor de Dios... Pero me negaba a verlas.
—Tus sentimientos estaban en juego. Pero es lógico, tratándose del marido de tu hermana.

Ella movió la cabeza de un lado a otro.
—Todavía no puedo creerlo. ¿Por qué lo hizo, Mac? Lo tenía todo.

Él pasó un dedo sobre la curva de su mejilla y murmuró:
—Está claro que quería más. Algunas personas son capaces de cualquier cosa por dinero. Tú mejor que nadie deberías saberlo, Stacy.
—Supongo que sí. Viene dado con nuestro oficio, ¿verdad?
—Sí —él depositó un rápido beso sobre su frente y dio un paso atrás–. Tengo que irme. ¿Vienes?
—Iré luego. Aunque no tengo ganas de vérmelas con el capitán.
—No te preocupes, no pasará nada. Tu historia tendrá un final feliz.
—¿Me lo prometes?

Él la besó de nuevo.
—Puedes apostar a que sí, nena.

Stacy sonrió.
—Voy a ver cómo está Jane y luego me iré a la comisaría.

Stacy lo miró marcharse y a continuación subió al piso de arriba. Mientras subía los chirriantes escalones metálicos, pensó en lo que le había dicho Mac. Que su historia tendría un final feliz a expensas de la de Jane. Aquello la hizo sentirse mal. Tenía mala conciencia.

Stacy llegó al dormitorio de Jane. Su hermana estaba tumbada de lado, de espaldas a la puerta. Stacy la llamó en voz baja. Ranger, que estaba tumbado en el suelo, junto a la cama, abrió un ojo y la miró. Jane no se movió.

Stacy apartó la mirada. Sobre la mesita de noche había un frasco de píldoras y un vaso de agua medio vacío. Stacy cruzó la habitación, recogió el frasco y lo miró.

Ambien. Las pastillas para dormir que el médico le había recetado a Jane después de la detención de Ian.

Asustada, Stacy sacó las pastillas rosas y las contó. Según la etiqueta del frasco, el médico le había recetado treinta tabletas de diez miligramos. Quedaban veinticinco y estaba segura de que Jane le había dicho que se las había tomado al menos una vez.

Sólo en parte aliviada, Stacy miró la figura inmóvil de su hermana. Jane había perdido a su hijo y a un amigo muy querido, y ahora parecía seguro que su marido sería condenado por asesinato en primer grado. Tenía que estar destrozada.

Pero Jane había pasado por cosas peores. Era fuerte. Una superviviente. La gente como ella no se tragaba un frasco de somníferos. La gente como Jane luchaba.

Pero Stacy no podía correr el riesgo de equivocarse.

Se guardó el Ambien en el bolsillo y se fue en busca del teléfono inalámbrico. Lo encontró en el vestíbulo y marcó el número de Dave. Saltó el contestador.

—Hola, Dave, soy Stacy. ¿Podrías llamarme en cuanto escuches este mensaje? Se trata de Jane.

Él descolgó el teléfono.

—¿Stacy? ¿Qué pasa?

Ella le explicó rápidamente lo de las pastillas para dormir.

—No creo que sea capaz de hacer una locura, pero no me atrevo a dejarla sola. ¿Podrías quedarte con ella un par de horas?

—Jane odia las medicinas —dijo Dave—. ¿Qué ha pasado?

Stacy creyó oír removerse a Jane.

—Espera un segundo —se acercó a la puerta de la habitación. Su hermana no parecía haberse movido. Stacy bajó la voz–. Ahora no puedo contártelo. Pero Jane está en muy mala situación. Tengo que irme a trabajar y me preocupa dejarla sola.

Dave se quedó callado un momento, como si considerara lo que tenía que hacer ese día.

–Estoy acabando con un paciente y tengo otro esperando. Podría estar allí en, digamos, una hora y cuarto. ¿Te parece bien?

–Sí, estupendo. Gracias, Dave. ¿Qué haríamos nosotras sin ti?

Sesenta y cinco minutos después, Dave aparcó delante del edificio de Jane. Stacy, que llevaba un rato mirando por la ventana, corrió a la calle para encontrarse con él. Había recibido una llamada del capitán Schulze; quería verla enseguida.

–¿Qué está pasando? –preguntó Dave con nerviosismo.

–Ahora no puedo explicártelo, pero hemos encontrado pruebas materiales contra Ian y... Te lo contaré todo luego, ¿vale?

Él asintió y Stacy corrió a su coche. Un momento después, miró por el espejo retrovisor y se apartó de la acera. Dave ya había entrado en el edificio. Estaba enamorado de Jane. Tal vez, cuando hubiera tenido ocasión de recuperarse, Jane y él podrían hallar juntos la felicidad.

Eso esperaba Stacy. Lo esperaba de todo corazón.

4:30 p.m.

Stacy llegó a la comisaría en tiempo récord. Subió a su departamento y recogió sus mensajes.

–¿Está disponible el capitán? –le preguntó a Kitty.

–No –la joven hizo un pequeño globo con el chicle–. Está reunido con Williams y Cooper, de Asuntos Internos.

Las visitas de los oficiales de Asuntos Internos nunca auguraban nada bueno.

¿Estarían hablando de ella?

Stacy disimuló una mueca de fastidio.

—¿Asuntos Internos? ¿A qué han venido?

—Por quién, más bien —la rubia se encogió de hombros—. No tengo ni idea.

—El capitán quería verme. Avísame en cuanto esté disponible.

—Vale.

Stacy se detuvo ante la puerta de la sala común.

—¿Está Mac por aquí?

—Se fue hace un cuarto de hora. Iba a la oficina del forense. Y luego a casa, creo. Puedes llamarlo al móvil.

Stacy asintió con la cabeza y se dirigió a su mesa. No le gustaba el cariz que estaba tomando la tarde. Seguramente los de Asuntos Internos estaban presionando al capitán para que la pusiera a su disposición lo antes posible. ¿Le habría dicho Mac a Schulze que le había enseñado la cinta a Jane? ¿O se habrían enterado los de Asuntos Internos de que su hermana la había acompañado a una con cita un soplón? Una cita que había acabado convirtiéndose en la escena de un crimen...

Cada una de aquellas posibilidades —o las dos— la sacaba de quicio.

—Hola, Killian. ¿Sigues siendo la mayor tocapelotas del departamento?

Ella se giró. El detective Benny Rodríguez estaba en la puerta de la sala común. Nada más verlo, Stacy se acordó de su mensaje. Nunca le había respondido.

—Hago lo que puedo. ¿Y tú? ¿Sigues siendo el mayor fantasma del Departamento de Policía de Dallas?

—Yo siempre, chiquita —Benny adoptó el acento de sus antepasados, pero no engañó a Stacy: ella sabía que había pasado la mayor parte de su juventud en la costa este y que había estudiado en una de las más prestigiosas universidades del país. Benny había vuelto a Texas con la intención de cambiar las cosas.

—¿Qué te trae por este pequeño rincón del mundo? —preguntó ella.

—He venido a ver cómo viven las clases altas, naturalmente.
—Esto tiene glamour, ¿eh?
—Tanto que me corta la respiración.
—Eso debe de ser por Camp, que siempre olvida lavarse.

El detective Camp soltó un bufido, se encogió de hombros y volvió a enfrascarse en el informe que estaba redactando en su ordenador. Benny se echó a reír.

—La verdad es que he venido a ver a McPherson por lo de esa puta a la que mataron el otro día, y ya que estaba aquí se me ha ocurrido pasar a verte, para matar dos pájaros de un tiro.

—Siento no haberte devuelto la llamada. Últimamente esto ha sido de locos. ¿Qué pasa?

Él miró a Camp.

—¿Podemos hablar en privado?

—Claro. Vamos —Stacy lo condujo a una de las salas de interrogatorios, cerró la puerta y lo miró—. Dispara.

—Tú eres amiga de Dave Nash, ¿verdad?

—¿De Dave? Claro.

No le extrañó que Benny conociera a Dave; su amigo no sólo asesoraba de vez en cuando a la policía de Dallas, sino que también había tratado a gran número de agentes.

—Estamos siguiéndole la pista a un apostador profesional que tiene contactos con los peces gordos, Stacy. Drogas, prostitución, todo el paquete.

—¿La mafia?

—Sí —Benny enganchó los pulgares en los bolsillos delanteros de sus vaqueros—. El caso es que tenemos grabado a Dave. Numerosas veces.

Stacy no daba crédito a lo que estaba oyendo. ¿Dave, jugando? El juego —a excepción de los que se practicaban en el ámbito doméstico— era ilegal en el estado de Texas. Las apuestas profesionales estaban prohibidas. Benny frunció el ceño.

—Por lo que he oído, Nash ha perdido mucho dinero últimamente. Le debe mucha pasta a gente muy peligrosa.

Maldición, ¿cómo había podido ser Dave tan estúpido?

—No sé qué decir.
—Dave es un buen tipo y me cae bien, pero no puedo hacer nada por él. Lo tenemos grabado. Vamos a tener que detenerlo y apretarle un poco las tuercas. Intentar que hable. Será pronto. Cuando llegue el momento, dile que lo siento muchísimo.

5:10 p.m.

Un ruido despertó a Jane. Se espabiló lentamente, con gran esfuerzo. Ranger, pensó. Gimiendo. Arañando en su caseta.

Eso no estaba bien, Ranger había estado allí, con ella...
Necesitaba salir.

Jane entreabrió los ojos. Sentía abotargados los miembros y la cabeza. Intentó moverse de todos modos.

Entonces lo recordó todo. Se había tomado las pastillas para dormir. Y, antes de eso, había encontrado la cazadora. La gorra y los guantes. Pruebas materiales de la culpabilidad de su marido.

La verdad se precipitó sobre ella, aplastándola. Dejó escapar un gemido.

—¿Jane?

Ella movió los ojos. Vio que era Dave. Su amigo estaba de pie junto a la ventana. Le sonreía. Su sonrisa le pareció extraña. ¿Cómo podía sonreírle, después de todo lo que había pasado?

Parpadeó, intentando rememorar la secuencia de los acontecimientos. Recordaba vagamente que Stacy había llamado a Dave. Que le había pedido que se quedara con ella. ¿Cuánto tiempo hacía de eso?

—¿Qué tal te encuentras? —preguntó él.

Jane se sentó con esfuerzo.

—Aturdida. ¿Cuánto tiempo he dormido?

—No lo sé. Llegué aquí hace tres cuartos de hora, más o menos.

—No hacía falta que vinieras a hacerme de niñera.
Dave se acercó a la cama.
—Me llamó Stacy. Nos has dado a los dos un buen susto.
Ella frunció el ceño.
—¿Por qué?
—Las pastillas para dormir, Jane. Era tan impropio de ti... Y después de tantos disgustos...
—No voy a matarme Dave. ¿Es que no me conoces?
Él la tomó de la mano y entrelazó sus dedos.
—Puede que te conozca mejor que nadie. Así que sé lo difícil que ha debido de ser para ti lo de hoy. ¡Qué traición! Descubrir que Ian escondía pruebas en tu estudio... para protegerse... Tú le entregaste tu corazón y tu confianza. Y él te la ha jugado.

Jane le apretó la mano con fuerza. Su visión se emborronó.

—No quiero hablar de eso. Todavía no.
—Lo entiendo —Dave se inclinó y le besó los nudillos de la mano—. Yo me sentiría igual.

A Jane se le cerró la garganta. Añoraba la inconsciencia del sueño. La confianza ciega a la que se había aferrado sólo unas horas antes.

¿Era así como empezaban los alcohólicos o los drogadictos?, se preguntó. ¿Buscando el olvido? ¿Ansiando aturdirse y olvidarse de todo? Ella nunca se había creído proclive a aquellas adicciones y, sin embargo, mientras estaba allí sentada, tan angustiada que le costaba respirar, las entendía perfectamente.

Dave le frotó la mano.

—Lo siento mucho, Jane. Ojalá pudiera ayudarte. Créeme, el dolor disminuirá con el tiempo. Y al final pasará.
—¿Me lo prometes, *soporgenio*?

Su intentó de bromear resultó patético, débil y angustioso.

—Te lo prometo —Dave se inclinó y le besó la frente; luego se incorporó—. ¿Qué harías tú sin mí?

Jane se quedó mirando a su viejo amigo, sintiendo de pronto una punzada de inquietud. Había algo que no encajaba. Pero ¿qué era?

Luchó por sacudirse los últimos efectos de la medicación. Entonces se acordó. Stacy le había dicho lo mismo a Dave, esa tarde, por teléfono. Su hermana había hecho la llamada desde el recibidor, fuera de su habitación. Ella estaba soñolienta, pero despierta. No le apetecía hablar, por eso se había fingido dormida.

No puedo contártelo ahora. Pero Jane está en muy mala situación y me preocupa dejarla sola.

Jane pensó en algo que Dave le había dicho unos minutos antes. *Sé lo difícil que ha debido de ser para ti lo de hoy. Descubrir que Ian ocultaba pruebas en tu estudio...*

Stacy debía de habérselo dicho cuando Dave había llegado para quedarse con ella. Jane decidió preguntárselo, de todos modos.

—¿Cómo lo sabes, Dave?
—¿El qué, cariño?
—Lo de las pruebas del estudio.

Dave no se inmutó.

—Me lo dijo Stacy, boba. Cuando me llamó.

Jane lo miró con fijeza, comprendiendo de pronto, y un escalofrío se apoderó de ella. Dave estaba mintiendo. Pero ¿por qué? Y, si Stacy no le había contado lo de las pruebas, ¿cómo lo sabía él?

Porque había sido él quien las había puesto allí.

No. Aquello era absurdo. Una locura. Los pensamientos se agolpaban en su cabeza en un confuso batiburrillo. Dave era su amigo. La había apoyado cuando nadie más lo había hecho. Ni siquiera su hermana.

Pero él conocía sus costumbres. Sus gustos y aversiones. Podía haberse hecho fácilmente con una llave del estudio y con el código de la alarma. Porque ella confiaba en él completamente.

—¿Por qué me miras así?
—¿Cómo? —logró decir ella, a pesar de que le tembló la voz.
—Como si fuera el enemigo.

El enemigo. ¿Podía ser él quien estaba detrás de todo aquello?

Pero ¿por qué? ¡Si al menos pudiera pensar con claridad...!

—Estás temblando —dijo Dave suavemente, y le apretó un poco más los dedos—. No tienes de qué preocuparte. Yo estoy aquí. Siempre he estado aquí para apoyarte, ¿no? —se inclinó hacia ella con ojos brillantes—. ¿No? —ella asintió con la cabeza, incapaz de articular palabra—. Te quiero, Jane. Siempre te he querido.

Jane notó que lo decía muy en serio. Pero, si aquello era cierto, ¿cómo podía haber hecho lo que ella sospechaba? ¿Cómo había podido intentar destruirla?

Amor y odio, recordó que le había dicho Dave. Emociones igualmente fuertes. Ambas con poder para crear. Y para destruir.

—¿Recuerdas el día que nos conocimos? —Dave no esperó respuesta—. Yo sí. Tu vida comenzó después del accidente, lo sé. Pero la mía empezó antes. El día que te conocí.

¿Antes? Jane escudriñó su memoria. Eso no era cierto, ¿no? Se habían conocido después. Dave había acudido en su ayuda. La había defendido delante de todo el mundo.

La expresión de Dave se tornó casi soñadora.

—Fue un 16 de febrero. Dos días después de San Valentín. Siempre he creído que aquello fue un error. Como si la flecha de Cupido se hubiera retrasado en su camino.

¿Un 16 de febrero? Jane intentó recordar el día que lo conoció. Pero no sacó nada en claro.

—Fue en el centro comercial. Al salir de Gap. Me tropecé contigo. Literalmente. Llevabas un jersey de color lila. Pensé que eras la chica más bonita que había visto nunca —hizo una pausa—. Te pedí salir allí mismo.

Jane se acordó de pronto. Dave se había tropezado con ella y la había ayudado a recoger sus bolsas mientras balbuceaba atropelladamente que acababa de mudarse a Dallas y que no conocía a nadie. Luego le había preguntado si quería salir con él. Sus amigos se habían reído de él; Jane había rechazado amablemente su invitación y se había ido. Luego había olvidado completamente el incidente... y a Dave.

—Estabas con esos idiotas de tus amigos —continuó él—.

Abbie Benson era una zorra. La odiaba. Me llamó patoso. Se rió de mí. Me dieron ganas de morirme.

Abbie Benson. Hacía años que Jane no pensaba en aquella chica. Abbie se había olvidado de ella después del accidente, pasando a engrosar las filas de muchos otros que habían hecho lo mismo. Luego, hacía unos seis años, había muerto atropellada. Que ella supiera...

Nunca se había atrapado al conductor.

Otro recuerdo siguió a aquél. *El padre de Dave había tenido una lancha.*

Jane nunca le había dado importancia a aquello; mucha gente en la zona de Dallas tenía barcos. Ella nunca había salido en la lancha del padre de Dave; después del accidente, había perdido el gusto por los deportes náuticos.

Ajeno a su silencio, Dave se puso a recordar en voz alta. Rememoró personas y acontecimientos de los años de Jane en el instituto, cosas que ella había olvidado hacía largo tiempo. Recordaba sus horarios de clases, los nombres de sus amigos, los momentos que habían pasado juntos..., todo con asombroso detalle.

Dios santo, ¿podía ser él? ¿Podía ser Dave quien le había mandado aquellos mensajes amenazantes? ¿Podía ser él quien la había arrollado hacía dieciséis años?

—El destino nos unió —dijo él—. Una y otra vez. ¿Es que no lo ves? Estábamos destinados a estar juntos.

Ella parpadeó, concentrando toda su atención en él. El modo en que la miraba hizo que se le erizara la piel. Su tono de voz bordeaba la desesperación. Jane advirtió entonces su crispación. Las grietas de la máscara.

A Dave le estaba costando dominarse.

Ella tenía que encontrar a Stacy.

Jane intentó encontrar algo que decir. Algo que tranquilizara a Dave. Para que se fuera. Para que la dejara a solas el tiempo suficiente como para llamar a su hermana.

Ranger ladró y comenzó a arañar la puerta de la caseta. Jane aprovechó la ocasión.

—Stacy no quiere que Ranger esté encerrado. No me sirve de protección si está metido en la caseta.

–Para eso estoy yo aquí, Jane. Para protegerte.

Ella hizo ademán de salir de la cama.

–Pero me parece que necesita salir.

Dave la empujó con firmeza contra las almohadas.

–Ranger está bien.

–Pero no le he...

–Chist... no te preocupes. Lo saqué antes de que te despertaras.

Otra mentira. Jane lo notó claramente por su expresión. ¿Cómo había conseguido engañarla durante tanto tiempo?

Intentó fingirse despreocupada.

–De acuerdo. Pero ¿podrías echarle un vistazo, de todos modos? Y, ya que vas, me encantaría tomar una taza de té.

–Claro –Dave se inclinó y la besó en la frente–. Enseguida vuelvo, cariño.

En cuanto salió de la habitación, Jane se levantó de la cama. Miró ansiosamente a su alrededor, buscando el teléfono inalámbrico. No estaba en la mesilla de noche.

¿Dónde...?

En el recibidor. Stacy había llamado a Dave desde allí. Jane abandonó de puntillas la habitación. Se detuvo a escuchar, oyó a Dave en la cocina y salió corriendo al vestíbulo. El teléfono estaba allí, sobre la mesa de la entrada. Lo agarró. Marcó el número del móvil de Stacy. *Contesta, Stacy, por favor...*

«La detective Stacy Killian no está disponible. Puede usted dejarle un mensaje o llamar al...».

–¿Qué estás haciendo, Jane?

Ella se giró, sintiendo que la sangre abandonaba su cara.

–Lla-llamar a Stacy. Para decirle que estoy bien.

Dave se acercó a ella y le quitó el teléfono de la mano. Colgó y se guardó el teléfono en el bolsillo de la americana.

–Tonta, para eso estoy yo aquí. Tú vuelve a la cama.

–Me encuentro bien. Voy a levantarme.

–Creo que no –él la agarró del codo y la condujo al dormitorio. En la cocina empezó a pitar la tetera–. Has sufrido un trauma severo. No estás tan fuerte ni tan serena como piensas.

En eso se equivocaba. Pero Jane no pensaba decírselo. Aquella equivocación podía ser la única oportunidad que se le ofreciera.

5:30 p.m.

Stacy estaba sentada a su mesa, mirando la pared de enfrente. Dave siempre había vivido bien. Tenía lo mejor de lo mejor: coche, piso, ropa. Le gustaba viajar. Había visitado Las Vegas varias veces. En alguna ocasión le había dicho que se dejaba caer por el canódromo de Santa Anita cuando iba a California. Pero ella nunca le hubiera creído aficionado al juego.

¿Cómo habría empezado a jugar?, se preguntaba ella. ¿En sus primeras vacaciones en Las Vegas? ¿En una visita al canódromo? ¿Apostando a las quinielas? ¿Cuándo se había convertido aquel entretenimiento inofensivo en una adicción compulsiva?

Porque, si lo que Benny le había dicho era cierto, Dave no apostaba de tarde en tarde, sino que tenía un auténtico problema con el juego y estaba con el agua al cuello.

En Texas, la práctica ilegal del juego era una falta menor, punible con una multa de hasta quinientos dólares. Pero al parecer la situación de Dave era mucho más complicada. Se había metido en tratos con un apostador profesional que tenía contactos con la mafia y tras cuya pista andaba la policía de Dallas. Le debía dinero a aquel apostador. Mucho dinero que no tenía.

¿Cómo podía haber sido tan estúpido?

Se preguntó si Benny podía haberse equivocado respecto a Dave, y luego sacudió la cabeza, dándose cuenta de que aquello era absurdo. No, tenían grabado a Dave; pensaban detenerlo y apretarle las tuercas para que cooperara con ellos.

Al pensar en Benny, se acordó de la prostituta muerta. Recordó que algo en ella le parecía familiar y de nuevo se apoderó de ella un extraño desasosiego. Tal vez debiera averiguar por qué. Benny podía ayudarla. Miró su reloj. Tenía tiempo; el capitán no parecía tener prisa por hablar con ella.

Revisó el montón de mensajes sin contestar que tenía sobre la mesa. Localizó el de Benny, vio que le había dejado el número de su móvil y marcó. Él contestó enseguida.

–Rodríguez.

–Benny, soy Stacy. Esa prostituta muerta, ¿tienes un expediente sobre ella?

–Claro, y bien gordo. ¿Es que lo necesitas?

–Creo que me gustaría echarle un vistazo.

–Cuando quieras. ¿Te importa decirme por qué?

Ella se lo explicó. Benny se quedó callado un momento.

–Qué interesante. Mira, antes de que vengas a mezclarte con los pobretones de Antivicio, pregúntale a Mac o a Liberman. Ellos tienen casi todo lo que tengo yo.

Stacy le dio las gracias y colgó. Se acercó a la mesa de su compañero y empezó a rebuscar entre los montones de papeles que había sobre su mesa hasta que encontró el expediente de Gwen Noble. Lo abrió y se puso a leer la información que contenía. Primera detención a los dieciséis años. Por prostitución. Un par de decenas de detenciones por el mismo cargo desde entonces.

Lo típico. Stacy no vio nada que llamara su atención. Dejó aquellas páginas y se fijó en las fotos de la escena del crimen.

Y de pronto vio con toda claridad lo que antes no había visto por hallarse distraída.

Sassy llevaba un crucifijo como el que ella le había dado a la vagabunda aquel día en el callejón. De oro, con incrustaciones de turquesa y madreperla.

Stacy fijó la mirada en la cara de la víctima al tiempo que recordaba la efigie de la mendiga. La prostituta tenía veinticuatro años. Stacy había creído que la mendiga del callejón era mucho mayor. Pero aquella mujer tenía la cara sucia. La mugre se había incrustado en cada arruga y cada pliegue de su rostro. Tal vez por eso parecía más mayor.

Stacy recordó sus manos. Se había fijado en lo limpias que

estaban. Aquello la había sorprendido, pero no le había dado mayor importancia.

Porque había querido creer lo que estaba viendo.

Pero lo que había visto era sólo una ilusión.

Hijo de puta. Stacy revolvió las fotografías hasta que llegó a un primer plano del cuello roto de la mujer. La fotografía mostraba el collar. Stacy se quedó sin aliento.

No era un crucifijo como el que ella le había dado a la vagabunda. Era el mismo.

La mujer que les había entregado una prueba clave para vincular a Ian Westbrook con la muerte de Lisette Gregory era una impostora. No era una indigente. Era una prostituta contratada para representar un papel.

Y ahora estaba muerta.

¿La habían matado para que guardara silencio?

Stacy se levantó de un salto. Mac. Tenía que encontrarlo lo antes posible. Él sabría...

Se quedó paralizada al recordar lo que Mac le había dicho poco antes. *Algunas personas harían cualquier cosa por dinero.*

Dave tenía problemas. Necesitaba dinero. Y Jane tenía muchísimo. Millones, en realidad.

Algunas personas harían cualquier cosa por dinero... o por amor. Cuando aquellas dos motivaciones se unían, formaban una combinación sumamente poderosa. Una combinación mortal.

¿Qué sería capaz de hacer Dave para conseguir a Jane y su dinero? ¿Hasta qué punto estaba desesperado?

Stacy sabía que aquello parecía imposible. Pero las piezas encajaban. Dave tenía acceso a Jane. A sus pensamientos y sus temores. A su rutina. A su casa y su estudio. Stacy recordó aquella noche en el hospital, el semblante de Dave mientras permanecía sentado junto a la cama de Jane. ¿Era su angustia una manifestación de su amor? ¿O de mala conciencia por lo que él mismo había provocado?

Stacy abrió su teléfono móvil y llamó a Mac.

—Dave Nash es nuestro hombre —dijo al buzón de voz—. Es quien ha estado amenazando a Jane. El tipo que conducía la lancha del que Doobie tenía tanto miedo y el asesino de Ted.

Él puso la cazadora, los guantes y la gorra en el estudio de Jane, estoy segura de ello –intentó mantener la voz firme–. Ahora mismo está con Jane, aunque no tiene ni idea de que ando tras él. Ve a reunirte conmigo allí. Lo antes posible.

Al acabar el mensaje, el móvil emitió un pitido, avisándola de que tenía una llamada perdida. Comprobó el número en el visor. El *loft*. Hacía diez minutos.

Con el corazón en la garganta, Stacy marcó el número de Jane. Dave contestó de inmediato, en voz baja. Stacy decidió hacerse la tonta sobre la llamada perdida. Si había llamado él, se lo diría enseguida.

–Soy Stacy.

–Hola, Stacy. ¿Has recibido mi llamada?

Stacy sintió una oleada de alivio.

–¿Eras tú?

–Claro –él pareció sorprendido–. Pensé que te gustaría que te pusiera al corriente. Se ha despertado y parece que está mejor. Le he hecho un poco de té.

–¿Puedo hablar con ella?

–Lo siento, se ha vuelto a dormir.

Stacy dejó escapar un largo suspiro.

–¿Ranger está ahí?

–Claro, Stacy. ¿Dónde iba a estar?

Ella soltó una risa forzada.

–Sí, claro. Todo esto me tiene desquiciada. Mira, Dave..., no lo encierres en la caseta, ¿de acuerdo? Por si acaso necesitáis que os proteja.

–¿Me estás ocultando algo, Stacy?

La cuestión era qué le estaba ocultando Dave a ella.

Tal vez nada. Tal vez fuera el mismo de siempre. Ella había dado un gran salto entre la adicción al juego y el asesinato.

–Ya te he dicho que estoy desquiciada. Volveré a llamar dentro de un rato.

Colgó. Mientras se guardaba el teléfono, recordó las palabras de Dave buscando un indicio de culpabilidad. Y no encontró ninguno. Parecía el mismo de siempre.

Lo cual no significaba absolutamente nada, teniendo en cuenta el giro que habían dado los acontecimientos.

O tal vez lo significara todo, si ella se equivocaba.

Lo cual era un «si» muy grande.

Podía llamar a la caballería, pedir que media docena de agentes se trasladaran allí. Pero, si se equivocaba, el capitán le quitaría la placa.

Dave ignoraba que sospechaba de él, lo cual significaba que Jane no corría peligro inminente. Lo último que quería Stacy era alarmarlo. Forzarlo a hacer algo drástico. O desesperado.

En realidad, seguramente Dave creía que se había salido con la suya. La última pieza del puzle, la que aseguraría la condena de Ian, había sido encontrada ese mismo día.

En todo caso, se sentiría animado. Seguro de sí mismo.

«Respira hondo, Killian. Contrólate». El trayecto duraría treinta minutos como mínimo. Era posible que Mac llegara antes que ella, pero no haría nada hasta que ella llegara..., mientras Jane no corriera peligro inmediato.

Stacy agarró su chaqueta y se dirigió a la puerta. Kitty se levantó al verla.

—El capitán ya está libre —dijo—. Me ha dicho que...

—Ahora no —contestó Stacy—. Lo veré luego.

En ese momento Schulze salió de su despacho con cara de pocos amigos.

—Quiero verte inmediatamente, Killian.

Stacy miró su reloj y sintió que le daba un vuelco el corazón.

—Pero hay algo que... Es una emergencia. Mi hermana...

—Sí —dijo él, atajándola—, tu hermana —dos hombres aparecieron en la puerta, tras él—. Killian, estos son los detectives Williams y Cooper, de Asuntos Internos. Quieren hablar contigo.

6:30 p.m.

Jane observaba a Dave pasearse de un lado a otro. Él rezongaba en voz baja y de vez en cuando se detenía y se pasaba las manos por el pelo. Su agitación rayaba la desesperación.

Jane había espiado su conversación con Stacy, a pesar de que él se había metido en el recibidor y había cerrado la puerta del dormitorio. Había conseguido parecer cuerdo mientras hablaba con su hermana. Pero tras colgar había empezado a pasearse de un lado a otro sin decirle ni una palabra.

¿Por qué se comportaba así? ¿Acaso porque sabía que había revelado algo sin darse cuenta? ¿Porque presentía que se le agotaba el tiempo?

Jane podía haber gritado mientras él hablaba por teléfono; Stacy la habría oído. Pero, de haberlo hecho, habría obligado a Dave a actuar. Y todavía creía que podía razonar con él. Rezaba por no tener que arrepentirse de su decisión.

−¿Dave? −dijo suavemente. Él se detuvo y la miró. Jane dio unas palmadas a un lado de la cama−. Pareces nervioso.

−Estoy bien. Sólo estoy preocupado por ti.

Ella esbozó una sonrisa forzada.

−Pues no lo estés. Ven a sentarte conmigo. Creo que tenemos que hablar −él obedeció con cierto recelo−. ¿Por qué le has dicho a Stacy que estaba durmiendo?

−Porque necesitas descansar.

−Somos amigos casi de toda la vida, conmigo puedes hablar −Jane intentó infundir a su voz un tono mezcla de reproche y comprensión−. Dime la verdad, Dave.

−Creo que ya sabes la verdad. Porque he metido la pata. Saber lo de las pruebas... −flexionó los dedos−. No estabas dormida cuando me llamó Stacy.

Ella decidió ser sincera.

−No, no estaba dormida.

−Tanto esfuerzo para que algo tan estúpido... −la miró a los ojos−. Me siento fatal por esto, Jane.

Jane sintió un repentino arrebato de ira que la dejó sin aliento. Intentó refrenarse, pero parte de la rabia que sentía afloró en su voz.

−¿Te sientes mal por haberlo planeado todo? ¿O por haberte delatado?

−Te quiero, Jane. Tienes que creerme. Nunca te haría daño.

—¿No? ¿Y cómo llamas tú a lo que me has hecho? ¿Crees que la detención de Ian no me ha hecho daño? ¿Y qué me dices de la muerte de personas a las que quería y apreciaba? ¿Y de la pérdida de mi hijo? —intentó controlarse sin mucho éxito—. ¿Crees que lo de ese día en el lago no me hizo daño? Todos estos años he creído que eras mi amigo. Confiaba en ti. Ahora sé que el responsable eres tú —Dave hizo ademán de levantarse, pero ella lo detuvo—. ¿Nos oíste decir que íbamos a hacer novillos? ¿Que íbamos a ir al lago? ¿Nos seguiste? Cuando me viste allí, ¿decidiste castigarme? ¿Mis gritos fueron el pago por haberte rechazado?

Él pareció dolido y a continuación furioso.

—¿Esto es lo que recibo a cambio de mi amistad? ¿Por ser tu defensor?

—¿No deberías decir más bien mi creador? A fin de cuentas, mi vida empezó después del accidente. Tú mismo lo has dicho, Dave.

Él se sonrojó de rabia.

—Tú tenías que ser mía. Tu dinero tenía que ser mío. ¿Quién te ayudó siempre? Yo —se levantó de un salto, arrastrándola con él—. ¡Yo! —gritó—. ¡No Ian!

La zarandeó con tanta fuerza que a Jane le castañetearon los dientes. Ella recorrió ansiosamente la habitación con la mirada. La ira que sentía había dado paso al miedo. De la cocina le llegaba el ladrido frenético de Ranger. Si podía llegar hasta él, sacarlo de la caseta... o alcanzar la puerta.

A esa hora de la noche había gente en la calle... Snake, sus clientes... Si llegaba a la ventana y gritaba, ¿le respondería alguno de ellos?

—Me diste la espalda. ¿Cómo crees que me sentí?

—No lo sabía —balbució ella—. Si lo hubiera sabido...

—¡Tonterías! —gritó Dave—. ¡Zorra mentirosa! ¡Me rechazaste!

—No. Lo siento —le tembló la voz—. Por favor, perdóname. Yo también te quiero, Dave.

Él la soltó, con los ojos llenos de lágrimas. Jane se tambaleó hacia atrás y se golpeó con la mesilla de noche. La lámpara osciló, lanzando sombras enloquecidas sobre la pared.

—Perdóname por haberte puesto la mano encima —Dave le

tendió la mano con expresión suplicante–. Nunca te haría daño. ¿Cómo iba a hacerte daño? Yo sólo... Es demasiado... –se llevó las manos a la cara. Jane notó que estaba temblando–. No puedo seguir así. Esos hombres... les debo... mucho dinero. Se lo pedí prestado y ahora... la policía... ellos...

Jane retrocedió muy despacio, buscando a tientas algo que le sirviera de arma. Tocó la lámpara y la agarró con fuerza. Sabía que sólo tendría una oportunidad.

–Lo saben todo. Estoy atrapado. Todo se va a ir a pique. Pero podríamos huir juntos. Tú y yo. Dave y Jane para toda la eternidad.

–¡Ni lo sueñes! –gritó ella, balanceando la lámpara con todas sus fuerzas.

Dave levantó la mirada una fracción de segundo antes de que la lámpara le golpeara un lado de la cabeza.

El golpe produjo un crujido espantoso. Brotó la sangre. El semblante de Dave registró una especie de estupor. La miró con fijeza, moviendo la boca, mientras la sangre le corría por un lado de la cara.

Pero no se desplomó.

Jane dio un grito y tiró la lámpara. Luego se dio la vuelta y corrió hacia la puerta de entrada. Oía a Dave tras ella. Acercándose. Vaciló, pensó en Ranger. Si pudiera sacarlo de su caseta, dejarlo suelto...

Sonó el timbre. Sollozando, Jane se lanzó hacia el intercomunicador y apretó el botón.

–¡Socorro! –gritó–. ¡Ayuda!

–¡Jane! Soy Mac. Ábreme.

Jane dejó escapar un sollozo de alivio y le abrió. Luego tendió las manos hacia la puerta. Descorrió el cerrojo. Al tocar el pomo, algo le rodeó el cuello, tirando de ella hacia atrás. Notó que era un cable e intentó agarrarlo. Estaba mojado, pegajoso.

Lleno de sangre. El cable de la lámpara. La sangre de Dave.

Dave maldecía y le suplicaba perdón sucesivamente. Empezó a tirar del cable, cortándole la respiración. Ella intentó asir el cable, trató de golpear a Dave con los puños. Darle patadas. Sin éxito.

Fuera se oyó lo que pareció un trueno. Jane sintió que la presión de su cabeza aumentaba, hasta que pensó que iba a estallarle la cara; su visión empezó a emborronarse.

La puerta se abrió de pronto; Mac entró pistola en mano.

—¡Suéltala, Nash!

Dave profirió un sonido. Un gemido de sorpresa. De estupor. Aflojó las manos. Jane logró desasirse y cayó de rodillas, tosiendo.

Dave empezó a hablar; Mac disparó.

El estampido retumbó en la entrada. El impacto de la bala hizo tambalearse a Dave. Mac disparó otra vez. Y luego otra. Dave se volvió a ella como a cámara lenta. Levantó el brazo y le tendió la mano con su nombre en los labios.

Y entonces se desplomó.

7:10 p.m.

Jane corrió gritando hacia Mac. Él la acogió entre sus brazos y la apretó contra su amplio pecho. Jane se aferró a él, temblando.

Gracias a Dios, pensó. Gracias a Dios. Un par de minutos más y habría sido demasiado tarde.

Mac la apartó de él y escudriñó su cara.

—¿Estás bien?

—Sí, yo...

Como si tuviera voluntad propia, su mirada se posó en Dave. Una de las balas de Mac le había atravesado el entrecejo. Yacía boca arriba sobre el suelo del vestíbulo, con la boca abierta y los ojos fijos y vacíos. Un charco de sangre se extendía lentamente sobre la tarima pulida.

Jane se tambaleó, mareada.

—No me encuentro bien.

Mac apartó el sillón de la pared de la entrada.

—Siéntate —le ordenó, llevándola al sillón—. Pon la cabeza entre las rodillas. Respira hondo.

Ella obedeció. Lo oyó sacar su teléfono móvil, abrirlo y

marcar. Estaba llamando a la comisaría, pensó. Para informar de lo ocurrido. Para que mandaran una patrulla.

Pero, en lugar de llamar a la comisaría, Mac saludó a su hermana.

—Stacy, he recibido tu mensaje. Ya casi estoy allí. No te preocupes, yo me encargo de todo. Al primer indicio de problemas, pediré refuerzos —bajó la voz hasta convertirla en un susurro aterciopelado—. He estado pensando. En ti y en mí. Yo... te quiero, Stacy.

Jane levantó la cabeza y lo miró, confusa. Él colgó y clavó los ojos en ella. Y entonces sonrió. Aquella sonrisa no se extendió a su mirada. Sus ojos eran inexpresivos, como los de un hombre sin alma.

Jane lo miró con horror, comprendiendo de pronto la verdad.

El culpable no era Dave. Era Mac. Él interpretó certeramente su expresión y su sonrisa se hizo más amplia.

—Sí, el novio de la hermana mayor es el malo de la película.

Jane fijó la mirada en Dave, en el charco de sangre que iba rodeándolo poco a poco. Mac siguió su mirada.

—Pero el bueno de Dave es quien va a cargar con las culpas.

Mac se guardó el teléfono, metió los dedos en el bolsillo de su chaqueta y sacó un par de guantes de látex de los que usaban los cirujanos y los técnicos forenses.

O los criminales que no querían dejar huellas.

Se los puso.

—Supongo que querrás que te ponga al corriente. Que te dé una explicación. Creo que te la mereces —incapaz de articular palabra, Jane asintió con la cabeza—. Conocí a Dave cuando trabajaba en Antivicio. Verás, tu viejo amigo tiene, tenía —puntualizó— un problema con el juego. Un serio problema, en realidad —Mac flexionó los dedos para ajustarse los guantes—. Estaba metido en un buen lío con un apostador que tenía contactos con la mafia. El pobre estaba entre la espada y la pared. De un lado la policía —o sea, yo— y de otro los matones contratados por el apostador.

—Así que recurrió a ti —dijo ella, sorprendida por la fortaleza de su voz cuando por fin logró recuperar el habla.

—Sí. Vino a suplicarme. Me dijo que si lo ayudaba seríamos los dos ricos. Tenía un plan perfecto.

Jane se sintió mareada.

—Mi dinero...

—Chica lista —prosiguió él—. Yo pagué sus deudas más urgentes y juntos ultimamos el plan. Dave estaba convencido de que, si eliminábamos a Ian, tú recurrirías a él. Os casaríais y Dave tendría acceso a tus millones. Por desgracia, vuestro matrimonio acabaría trágicamente —Mac se acercó a Dave, se inclinó y le quitó cuidadosamente el cable de los dedos inermes—. Lo planeamos todo minuciosamente —murmuró—. Hasta el último detalle. Pero el bueno de Dave tenía remordimientos de conciencia. Tú me entiendes —ella sacudió la cabeza negativamente—. Te quería de verdad, a su retorcida manera. Enseguida me di cuenta de que no sería capaz de llegar hasta el final. Empecé a sospechar que él acabaría siendo un marido rico... y yo me quedaría sin nada —miró su reloj como si calculara cuánto tiempo le quedaba—. Pero no necesito a Dave. Stacy es mi billete hacia la gloria.

Jane comprendió por fin lo que le estaba diciendo. Stacy y él se habían hecho amantes. Stacy le había dicho a ella que tal vez Mac fuera su media naranja. Y, si ella moría, su hermana heredaría todo su dinero.

—Así que te pusiste manos a la obra —dijo con voz trémula—. Cambiaste de plan.

—Sí. Todo el mundo pensará que el tipo de la lancha que te ha estado amenazando, el mismo que mató a Doobie, te ha eliminado por fin. Le has estado diciendo a todo el que quisiera escucharte que ese tío es un asesino. La muerte de Doobie lo demuestra. Stacy está convencida de que estás en lo cierto. Y yo también —le sonrió—. Incluso hemos conseguido convencer a nuestro capitán.

—Pero Ian...

—Ian será declarado culpable de los asesinatos de Elle Vanmeer, Marsha Tanner y quizá también del de Lisette Gregory. Las pruebas contra él son concluyentes. Lo más probable es que lo condenen a muerte.

Mac lo tenía todo pensado. La vida de Ian perdida... y la suya también. Y la de Stacy. No había escapatoria. Jane dejó escapar un gemido semejante al de un animal herido.

Mac sonrió.

—Naturalmente, ahora sabemos que el de la lancha era tu buen amigo Dave Nash. Sorprendente, ¿verdad?

La sorna malévola de su voz alertó a Jane.

—¿De qué estás hablando?

Mac se echó a reír.

—Aún no lo entiendes, ¿verdad? No hay ningún capitán de lancha surgido del pasado. Ni ninguna historia contada por un soplón llamado Doobie.

Ella sacudió la cabeza, confundida.

—Pero Doobie existía. Yo lo vi muerto en el callejón.

—Existía, sí. Pero esa historia era una invención. Y muy ingeniosa, por cierto.

Jane lo miró con fijeza; la sangre se le había helado en las venas.

—No entiendo. ¿Qué...?

—Hemos usado tus miedos contra ti, Jane. Dave los conocía todos. Sabía que creerías que las notas eran auténticas, que procedían del tipo de la lancha que estuvo a punto de matarte. Y sabía que conseguirías convencer de ello a Stacy.

Jane se llevó una mano temblorosa a la boca. Dave conocía sus miedos más profundos. Todas sus pesadillas. La había aconsejado sobre ellas.

Tienes mucho que perder, Jane. Temes que él vuelva. Que te lo quite todo.

De modo que él mismo había hecho que aquello ocurriera. En aquel momento, ya se había puesto manos a la obra.

Cielo santo, ella misma le había dado todas las llaves; Dave se había limitado a abrir las puertas.

—¿Y Ted? —preguntó.

—Entró en el estudio cuando yo estaba guardando la cazadora y las otras cosas en el cajón.

Ella no se había equivocado en eso.

—Pero el código de la alarma... ¿cómo...?

—¿Cómo entré? Soy policía, Jane. Conseguí el código a través de la compañía de seguridad.

—Tú mataste a Ted.

—Los maté a todos, en realidad. Dave no tenía estómago para eso. No se pierde nada con su muerte.

—Todas esas vidas segadas... —a Jane le tembló la voz—. ¿Cómo puedes...?

—¿Vivir con mi conciencia? —él se echó a reír—. No te preocupes, me las apañaré. Y muy bien, además. Muchísimas gracias.

Mac no sentía remordimiento alguno. Ningún sentimiento culpable por sus actos. Por las vidas que había arrebatado. Jane comprendió entonces que era un psicópata. A un tiempo espantosamente lúcido y completamente amoral.

—Cada una de esas personas sirvió para un propósito —continuó Mac en tono despreocupado—. Ninguno murió en vano. La muerte de Doobie convenció a la policía de que el tipo que te acosaba era real. Y peligroso.

—¿Y las mujeres?

—Tenía que matarlas para inculpar a Ian, obviamente. Para quitarlo de en medio. Necesitaba que estuvieras aislada y aterrorizada. Sin nadie a quien recurrir.

Como aquel día, en el lago.

—La primera víctima era clave. Necesitábamos encontrar a una mujer que hubiera sido paciente y amante de Ian. Una mujer que no vacilara en meterse en la cama conmigo. Elle era perfecta para eso.

—Lo organizaste todo para encontrarte con ella en La Plaza.

—Lo organizó ella —puntualizó Mac—. Esa mujer tenía un apetito sexual insaciable.

—¿Cómo la conociste?

—Por el bueno de Dave. Marsha confiaba en él, gracias a ti. Dave se encontró con ella como por casualidad en su cafetería preferida. Lo tomó por costumbre. Charlaba con ella. Fingía gran interés por todas sus historias acerca de la cirugía plástica.

Jane luchó por mantener una apariencia de calma.

—Y Elle figuraba entre las historias que contaba Marsha.

—Exacto. A Marsha no le caía bien. No entendía por qué su jefe se había liado con ella.

—Pero ¿por qué? —musitó ella—. ¿Por qué me has hecho todo esto?

Mac se inclinó hacia ella y, al ver sorna en sus ojos, Jane comprendió que se estaba divirtiendo.

–Por dinero, Jane. Por dinero, naturalmente. Todos esos hermosos millones tuyos... –agarró el cable por los extremos, se lo lió alrededor de las manos y lo tensó–. Por desgracia, llegué demasiado tarde para salvarte. Yo no lo sabía, claro, y tuve que matar a Nash para que te soltara.

Su llamada a Stacy. Las huellas de Dave en el cable. Todo encajaba.

–Stacy quedará destrozada, pero yo estaré ahí para ayudarla a superar el dolor. Seré el hombre con el que siempre ha soñado –se acercó a ella con una sonrisa gélida–. Dave también conocía todos los miedos de Stacy.

–¡Cabrón! –gritó Jane–. ¡Déjala en paz!

Él se echó a reír suavemente.

–Lo siento, no puedo. De hecho, creo que voy a casarme con ella. Y cuanto antes mejor. Viviremos felices para siempre... al menos hasta que uno de los dos pase a mejor vida. Prematura y trágicamente.

Jane miró a derecha e izquierda y de pronto se dio cuenta de que la había acorralado. Al menos, si lo obligaba a usar su arma, le sería más difícil salirse con la suya. Stacy no aceptaría sus explicaciones; empezaría a sospechar. Descubriría la verdad. Sus artimañas no lograrían engañarla.

Dios mío, por favor, no permitas que la engañe.

Jane intentó echar a correr, pero Mac la agarró con facilidad. Riendo, la apretó contra su pecho. Le rodeó el cuello con el cable. En la cocina, Ranger parecía dispuesto a echar la caseta abajo.

Jane se resistió. Sabía que no podía escapar. Sólo esperaba marcar a Mac de tal modo que levantara sospechas. Las sospechas de Stacy. Las de sus compañeros de la policía.

–Ya basta –masculló él, y apretó más el cable.

Destellos de luz comenzaron a bailar ante los ojos de Jane. Arañó las manos de Mac, pero los guantes de látex las protegían. Pataleó en vano. Sus pies se levantaron del suelo. Por el rabillo del ojo, vio un borrón blanco y negro. Comprendió que era Ranger en el instante en que su visión se nublaba. *El perro había conseguido salir de la caseta.*

Un instante después, Jane se encontró tendida en el suelo. Libre. Empezó a toser e intentó respirar. Oyó que Mac bufaba, sintió el gruñido del animal. De pronto sonó un disparo, seguido por un gemido agudo.

¡Ranger! ¡Dios, no!

—¡Jódete! —gritó Mac, levantándola a empellones—. Vamos. Es hora de ver morir a Jane.

7:35 p.m.

Stacy oyó desde el portal un disparo y el gemido de un animal. Se guardó el teléfono móvil y comenzó a subir las escaleras con el corazón acelerado y la pistola en alto, pegándose a la pared. Rezaba por que no fuera demasiado tarde.

Tenía las mejillas húmedas. Lo había entendido todo mientras estaba reunida con el capitán y los agentes de Asuntos Internos: Dave no era lo bastante astuto como para trazar aquel plan sin ayuda. Tenía un cómplice.

Alguien que conocía los entresijos de la investigación de un crimen y de las leyes que regían las pruebas de un caso. Alguien que tenía vínculos con todos los actores de la trama: el soplón, la prostituta, el fiscal y la brigada de homicidios del Departamento de Policía de Dallas.

Y con ella.

Mac era el asesino. Había trabajado en Antivicio. Seguramente había conocido a Dave por sus problemas con el juego. Él mismo le había contado que había usado los servicios de Doobie. Y Stacy estaba segura de que, si escarbaba en el expediente de Sassy, descubriría que Mac McPherson la había arrestado una o varias veces. Él era el único que sabía que había sacado la cinta de vídeo y se la había enseñado a su hermana.

Le había tendido una trampa. Les había dado el soplo a los de Asuntos Internos para entretenerla mientras completaba la última fase de su plan. Matar a Jane.

Todas las piezas ocupando su sitio mientras los tipos de Asuntos Internos y el capitán Schulze la interrogaban. De pronto le había parecido todo tan claro... Al trasladarse a homicidios, Mac había solicitado ser su compañero. Ella, en cambio, había creído que era Schulze quien les había puesto a trabajar juntos. Se lo había preguntado al capitán. Y él había confirmado sus sospechas.

La última pieza del rompecabezas.

Schulze y los oficiales de Asuntos Internos no la habían creído, desde luego. Habían pensado que su convencimiento de que Mac era un asesino era un patético intento de distraerlos. De exculparse. Así que Stacy había pedido permiso para ir al aseo y había aprovechado la ocasión para escaparse.

Sabiendo que irían tras ella. Rezando por que lo hicieran.

La puerta de Jane estaba abierta. Stacy oyó ruidos confusos: los soplidos de cansancio de un hombre, los gemidos de dolor de Ranger. Con el corazón en la garganta, cruzó la puerta pistola en mano.

No había tiempo para esperar refuerzos.

—¡Apártate, cabrón! —gritó—. ¡Apártate de una puta vez!

Mac aflojó el cable, pero no soltó a Jane. Hizo una mueca de fastidio.

—Vaya, veo que lo has conseguido. Me sorprendes. Pensaba que los de Asuntos Internos te entretendrían un poco más.

Ella entornó los ojos.

—Les he dado esquinazo. Así que fuiste tú quien avisó a los de Asuntos Internos.

—Sí, en efecto. Y el registro de la sala de pruebas confirmaba mi acusación. Ingenioso, ¿verdad?

Ella pensó en el teléfono móvil, en la llamada que había hecho un instante antes de empezar a subir las escaleras de Jane. *No tanto como tú crees, si la llamada ha sido cursada.*

—Y cuando te trasladaron, pediste ser mi compañero.

—Tienes razón otra vez. Dije que admiraba tu trabajo. Que pensaba que formaríamos un buen equipo. Con la fama de tocapelotas que tenías, el capitán aprovechó la ocasión —sonrió—. Ninguno de esos perdedores sabía cómo tratarte. Son todos unos inútiles.

Estaba orgulloso de sí mismo. Stacy sintió una oleada de asco.

—No eres tan listo como crees, McPherson.

—Y tú no estás tan sorprendida como esperaba. ¿Qué te hizo sospechar?

—Las fotografías de la prostituta muerta. ¿O debería llamarla la vagabunda del callejón? —al ver que él parecía sorprendido, continuó—: Le cambié mi crucifijo por el teléfono. Creo que olvidé mencionártelo. No sabes cuánto lo siento.

—Y el crucifijo estaba en las fotos de la escena del crimen. Qué hija de puta.

Ella agarró con más fuerza la Glock y procuró concentrarse, teniendo cuidado de no apartar la mirada de Mac. Temía perder el dominio de sí misma si se atrevía a mirar a Jane.

—Tú eres él único que tenía relación con todas las partes del caso —él maldijo de nuevo y ella esbozó una agria sonrisa y añadió—: ¿Sabes?, cuando le di el crucifijo a esa chica, sentí algo extraño. Como si Dios no estuviera conmigo si no llevaba el crucifijo. Parece que era al contrario. Todo este tiempo ha estado velando por mí.

Mac soltó un bufido desdeñoso al oír su sugerencia de que había un poder superior, de que sus planes habían fracaso por una nimiedad como aquélla. Pero Stacy no esperaba menos de un asesino sin conciencia. Así se lo dijo. Él se acaloró.

—Has necesitado un empujoncito, Stacy. Un apoyo. Menuda detective eres. Yo te di todas las claves desde el principio. ¿No te dije que no mezclaras tus sentimientos con esto? ¿Que, cuando uno se implicaba emocionalmente, empezaba a cometer errores? ¿Y qué hiciste? Enamorarte del asesino. ¿No te dije una y otra vez que Jane se equivocaba con lo del tipo de la lancha? ¿Que sólo creía lo que quería creer? Dios mío, Stacy, no das una.

Tenía razón. Ella se había dejado engañar porque deseaba desesperadamente tragarse sus mentiras. Llevaba tanto tiempo esperando a un hombre como él... Como el hombre que creía que era.

—Suéltala —dijo con voz firme—. Retírate lentamente y tira el arma.

—No seas imbécil, Stacy. Piénsalo. Podríamos estar juntos, ser los reyes de Dallas.

–Sí, Mac. Pero eso tiene un inconveniente. Yo sería la consorte de una serpiente. Y no me apetece mucho.

–Tú deberías haber heredado la mitad del dinero, de todos modos. Jane siempre se quedaba con todo, ¿no es cierto? Con todo el dinero. Con todo el afecto. Incluso se quedó con el príncipe azul que tú encontraste. El príncipe azul que tú querías.

Mac pronunció aquellas palabras con una sonrisa triunfal. Pero la broma sólo le hizo gracia a él. Su discurso no surtió efecto alguno sobre Stacy, cuyos sentimientos de amargura, de envidia y de resentimiento hacia Jane habían desaparecido por completo.

–Algunas personas son capaces de cualquier cosa por dinero. ¿No es eso lo que me dijiste? Cometer asesinato. Mandar a un hombre inocente a la muerte. Seducir a una mujer solitaria. El caso es, Mac, que en ese momento no me di cuenta de que estabas hablando de ti mismo.

–No hace falta que te disculpes. No tienes por qué sentirte mal, nena. No todo fue cuestión de negocios. Eres una mujer atractiva. Tienes un buen polvo. Podríamos pasarlo bien, reírnos de todo esto.

–Tienes razón –replicó ella–. Pero creo que prefiero ser yo quien ría la última –con la mano libre, sacó su teléfono y se lo llevó al oído–. ¿Lo tiene todo, capitán?

El semblante de Mac se aflojó, lleno de sorpresa, y luego se crispó, poseído por la furia. Soltó a Jane y echó mano a su pistola. Stacy dejó caer el teléfono y disparó. Le dio en el pecho antes incluso de que él empuñara su arma. Luego disparó de nuevo, una y otra vez, hasta vaciar el cargador.

La pistola se escurrió entre los dedos de Mac, cuya cara adquirió un rictus extrañamente inexpresivo, como si la vida dentro de él hubiera expirado hacía largo tiempo. En caso de que hubiera existido alguna vez.

Mac cayó al suelo. Stacy se quedó mirándolo un momento; después pasó sobre su cadáver y se arrodilló junto a su hermana.

–¿Estás bien? –preguntó.

Jane intentó hablar y por fin logró pronunciar una palabra que sonó como un doloroso gemido.

—Ranger...
—Nosotros nos ocuparemos de él. No intentes hablar.

Vio que su hermana tenía la garganta en carne viva. La marca nítida del cable le rodeaba el gaznate como un alzacuellos morado.

Mac podía haberle aplastado el esófago. Un minuto más y Jane habría muerto. Cinco más, y Mac se habría salido con la suya. ¿Habría sido capaz de convencerla a ella de su versión?

Sinceramente, Stacy no lo sabía. Habría querido creerle.

Con las manos temblorosas, volvió a recoger su teléfono.

—¿Sigue ahí, capitán?

—Puedes apostar tu trasero a que sí. ¿Qué coño ha pasado?

—McPherson está muerto —dijo ella con voz plana—. Hay un perro que necesita asistencia médica.

—Hecho —Stacy oyó que Schulze le gritaba a alguien que llamara a una ambulancia—. Me parece que tienes muchas cosas que explicarme, Killian.

Mientras ella contestaba que sí, media docena de agentes de la policía de Dallas irrumpieron en el *loft*.

—Ha llegado la caballería —dijo.

—Ya era hora —contestó su capitán—. Pregúntales por qué han tardado tanto.

—Lo haré. Pero creo eso tendrá que esperar. Luego le llamo.

Stacy colgó y le dio el teléfono a Jane.

—Llama al abogado de Ian. Tu marido va a volver a casa.

Sábado, 20 de marzo de 2004

10:45 p.m.

Sentada a oscuras en la sala de edición, Jane miraba fijamente la parpadeante imagen en blanco y negro de la pantalla de vídeo.

«Dime de qué tienes miedo, Joyce. Cuando estás sola con tus pensamientos, ¿quién es el monstruo?».

Jane intentó concentrarse en la respuesta de la modelo. Pero su mente se extraviaba sin cesar. A decir verdad, los recientes acontecimientos habían disminuido la urgencia con que se enfrentaba a su trabajo y al mensaje que quería transmitir. Ignoraba, sin embargo, adónde la llevaban sus ideas y sus emociones; sólo sabía que la conducirían a alguna parte.

Y que confiaba en ellas.

Confianza. Pensó en Stacy. Su hermana se había pasado a verla esa tarde y le había contado algunas noticias sorprendentes.

Stacy había dejado su trabajo en el Departamento de Policía de Dallas. Se había cansado de sangre y muerte, quería empezar de nuevo. Estaba pensando en volver a la universidad y había solicitado el ingreso en varios programas de estudio fuera del estado.

Jane se había quedado atónita. Le había rogado a Stacy que recapacitara. No podía marcharse ahora que por fin se habían vuelto a encontrar. Pero Stacy se había mantenido firme en su decisión.

«Nadie puede cambiar mi vida salvo yo, Jane. Y voy a hacerlo».

Ranger entró cojeando en la sala, acompañado por el cascabeleo de sus chapas de identificación. El disparo de Mac le había desgarrado el hombro, dañándole el nervio radial, lo cual le había causado una cojera visible, recordatorio permanente de aquellos momentos de horror... y de la inquebrantable lealtad del animal. Jane estaría muerta si el perro no hubiera logrado romper el pestillo de mimbre de su caseta.

Ranger se acercó a ella y posó sobre su regazo la enorme y fea cabeza.

—Mi héroe —dijo Jane, apoyando la cara sobre su cabeza. El perro pareció sonreír y le dio un gran lametón.

—Me parece que quieres más a ese perro que a mí.

Jane levantó la mirada. Ian estaba en la puerta, detrás de ella, con las manos a la espalda. Ella sonrió.

—Me salvó la vida.

—Y a mí también.

Jane sintió que un aterrador «¿Y si...?» resonaba en su cabeza y se apresuró a ahuyentar aquella idea. El miedo sólo podría atenazarla si ella lo permitía. Sólo ella podía hacer que sus temores cobraran vida y llegaran a dominarla. Pero eso nunca volvería a ocurrir. Seguramente jamás sabría quién conducía la lancha aquel día, ni sabría nunca si la había arrollado a propósito.

Pero ya no le importaba.

—A partir de ahora, sólo lo mejor para Ranger —dijo—. Y no hay más que hablar.

—Yo no tengo nada que objetar, amor mío —Ian se acercó a la pantalla—. ¿Qué tal el trabajo?

—Bien.

Intercambiaron una larga mirada. Ian pareció comprender lo que estaba pensando. Los acontecimientos del otoño anterior habían producido en ambos cambios mucho más profundos e intensos que las arrugas que ahora circundaban los ojos de Ian o las hebras grises que salpicaban su pelo negro.

Su relación había cambiado.

Habían aireado el daño infligido por las dudas de Jane y las mentiras de Ian, por sus culpas y sus remordimientos de conciencia. Habían llorado juntos las cosas perdidas: su hijo nonato; el matrimonio que tenían antes de que Mac pusiera en práctica su plan; la inocencia de ambos.

Quizás esta última pérdida había sido la más difícil de soportar: ambos habían visitado lugares con los que nunca habían soñado, ni siquiera en sus peores pesadillas.

Pero, al final, habían salido fortalecidos. Su matrimonio era más sólido. Nadie volvería a interponerse entre ellos.

Jane se levantó y se acercó a Ian. Le rodeó el talle con los brazos y apoyó la mejilla contra su pecho. Él arrastraba todavía el frío de la calle. Jane echó la cabeza hacia atrás para mirarlo a los ojos.

—Has estado fuera.

—He sacado a pasear a Ranger.

Jane enarcó una ceja.

—¿Ah, sí? Pues parece que está aquí, conmigo. ¿Me está ocultando algo, doctor Westbrook?

—Me confieso culpable, señora Westbrook —Ian sonrió malévolamente y sacó de detrás de la espalda una bolsa blanca y rosa—. Helado de chocolate con pistacho y almendras. Justo lo que ha pedido el bebé.

www.ingramcontent.com/pod-product-compliance
Lightning Source LLC
LaVergne TN
LVHW030335070526
838199LV00067B/6292